Für Kay.
Du bist mein Holunderküsschen.

INHALTSVERZEICHNIS

Prolog

*D*as Glückliche-Braut-Team – Sie träumen, wir planen.
Wir sind stolz auf unseren langjährigen, exzellenten Service und auf unseren reichen Schatz an individuellen Hochzeitskonzepten. Hochzeitsvorbereitungen erfordern eine präzise Planung, eine genaue Kostenkalkulation und die Beachtung vieler Details.

Sie träumt von einem perfekten Brautkleid, einer eleganten Hochzeitsfrisur und dem romantischen Ambiente einer Hochzeit im Freien.

Er träumt von einem exklusiven Fahrzeug, dem besonderen Catering und einem rauschenden Fest, bei dem eine professionelle Band bis tief in die Nacht für Stimmung sorgt.

Das alles braucht Erfahrung und erfordert viel Zeit und Fingerspitzengefühl. Das Glückliche-Braut-Team ist dafür da, Ihre Träume in Erfüllung gehen zu lassen. Wir möchten, dass Sie schon die Hochzeitsvorbereitungen in vollen Zügen genießen können. Und behalten dabei Ihre Budgetplanung immer im Auge.

Wir vermitteln Ihnen zuverlässige Partner, die für außergewöhnliche Leistung einstehen, und behalten auf Wunsch auch an Ihrem großen Tag als Zeremonienmeister aus dem Hintergrund den Überblick.

So erarbeiten wir Ihr ganz persönliches Hochzeitsthema, bei dem sich viele kleine Details liebevoll zu einem unverwechselbaren Gesamtkonzept zusammenfügen. Angefangen bei der Einladungskarte und den Gastgeschenken über die Hochzeitstorte bis hin zur Tischdekoration.

Aus unserer Kartei mit über 1000 traumhaften Locations finden wir gemeinsam mit Ihnen den perfekten Ort für Ihre Trauung. Damit Sie unbeschwert träumen können.

1. Julias Facebook-Status:
Hochzeitsvorbereitungen!

Jajajajaaaaa! Die können Gedanken lesen. Wahnsinn! Mein Herz klopft mir bis zum Hals, als ich die Zeilen auf dem Bildschirm lese. Das ist genau das, was ich mir schon als kleines Mädchen immer gewünscht habe. Allein die Fotos! Ich seufze leise, während ich mir die mit Weichzeichner fotografierten Hochzeitsbilder an einem malerischen Strand ansehe. Genau das Richtige für mich und Johann.

Frau Julia Zoe Hartmann, jubiliere ich und lasse mir meinen zukünftigen Namen auf der Zunge zergehen. Zugegeben, das klingt nicht ganz so flüssig. Aber daran werde ich mich bestimmt gewöhnen. Julia Zoe Löhmer-Hartmann wäre durchaus eine Alternative für mich, aber Johann findet, dass mein Mädchenname irgendwie unsolide klingt. Ich starre weiter auf die Webseite von *Das Glückliche-Braut-Team*. Inhaberin Rosalinde Rotermund, lese ich. Na, gegen diesen Namen ist Hartmann nicht mit Gold aufzuwiegen.

Johann und ich sind jetzt seit viereinhalb Jahren ein Paar. Ein typisches Paar, das sich Gute-Nacht-Küsschen zuwirft, bevor es das Licht ausmacht, und das sich dreimal am Tag anruft, obwohl es sich täglich sieht. In unserem Fall sogar während der Arbeitszeit, denn Johann ist sozusagen mein Chef. Ich greife zum Telefon und setze dabei eine möglichst gleichgültige Miene auf. Schließlich müssen ja meine Kollegen nicht mitbekommen, dass ich während meiner Arbeitszeit privat telefoniere. Ich wähle die Nummer von Katja, meiner besten Freundin. Leider lebt sie in Hamburg, seit sie die Stelle bei *Blohm + Voss* angenommen hat. Was bedeutet, dass unsere Kommunikation hauptsächlich über das Telefon stattfindet, da ich nun mal mit Johann in Freiburg wohne und ein Besuch zu Katja wie eine halbe Weltreise anmutet, vor allem, wenn man wie ich Flugangst hat und deshalb hauptsächlich auf Auto, Bus und Bahn angewiesen ist.

»Guten Tag. Katja Völkers am Apparat.« Katjas Stimme klingt am Telefon immer unglaublich geschäftlich. Sie hat wuscheliges dunkles

Haar und einen IQ von mindestens sechshundert. Außerdem ist sie der süßeste Mensch, den ich kenne.

»Ich bin's«, gebe ich mich mit leiser Stimme zu erkennen. »Ich muss dir unbedingt etwas zeigen.«

»Julia, was ist passiert?« Katjas Stimme bekommt diesen strengen Unterton. »Bist du zu Hause? Bist du krank?« Sie weiß genau, dass Privatgespräche während der Arbeitszeit bei *Hartmann & Sohn* strengstens untersagt sind.

»Nö«, versuche ich sie zu beruhigen. »Ich habe nur gerade diese Internetseite entdeckt, und ich muss unbedingt deine Meinung dazu hören.«

»Du siehst dir nicht schon wieder heimlich den *Wedding Planner* an, oder?«

Ich sehe mich irritiert um. Immerhin wäre es ja möglich, dass hier eine Live Cam installiert wurde, um die Mitarbeiter zu überwachen. Liest man schließlich oft genug in den Medien.

»Julia?«, fragt Katja am anderen Ende der Leitung.

»Äh, ja – nein«, stammele ich. Katja hasst *Froonk*, den Wedding Planner. Ich hingegen finde es absolut toll, wie hingebungsvoll und mit wie viel Einfühlungsvermögen er sich den Herausforderungen einer Hochzeit stellt und für alles eine Lösung findet.

Katja schnaubt laut, um ihre Missbilligung über meine Handlungen kundzutun. Sie mag Johann nicht besonders und mit dem Gedanken, dass ich ihn bald heiraten werde, kann sie sich einfach nicht anfreunden. »Das ist doch nicht dein Ernst. Wenn du so weitermachst, feuern die dich noch!«

»Geht nicht«, rufe ich triumphierend in den Hörer, »schließlich ist der Juniorchef zufällig mein zukünftiger Ehemann!« Nicht, dass ich mir darauf etwas einbilde, aber ein paar Vorteile bringt es schon mit sich.

»Ihr habt euch gerade erst verlobt. Bis zur Hochzeit ist es noch fast ein Jahr«, wirft sie hinterher. »Da kann noch sehr viel passieren!«

Gleich bin ich genervt. Katja tut ja gerade so, als ob bis zum Hochzeitstermin noch eine halbe Ewigkeit hin wäre, dabei sind es nur knapp acht Monate, und es gibt noch so viel zu organisieren.

»Mit der Planung des schönsten Tags seines Lebens kann man gar nicht früh genug anfangen. Schließlich freue ich mich schon auf diesen Tag seit ich ein kleines Mädchen bin«, appelliere ich an ihr schlechtes Gewissen. »Ich erinnere dich nur an die Hochzeit von Kronprinzessin Viktoria letztes Jahr. Da hast du Rotz und Wasser geheult und gesagt, dass du genau so heiraten möchtest. Dagegen bin ich mit meinen Wünschen direkt bescheiden.«

Ich werde diesen herrlichen Nachmittag zusammen mit dem schwedischen Königshaus nie vergessen. Katja und ich hatten es uns auf meinem roten Sofa so richtig gemütlich gemacht. Ich trug das schwarze Cocktailkleid, das mir Johann bei unserem ersten gemeinsamen Urlaub auf Sylt geschenkt hatte. Katja hatte dieses wahnsinnig ausgeflippte Kleid von Gaultier an, das ihr der Russe zuvor, zusammen mit einem Strauß Rosen per Post, geschickt hatte, nachdem Katja die Nacht bei ihm verbracht hatte. Dazu gab es unser beider Lieblingsgetränk: Prosecco mit Aperol auf Eis.

Es war eine wunderschöne, herrlich romantische Hochzeit. Katja und ich haben während der gesamten Zeremonie geweint. Eigentlich wollten wir hinterher noch in einem der angesagten Clubs feiern gehen, aber unser Make-up war völlig ruiniert, und die Augen derart verquollen, dass wir darauf verzichtet und uns stattdessen *Ein Herz und eine Krone* angesehen haben. Ich liebe diesen alten Schinken! Audrey Hepburn sieht einfach traumhaft aus, und welches Mädchen würde nicht gerne auf diesem Roller sitzen und sich an Gregory Peck festklammern, während sie durch das nächtliche Rom fahren?

Am Anfang meiner Beziehung mit Johann dachte ich, er würde genauso empfinden. Deshalb habe ich ihm einen gemeinsamen Videoabend vorgeschlagen. Johann war zunächst ganz begeistert von der Idee. Also bin ich losgezogen, habe den Film aus der Videothek besorgt, unsere Wohnung in romantisches Kerzenlicht getaucht und ein paar Leckereien auf den Tisch gestellt. Es sollte schließlich alles perfekt sein. Doch der Abend fing schon holprig an, als ich die DVD einlegen wollte und Johann mich fragte, ob das der neue Streifen mit Megan Fox sei. Sein begeisterter Gesichtsausdruck, während er ihren Namen aussprach, eigentlich allein schon die Frage an sich, sorgten bei mir für leichte Verstimmung.

Für jede normale Frau, und dazu zähle ich mich, ist Megan Fox mit ihren gemachten Brüsten und dem Dauer-Abo beim Schönheitschirurgen ein Angriff auf das Selbstwertgefühl.

Als ich Johann dazu meine Meinung sagte, zuckte er nur gelangweilt mit den Achseln: »Ist mir egal. Megan Fox ist eine echt scharfe Braut. Wenn das das Ergebnis ist, wenn man sich heutzutage unters Messer legt, kann ich nur sagen: Ein Hoch auf die plastische Chirurgie!« Johanns Begeisterung schlug in herbe Enttäuschung um, als er merkte, was ich da für einen Film eingelegt hatte. Meine Bemerkung, dass Audrey Hepburn viel schöner und nicht operiert sei, quittierte er nur mit einem Achselzucken. Irgendwie konnte er sich danach auch nicht für die Handlung des Films erwärmen. Jedenfalls erwischte ich Johann genau bei der Szene, als Audrey Hepburn ihre Hand in den berühmten Mund der Wahrheit – den Bocca della Verita – steckt, wie er gelangweilt seine E-Mails auf dem iPhone checkte. Da wurde mir schlagartig klar: Emotionen sind Frauensache!

Ich seufze wehmütig bei dem Gedanken an jenen Abend.

»Hier.« Ich tippe auf die Stelle auf meinem Desktop. Sofort ziert ein hässlicher Fingerabdruck die Scheibe. »Hier steht ... Ich zitiere: ›... Hochzeitsvorbereitungen sind sehr zeitaufwendig und erfordern eine präzise Planung ...‹ Du sagst doch immer, ich soll mich rechtzeitig um alles kümmern, und jetzt meckerst du.« Ich schnaube beleidigt in den Hörer.

»Okay, okay«, seufzt sie, und ich weiß, ich habe gewonnen. »Also sag schon, damit ich die Seite aufrufen kann.«

Genau darum könnte ich mir keine bessere Freundin als Katja wünschen. Claudia Rauenberg, mit der ich befreundet war, bevor Katja zu uns gekommen ist, hätte jetzt die Stirn gerunzelt und gesagt: »Das ist doch Quatsch.« Oder noch schlimmer: »Das ist doch nur ein Kleinmädchentraum.« Katja dagegen versteht mich voll und ganz, auch wenn sie oft einen auf vernünftig macht. Aber das ist auch ihr Job. Sie ist eigentlich Wirtschaftsingenieurin, in letzter Zeit arbeitet sie allerdings im Marketing. Ich nenne ihr die Webadresse.

»Oh, Julia«, flüstert sie, »das sieht ja hinreißend aus.« Einen Moment lang schweigen wir beide.

Und dann verdirbt Katja wieder alles. »Meinst du nicht, dass Johann die Krise kriegt, wenn er hört, was du so alles planst?«

»Warum?«, sage ich leicht säuerlich. »Schließlich liebt mich Johann und will nur das Beste für mich.« Ich spiele nervös mit meinem Kugelschreiber.

»Na ja, bei unserem letzten Treffen hatte ich den Eindruck, als würde Johann sich eher etwas Kleines vorstellen … etwas Preiswerteres.«

»Hochzeiten am Strand sind ja schließlich nichts Ungewöhnliches mehr«, verteidige ich ihn, auch wenn mich der Verdacht beschleicht, dass Katja mit ihrer Einschätzung nicht ganz verkehrt liegt. Aber das kann ich natürlich unmöglich zugeben. Schließlich reden wir hier von meinem zukünftigen Ehemann. »Außerdem bieten die hier so ein Gesamtpaket an. Das ist deutlich günstiger, und ich kann trotzdem noch meine Wünsche äußern.«

»Na dann«, lenkt Katja ein. »Sieht jedenfalls klasse aus. Sag mal, ist das da im Hintergrund auf dem Strandfoto ein Supermarkt?«

Ich kneife die Augen zusammen und komme so dicht an den Bildschirm, dass meine Nase ihn fast berührt. Tatsächlich sind im Hintergrund die Umrisse eines bekannten Discounters zu sehen. Ich schweige und ziehe mit den Zähnen einen Hautfetzen am Daumen ab. Eine schlechte Angewohnheit, wenn ich nervös bin.

»Mhm, ich muss ja nicht unbedingt diese Agentur nehmen. Es gibt schließlich Hunderte davon im Netz.«

»Wenn du willst, kann ich mich ja mal umsehen«, schlägt Katja vor.

»Prima«, sage ich glücklich. Katja hat mal ein Praktikum bei einer PR-Agentur gemacht und ist ein echtes Organisationstalent.

»Gut, ich mach dann mal weiter. Vor mir liegt noch ein Riesenstoß Arbeit, und der Russe hat sich heute Mittag zur Besichtigung angesagt.«

Der Russe, wie Katja ihn nennt, ist der größte Kunde von *Blohm + Voss*. Ihm hat sie letztendlich ihren Job dort zu verdanken. Ganz nebenbei sei erwähnt, dass Katja und er ein Paar sind, auch wenn sie diesen Umstand zu verschweigen versucht. Aber als ihre beste Freundin kenne ich sie genau! Die Art und Weise, wie sie über den Russen redet, lässt eindeutig darauf schließen, dass sie Hals über Kopf in den Mann verliebt ist.

»Okay, bis später«, verabschiede ich mich und hänge den Hörer ein.

Zufrieden betrachte ich mein Spiegelbild im Fenster. Ja, ich sehe aus wie eine klassische Businessfrau. Meine Haare, die zu einem gewissen Eigenleben neigen, sind sorgfältig glatt geföhnt, ich trage dezente Perlenohrringe und eines dieser typischen, schmal geschnittenen Kostüme, wie sie eigentlich nur Frauen ab vierzig tragen sollten. Aber wenn man die zukünftige Schwiegertochter des Bosses ist, muss man auf sein Äußeres achten. Außerdem kaschiere ich so meine überflüssigen Pfunde. Mein Körpergewicht war schon immer mein Problem. Bereits in der Grundschule war ich ein bisschen pummelig, was meine Mutter bei Familientreffen immer als Babyspeck abgetan hat, der spätestens mit meiner Pubertät und dem damit verbundenen Wachstum verschwinden sollte. Zu meinem Leidwesen bin ich weder großartig gewachsen, sondern bei einer Körpergröße von knapp einem Meter achtundsechzig stehen geblieben, noch ist mein Babyspeck von damals verschwunden. Ich wende meinen Blick ab und versuche besonders geschäftsmäßig zu wirken, während ich mich wieder dem Internet zuwende, um die Kommentare zu meinem letzten Status-Update zu lesen.

»Frau Löhmer?« Ich reiße den Kopf hoch und sehe meinen zukünftigen Schwiegervater vor mir stehen. »Haben Sie den Artikel über den Holunder fertig?« Er kann sich mit dem Du nicht recht anfreunden. Mein Schwiegervater findet, dass es unprofessionell ist, wenn man seine Angestellten duzt. »Geschäft ist eben Geschäft« ist sein Leitspruch. Selbst bei den wenigen gemeinsamen Abenden, die wir bisher miteinander verbracht haben, herrschte deshalb eine eher angespannte Stimmung.

»So gut wie«, lüge ich. Da er mich mit seinen braunen Augen beobachtet, die mich sehr an die von Johann erinnern, fühle ich mich genötigt, guten Willen zu zeigen und die entsprechende Datei auf meinem Computer zu öffnen. Aber er beobachtet mich immer noch. Von

Johann keine Spur. Ich habe ihn seit meinem Verlassen der Wohnung heute Morgen nicht mehr gesehen, und jetzt ist es immerhin schon Mittag.

»Dieser wegen seiner zum Verzehr geeigneten Blüten sehr beliebte Busch ist dazu noch äußerst robust und selbst für unerfahrene Hobbygärtner geeignet«, tippe ich und schreibe damit nur aus dem Gartenbuch meiner Mutter ab, das sie mir zu meinem letzten Geburtstag geschenkt hat. »Außerdem ist der Holunderbusch winterhart.«

Nach dem letzten Satz trinke ich einen Schluck Kaffee und befasse mich mit dem nächsten Kapitel von *Der Gartenfreund*.

Natürlich ist der Job als Journalistin bei einer Gartenzeitschrift nicht die Stelle, von der ich immer geträumt habe. Ich kann mir nicht vorstellen, dass irgendjemand freiwillig über Blumen, Saatgut und Baumschulen schreibt. Die Leute sagen dann immer, sie sind da so reingerutscht. In meinen Augen alles Lüge. In Wahrheit ist es doch so, dass niemand anderes sie haben wollte. Ich habe es gar nicht erst versucht und die Stelle bei Johanns Vater gleich nach dem Abschluss meines Studiums angenommen.

Johann und ich leben jetzt seit zwei Jahren zusammen. Wir haben eine Wohnung ganz in der Nähe von Johanns Elternhaus. Das ist praktisch für Johann, so kann er, wann immer ihm danach ist oder er mit seinen Eltern etwas Geschäftliches besprechen muss, einfach rübergehen. Und er tut das häufig. Davon abgesehen ist es eine richtig grüne und bezaubernde Gegend. Die Häuser haben hier alle so hübsche Vorgärten, zu jeder Haustür führt ein kleiner Steinweg, und alle paar Meter steht ein Baum im Bürgersteig. Jeder hier achtet peinlich darauf, seine Kehrwoche nicht zu vergessen. Manchmal frage ich mich, warum es die Stadtreinigung in Freiburg überhaupt noch gibt, wo doch die Bürger dieser bezaubernden Kleinstadt alles selbst erledigen und dies noch gründlicher und besser. Wahrscheinlich ist das auch der Grund, warum die Firma Hartmann diesen Standort zu ihrem Hauptsitz erklärt hat. Wo sonst findet man so viele gepflegte private Grünanlagen, deren Besitzer ihr ganzes Geld für den Garten statt für schöne Klamotten oder teure Schuhe ausgeben? Aber das muss jeder selbst wissen.

Ich persönlich investiere lieber in schöne Kleider und ein gepflegtes Äußeres. Das ist mindestens genauso wichtig – und macht zudem auch noch Spaß.

Die angesetzte Redaktionskonferenz für heute Abend fällt überraschend aus, und so mache ich früher Schluss. Der Artikel über die Hortensie kann schließlich warten, es gibt wichtigere Dinge zu tun. Zum Beispiel meine Hochzeit organisieren.

Bevor ich gehe, schaue ich noch mal bei Johann im Büro vorbei. Seine Sekretärin lässt mich wissen, dass er zu einem wichtigen Kunden gefahren sei. Na, dann eben nicht.

Als ich zur Haustür hereinkomme, liegt im Hausflur ein ganzer Stapel Post für uns. Schnell sortiere ich ihn durch.

Langweilig …

Langweilig …

Lilly Brautmoden. Ha!

Langweilig …

Ich schnappe mir den Brautmoden-Katalog und stecke ihn in meine Tasche. Nicht, dass ich vor Johann etwas zu verbergen hätte, aber ich habe gerade erst einen interessanten Artikel in einer Frauenzeitschrift gelesen mit der Überschrift: »Weniger ist manchmal mehr«. Darin ging es darum, dass wir Frauen gerne dazu neigen, unserem Partner alles zu erzählen, um ihn an unserem Leben teilhaben zu lassen. Der Autor – ein echter Psychologe – warnt in seinem Artikel ausdrücklich davor, den Partner bloß nicht mit jedem klitzekleinen Vorkommnis zu belasten. Männer würden sich dadurch häufig überfordert fühlen.

Na, wenn der es nicht weiß, wer dann? Der Typ ist schließlich einer von ihnen und noch dazu Psychologe.

Deshalb habe ich in der letzten Zeit, ehrlich gesagt seit der Bekanntgabe unserer Verlobung, eine ganze Menge an Post rund um das Thema Hochzeit herausgefiltert. Wenn man es genau nimmt, schütze ich Johann damit sogar. Er hat schließlich genug mit der Firma seines Vaters zu tun, da muss ich ihn nicht noch mit Dingen belasten, die ich genauso gut selbst entscheiden kann. Den Rest der Post klemme ich mir unter den Arm und gehe dann die Treppe hoch zu unserem Appartement.

Als ich im dritten Stock ankomme, höre ich durch die Wohnungstür leise Musik, und auf einmal habe ich ein freudiges Kribbeln im Bauch. Johann hat bestimmt früher Schluss gemacht, um mich mit einem romantischen Abendessen zu überraschen! Sofort habe ich das Bild von Johann in seinem schicken neuen Anzug von Armani vor mir, den wir zusammen bei unserem letzten Besuch in Hamburg gekauft haben. Wie er liebevoll die letzten Rosenblütenblätter auf dem perfekt gedeckten Tisch verteilt und die Flasche Rotwein öffnet, die uns sein Vater anlässlich unserer Verlobung aus seinem privaten Weinkeller geschenkt hat. Ich seufze leise. Ach, mein Johann ist einfach der perfekte Mann zum Heiraten, so viel ist sicher!

Ich schließe die Tür auf und rufe fröhlich: »Hallo!«

Keine Antwort.

Ich öffne die Tür zu unserem modernen Wohnzimmer. Simply Red plärrt aus dem Radio, und das Erste, was ich sehe, ist Johanns weißer Hintern, der in rhythmischen Bewegungen hinter unserem Sofa auftaucht. Wie in Zeitlupe erfasst mein Hirn die Einzelheiten um mich herum. Überall auf dem Boden liegen Kleidungsstücke verteilt, über meiner geliebten Tolomeolampe, die ich kostengünstig durch ein Zeitschriften-Abonnement erworben habe, hängt ein schwarzer Spitzenstring (keiner von meinen!), eine Flasche Champagner (doch nicht etwa die, die für unsere Hochzeit gedacht war?!) steht auf dem kleinen Beistelltisch neben dem Sofa, dazu zwei halb volle Gläser, in denen der Champagner nicht mehr perlt.

Jemand stößt einen spitzen Schrei aus – ich glaube, es ist meiner. Jedenfalls taucht Johanns Kopf hinter unserem Sofa auf. Seine Haare sind völlig zerzaust. Wo er doch sonst so viel Wert auf ordentlich zurückgekämmte Haare legt! Seine hellblauen Augen sind völlig gerötet. Er sieht aus wie ein zehnjähriger Junge mit Bartstoppeln. Er ist, soweit ich es von meinem Standpunkt aus erkennen kann, nackt. Na ja, wenn man von der Krawatte absieht, die verloren um seinen Hals hängt. Fassungslos starre ich ihn an und überlege, welchen Teil des Films ich wohl verpasst habe.

Hallo? Hört mich jemand?

»Johann?«, schreie ich entsetzt. »Was ist hier los?« Zugegeben, eine äußerst dämliche Frage angesichts der Situation, aber ich finde sie dennoch berechtigt.

»Julia!«, sagt er mit getrübtem Blick. »Hi! Was machst du denn hier?«

»Ich wohne hier. Schon vergessen?«

»Ach ja.« Er sieht mich benommen an. »Stimmt.«

In diesem Moment taucht ein zweiter Kopf inklusive einem Paar üppiger Brüste unter ihm auf.

»Annette?« Ich glotze wie gebannt auf den gewaltigen Busen. Titten-Annette, wie Katja sie immer nennt, ist die Chefredakteurin von *Der Gartenfreund* und schon seit Längerem bei *Hartmann & Sohn* angestellt. Dadurch, dass wir Arbeitskolleginnen sind und uns täglich sehen, wusste ich zwar, dass Annette etwas üppiger gebaut ist als ich, aber dass es so viel ist, hätte ich nicht gedacht.

»Hallo, Julia«, begrüßt sie mich und bedeckt mit den Händen schamhaft ihre Oberweite, als sie meine Blicke bemerkt. Als ob das jetzt noch etwas nützen würde! Außerdem sehe ich durch den Tränenschleier, der meine Augen bedeckt, sowieso alles nur noch unscharf.

»Wie kannst du nur …?«, schluchze ich. »Wir sind doch verlobt!« Mir ist schwindlig, und ich muss mich an der Wand abstützen, um nicht das Gleichgewicht zu verlieren. Mein Puls rast unregelmäßig. Ich kann keinen klaren Gedanken mehr fassen. Hallo? Hallo? Ich funke Hilferufe in den Weltraum. Aber niemand antwortet.

Johann sieht mich betroffen an. »Hasilein, das ist ganz anders, als es aussieht. Das ist rein körperlich, das hat nichts mit uns zu tun.« Er befreit sich aus den Krakenarmen von Annette, die erst mich und dann Johann mit finsterer Miene ansieht.

Ich stehe ganz klar unter Schock. Vermutlich läuft mir die Spucke übers Kinn oder so. Ich versuche alles zu einem Gesamtbild zusammenzufügen. Vergeblich. In meiner Verzweiflung suche ich nach einer logischen Erklärung für die ganze Situation: Ist Annette vielleicht das Ergebnis … äh so einer Art Torschlusspanik? Eigentlich gibt es nur zwei mögliche Erklärungen: Entweder Johann hat einen Gehirntumor, oder ...?

»Sag mal, spinnst du!«, faucht Annette ihn an. Für einen winzigen Augenblick finde ich sie sympathisch. »Heute Morgen hast du mir noch gesagt, du willst Schluss machen und jetzt?!« Okay, das mit der Sympathie ist vorbei. »Die ganze Zeit jammerst du, wie Julia dich mit ihrem ewigen Getue nervt. Sag es ihr!« Sie stemmt die Hände in die Hüfte und baut sich vor Johann auf, der auf einmal winzig wirkt.

»Ich möchte Schluss machen«, sagt er schließlich und sieht dabei auf seine nackten Zehenspitzen. Also wegen seiner Füße habe ich mich nicht in Johann verliebt, die sehen nämlich aus wie Goofy-Füße, breit und unförmig, mit kleinen, saugnapfähnlichen Zehen. Aber diese Kleinigkeiten bekommt man ja meist erst zu sehen, wenn es schon zu spät ist und man die erste Nacht miteinander verbracht hat.

»Mit wem?«, rufen Annette und ich wie aus einem Munde.

Johann sieht erst Annette und dann mich an. »Ich wollte es dir schon seit Längerem sagen. Das mit unserer Verlobung ...«, er hebt die Hände, »... das war ein Fehler. Ich bin einfach noch nicht reif genug dafür. Ich möchte, dass du glücklich bist, und mir ist klar geworden, dass ich nicht der Richtige bin, um dich glücklich zu machen.« Er hat den Satz noch nicht zu Ende gesprochen, als sich der Knoten des Handtuchs löst und selbiges von seiner Hüfte und zu Boden rutscht. Eine Frau hätte sich sofort bedeckt und zur Not die Hände schützend davor gehalten. Nicht mein Johann! Breitbeinig steht er nackt vor mir, als wäre es die natürlichste Sache auf der Welt.

»Hast du einen Hirntumor?«, platze ich heraus.

»Wie bitte?« Johann sieht mich an, als hätte ich den Verstand verloren. »Wie kommst du denn darauf?«

»Ja, weil ...«, rufe ich. »... warum sonst solltest du so etwas Gemeines tun? Bei uns ist doch alles in Ordnung! Wir haben täglich Sex und ...«

»Waaas?«, schreit Annette und richtet sich auf, sodass ich ihre runden Hüften sehen kann.

Johann seufzt. »Ich wusste, dass es schwer werden würde, mit dir vernünftig darüber zu reden. Du bist immer so emotional.«

Einer von uns hier ist offensichtlich verrückt geworden. Ich bin es jedenfalls nicht. Vielleicht Annette? Sie sieht jedenfalls so aus, wie sie sich wie eine Furie auf Johann stürzt und ihm eine saftige Ohrfeige verpasst. Hey, das wäre eigentlich mein Part gewesen.

Johann jedenfalls guckt völlig verdutzt und reibt sich die Wange. »Wofür war das jetzt?«

»Für den täglichen Sex!«, faucht Annette, und ich verspüre so etwas wie Triumph.

»Aber Mäuschen, das war doch nur aus reiner Gewohnheit und um ...«, weiter kommt er nicht. Denn ich mache einen Schritt auf Johann zu, hole weit aus und versetze ihm die nächste schallende Ohrfeige.

»Bevor du fragst: Das war für die Gewohnheit«, schleudere ich ihm entgegen.

Dann, ohne auf seine Reaktion zu warten, mache ich auf dem Absatz kehrt und verlasse die Wohnung erhobenen Hauptes und mit dem letzten Rest an Würde, der mir noch geblieben ist, um erst vor der Haustür in Tränen auszubrechen.

Nachdem ich eine gefühlte Ewigkeit lang heulend durch die Innenstadt von Freiburg geirrt bin, bleibe ich vor dem Zufluchtsort meiner Jugend stehen, dem *Dusk till Dawn*. Die Kneipe ist nach dem gleichnamigen Film benannt und in seiner Einrichtung ähnlich gehalten. Allerdings ist die Einrichtung das Einzige, was diese üble Spelunke mit dem Film gemeinsam hat. Anstatt megacooler Vampire hängen hier nur Typen herum, die kein Zuhause haben und ihre Körper mit unzähligen Tattoos zupflastern. Für meine Eltern war das *Dusk till Dawn* eine Art Sündenpfuhl, den es unter allen Umständen zu meiden galt, was einen Besuch dort für Katja und mich umso reizvoller machte. Also stahlen wir uns jeden Freitagabend aus dem Gemeindejugendzentrum, wo wir uns zuvor hatten absetzen lassen, um uns wenig später mit einigen Jungs aus der Oberstufe im *Dusk till Dawn* zu treffen.

Ich setze mich mit einem lauten Seufzer auf den Barhocker und starre mein trauriges Spiegelbild oberhalb des Tresens an. Zu allem Überfluss ist mein Haar, das ich heute Morgen so sorgsam glatt geföhnt hatte, ganz kraus. Typisch! Das ist wie bei Hundebesitzern, die nähern sich mit der Zeit auch optisch ihren Hunden an. Neulich erst habe ich eine Frau mit einem Mops gesehen, die hatte genauso viele Falten wie ihr Hund. Ungefähr so verhält es sich auch mit meinen Haaren, die passen sich immer meiner aktuellen Stimmung an. Bin ich gut drauf, liegen sie seidig glatt um meinen Kopf – bin ich unglücklich, gewinnt eine eigenartige Krause die Oberhand und lässt mich wie einen Pudel aussehen.

Der Barkeeper stellt mir den gewünschten Gin Tonic hin und sieht mich mitleidig an.

»Kopf hoch«, sagt er, »so schlimm kann es doch gar nicht sein.«

»Doch!«, widerspreche ich und nehme einen tiefen Schluck aus dem Glas. Fühlt sich schon besser an. Auf einem Bein kann man nicht stehen, also nehme ich gleich noch einen. Das Glas ist halb leer. Mein Magen macht nervöse Hüpfer. Zur Beruhigung trinke ich einfach weiter. Als ich mein Glas ausgetrunken habe, klingelt mein Handy. Ich starre auf das Display und nehme ab.

»Katja«, schluchze ich laut. Manchmal erschreckt mich Katjas Gespür genau im richtigen Moment anzurufen!

»Julia? Was ist passiert?« Ihre Stimme klingt, als ob sie durch einen dicken Wattebausch sprechen würde. Ich schüttle mein Handy, aber das Wattegefühl bleibt. Komisch!

»Hartmännchen …« Ich heule laut auf: »Johann hat mich mit Annette betrogen.«

»Bitte? Mit der Dicken mit den Monsterbrüsten? Dieses Schwein! Soll ich kommen und ihm den Schwanz abschneiden?« Meine beste Freundin findet eben immer die richtigen Worte zur richtigen Zeit. Für den Bruchteil einer Sekunde bin ich versucht, ihr Angebot anzunehmen.

»Oh! Ähm … nein.«

»Du hast doch nicht etwa Mitleid mit dem Arsch?« Warum ist Katja nur immer so misstrauisch?

»Nein, natürlich nicht«, schniefe ich und wische mir anschließend mit dem Hemdsärmel über die Nase. Ich sehe ganz grauenvoll aus. Eine rote Nase so groß wie eine Kartoffel, verschmiertes Make-up und

Augen, die so klein und zugeschwollen sind, dass man sie nur erkennt, wenn man genau hinsieht. Ich gebe dem Barkeeper ein Zeichen.

»Julia? Wo steckst du eigentlich?« Sie ist zu diesem mütterlichen Ton übergewechselt, den sie immer dann bekommt, wenn sie sich Sorgen um mich macht.

»Im *Dusk till Dawn*«, schluchze ich und nehme den zweiten Drink entgegen, den mir der Barkeeper reicht.

»Ach du meine Güte! Dir muss es ja echt dreckig gehen, wenn du in dem Schuppen gelandet bist.« Ich kann förmlich hören, wie sich Katja am anderen Ende der Leitung schüttelt.

»Und, was hast du jetzt vor?«, bohrt Katja weiter. »Du kannst ja schließlich nicht die ganze Nacht da sitzen bleiben und hoffen, dass alles wieder gut wird.«

»Wenn du gesehen hättest, was ich gesehen habe, würdest du an meiner Stelle auch hier sitzen und dich betrinken«, sage ich bestimmt und genehmige mir noch einen Kurzen, den mir der Barkeeper in weiser Voraussicht reicht.

»Julia, jetzt sei doch mal vernünftig. Du musst doch irgendwo unterkommen, du kannst ja schließlich nicht die ganze Nacht im *Dusk till Dawn* verbringen.«

Warum eigentlich nicht? Ich blinzele, als mir der Typ neben mir seinen Rauch ins Gesicht bläst und mir dabei verheißungsvoll zuzwinkert. Vielleicht lieber doch nicht?!

»Ich gehe auf keinen Fall zurück in Johanns Wohnung«, beharre ich und versuche dem Zigarettenrauch zu entkommen, indem ich meinen Kopf zur Seite drehe.

»Du könntest ins Hotel gehen. Und wenn du morgen wieder nüchtern bist, sieht die Welt schon ganz anders aus. Und außerdem kannst du dich in Ruhe nach einem neuen Job umsehen und die ganze Sache mit Johann klären.«

»Hilfeeee«, schrillt es in meinem Kopf. »Glaubst du, dass die mich bei *Hartmann & Sohn* rausschmeißen?«

»Was hast du denn gedacht? Johann wird auf keinen Fall wollen, dass du noch weiter in der Firma seines Vaters arbeitest.«

Was ich jetzt brauche, ist mehr Alkohol und den am besten intravenös. Ich gebe dem Barkeeper ein Zeichen. Der Mann ist wirklich aufmerksam, denn keine Minute später steht ein volles Glas vor mir. Das Leben ist wirklich ungerecht. Titten-Annette hat den besseren Job und bekommt jetzt als Dreingabe noch meinen Johann dazu.

»Julia?«

»Ja.« Ich nehme einen kräftigen Schluck.

»Sag mal, trinkst du schon wieder? Wie viel hast du eigentlich schon intus?«

»Wieso?«

»Weil du irgendwie komisch klingst. Du, ich mache mir jetzt wirklich Sorgen.« Katja wird bestimmt mal eine tolle Mutter. Ich sehe sie förmlich vor mir stehen, umringt von einer Schar Kinder, die artig miteinander spielen und immer »Bitte!« und »Danke!« sagen, wenn Katja ihnen etwas sagt.

»Ach was!«, winke ich ab. »Hier ist alles unter Kontrolle.« Ich stelle mein Glas auf den Tresen, dabei – ups – rutsche ich von meinem Stuhl und das Glas geht klirrend zu Boden. Hastig rappele ich mich wieder auf.

»Julia? Juliaaaaa?« Katjas Stimme schrillt durchs Telefon.

»Ja, ja, alles okay«, versuche ich meine Freundin zu beruhigen. »Ich bin aus Versehen vom Stuhl abgerutscht.« Ich streiche meinen Rock glatt.

»Soso, aus Versehen. Komisch, dass dir das sonst nicht passiert. Ich finde, du solltest langsam Schluss machen und nach Hause gehen.« Sie macht eine Pause, die ich nutze, um mich wieder auf den Hocker zu setzen und dem Barkeeper ein Zeichen zum Nachschenken zu geben. »Ich habe eine Idee. Du gehst jetzt zu deinen Eltern, pennst dich mal richtig aus und dann setzt du dich morgen in den Zug und kommst mich in Hamburg besuchen. Ich könnte mir die Woche frei nehmen und mich um dich kümmern.«

Von so viel Freundschaft bin ich derart gerührt, dass mir die Tränen erneut in die Augen steigen. »Dubisteinfachzugutzumir«, nuschle ich in den Hörer. »EinewahreFreundin und isch hab disch gaaanz doll lieb.«

»Prima. Dann hör wenigstens einmal auf mich und geh nach Hause«, sagt Katja bestimmt.

Ich seufze leise und lächle meinen Sitznachbarn tapfer an. Was sich als Fehler herausstellt, denn der Typ »Marke Loser« fühlt sich dadurch sofort ermutigt und rutscht dicht zu mir auf. Sein Atem bläst mir ins Gesicht, und es riecht, als ob jemand den Deckel einer Mülltonne abgenommen hat. Seine Gesichtstönung ist die von dünner Milch, und seine Haare haben die Farbe von Hundekacke.

»Na Süße, was macht denn eine heiße Braut wie du so alleine hier?« Er lächelt mir siegessicher zu. Hilfe! Seine Zähne sehen aus, als ob Moos auf ihnen wächst. Mir wird leicht schlecht, und für einen Moment bin ich mir nicht sicher ob vom Alkohol oder von dem Gestank, der mir jedes Mal um meine Nase weht, wenn der Typ ausatmet. Ich winke den Barkeeper herbei, der mir wortlos nachschenkt. Der Mann ist wirklich zu Höherem berufen! Dankbar stürze ich den Gin Tonic hinunter. Schon besser. So lässt sich auch der Anblick meines Gegenübers besser ertragen.

»Kann ich dich auf ein Bierchen einladen?« Sein Triefauge zwinkert mir aufmunternd zu. So wie er es sagt, klingt es irgendwie mehr wie eine Aufforderung zum Gruppensex. Ich starre verwegen in mein Longdrink-Glas, während in meinem Hirn ein Gedankenfeuerwerk im Gange ist. Eines ist sicher! Ich muss hier weg, bevor der Kerl über mich herfällt. Und das kann seinem Sabberblick nach zu urteilen nicht mehr lange dauern.

Aber wohin? Zu meinen Eltern?

Das letzte Mal, als ich dort länger zu Besuch war, hat meine Mutter mich morgens beim Frühstück gefragt, ob ich meine Zähne auch ordentlich geputzt habe, und mir nach dem Essen den Mund mit einem Taschentuch, worauf sie vorher gespuckt hatte, abgewischt. Brrrr … auf keinen Fall gehe ich nach Hause! Aber zu Johann und Titten-Annette will ich auch nicht. Ich überlege, was ich als Nächstes tun könnte. Meine Hirnzellen scheinen gerade ohne mich eine Party zu feiern, jedenfalls bekomme ich keinen vernünftigen Gedanken zustande. Der Todesatem-Mann prostet mir mit sabberndem Blick zu. Ich muss hier raus. Also bestelle ich die Rechnung. Hier zeigt der Barkeeper erste Schwächen. Denn bis die Rechnung endlich kommt, vergeht eine gefühlte Ewigkeit, die der Todesatem-Mann nutzt, um mir ein Gespräch aufzuzwingen.

»Na Süße, du willst doch nicht schon gehen, jetzt wo wir uns gerade erst kennengelernt haben?« Der Gestank ist wirklich unerträglich. Ich simuliere einen Niesanfall und krame in meiner Tasche nach einem Taschentuch. Der Typ ist zwar nicht weg, aber der Gestank lässt sich so wenigstens einigermaßen ertragen.

»Ich habe noch eine Verabredung«, erkläre ich mich kurz.

Dass dies eine Lüge ist, merkt selbst Todesatem-Mann, denn er zieht die buschigen Augenbrauen nach oben und sieht mich zweifelnd an. Dabei fällt mir auf, dass der Mann zu allem Übel auch noch schielt.

Der Barkeeper kommt endlich mit der Rechnung. Als ich einen Blick darauf werfe, stockt mir der Atem. Meine Güte, für solch eine Summe gehe ich normalerweise essen! Eine Frau muss eben wissen, wann es an der Zeit ist, sich selbst etwas zu leisten.

Als ich gehe, wirft mir der Barkeeper ein bedauerndes Lächeln zu, da er mit mir wahrscheinlich den zahlungskräftigsten Kunden des Abends verloren hat.

Draußen schlägt mir die kühle Nachtluft entgegen, und ich bin mit einem Schlag nüchtern. Das ganze Elend meiner Situation wird mir wieder bewusst. Ich muss hier weg! Sofort! Ein Blick auf die Uhr genügt, um mich noch mehr in Panik zu versetzen. Es ist erst acht Uhr! Was soll ich nur die ganze Nacht über tun?

Der alte Spruch von Oma Trude fällt mir wieder ein: »Was du heute kannst besorgen, das verschiebe nicht auf morgen.« Plötzlich habe ich eine Idee.

Genau! Hatte Katja nicht am Telefon gesagt, dass ich zu ihr nach Hamburg kommen soll? Ha, das ist es! Warum bis morgen warten?! Ein Lächeln stiehlt sich auf mein Gesicht und verdrängt die Tränen.

»Ich fahre nach Hamburg! Ich fahre nach Hamburg!«, jubiliert es in meinem Kopf. Ich zücke mein iPhone, ein Geschenk von Johann, und rufe die Seiten der Deutschen Bahn auf. Der Nachtzug von Freiburg nach Hamburg geht in knapp einer Stunde. Ich werfe einen hastigen Blick auf meine Armbanduhr. Wenn ich mich beeile, kann ich es noch rechtzeitig schaffen. Ohne zu überlegen, haste ich zum nächsten Taxistand.

2. Julias Facebook-Status: Ich bin dann mal weg!

Als mein Zug aufgerufen wird, habe ich noch zwei Wodkas in der Bahnhofskneipe getrunken und bin schon viel besser drauf. Ich fühle mich leicht und beschwingt. Auf dem Weg in mein Abteil klemme ich mir meine Handtasche fest unter den Arm. Ich recke heroisch das Kinn und versuche das letzte bisschen Würde zu wahren, das mir noch geblieben ist. Ein paar Leute lächeln mich an und gehen dann kopfschüttelnd weiter. Ich lächle einfach zurück. Na also, geht doch. Ich bin ein wenig stolz auf mich. Was hat Katja vorhin am Telefon gesagt? Man müsse nur positiv denken, alles andere ergäbe sich von selbst. Deshalb fahre ich auch erster Klasse nach Hamburg. Ich habe zwar nicht genau verstanden warum, aber der Bahnangestellte am Schalter behauptete, dass der Spartarif der ersten Klasse billiger sei als der Normaltarif der zweiten Klasse. Meine Mutter meinte immer, man solle nehmen, was man kriegen kann. Also habe ich den Mann nicht länger mit Fragen belästigt und gezahlt. Wenigstens begehe ich meinen Abgang aus Freiburg mit Stil.

Ich gerate ein bisschen aus dem Gleichgewicht, als ich versuche, die Schiebetür zwischen den Wagons zu öffnen. Mein Abteil habe ich immer noch nicht gefunden. Ich versuche erneut die Nummer auf dem Ticket zu erkennen, das ich in meiner Hand krampfhaft festhalte. Warum werden die wichtigen Dinge immer so klein gedruckt? Ich kneife meine Augen zusammen, um die Zahl zu entziffern, die unter der Reservierung steht. Alles verschwimmt zu einem Buchstabenbrei.

Ein Mann drängelt sich an mir vorbei. Für einen Moment passe ich nicht auf und das Ticket gleitet mir aus der Hand. Ich will mich danach bücken, verliere bei der Aktion aber fast das Gleichgewicht. Leicht schwindlig und etwas unsicher auf den Beinen stütze ich mich an der gegenüberliegenden Wand ab. Vielleicht war der letzte Wodka doch schlecht? Der Mann bleibt stehen und bückt sich nach meinem Ticket. Als er es mir reicht, starrt er mich an.

Ein typischer Student. Outfit: Jeans, ausgewaschenes T-Shirt und Chucks. Er hat dunkle Augen, Bartstoppeln und auf seiner Stirn sind tiefe Sorgenfalten. Als er mich ansieht, lächeln seine Augen belustigt. Er sieht gut aus. Verdammt gut, um ehrlich zu sein.

»Danke«, murmele ich und streiche mir betont lässig eine Strähne aus dem Gesicht. Mein Hormonhaushalt ist in heller Aufregung.

Er starrt noch immer.

»Hi. Ähm …«

»Ja?« Er lächelt und ich könnte in seinen feuchtbraunen Augen versinken.

»Warum starren Sie mich so an?«

»Verzeihung … aber …« Sein Grinsen wird noch breiter, soweit das überhaupt möglich ist. »Ihre Bluse …« Er deutet mit dem Finger auf meinen Ausschnitt. Ich schaue an mir herunter und erstarre augenblicklich. Irgendwie müssen mir unterwegs die Knöpfe aufgegangen sein. Drei Knöpfe weiter als sonst guckt mein BH raus. Mein uralter verwaschener Hello-Kitty-BH, den ich unbedingt haben musste, auch wenn ich mit Ende 20 eigentlich schon viel zu alt dafür bin. Aber ich stehe nun mal auf Hello Kitty. Ich habe auch einen Hello-Kitty-Anhänger für mein Handy. Einen mit Glitzersteinen. Ein Laster muss der Mensch doch haben dürfen. Jetzt, in diesem Moment, ist es mir allerdings peinlich.

»Danke«, murmele ich und knöpfe mir mit zittrigen Fingern und vor Scham brennendem Gesicht die Bluse zu.

»Ist wohl nicht Ihr Tag heute?« Er hat eine leicht raue Stimme. Klingt irgendwie sexy.

Ich versuche, ein Lächeln zustande zu bringen. »Nein, ich hatte schon bessere. Viel bessere, wenn Sie wissen, was ich meine.«

Er nickt verständnisvoll.

»Trotzdem noch mal: Danke!« Ich habe ein wenig Probleme, meine Worte klar zu formulieren. Und obwohl ich sie in meinem Kopf ganz deutlich hören kann, kommt aus meinem Mund ein undeutlicher Brei an Wörtern, der mit denen in meinem Kopf nicht mehr viel gemein hat.

Er sieht auf meine Reservierungskarte. »Darf ich mal?«

Ich reiche sie ihm wortlos, immer noch um Gleichgewicht bemüht. Der Typ ist total süß. Er schweigt, während er meine Sitzplatzreservierung überprüft.

»Das nenne ich einen Zufall.« Er reicht mir meine Karte. Da ist es wieder, dieses freche Grinsen auf seinem Gesicht.

»Was?«

»Wir sind im gleichen Schlafwagen ... äh genauer gesagt, teilen wir uns das gleiche Abteil.«

»Echt?« Ich kann mein Glück kaum fassen. Das letzte Mal, als ich mein Zimmer mit jemand anderem teilen musste, war ich im Krankenhaus und bekam meinen Blinddarm herausoperiert. Meine Zimmernachbarin war damals eine hysterische Mittdreißigerin, die am Knie operiert worden war. Davon abgesehen, dass sie die Schwestern wie Menschen zweiter Klasse behandelte, hing sie ständig an ihrem Telefon und führte lautstarke Gespräche mit ihren Geschäftspartnern, was mich wiederum von meinem Schlaf abhielt. Auf meine Bitte, ihre Geschäftsgespräche doch bitte nach draußen oder auf später zu verlegen, antwortete sie schnippisch: Es könne sich schließlich nicht jeder einfach so faul ins Bett legen wie ich. So war es eine Minute des Triumphes, als die Schwester am Morgen des zweiten Tages gut gelaunt neben ihrem Bett auftauchte, um ihr die Drainage aus dem Kniegelenk zu ziehen.

»Wenn ich ›jetzt‹ sage, husten Sie«, forderte sie die Mittdreißigerin auf und zwinkerte mir dabei zu.

Von meiner Position aus würde ich behaupten, dass um den Mund der Schwester ein geradezu sadistisches Lächeln spielte, als sie den Schlauch mit einem Ruck aus dem Gelenk zog. Das verblüffte Gesicht der Managerin und den darauffolgenden Schrei werde ich nie vergessen. Es folgten Tränen und eine wohltuende Schweigsamkeit, die bis zu ihrer Entlassung am nächsten Morgen anhielt. Der kleine Zwischenfall hat allerdings auch bei mir Spuren hinterlassen: Erstens werde ich mich niemals an meinem Knie operieren lassen, und zweitens vermeide ich es, mir ein Zimmer mit Fremden zu teilen.

Er lächelt mich verschwörerisch an. »Kommen Sie, ich führe Sie dorthin.« Er wirft einen Blick hinter meinen Rücken. Ich sehe ihn irritiert an. »Haben Sie denn kein Gepäck?«

»Meine Abreise war sehr plötzlich«, nuschele ich und ringe mir ein Lächeln ab. Mein Gott, der Typ hat genau die Augen, deretwegen ich mich während meines Studiums für einen Italienischkurs angemeldet habe.

Er nickt: »Verstehe.«

Er führt mich in den hinteren Teil des Waggons und zeigt auf eine Schiebetür: »Hier ist es.« Er öffnet die Tür.

Der Raum ist zwar nicht besonders groß, aber besser als ich die Schlafkabinen der Bahn in Erinnerung habe. Das Stockbett bietet genügend Platz, und ich entdecke sogar eine kleine Waschgelegenheit mit Spiegel. Die gesamte Einrichtung ist in hellen Farben gehalten.

Alles dreht sich in meinem Kopf, und der Boden unter meinen Füßen schwankt. Das muss die Bahn wirklich noch in den Griff kriegen, denke ich. Man fühlt sich ja wie auf einem Schiff.

»Der Lokführer fährt ja wie ein Henker«, gebe ich von mir und lasse mich in den einzigen vorhandenen Stuhl fallen.

Der Typ zieht überrascht die Augenbrauen nach oben. »Fahren?« Er sieht aus dem Fenster. »Wir stehen noch immer.«

Ups! »Da hab ich mich wohl geirrt«, kichere ich verlegen. Er nickt. Hat er mir schon seinen Namen gesagt? »Wenn wir schon miteinander schlafen, können wir uns doch wenigstens unsere Namen verraten. Finden Sie nicht?«, sage ich kokett, und im selben Moment wird mir bewusst, wie es in seinen Ohren geklungen haben muss. Meine Wangen fühlen sich an, als wäre ein Bunsenbrenner direkt darauf gerichtet. Er hat es auch gemerkt, jedenfalls sieht er mich ein wenig belustigt, aber auch irritiert an.

»Ähm, ich meine natürlich ...«, stottere ich etwas unbeholfen, »... wenn wir schon gemeinsam die Nacht in diesem Schlafwagen verbringen.« Ich wende meinen Blick ab und tue so, als würde ich etwas Wichtiges in meiner Handtasche suchen.

Er räuspert sich. »Ich heiße Benjamin ...«

»… Blümchen«, pruste ich los und schütte mich aus vor Lachen. »Törröööö!«, setze ich noch einen drauf.

Er verzieht keine Miene, während er zu mir herübersieht. Dem Mann fehlt definitiv eine Portion Humor. Er nimmt seinen Koffer und stellt ihn in der anderen Ecke der Schlafkabine ab.

»Ach komm schon, Benni«, flöte ich, »das war doch nur ein Scherz. Ich heiße Julia.« Ich reiche ihm betont lasziv die Hand und winke mit meinen Fingern.

»Freut mich.« Er erwidert meinen Händedruck und wieder spielt ein Lächeln um seinen Mund. Sicherheitshalber sehe ich nach unten, aber meine Bluse ist noch immer brav zugeknöpft.

»So, jetzt, da wir das hinter uns gebracht haben«, fange ich an, »was hältst du davon, wenn ich uns noch etwas zu trinken organisiere? Hier drinnen ist es furchtbar stickig, und ich habe das Gefühl zu verdursten.« Ich fächle mir zur Bekräftigung meiner Worte mit der Handtasche Luft zu. Klong! Mein Handy fällt zu Boden. Ich bücke mich und will es aufheben. Benni scheint das Gleiche vorgehabt zu haben, jedenfalls stoßen wir mit den Köpfen aneinander. Autsch! Ich reibe mir die Stelle am Schädel. Benni hat es ebenfalls am Kopf erwischt. Auch er hat einen feuerroten Fleck auf der Stirn.

»'Tschuldigung«, murmele ich leise und fange gleich wieder an zu kichern. Ich kann nichts dafür. Es ist so ein innerer Drang, als ob ich Brausepulver auf den Handflächen hätte.

»Na, das muss ja komisch sein«, murrt er etwas ungehalten. »Ich schlage vor, ich hole uns etwas zu trinken. In Ihrem …« Er sieht, wie ich ermahnend den Zeigefinger hebe. »Ähm … in deinem Zustand ist es vielleicht besser, wenn du hier wartest.«

Ich nicke huldvoll. Der Mann weiß, was sich gehört. Wobei, was meint er eigentlich mit meinem »Zustand«? Zugegeben, ich habe vielleicht ein bisschen viel getrunken, aber deswegen bin ich immer noch voll und ganz Herr meiner Sinne.

»Prima«, sage ich.

»Gut, dann bis gleich.« Er dreht sich um, und ich erhasche einen kurzen Blick auf seinen Hintern. Es gibt ja leider viele Männer, die von hinten so aussehen, als wäre ihnen der Po irgendwo auf dem Weg nach draußen abhanden gekommen. Die Jeans wirken dann, als ginge der Rücken in gerader Linie in die Oberschenkel und dann in die Kniekehlen über. Und das, obwohl die meisten Frauen zuerst auf den Po eines Mannes sehen – zumindest, wenn es nach mir und meinen Freundinnen geht. Also Benni braucht sich jedenfalls darüber keine Sorgen zu machen. Sein Po ist ein absolutes Prachtexemplar und knackig rund. Schon ist er aus der Tür. Da fällt mir auf, dass er mich gar nicht gefragt hat, was ich eigentlich trinken möchte.

Es dauert ewig, bis Benni wiederkommt. Der Zug setzt sich langsam in Bewegung, zumindest glaube ich das. Zur Sicherheit sehe ich aus dem Fenster. Tatsächlich zieht der Bahnhof am Fenster vorbei, und der Zug rattert über die Gleise hinaus in die Dunkelheit.

Ich fahre – ich fahre tatsächlich nach Hamburg! – summt es leise in meinem Kopf. Herr Johann Hartmann, ade! Instinktiv angele ich nach meinem Handy, um Katja anzurufen. Kein Netz, nur Notruf möglich. Unglaublich! Die ganze Welt ist miteinander vernetzt, nur hier in Freiburg gibt es Funklöcher. Frustriert lasse ich es zurück in die Tasche gleiten.

Mein Gott, wie lange braucht der denn? Gelangweilt stehe ich auf und gehe zu dem kleinen Spiegel. Erschreckt weiche ich zurück, als ich mein bleiches, mit schwarzer Mascara verschmiertes Gesicht darin erblicke. Ich schnappe mir meine Schminktasche, ohne die ich nie aus dem Haus gehe. Als ich sie öffne, quellen mir bereits die verschiedenen Tübchen und Stifte entgegen. Ich habe es mir zur Angewohnheit gemacht, sämtliche Proben zu sammeln, die man so in Zeitschriften und Drogerien findet. Die Dinger sind nämlich ungemein praktisch, wenn man unterwegs ist. Ich wühle nach dem Einmalabschminktuch.

Enthaarungscreme! Ich stecke das kleine Tütchen zurück in die Tasche und wühle weiter. Ah, da ist es. Hastig beginne ich mit den Restaurationsarbeiten, was sich bei dem Geschaukel als gar nicht so einfach gestaltet. Ein paar Minuten später sehe ich wieder aus wie ein Mensch.

»Sehr geehrte Fahrgäste«, dringt eine Stimme zu mir. Ich hebe den Kopf. »Hier spricht Ihr Zugführer. Wir haben soeben Freiburg verlassen und befinden uns nun auf direktem Weg nach Hamburg über …«

Wo sind denn die Lautsprecher versteckt?

Ich taste mit den Augen meine Umgebung ab. Schon nach kurzer Zeit habe ich die typischen Membranen in der Zugdecke entdeckt. Die Bahn ist deutlich moderner geworden, das muss ich schon sagen. Wer weiß, was die noch alles versteckt haben, ohne dass es der Kunde weiß?! Vielleicht sind hier sogar Kameras eingebaut, die jeden unserer Schritte überwachen? »Reine Sicherheitsmaßnahmen!« Natürlich! Keine schöne Vorstellung. Ich drehe mich auf der Stelle, was sich als gar nicht so leicht herausstellt, und suche meine Umgebung nach verdächtig aussehenden Kleinteilen ab.

Wo haben die das blöde Ding versteckt?

Mein Blick fällt zufällig auf den schwarzen Rimowakoffer meines Begleiters. Johann hatte die gleichen Koffer. Mmh, für einen Studenten ganz schön teuer. Den hat bestimmt sein Vater spendiert. Ob ich mal einen Blick hinein riskieren soll? Ich persönlich finde Schnüffelei erst dann verwerflich, wenn man dabei Spuren hinterlässt. In diesem Fall ist es mehr eine Informationsbeschaffungsmaßnahme.

Ich würde niemals die Post fremder Menschen öffnen oder anderer Leute E-Mails lesen, aber hier geht es um so eine Art Selbstschutz. Schließlich verbringen wir die Nacht miteinander, da möchte ich schon wissen, mit wem ich es zu tun habe. Ehe ich mich versehe, knie ich vor dem geöffneten Koffer.

Benni gehört zu der ordentlichen Sorte Mann, so viel ist sicher. Seine T-Shirts und Hosen liegen sorgfältig gefaltet übereinander. Oho, er hat sogar einen Anzug im Gepäck. Was er wohl damit will? Ich krame weiter zwischen seinen Sachen und entdecke eine Unmenge an Fachzeitschriften über Wirtschaft und Fotografie. Für mich böhmische Dörfer. Wobei die Fotozeitschriften wenigstens schön anzusehen sind. Ich tippe auf ein Studium der Betriebswirtschaft und Fotografie als Hobby. Gelangweilt lege ich die Zeitschriften wieder in den Koffer zurück, als ich auf ein Foto stoße. Es zeigt Benni zusammen mit einer hübschen

Blonden, Marke langbeiniges Model. Die Beiden lächeln glücklich in die Kamera. Ob Benni auch zu diesen Typen gehört, die sich die Cremes ihrer Freundin ausleihen? Nein, so wirkt er ganz und gar nicht. Er ist eher der männlich kernige Naturbursche, auch wenn die Zeitschriften und der Koffer so gar nicht dazu passen. Eigentlich hätte ich in seinem Gepäck eher ein faltbares Surfbrett erwartet. Und dann entdecke ich eine winzige Kamera. Ein unscheinbares graues Ding mit einer winzigen Linse. Sieht aus wie eine Spezialanfertigung. So wie James Bond sie in seinem Koffer mit sich führen würde. Ich lege das Ding vorsichtig wieder an seinen Platz zurück und will den Koffer gerade schließen, als mich ein Geräusch zusammenzucken lässt. Ich drehe mich um so schnell ich kann, mein Magen macht die Drehung mit, und ich muss schlucken.

»Was machst du denn da?«, fragt Benni mich.

»Äh, ich suche nach Wanzen«, erkläre ich ihm. Wanzen?! Ich gehöre leider nicht zu der Sorte Mensch, die in misslichen Lagen spontan geniale Einfälle haben. Ich setze mein Unschuldslächeln auf. Das funktioniert immer bei Männern. Na ja, fast immer.

Verständnisloser Blick. »Wanzen?«

»Hast du nie James Bond gesehen?« Das ist gut! Weiter so, Julia! Kopfschütteln.

Das muss gelogen sein. Ich kenne keinen Man, der nicht die *James-Bond*-Filme, inklusive aller alten, gesehen hat. Das gehört bei Männern zur Allgemeinbildung. Oder der Typ ist schwul, was ich schade fände.

»Na, diese kleinen Abhörgeräte«, erkläre ich geduldig.

»In meinem Koffer?« Er sieht mich mit zusammengezogenen Augenbrauen an.

»Nein, ... äh ja. Ich wollte mich nur überzeugen, dass mit deinem Gepäck alles in Ordnung ist. Man weiß ja nie, was die Leute einem so alles heimlich unterschmuggeln.« Der Zweifel steht ihm deutlich ins Gesicht geschrieben. Er antwortet nicht, sondern zaubert stattdessen eine Flasche Bier und einen Piccolo aus seiner Jackentasche hervor.

»Und, alles in Ordnung?«, fragt er, während er das Fläschchen Sekt öffnet.

»Hä?« Ich sehe ihn groß an.

»Na, mit meinem Gepäck?«

Ich nicke eifrig. »Ja, alles soweit in Ordnung. Sag mal, Benni, meinst du, die haben hier Wanzen in unserem Abteil versteckt?«

Für einen Moment sieht er mich fassungslos an, dann fängt er an zu lachen. Erst ganz leise und dann immer lauter. Ich bin irritiert. Lacht er etwa über mich? Sein Lachen wirkt ansteckend, und ich falle schließlich mit ein. Wir prosten uns zu.

»Du hast aber eine rege Fantasie!« Seine Augen mustern mich. »Was machst du beruflich?«

»Ich bin Reporterin für eine große deutsche Zeitschrift«, erkläre ich wichtig und versuche dabei, so seriös wie möglich zu wirken.

»Toll. So wie du aussiehst, bist du bestimmt ein hohes Tier.« Er zwinkert mir wissend zu. Ich schlucke und versuche gegen die Tränen anzukämpfen, die sich ihren Weg durch meine Kehle nach oben bahnen.

Ich zeige auf mein verknittertes Kostüm. »Ich bin gar keine tolle Reporterin. Meine ganze Karriere ist ein Witz. Ich bin bloß eine blöde Redakteurin für eine blöde Gartenzeitschrift und das …«, ich schniefe laut, »… obwohl ich die meiste Zeit keine Ahnung davon habe, was ich da eigentlich schreibe. Und jetzt hat mich auch noch mein Freund mit der dickbusigen Chefredakteurin betrogen, und ich habe meine Stelle bei *Hartmann & Sohn* verloren.« Ich schluchze erneut. »Mein ganzes Leben liegt gerade in Scherben vor mir, und ich weiß nicht, was ich jetzt machen soll.« Ich atme scharf aus und reiße mich schlagartig wieder zusammen. »Tut mir leid«, sage ich, »dass ich Sie … äh … dich mit meinen privaten Problemen belästige.«

»Das ist schon in Ordnung«, sagt Benni.

Meine Güte! Ich habe mich überhaupt nicht mehr unter Kontrolle. Und was ich gerade gesagt habe, stimmt ja gar nicht. Schließlich bin ich immer noch eine wertvolle Mitarbeiterin von *Hartmann & Sohn*. Noch liegt mir keine offizielle Kündigung vor. Völlig durcheinander streiche ich mir durch das Haar und versuche Herr meiner Gedanken zu werden. Wie spät ist es eigentlich? Schon kurz vor Mitternacht und ich bin überhaupt nicht müde. Das ganze Abteil wackelt für einen kurzen Moment, und der Sekt schwappt aus dem Glas auf meine Bluse.

»Ich war noch nie in irgendwas besonders gut – außer im Bett.« Die Worte purzeln einfach aus meinem Mund, ich kann sie nicht aufhalten. »Johann sagt, da bin ich eine echte Granate.«

»Das ist doch schon mal was«, sagt Benni freundlich.

»Aber das ist natürlich nichts, womit man angeben kann. Wenn du verstehst, was ich meine. Das ist eine Sache, über die man nur mit seinen besten Freundinnen reden kann.« Ich werfe Benni einen bedeutungsvollen Blick zu, den er mit einem gütigen Lächeln erwidert. »Oder mit einem Fremden«, verbessere ich mich. »Und ich kann mit den Ohren wackeln. Das kann auch nicht jeder.« Ich schiebe meine Haare hinter die Ohren und demonstriere mein Können. Meine Ohren beginnen fröhlich wie die eines Hundes hin und her zu wackeln. »Siehst du?« Ich sehe erwartungsvoll zu Benni, der völlig entgeistert auf meine Ohren starrt. »Wahnsinn, oder?«

Benni nickt.

»Alle haben mich gewarnt, ich soll mich nicht mit dem Sohn des Chefs einlassen. Aber ich habe ihnen einfach nicht geglaubt …«

»… Nie wieder falle ich auf diese Chefmasche rein. Mein nächster Mann wird ganz normal, ein Angestellter oder so …«

»… Ich war so naiv …«

»… Außerdem habe ich keine Ahnung, wie Holunder überhaupt aussieht …«

»… Ich finde Blumen nur gut, wenn ich sie von einem Mann geschenkt bekomme. Darüber zu schreiben ist langweilig …«

»… Meiner Meinung nach sind Notlügen erlaubt, wenn es dazu dient, niemanden zu verletzen …«

»… Bei meiner Bewerbung habe ich behauptet, dass ich neben meinem Studium eine Ausbildung zum Gartenbau gemacht hätte. Dabei habe ich nur meiner Mutter ab und zu im Garten geholfen. Ich weiß, das ist nicht okay, aber ich wollte vor meinem zukünftigen Schwiegervater einen guten Eindruck machen …«

»… Ich habe meinen Hamster meiner Freundin geschenkt, weil ich dachte, er hat eine ansteckende Krankheit …«

»… Ich gehe nur ins Fitnessstudio, um mein Gewicht zu halten …«

»… Ich bin nicht computersüchtig, nur weil ich einmal pro halbe Stunde die Statusmeldungen bei Facebook kontrolliere …«

»… Als mich so ein fetter Kerl mit seinem Auto zugeparkt hat, habe ich seinen Autoschlüssel aus dem Wagen geholt und ihn versteckt. Anschließend bin ich weggelaufen. Ich weiß auch nicht, was in mich gefahren ist …«

Mein Gott, mir ist ganz schwindlig, und alles scheint um mich herum zu verschwimmen. Eigentlich bin ich nicht jemand, der einem wildfremden Menschen sofort seine ganze Lebensgeschichte erzählt, aber irgendwie sprudeln die Worte nur so aus mir heraus, und ich kann nichts dagegen tun. Ich sage Dinge, die ich noch nicht einmal Katja erzählt habe.

»… Ich hasse es total, wenn Männer beim Küssen die Augen offen haben …«

»… Überhaupt finde ich bunte Boxershorts an Männern doof …«

»… Ich glaube an die Liebe auf den ersten Blick, auch wenn die meisten Leute, die ich kenne, aus steuerlichen Gründen heiraten …«

»… Ich hatte nie einen Orgasmus, wenn ich mit Johann geschlafen habe. Einmal war ich kurz davor, aber dann hat das Telefon geklingelt und Johanns Vater hat angerufen …«

»… Überhaupt, eine intelligente Frau ist manchmal gezwungen, sich zu betrinken, um den Kerl neben sich in der Bar zu ertragen …«

Mein Kopf fühlt sich an wie mit Watte gefüllt und mir ist übel. Mein Magen fährt in meinem Bauch Achterbahn. Bennis Gesicht ist ganz nah. Alles verschwimmt vor meinen Augen.

»Alles okay mit dir?« Bennis Stimme dringt dumpf zu mir durch. Ich hebe den Kopf und habe plötzlich das dringende Bedürfnis, Benni zu küssen. Warum eigentlich nicht, schließlich bin ich ja ab heute Single?! Männer schlafen schließlich auch immer mit irgendwelchen Frauen, wenn sie sich mies fühlen. Männer machen immer das, was sie wollen. Männer fliegen zum Mond. Männer werden Papst und Präsident.

Das kann ich auch! Ich ziehe Bennis Kopf zu mir. Seine Lippen berühren meinen Mund. Sie sind herrlich weich und hart zugleich. In diesem Moment vollführt mein Magen ein Looping, und ich muss mich übergeben.

Als ich die Augen wieder aufmache, starre ich auf schwarze Chucks, die in meiner Kotze stehen.

»Irgendwie hast du einen Hang zu Dramatik«, höre ich ihn. Mir ist schwindlig. Das Nächste, was ich spüre, sind starke Arme, die mich hochheben und zum Bett tragen. »Versuch ein bisschen zu schlafen.« Benni fährt mir mit einem feuchten Lappen über das Gesicht. Ich nicke.

»Danke!«, krächze ich mit heiserer Stimme, dann fallen mir die Augen zu und wohlige Dunkelheit umgibt mich.

Ich bin verschwitzt, mein Haar ist wirr und mir dröhnt der Kopf. Vorsichtig öffne ich die Augen. Ein guter Plan.

Einfach ... die Augen ... öffnen.

Oder ...? Oh Gott!

Gleißend helles Licht blendet mich, gefolgt von einem Schmerz, der sich anfühlt, als ob jemand mit einem Messer von hinten in meine Augäpfel sticht. Stöhnend schließe ich meine Augen wieder und lasse mich zurück auf das Kopfkissen fallen. Mein ganzer Körper fühlt sich an wie Sirup, dickflüssig und zäh. Mein Kopf tut weh, höllisch weh. Warum tut mein Kopf weh? Überhaupt, warum tut alles an mir weh? Mein Magen fährt schon wieder Achterbahn, während ich versuche meine Gedanken zu sortieren. Meine Erinnerungen an gestern Nacht sind nebulös verschwommen. Nur einzelne Sequenzen tauchen hinter meinen geschlossenen Lidern auf. Johann, umschlungen von Titten-Annette auf dem Sofa liegend ... meine Flucht aus unserer Wohnung ... das *Dusk till Dawn* ... der Barkeeper ... und dann Benni!

Ich öffne die Augen, auch auf die Gefahr hin, blind zu werden. Wo ist Benni? Ich taste mich entlang des Bettes zu der kleinen Sitzecke. Da steht immer noch der leere Piccolo und ein halbvolles Bier. Daneben entdecke ich meine Bluse und meinen Rock, beides sorgfältig über den Stuhl gehängt.

Oh mein Gott! Ein Blick unter die Bettdecke genügt, um meine schlimmsten Befürchtungen wahr werden zu lassen. Außer meinem Hello-Kitty-BH und dem Höschen bin ich praktisch nackt. Ich sehe mich hektisch um, in der Hoffnung irgendwelche Hinweise darauf zu finden, was letzte Nacht passiert ist – leider ohne Erfolg! Mein Kopf ist leer. Vielleicht leide ich durch den Schock an Amnesie. Wobei, mein Erinnerungsvermögen ist eigentlich ganz gut. Bis auf die letzten paar Stunden im Zug. Das kann doch unmöglich von den paar Drinks kommen, die ich zu mir genommen habe. Oder hat mir Benni … K.-o.-Tropfen … in mein Glas …? Man liest ja ständig über derartige Fälle in den Zeitungen, wo ahnungslosen Frauen in einem unbeobachteten Moment etwas ins Getränk gemischt wird, um sie dann zu entführen und zu missbrauchen. Am nächsten Tag können sich die Opfer an nichts mehr erinnern und wundern sich, warum sie in einem fremden Hotelzimmer liegen.

Mir wird heiß und kalt bei dem Gedanken. In meinem Kopf läuft ein Film ab, in dem ich mich als willenloses Lustopfer liegen sehe, Benni über mich gebeugt … Nein! Dabei hat er am Anfang so einen süßen Eindruck gemacht. Und dann noch diese braunen Augen! Obwohl, ich hatte gar kein Glas. Ich versuche mich zu erinnern, ob ich die Flasche aufgemacht habe, aber außer Schmerzen spielt sich hinter meiner Stirn gerade gar nichts ab. Funkstille.

Meine schlechteste Eigenschaft ist meine Naivität. Ich meine, ich arbeite daran, aber solche Charaktereigenschaften kann man eben nicht einfach abstellen. Es ist ja nicht so, dass ich doof bin, schließlich habe ich mein Abitur mit Erfolg bestanden. Ich gehe mir mit meiner Leichtgläubigkeit ja selbst auf die Nerven, aber ich bin wirklich leicht zu beeindrucken. Ich glaube immer noch an die wahre Liebe. Ich zähle nie mein Wechselgeld nach und glaube jedem Mann, der mir erzählt, dass es keine faszinierendere Frau als mich gibt. Genauso hat es bei Johann funktioniert. Diese ungünstige Kombination an Charakterzügen hat sich schon mehrfach in meinem Leben als fataler Fehler herausgestellt. Acht Monate meines Lebens habe ich mit einem Brillenträger verschwendet, der mich im zarten Alter von 17 auf einer Party angesprochen hat und mich fragte, ob ich ein bekanntes Model wäre. Dabei hätte ich sofort wissen müssen, dass der Kerl lügt wie gedruckt. Schließlich hat kein Model Kleidergröße 40 und Haare wie ein Wischmopp. Aber damals war ich noch mehr als heute mit einfachen Mitteln zu beeindrucken.

»Das wirst du sicher ständig gefragt«, sagte der Brillentyp und strich mir selbstsicher eine Strähne aus dem Gesicht. Und ich glotzte ihn blauäugig an und sagte »Echt?«, mit einer Piepsstimme, die mich immer dann beschleicht, wenn ich völlig verunsichert bin. Noch am selben Abend landete ich mit dem Typen im Bett, und am nächsten Tag hat mich mein damaliger super-mega-netter fester Freund verlassen.

Schon kurze Zeit später musste ich herausfinden, dass der Typ nicht der tolle Hecht war, für den ich ihn hielt, sondern ein Blödmann, wie er im Buche steht. Einer, der sich nur für Computerspiele und Bier interessierte und beim Sex vergeblich nach einer Bedienungsanleitung suchte. Als er mich schließlich wegen einer anderen Blondine verließ, verlor ich meinen Glauben an die wahre Liebe.

Es dauerte eine Weile, bis ich mich wieder in einen Mann verliebte. Das war die Zeit mit Sunjii oder – wie er im richtigen Leben heißt – Rainer Strecke. Sunjii war Yogalehrer und hatte es sich zur Aufgabe gemacht, mich auf den Weg der Erleuchtung zu bringen. Sunjii war derart tiefenentspannt und fürsorglich, dass es schon nervte. Er bereitete unser Essen auf makrobiotische Weise zu, und es war ihm egal, dass er dafür stundenlang in der Küche stand, während ich im Wohnzimmer mit meinen Freundinnen *Wetten, dass …?* glotzte.

Es war auch überhaupt kein Problem für ihn, dass ich nach der zweiten Stunde Yoga nach einer zusätzlichen Matte verlangte, da mir jeder Knochen wehtat und hauptsächlich in der Kindposition verharrte, während alle um mich herum zum Baum aufstiegen. Beim Sex war Sunjii so zärtlich und rücksichtsvoll, dass ich oft währenddessen eingeschlafen bin. Zu meiner Verteidigung kann ich nur anbringen, dass es nach zwei Stunden Dauerstreicheln und Tantra-Sex wohl jeder Frau so ergangen wäre. Schließlich will man doch irgendwann auch mal zum Ende kommen. Selbst als ich seine geliebten Cannabis-Pflanzen auf dem Balkon vertrocknen ließ, weil ich vergessen hatte, sie während seines einwöchigen Selbstfindungs-Seminars zu gießen, blieb Sunjii ruhig. Was mich aber nur noch unruhiger machte. Dass wir uns getrennt haben, lag allerdings nicht an Sunjiis übertriebener Ruhe und Ausgeglichenheit, sondern eher an einer netten Dunkelhaarigen, die Sunjii während eines Seminar kennengelernt und mit der er innige Stunden des »Gleichklangs der Seelen« verbracht hat. Dass die beiden dabei auch miteinander Sex hatten, spielte laut Sunjii eine untergeordnete Rolle. Sein Angebot, eine Dreier-WG zusammen mit der Dunkelhaarigen zu gründen, habe ich dankend abgelehnt.

Von Benni noch immer keine Spur! Was ist hier gestern Nacht passiert? So sehr ich mich auch anstrenge, in meinem Kopf herrscht Leere. Wo steckt der Kerl? Typisch Mann, eine betrunkene, völlig wehrlose Frau schamlos auszunutzen und sich dann ohne ein Wort aus dem Staub zu machen. Wobei? Ich lasse meinen Blick durch das kleine Abteil gleiten.

Bennis Koffer steht noch immer am Bettende, dort, wo er ihn abgestellt hat. Beim Anblick seines Koffers fällt mir die kleine Kamera wieder ein. Ein schrecklicher Verdacht befällt mich, und für einen Moment stockt mir bei der Ungeheuerlichkeit meiner Gedanken der Atem. Könnte er … wäre es möglich, dass er … Bilder von mir gemacht hat? Eines ist sonnenklar, ich muss hier weg! Ich kann diesem Mann unmöglich in die Augen sehen. Das wäre so wie bei einem Vampir, der beim Anblick der Sonne verbrennt. Nur dass ich nicht verbrennen, sondern vor lauter Scham feuerrot anlaufen würde.

Mühsam richte ich mich auf. Mein Schädel droht wie eine reife Frucht zu zerplatzen, als ich zum Stuhl gehe, um mein Handy zu suchen. Immer noch kein Empfang! Das ist eine Katastrophe. Katja hat keine Ahnung, dass ich in weniger als einer halben Stunde vor ihrer Haustür stehen werde. Hoffentlich ist sie überhaupt da. Langsam befällt mich Panik. Ist es hier drinnen so stickig, oder warum bekomme ich kaum noch Luft? Ich haste zum Fenster und reiße es auf. Die kalte Zugluft schlägt mir eisig ins Gesicht. Unwillkürlich ziehe ich den Kopf zurück. Mit einem Schlag bin ich wach, und das ganze Ausmaß der vergangenen Nacht wird mir mit einem Male bewusst. Der Zug verlangsamt sein Tempo.

»Meine Damen und Herren, wir werden in Kürze Hamburg Hauptbahnhof erreichen. Bitte beachten Sie …«

Ahhh. Ich schlüpfe, so schnell es mein desolater Zustand zulässt, in meine Klamotten. Ich blinzele mit verquollenen Augen in den Spiegel, gefolgt von einem spitzem Schrei. War ich das, die da geschrien hat? Mein Gesicht sieht aus, als wäre über Nacht die Decke darauf gefallen. Dazu noch diese fleckig verheulte Haut. Es ist sieben Uhr morgens, und wenn ich könnte, würde ich mich auch mit Titten-Annette betrügen.

Panisch drehe ich den Wasserhahn auf und spritze mir das eiskalte Wasser ins Gesicht. Als ich wieder hoch schaue, sind die Reste meiner verschmierten Mascara weg und meine Augen haben fast wieder ihre normale Größe. Lediglich die hartnäckige Knitterfalte auf meiner rechten Wange will nicht verschwinden, aber für mehr Restauration ist jetzt keine Zeit. Benni kann jeden Moment zurück sein. Meine anfängliche Schüchternheit hat sich verflüchtigt. Der Typ kann mir mal im Mondschein begegnen. Eine Frau in meinem Zustand einfach auszunutzen. Keine Moral, der Mann.

Ich stopfe fluchend die restlichen Sachen in meine Tasche und stürme aus dem Abteil. Der Zug hält. Ein Schwall von müden Mitreisenden drängt Richtung Ausgang und reißt mich mit. Ich drehe mich noch einmal um.

Oh mein Gott, da hinten steht Benni … der Mistkerl. Selbst so früh am Morgen sieht der Typ verdammt gut aus. Er hält zwei Pappbecher in den Händen. Scheiße! Jetzt hat er mich auch entdeckt. Er hebt die Arme, und in seinem Gesicht steht grenzenlose Verwunderung geschrieben. Er öffnet seinen Mund und ruft meinen Namen. Na, der hat Nerven! Erst nutzt er meine Hilflosigkeit schamlos aus, und dann macht er einen auf Unschuldsengel. Und was sollen die zwei Pappbecher in seiner Hand? Die Türen der Bahn gehen laut zischend auf. Ich werfe einen letzten Blick in Bennis Richtung. Er ist verschwunden. Die Menge drängt nach draußen, und ich lasse mich von ihr auf den

Bahnsteig spülen. Ich haste im Tippelschritt in Richtung Ausgang und verfluche dabei den Designer meines Rockes. Vor dem Bahnhof warten bereits mehrere Taxis.

Erleichtert lasse ich mich auf den Rücksitz fallen und nenne dem Taxifahrer Katjas Adresse. Mein Kopf fühlt sich an, als wäre er in einen Schraubstock gespannt. Ich brauche unbedingt eine Kopfschmerztablette. Katja hat bestimmt eine Tablette zu Hause. Katja hat immer alles. Sie ist so eine Art Organisationstalent, deshalb hat sie auch die Projektleitung von dem Russen übertragen bekommen. Na ja und ein bisschen, weil sie mit ihm geschlafen hat, aber darüber redet Katja nicht so gerne.

Ich fahre durch das morgendliche Hamburg. Katja wohnt in einem der angesagten Viertel, ganz in der Nähe der Alster. Obwohl ich geschlafen habe, fühle ich mich zerschlagen. Vielleicht hat der Typ mir doch K.-o.-Tropfen in meinen Drink getan? Wie konnte mir nur so etwas passieren?

Plötzlich beginnt mein Handy zu vibrieren. Und ich zucke erschreckt zusammen. Ich ziehe es aus der Tasche und schaue auf das Display. Es ist Johann. Ich kann jetzt nicht mit ihm reden. Jetzt nicht. Nein, nie mehr! Kurz darauf teilt mir das Handy mit, dass eine Nachricht hinterlassen wurde. Ich hebe das Telefon ans Ohr und drücke den Knopf zum Abhören meiner Mailbox.

»Julia, Schnuppelchen«, tönt mir Johanns näselnde Stimme entgegen. »Wo steckst du? Ich mache mir Sorgen. Bitte ruf mich kurz an, ich muss dir etwas Wichtiges ... äh ... mitteilen.«

Was kann das sein? Vielleicht hat er mit Annette Schluss gemacht? Oder – die Kündigung! Er will mir tatsächlich am Telefon kündigen. Ich fange an zu heulen. Der Taxifahrer wirft mir einen besorgten Blick durch den Rückspiegel zu. Ich stecke mein Handy in die Tasche und öffne das Fenster. Rechts die Alster, links wunderschöne Villen. Es ist ein herrlicher Sonnentag. Der laue Wind weht mir ins Gesicht und zerwühlt meine Haare, genauso wie es Johann immer getan hat, wenn er besonders zärtlich zu mir war. Plötzlich überkommen mich Zweifel.

Soll ich umkehren? Ihn zur Rede stellen? Kann das alles nur ein Missverständnis, ein blöder Umstand sein, der ihn dazu gezwungen hat? In mir keimt die Hoffnung, dass Titten-Annette meinen armen Johann vielleicht gegen seinen Willen verführt hat. Habe ich mal wieder überreagiert, wie es so oft meine Art ist?

Bei meiner Freundin Katja wäre Johann nicht so glimpflich davongekommen. Als Katja bei ihrem letzten Freund, einem Banker, herausfand, dass er sie während ihres Urlaubs mit einer dieser billigen Blondinen betrogen hat, die bei ihm als Sekretärin arbeitet und von der er ihr versichert hatte, dass er sie hässlich und blöd finden würde, hat sie ihm nur noch eine Abschieds-E-Mail geschickt. Allerdings hat sie in Zusammenarbeit mit Joe, einem befreundeten Computerhacker, an diese E-Mail einen Virus angehängt, der alle Kundendaten gelöscht und mit Nummern vom Escort-Service ersetzt hat.

»Klick« sagt Katja bis heute strahlend, wenn sie diese Geschichte erzählt.

Ich seufze leise. Hoffentlich sind wir gleich da. Mir haftet ein leicht säuerlicher Geruch an, der definitiv nichts mit meinem sonst gut riechenden Parfum zu tun hat. Endlich hält das Taxi in Katjas Straße. Sie wohnt in einer dieser alten Stadtvillen, wovon Normalsterbliche eigentlich nur träumen können, da die Mieten geradezu astronomisch hoch sind. Die Räume sind mindestens drei Meter hoch und die Decken mit alten Stuckornamenten verziert. Wenn das Licht durch die Fenster fällt, schimmert das Holzparkett honigfarben. Und da Katja nicht nur mit Organisationstalent, sondern auch noch mit einem ausgezeichneten Geschmack gesegnet ist, sieht es bei ihr zu Hause aus, als würde man eine Musterwohnung der Zeitschrift *Schöner Wohnen* betreten. Alles ist in elegantem Weiß gehalten, nur die nötigsten Möbel finden hier ihren Platz. Sie mag es eben minimalistisch. Für meinen Geschmack ist alles fast schon zu stylisch und elegant. Ein paar hübsche Dekoartikel hier und da hätten der Gemütlichkeit keinen Abbruch getan.

Ich mochte Johanns und meine Wohnung, abgesehen von den Möbeln, die uns Johanns Eltern zu unserem Einzug geschenkt haben. Das waren so dunkle Kästen aus der Gründerzeit, Erbstücke der Familie.

Als ich dagegen protestiert habe, meinte Johann nur, dass diese Möbel eine Geschichte erzählen würden. Ich habe stundenlang im Wohnzimmer gesessen und gelauscht – ohne Erfolg. Mir haben die alten Kästen jedenfalls nichts erzählt, also habe ich sie kurzerhand bei eBay versteigert.

Ich liebe eBay!

Da wird man selbst Sachen los, die eigentlich auf den Müll gehören. Und das Faszinierende daran ist – man bekommt häufig mehr für die Dinge, als man neu für sie bezahlt hat! Johann war tagelang sauer, als er nach Hause gekommen ist und statt der ollen alten Kommode von seiner Großtante ein nagelneues BILLY Regal im Wohnzimmer stand. Also, mal ehrlich! Ich habe das ganze Theater, das er gemacht hat, nicht verstanden. Schließlich habe ich das gewonnene Geld nicht irgendwie sinnlos verprasst, sondern in neues, zeitgemäßes Mobiliar umgesetzt. Wir leben schließlich im 21. Jahrhundert. Da ist es ja wohl mehr als normal, dass ich mich mit Möbeln aus dieser Zeit umgeben möchte und nicht mit diesen alten Holzwurmbehausungen. Außerdem habe ich bei der Aktion auch noch Gewinn gemacht! Das hätte sein Unternehmerherz doch eigentlich erfreuen müssen.

Ich bezahle den Taxifahrer und steige aus, ohne mir eine Quittung geben zu lassen. Das ist so eine Art nachträgliche Trotzhandlung, denn Johann lässt sich für alles eine Quittung geben.

»Die Dinger lassen sich prima von der Steuer absetzen«, pflegt er dann immer mit einem leichten Vorwurf in der Stimme zu sagen. Fast habe ich ein schlechtes Gewissen – aber eben nur fast. Meine Hand zittert, als ich den Klingelknopf zu Katjas Appartement drücke. Bitte, lass sie da sein! Bitte, lass sie da sein! Ein lautes Knacken und dann ertönt Katjas Stimme.

»Völkers.«

Mich überkommt eine Mischung aus Freude und Traurigkeit. Statt zu antworten schluchze ich.

»Julia ... Pumbi, bist du das?« Ihre Stimme klingt ungläubig, ja, fast entsetzt. Pumbi ist mein Spitzname, der mir seit der dritten Klasse anhaftet. Zu dieser Zeit war ich pummelig, und mein damaliges Lieblingskuscheltier war Pumba, das witzige Warzenschwein aus »König der Löwen«. Er und ich – das war Liebe auf den ersten Blick. Pumba hat all die Jahre mit mir das Bett geteilt, bis Johann mich vor die Alternative gestellt hat – er oder Pumba. Also musste Pumba gehen und fristet seitdem sein Dasein im Schrank. Nur gelegentlich, wenn Johann nicht da ist, darf Pumba neben mir auf dem Kopfkissen liegen. Wie es Pumba jetzt wohl ohne mich geht?

»Ja«, nicke ich der Fernsprechanlage zu.

»Sag mal, hast du einen Hackenschuss?! Ich versuche dich seit Stunden über das Handy zu erreichen.« Ich schluchze zur Antwort. Sofort ertönt der Summer, und ich drücke beherzt die Tür auf. Auf dem Weg nach oben steigert sich mein anfängliches Schluchzen in Hysterie. Ich muss aufpassen nicht zu fallen vor lauter Tränen, die mir den Blick verschleiern.

Als ich oben ankomme, wartet Katja bereits auf mich. Sie hat ihre Haare zu einem Pferdeschwanz zusammengebunden. Nein, nicht einen dieser schnöden Zöpfe, wie man sie macht, wenn man die Wohnung putzen will. Bei ihr ist es ein Pferdeschwanz wie ihn Gwyneth Paltrow zur Oscar-Verleihung tragen würde. Dazu trägt sie einen eleganten Hosenanzug. Wüsste ich nicht, wie Katja wirklich ist, ich würde vor Ehrfurcht erstarren. Stattdessen schmeiße ich mich ihr an den Hals und weine ihr die teure Bluse nass. Als der erste Anfall vorbei ist und meine Tränen langsam versiegen, tätschelt sie mir den Rücken und rümpft die Nase.

»Pumbi, egal was passiert ist, was du auf jeden Fall brauchst ist eine Dusche und ein kühles Glas Champagner.«

Leider muss ich gleichzeitig lachen und weinen und an meiner Bluse riechen, weil ich wirklich ein wenig stinke.

»Du hast was?!«

Ich fahre erschrocken zusammen. Bis eben hat Katja mir fast die ganze Zeit schweigend zugehört und nur ab und zu ein paar sachliche Zwischenfragen gestellt oder mitfühlende Bemerkungen gemacht. Der jetzt offensichtliche Vorwurf in ihrer Stimme bringt mich völlig aus dem Konzept.

»Wie? Wieso? Warum nicht? Schließlich kann ich ja nichts dafür, wenn mich die Bahn mit so einem Typen in einem Abteil unterbringt«, protestiere ich.

»Schlafwagen«, korrigiert mich Katja und wirft mir düstere Blicke zu. »Du warst mit dem Mann ganz alleine in einer Zweierkabine.«

Sie tut gerade so, als ob ich mit dem Typen in einem Separee verschwunden wäre.

»Es waren wirklich nur ein paar Gläser«, beteure ich ihr. »Ich bin mir sicher, dass der Kerl mir was in den Drink getan hat.«

»Wie kommst du zu dieser Vermutung?«, fragt Katja.

Mein Gott, warum ist meine beste Freundin nur mit so viel Misstrauen gesegnet?

»Na ja«, sage ich nach kurzer Überlegung, »das liegt doch auf der Hand.«

Katja zieht die Augenbrauen nach oben. »So?«

Ich nicke eifrig. »Warum sonst würde ich einem wildfremden Mann meine ganzen Geheimnisse erzählen, von denen noch nicht einmal du weißt, dass ich sie habe. Schließlich …«

»Was für Geheimnisse?« Katjas Stimme lässt nichts Gutes erahnen.

»Meine Geheimnisse. Du weißt schon.«

Katja sieht mich an, als ob mir gerade ein zweiter Kopf wächst. »Du hast Geheimnisse? Vor mir?«

»Natürlich habe ich Geheimnisse. Die hat doch jeder.«

»Ich nicht. Zumindest nicht vor dir.«

»Du auch.« Ich sehe Katja eindringlich an.

»Was denn zum Beispiel?«

»Wenn ich das wüsste, wären es ja keine Geheimnisse mehr«, beharre ich.

Katja seufzt. »Okay, einverstanden. Aber ich verstehe noch immer nicht, was das Problem ist.«

»Na, dass ich ihm alles erzählt habe. Jetzt sei doch nicht so schwer von Begriff. Das ist doch nicht normal. Stell dir vor, ich habe diesem wildfremden Mann erzählt, dass ich gerne wüsste, ob meine Eltern noch Sex haben!«

Katja verzieht das Gesicht.

»Ja, ich weiß. Geht mir genauso. Im Grunde genommen will ich es gar nicht wissen. Aber schließlich werde ich auch mal alt und dann wäre es schon interessant zu erfahren, ob man noch Sex hat.«

»Ich schätze mal, das wirst du noch früh genug herausfinden«, gibt Katja zu bedenken.

»Mmmh, vielleicht. Aber dann habe ich ihm noch erzählt, dass ich noch nie einen Orgasmus mit Johann hatte.« Ich verstumme, weil ich sehe, wie geschockt Katja ist.

»Das ist ja einfach unglaublich«, sagt sie schließlich.

Ich bin etwas irritiert.

»Meinst du jetzt das mit dem Orgasmus oder die Tatsache, dass ich es ihm erzählt habe?«

»Beides«, erklärt mir Katja fröhlich. »Wie kannst du so lange mit einem Mann zusammen sein und keinen Orgasmus haben?«

»Weil ich mich am Anfang nicht getraut habe, ihm zu sagen, was mir gefällt. Ich hatte Angst, er könnte gekränkt sein. Ich wusste ja nicht, ob wir zusammenbleiben. Na, und dann war es irgendwie zu spät, um noch was zu sagen, und ich habe mich daran gewöhnt.«

»Warum hast du nicht mit mir darüber geredet?«

»Weil es mir peinlich war. Du redest schließlich auch nicht mit mir über deine Orgasmus-Probleme«, sage ich kleinlaut.

»Weil ich keine habe!«

»Okay, aber das spielt jetzt ja auch keine Rolle. Hier geht es schließlich um Benni.«

»Und nachdem du damit fertig warst, diesem Benni deine ganzen Geheimnisse mitzuteilen, hast du ihn geküsst?«

»Na ja. Weißt du, als er so vor mir stand, da habe ich einen inneren Drang gespürt. Ich konnte nicht anders – ich musste ihn einfach küssen ...«

»... und anschließend hast du ihm auf seine Schuhe gekotzt«, vollendet Katja meinen Satz.

Ich nicke betroffen.

So wie sie es sagt, hört es sich noch schlimmer an, als es war. Um ehrlich zu sein, hat sich der Kuss eigentlich ganz gut angefühlt. Wenn mein Magen nicht diesen Hüpfer gemacht hätte, hätte ich direkt Gefallen daran finden können.

»Und danach hat er dich aufs Bett gelegt und … äh?«

Ich spüre, wie mein Gesicht von einer flammenden Röte überzogen wird.

»Ausgezogen?« Schon wieder dieser misstrauische Unterton!

»Was hat es sonst zu bedeuten, wenn du am Morgen nur noch mit deiner Unterwäsche bekleidet aufwachst und der Typ verschwunden ist?«

Dass ich Benni kurz vor meiner Flucht aus dem Zug noch einmal gesehen habe, verschweige ich, um dem Geschehen mehr Dramatik zu verleihen.

»Das ist ja wirklich eine ganz üble Geschichte. Wer weiß, was der Typ alles mit dir angestellt hat, während du bewusstlos warst!«

Mir wird heiß und kalt. Meine Fantasie galoppiert mit mir auf und davon. Vielleicht hat der Kerl doch Fotos von mir gemacht? Schließlich befand sich in seinem Koffer diese kleine Kamera.

»Und du kennst nur seinen Vornamen?«, bohrt Katja weiter. So langsam komme ich mir vor wie bei einem Verhör. Fehlt nur noch die Neonlampe, deren Licht direkt auf mein Gesicht gerichtet ist.

Ich knabbere an meinem Daumen und ziehe mit den Zähnen einen kleinen Hautfetzen ab. »Ich habe mich ein wenig in seinem Koffer umgesehen.«

»Und?«, fragt Katja ungeduldig.

»Nichts.« Ich überlege. »Doch!«

»Was denn nun: Ja oder Nein?«, drängelt Katja, die es wieder mal genau wissen will.

»Er hatte ein Foto von sich und seiner Freundin im Koffer«, erlöse ich sie.

»Das Schwein!«, sagt Katja entschlossen. »Die Arme ahnt wahrscheinlich nichts von dem Doppelleben ihres Freundes. Vermutlich hat sie die ganze Nacht sehnsüchtig auf ihn gewartet.«

»Gut möglich – und dabei sah er so gut aus.« Der letzte Teil des Satzes ist mir nur so rausgerutscht, aber Katja ist sofort in Alarmbereitschaft.

»Wie?« Jetzt ist Katja verwirrt. »Was meinst du mit ›sah so gut aus‹?«

»Na ja, groß, sportlich, dunkle Locken, einen wunderbar geschwungenen Mund und braune Augen mit kleinen goldenen Punkten darin«, beschreibe ich ihn.

»Okay, hört sich gut an«, bestätigt Katja. »Trotzdem darfst du jetzt den Fokus nicht verlieren. Erstens, der Typ hat deine Situation schamlos ausgenutzt. Zweitens, wir wissen nicht, ob er vielleicht sogar Drogen benutzt hat, um dich gefügig zu machen, und drittens, der Mann ist verheiratet oder ist zumindest in einer festen Beziehung.«

»Stimmt.«

Wobei ich innerlich leise Zweifel hege. Eigentlich war der Typ ja ganz nett, und dann diese Lippen …

»Pumbi. Bist du noch bei mir?« Katja wedelt hektisch mit der Hand vor meinem Gesicht.

»Ja, ja«, nicke ich, und das Antlitz von Benni verpufft.

»Mann, du bist echt ein Pechvogel«, bedauert mich Katja. »So etwas liest man sonst nur in der Zeitung. Du weißt schon, in diesen bunten Blättchen, die immer bei den Ärzten in den Wartezimmern ausliegen. Erst betrügt dich dein Verlobter mit Titten-Annette und dann fällst du einem perversen Lustmolch in die Arme. Das nenne ich ein Drama!«

Ich nicke, betäubt von Katjas Worten. Meine beste Freundin hat absolut recht, wie immer. Ich bin ein Pechvogel, ein Unglücksrabe, der seinesgleichen sucht. Ich lasse meinen Kopf hängen und verfalle in dumpfes Schweigen. Etwas, das mir äußerst selten passiert. Meine Tante Siggi meinte immer zu meiner Mutter – und das mit einem tiefen Ton des Bedauerns in ihrer Stimme –, dass man mein Mundwerk extra totschlagen müsste, wenn ich mal sterbe. Meine Mutter hat dann immer gelacht. Bis heute weiß ich nicht, ob sie das als Witz oder ernst meinte. Heute wünschte ich, jemand hätte mein Mundwerk gestern Nacht totgeschlagen, bevor es vorwitzig alles aus dem Nähkästchen geplaudert hat. Vielleicht habe ich eine von diesen seltenen Krankheiten, von denen man immer wieder liest. Es wäre doch möglich, dass mein Gehirn anders als bei anderen Menschen arbeitet und mich Dinge sagen lässt, die ich gar nicht sagen will.

»Das kriegen wir schon wieder hin. Gott sei Dank ist Hamburg eine Weltstadt und nicht so ein Kaff wie Freiburg, wo man sich ständig über den Weg läuft. Den Typ siehst du wahrscheinlich nie wieder.« Ich atme erleichtert auf. »Trotzdem würde ich dir raten, von Zeit zu Zeit mal das Internet zu checken, ob da irgendwelche verdächtigen Bilder von dir im Netz kursieren.«

»Was?« Ich halte vor Schreck die Luft an.

»Nur zur Sicherheit«, winkt Katja ab. »ich glaube, die Chance, dass der Typ dich tatsächlich missbraucht hat, ist relativ gering. Aber man weiß ja nie!«

»Vielen Dank für den guten Rat. Warum fühle ich mich jetzt nicht beruhigt, sondern eher aufgebracht?!«

»Weil du schon immer ein kleiner Dramahase warst mit einem Hang zu den falschen Männern.« Katja tätschelt meine Hand. »Johann war schon der Falsche, bevor er dich mit Annette betrogen hat«, sagt Katja. »Pumbi, du liebst unter deinem Niveau. Nimm die Sache als Tritt in den Hintern und nimm dein Leben endlich selbst in die Hand. Und der Typ aus der Bahn: Vergiss ihn einfach!« Sie nimmt meine Hand und strahlt mich mit ihren eisblauen Augen an. »Ich habe gerade dieses interessante Buch gelesen.« Sie springt auf und holt ein braunes Buch, auf dessen Vorderseite ein rotes Siegel aufgedruckt ist, aus dem Regal. Katja sieht aus, als wäre ihr gerade der leibhaftige Weihnachtsmann begegnet, als sie es mir reicht.

»Wünsche ans Universum«, lese ich und sehe erstaunt zu Katja. »Hä, seit wann liest du Esoterikbücher? Ich dachte immer, du glaubst nicht an den ganzen Quatsch.«

»Tu ich ja auch nicht«, bekräftigt Katja. »Aber dieses Buch ist ganz anders als die anderen. Ich habe es ausprobiert, und es hat geklappt. Ich habe mir vom Universum Erfolg gewünscht, und schon am nächsten Tag stand Sergej vor mir.« Ich kann nicht fassen, dass meine Freundin Katja, die den Kopf immer gerade aufgesetzt hat und sich bei ihren Entscheidungen nie, na ja, fast nie, von ihren Gefühlen beeinflussen lässt, sondern streng nach rationellen Beweggründen entscheidet, an so einen Hokuspokus wie dieses Buch glaubt.

»So, so, und Sergej ist das, was du ›Erfolg‹ nennst?«, frage ich ungläubig. Mann, der Typ muss ja ˈne echte Granate sein, denn Katja wird tatsächlich rot. Dass Katja derart ihre Gesichtsfarbe wechselt, ist das letzte Mal in der Oberstufe vorgekommen, als sie vor der gesamten Klasse an die Tafel gerufen wurde, um einen Haufen undurchsichtiger Formeln zu erklären. Und alles, was aus ihrem Mund herauskam, war ein gewaltiger Rülpser.

»Ja, irgendwie schon«, zuckt sie mit den Achseln, »Schließlich habe ich kurz danach bei *Blohm + Voss* angefangen«

»Was rein gar nichts mit der Tatsache zu tun hat, dass dein Sergej ein kleines Ölimperium besitzt und ganz zufällig der Auftraggeber für diese schnuckelige kleine Jacht ist, die ihr gerade baut und für die du die zuständige Projektleiterin bist?« Ich klimpere unschuldig mit meinen Augen. Als Antwort fange ich mir einen Seitenhieb ein.

»Aua!« Ich reibe mir die getroffene Stelle. Katjas Augen funkeln wütend.

»Sergej hat nichts damit zu tun. Mein Job an dem Projekt ist reiner Zufall!« Katja sieht mich an, und plötzlich fangen wir beide an zu lachen. Wir lachen so lange, bis uns die Tränen über die Wangen laufen und mir der Bauch vor Lachen weh tut.

»Na ja«, sagt Katja schließlich, während sie sich mit dem Handrücken übers Gesicht wischt. »Auf jeden Fall glaube ich, dass das alles kein Zufall …, sondern vom Universum so gewollt war.« Sie kichert erneut.

»Bist du denn wirklich in Sergej verliebt?«, frage ich leise. Die Frage liegt mir auf der Zunge, seit sie mir von ihm erzählt hat.

Katja sieht mich überrascht an. »Natürlich bin ich in ihn verliebt.«

»Und das Geld spielt keine Rolle?« Die Bilder aus der Klatschpresse von alten, fetten Männern mit viel Geld gehen mir nicht aus dem Kopf.

»Pumbi, wie soll ich den Mann und sein Geld trennen? Ich habe mich in einen intelligenten, überaus charmanten Mann verliebt. Ich habe selbst gnügend Geld. Aber jetzt, wo ich ihn habe, finde ich es herrlich. Und wenn Klugheit und Charme einhergehen mit Geld? Allerdings hätte ich es nicht ertragen, wenn er mein Chef gewesen wäre. Das wäre eine völlig andere Situation gewesen. Ich meine, wer will schon seinen Chef als Mann?! Oder?«

Ich seufze laut. »Wohl wahr.« Obwohl es sich eigentlich ganz gut angefühlt hat, die Verlobte des Juniorchefs zu sein – bis gestern jedenfalls. Jetzt fühlt es sich schrecklich an. »Also gut.« Ich schnappe mir das Buch und wedele damit über meinem Kopf hin und her. »Nachtlektüre!«

»Gut«, sagt Katja zufrieden, »du wirst sehen, ab morgen wird alles anders.«

Hoffentlich, denke ich.

3. Julias Facebook-Status: Bin wieder Single …

Tatsächlich fängt der nächste Morgen völlig anders an, als ich es bis dato gewohnt war. Als ich aufwache, kitzelt mich die Sonne auf den Lidern, und es duftet herrlich nach Kaffee.

»Morgen!«, ertönt Katjas Stimme über mir.

»Morgen«, murmele ich und öffne die Augen. Anstatt Johanns verknautschtem Gesicht blicke ich in das von Katja, die bereits frisch geduscht und perfekt geschminkt ist.

»Willst du Kaffee?«

»Au ja, bitte.« Sie reicht mir eine heiße Tasse Kaffee und ein Croissant dazu.

Für gewöhnlich verzichte ich auf Croissants. Also eigentlich seit Johann in letzter Zeit damit angefangen hat, mich Moppelchen zu nennen und mir seltsame Vorträge über gesunde Ernährung zu halten. In einem einzigen Croissant seien mehr als 400 Kalorien versteckt, das müsse man sich mal vorstellen! Dafür könnte man ein halbes Hähnchen essen. Okay, morgens vielleicht nicht ganz das Richtige, aber immerhin.

Johann hat überhaupt unheimlich viel Wert auf gesunde Ernährung gelegt. Dazu gehört morgens das Frühstücksmüsli. Natürlich eines mit Zutaten aus biologischem Anbau und Fairtrade-Gütesiegel. Meine geliebten Schokokekse hat er durch Vollkornkekse ersetzt. Also ehrlich, diese ganzen Öko-Süßigkeiten schmecken doch irgendwie nach Pappe, die man mit etwas Kakaopulver versetzt hat. Brrr. Ich schaudere bei dem Gedanken an meinen letzten Schokoriegel von *Erdkorn*, der so trocken war, dass ich dazu einen Liter Cola trinken musste, um ihn runterzubekommen. Ich war nie wirklich dick in meinem Leben, aber ich hatte ständig Angst, es zu werden. Meine Mutter behauptet immer, ich hätte schon als Kind einen trägen Stoffwechsel gehabt. Was sie zum Anlass nahm, mich beim Essen ständig zu ermahnen, nicht zu viel zu essen. Das Ergebnis ist, dass ich seit knapp 20 Jahren hungrig vom Tisch aufstehe und trotzdem nicht schlank bin.

Ich beiße herzhaft in mein Croissant. Sofort habe ich diesen köstlichen Geschmack nach Butter auf der Zunge. Ich rolle genießerisch die Augen und nehme einen Schluck Kaffee.

»Und?«, fragt Katja. »Wie fühlst du dich?«

»Herrlich!«, gebe ich zur Antwort und lasse mich vorsichtig, um den Kaffee nicht zu verschütten, zurück auf mein Kissen fallen.

Katja grinst zufrieden. »Hier.« Sie reicht mir eine Zeitung. »Du solltest mal einen Blick reinwerfen. Heute ist eine Sonderseite mit Stellenanzeigen drin. Vielleicht ist ja was für dich dabei.« Sie sieht auf den Nachttisch neben meinem Bett, auf dem das aufgeschlagene Buch liegt. Ich habe tatsächlich die halbe Nacht darin gelesen, nachdem ich trotz redlicher Bemühungen meinerseits nicht einschlafen konnte. »Wie ich sehe, hast du angefangen, das Buch zu lesen?«

Ich muss mich räuspern. »Genau genommen bin ich so gut wie fertig.«

»Ha! Habe ich es dir doch gesagt – das Buch ist der absolute Knaller!«, ruft Katja begeistert.

Obwohl mir die ganze Esoterikwelle seit meinen Erlebnissen mit Sunjii eher zuwider ist, muss ich mir eingestehen, dass mich dieses Buch wirklich fasziniert hat. Ich hätte bei jeder Seite, die ich gelesen habe, aufspringen und laut – »Ja!« – schreien können. Nehmen wir nur mal den Satz:

»Das Universum ist freigiebig ohne Unterlass! Bring deine Bitte nur klar genug zum Ausdruck, und alles, was dein Herz begehrt, wird zu dir kommen.«

Wenn das alles ist, dann wird dieses Buch meine neue Bibel. Man muss nur fest an das glauben, was man sich wünscht. Den Rest erledigt das Universum. Supi Sache! Genau das Richtige für mich, ich bin nämlich von Natur aus willensstark. Ich habe gleich mal ein paar Wünsche, die mir spontan auf der Seele lagen, an das Universum abgeschickt.

1. Einen neuen Job.
2. Eine neue Wohnung.

3. *Der Gartenfreund* soll pleitegehen.

4. Johann soll impotent werden.

5. Bei Titten-Annette soll die Schwerkraft auf natürliche Weise zuschlagen.

6. Der Typ aus dem Zug soll seine gerechte Strafe bekommen.

Und zu guter Letzt soll ich, Julia Zoe Löhmer, die Frau mit dem direkten Draht zum Universum, zur Abwechslung auch mal Glück haben!

»Bis später!«, ruft Katja. Kurz danach schließt sich die Haustür. Sofort befällt mich dieses Gefühl der totalen Einsamkeit, das ich immer bekomme, wenn ich alleine bin. Alleine. Ich bin ganz alleine, geht es mir durch den Kopf.

Ich werfe einen Blick auf mein Handy. Keine Nachricht! Nicht mal die klitzekleinste Mail wie zum Beispiel: »Ruf mich an, es tut mir leid!« oder »Wo bist du?«

Nichts, absolut nichts. Kein Wort! Wahrscheinlich wälzt sich mein Hartmännchen gerade mit Titten-Annette auf meinem Sofa ...

Ich habe Johann nie misstraut. Es gab keinen Grund dazu, und ich hatte kein Bedürfnis danach. Misstrauen ist mir zu anstrengend. Außerdem würde es meinem Glauben an die wahre Liebe widersprechen. Ich habe es ihm ganz schön einfach gemacht.

Ob er ein schlechtes Gewissen hat?

Oder machen sich die beiden gar über mich lustig? Wie naiv ich bin?

Was hat Annette, was ich nicht habe?

Okay, dicke Möpse. Ich schaue auf meine Brüste. Eine anstrengende Angelegenheit, schließlich muss ich meinen Kopf ganz nach unten drücken, um den vollen Überblick zu haben. Das unschöne Doppelkinn, das zwangsweise dabei entsteht, ignoriere ich bei meinen Betrachtungen geflissentlich. Andere Baustelle. Von oben betrachtet sehen sie gar nicht so schlecht aus. Eine gute Handvoll hat ein Freund mal zu mir gesagt. Beim Bleistifttest würde ich auf jeden Fall als Siegerin hervorgehen, und dank der modernen Push-up-BHs beschränken sich meine Kleiner-Busen-Komplexe auf ein Minimum. Johann hat immer gesagt, ihn würde mein kleiner Busen nicht stören. Lügner! Deshalb hat er sich Titten-Annette geschnappt.

Aber egal – warum? Weshalb? Mein Glück, so scheint es mir, ist auf jeden Fall vorbei. Ich habe den Mann verloren, den ich liebe: den Vater meiner ungeborenen Kinder. Ein Leben mit Johann war meine Zukunft. Ich war die Prinzessin und er mein Prinz – ein Bilderbuchleben. Jetzt muss ich für den Rest meiner Tage mit Argwohn und Selbstzweifeln leben. Schöne Aussichten: Willkommen in der Realität! Mir haben die Kinder immer leid getan, die von ihren Eltern bei Ikea in der Spielecke abgegeben und vergessen wurden. Genauso komme ich mir gerade vor. Die kleine Julia möchte aus dem Kinderparadies abgeholt werden. Bitte holen Sie die kleine Julia aus dem Kinderparadies ab, scheppert es durch meinen Kopf.

Ich greife nach der Zeitung und schlage die letzte Seite mit den *Star News* auf, der Rest interessiert mich eh nicht. Dieses ganze Politikergeschwafel ist für mich wirklich sterbenslangweilig. Jeder weiß doch, dass Politiker lügen, sobald sie den Mund aufmachen.

Da höre ich doch lieber die Kurznachrichten im Radio, wenn man die wichtigsten Infos in aller Kürze mitgeteilt bekommt. Außerdem bin ich eine bekennende *Gala*-Leserin. Da stehen wenigstens genau die Dinge drin, die mich interessieren. Zum Beispiel: Welchen Lover hat Jennifer Aniston gerade? Oder: Wer datet gerade wen im deutschen Adel? Als aufmerksame Leserin der *Gala* bemerkt man recht schnell, dass sich der Adel immer noch ungern mit dem gemeinen Volk vermischt und an seinen mittlerweile verstaubten Traditionen wie Pferderennen und Galadinners festhält. Wahrscheinlich aus Loyalität zu den Hutmachern. Ich meine, wer sonst würde diese ganzen hässlichen Hüte kaufen, wie sie der Adel zu diversen Anlässen zur Schau trägt? Man denke nur an die Hochzeit von William und Kate. Die Hüte, die von den beiden Prinzessinen Eugenie und Beatrice von York getragen wurden, waren eine absolute Katastrophe! Prinzessin Beatrice mutete an, als wäre ihr über Nacht ein Hirschgeweih gewachsen, und Prinzessin Eugenies Hut sah aus, als ob Opa Philip einen seiner alten Hüte eigenhändig umdekoriert hätte. Und eine moderne junge Frau wie

Mette-Marit, die für ihr ausschweifendes Nachtleben bekannt war, würde sich nicht ernsthaft in derart spießige Klamotten zwängen, wie sie sie heute trägt, wäre sie nicht durch ihre Heirat mit dem langweiligen, aber gutaussehenden norwegischen Prinzen Harkon Prinzessin geworden. Ich finde, die *Gala* nicht zu lesen, ist eine echte Bildungslücke. Vor allem in meinem Job. Da ist es essentiell wichtig, über die Klatsch- und Tratsch-Presse Bescheid zu wissen.

Das dicklippige Gesicht von Angelina Jolie lächelt mir entgegen. Mal ehrlich! Was findet so ein absoluter Wahnsinnsmann wie Brad Pitt an dieser Frau? Okay, ihr Gesicht ist ganz hübsch, und für ihre Figur würde ich morden, aber mit den ganzen Tattoos sieht sie aus, als wäre sie aus Versehen unter eine Druckerpresse geraten. Und Brad daneben sieht, seit er mit dieser Frau zusammen ist, auch nicht mehr ganz so knackig aus. Was soll dieser alberne Ziegenbart? Na ja, mir kann es ja egal sein.

Ich betrachte das nächste Bild, auf dem die deutsche B-Prominenz abgebildet ist. Das Foto sieht aus wie ein Gruppenbild aus dem Altersheim. Fritz Wepper grinst wie ein Breitmaulfrosch ohne Hals in die Kamera, daneben die ewig junge Iris Berben, die Klassefrau des deutschen Films. Haben denn alle außer mir vergessen, wie sie neben Ingrid Steeger in der Nackedei-Klamauk-Serie *Zwei himmlische Töchter* aufgetreten ist? Und von wegen »Alles Natur!«. Das kann sie ihrer Großmutter erzählen, aber nicht mir. Schließlich bin ich Reporterin, und dass die Frau sich an ihrem Gesicht hat herumdoktern lassen, sehe ich sofort. Nicht dass ich es verwerflich finde, wenn sich eine Frau operieren lässt, um ein paar Jahre jünger auszusehen, aber dann soll sie doch bitte schön dazu stehen.

Ich seufze leise, während ich umblättere und den Sonderteil mit Stellenanzeigen unter die Lupe nehme. Jetzt wird sich zeigen, ob es das Universum gut mit mir meint.

Anzeigenverkäuferin ... nein, das ist definitiv nicht, was ich suche.

Praktikum Redaktion ... aus der Phase bin ich Gott sei Dank raus. Dumpfe Erinnerungen an mein letztes Praktikum kommen hoch, wo ich literweise Kaffee gekocht und getrunken habe. Ätzend, wenn man von allen nur als billige Arbeitskraft missbraucht wird und sich von seinem Chef Dinge wie, »Das machen Sie schon ganz gut, Julia«, anhören muss, während man Kaffee nachschenkt.

Online Redakteur … nee, also wirklich nicht! Wenn das alles ist, was das Universum zu bieten hat.

Mein Blick fällt auf eine unauffällige kleine Anzeige, ganz unten auf der Seite. Ich blinzele. Kann es sein … Sollten die wirklich … Mein Herz beginnt zu rasen.

Flexible Journalistin für Reisemagazin gesucht

Reisemagazin! Reisen!

Ich seufze leise. Vor meinen Augen taucht das Bild von Judith Adlhoch von *Vox Tours* auf, wie sie am Strand von Sansibar in die Kamera lächelt, während sich im Hintergrund die Palmen sanft im warmen Wind biegen.

Ja, genau das ist es!! »Julia Zoe Löhmer, die neue Frau an der Reisefront. Heute in Kenia, morgen auf den Seychellen und die Woche darauf auf Hawaii. Gebildet, kosmopolitisch und immer auf Achse, um Neues zu entdecken!« Ich sehe schon die neidischen Gesichter meiner Freunde vor mir, wenn ich ihnen von meinen Reisen berichte.

»Ach Kinder, ich bin noch völlig erledigt vom Jetlag … Hawaii.«

»Ach ja, Hawaii war einfach traumhaft schön, aber natürlich nicht zu vergleichen mit den Stränden der Seychellen … George Clooney war ebenfalls im Ressort untergebracht … Wir haben uns kurz an der Bar auf einen Drink getroffen … Nächste Woche kann ich leider nicht zu deiner Party kommen, da bin ich auf Sylt, um über das Grand Spa Resort Arosa zu berichten … Ja, ich bin total im Stress …«

Okay Julia, noch hast du den Job nicht, ermahne ich mich. Aber man wird doch mal träumen dürfen! Ich überfliege die Zeilen der Anzeige:

Sind Sie flexibel, unabhängig und gerne auf Reisen? Haben Sie eine journalistische Ausbildung und besitzen Berufserfahrung mit Kamerapräsenz? Dann ist dieser Job genau das Richtige für Sie! Gute Sprachkenntnisse in Englisch und Spanisch sind Voraussetzung. Gültiger Rei-

sepass! Interessenten melden sich bitte unter folgender Nummer in unserem Personalbüro.

Ich springe aus dem Bett und eile zum Telefon. *Holiday Dream*, ich komme!

Nach zwei Schritten bleibe ich allerdings wieder stehen. Alles um mich herum dreht sich, und meine Beine fühlen sich an wie aus Pudding. Kreislauf! Das geht schon so seit ich in der Pubertät war. Meine Omi Trude behauptet immer, dass ich zu schnell gewachsen sei. Was ich persönlich bei einer Größe von 1,68 m zu bezweifeln wage, allerdings aus ihrer Sicht und einer Größe von 1,55 m mag das wohl stimmen. Gegen meine Oma bin ich mir immer wie ein Riese vorgekommen. Zwei tiefe Atemzüge später bin ich wieder fit und erreiche unversehrt das Telefon. Mit zittrigen Fingern tippe ich die Nummer ein.

Ring … ring … ring … ring … Sitzen die etwa auf ihren Ohren? Es klickt am anderen Ende.

»Personalabteilung *Hirsekorn-Verlag* Hamburg. Sie sprechen mit Laura Marie Lauschke.«

»Guten Tag, Frau Lauschke.« Ich kann mich nur mühsam beherrschen, um nicht laut loszulachen. Wie kann man sein Kind nur Laura Marie Lauschke bei dem Nachnamen nennen?

»Mein Name ist Julia Löhmer, und ich habe gerade Ihre Anzeige im *Hamburger Abendblatt* gelesen.«

Lautes Knistern und Stimmengewisper, gefolgt von einem dumpfen Knall. Schweigen. Ich bin zugegebenermaßen etwas irritiert.

»Hallo? Frau Lauschke?« Vielleicht hat die arme Frau gerade einen Herzinfarkt erlitten, und ich warte ahnungslos am anderen Ende der Leitung, während Kollegen gerade dabei sind, die Frau zu reanimieren. Ich überlege, was ich machen soll.

»Halloooooho«, versuche ich es noch einmal.

»Entschuldigung«, meldet sich Frau Lauschke wieder unter den Lebenden zurück. »Wo waren wir stehen geblieben? … Äh, ja. Sie möchten sich also bei uns für die Stelle als Mitarbeiterin im Ressort Reisen bewerben?«

»Ja, genau genommen auf die Stelle als Journalistin«, nicke ich eifrig. »In der Anzeige stand Ihre Nummer.« Anscheinend hat die Frau keine Ahnung, also helfe ich ihr ein bisschen auf die Sprünge. Schließlich will ich ja nicht irgendeine Mitarbeiterin werden. Ich bin die zukünftige Judith Adlhoch!

»Jajaja, genau das habe ich ja gesagt«, antwortet Frau Lauschke ungeduldig. Ich will schon den Mund aufmachen, um sie zu verbessern, aber entscheide mich, es lieber sein zu lassen. Schließlich bin ich kosmopolitisch, flexibel und gut erzogen im Umgang mit Menschen. »Ich kann Ihnen einen Termin morgen um 15.00 Uhr anbieten. Würde das gehen?«

Meine Güte, das ging aber schnell. Ich schlucke. Ein leichtes Panikgefühl steigt in mir hoch. Schließlich gibt es bis zu dem Termin noch eine Menge zu erledigen. Ich muss mir etwas Vernünftiges zum Anziehen besorgen. In meinem zerknitterten Rock kann ich unmöglich zu meinem Vorstellungsgespräch erscheinen, und meine Haare hätten einen Besuch beim Friseur dringend nötig.

»Moment, ich muss mal nachsehen, ob morgen schon etwas anliegt«, antworte ich und raschle mit den Buchseiten, sodass es sich anhört, als würde ich oberwichtig in meinem Terminplaner suchen. »15.00 Uhr passt prima«, sage ich nach einer kurzen Pause.

»Gut«, antwortet Frau Lauschke am anderen Ende der Leitung zufrieden. »Bitte denken Sie daran, Ihre Unterlagen mitzubringen.«

»Unterlagen?« Jetzt bin ich verwirrt. Meine letzte Bewerbung war auch gleichzeitig meine erste, und da saß mir mein zukünftiger Ex-Schwiegervater gegenüber und bot mir einen Eierlikör an, während er sich darüber erkundigte, wie ich sein Prachtexemplar von einem Sohn kennengelernt hatte. Nachdem ich ihm mehrfach versichert hatte, dass ich mit einem Ehevertrag einverstanden sein würde, stand meiner Einstellung als Redakteurin nichts mehr im Wege.

»Lebenslauf, Zeugnisse, eventuelle Bescheinigungen, veröffentlichte Arbeiten und so. Sie wissen schon«, leiert Frau Lauschke herunter. Anscheinend bin ich nicht die Erste, die diese Frage stellt.

»Selbstverständlich. Ich weiß allerdings nicht, ob ich alle Unterlagen bis morgen bei mir habe. Wissen Sie, ich habe meinen Wohnort sehr kurzfristig gewechselt und deshalb nur das Nötigste mitgenommen.« Gut gemacht! Klingt absolut weltmännisch und flexibel.

»Aha, Liebeskummer. Ich verstehe.« Hä, woher will die Frau das wissen? Schließlich habe ich Johann mit keinem Wort erwähnt. »Das geht schon in Ordnung. Sie können die Unterlagen ja nachreichen.«

»Danke«, sage ich noch immer etwas sprachlos, was selten genug vorkommt.

»Gut, dann bis morgen 15.00 Uhr, Frau Löhmer. Bitte melden Sie sich unten am Empfang und geben Sie an, dass Sie einen Termin für ein Bewerbungsgespräch haben.«

Ich notiere mir in Gedanken alles. »In Ordnung. Einen schönen Tag noch.«

»Auf Wiedersehen, Frau Löhmer«, beendet Frau Lauschke das Gespräch.

Na, das lief doch besser als gedacht! Ich schließe die Augen. Ich habe ein Vorstellungsgespräch! Ein neuer Anfang. Licht am Ende des Tunnels.

Zufrieden schlüpfe ich aus meinem viel zu großen Schlafshirt, das mir Katja netterweise geliehen hat und das, der Größe nach zu urteilen, nicht aus ihrem Kleiderschrank stammt. Ich gehe ins Badezimmer, wo eine herrliche Dusche auf mich wartet. Mal ehrlich, so eine Regenwasserdusche ist doch wirklich das Allergrößte. Ich finde, es müsste gesetzlich vorgeschrieben sein, dass eine Wohnung nur vermietet werden darf, wenn sie eine Regenwasserdusche besitzt. Nehmen wir zum Beispiel den Herd. Der ist in jeder Mietwohnung vorgeschrieben und in meinen Augen völlig überbewertet. Wer will schon kochen, wenn man abends von der Arbeit kommt? Entweder man geht essen und gönnt sich beim Italiener um die Ecke noch schnell ein Nudelgericht oder man benutzt die Mikrowelle. Ich ziehe Lebensmittel vor, die sich einfach zubereiten lassen und für die ich keinen Herd brauche. Mir würde in den meisten Fällen ein Wasserkocher genügen. Diese chinesischen Fertignudelgerichte sind meine absoluten Favoriten. *YumYum Noodles.* Heiß, scharf und in zwei Minuten fertig.

Ich schließe die Augen und genieße das Gefühl der prasselnden Wassertropfen auf meiner Haut. Den heutigen Tag kann ich auf jeden Fall als Erfolgstag verbuchen. Ich kann es gar nicht abwarten, Katja von meinem Vorstellungsgespräch zu erzählen.

4. Julias Facebook-Status: Shoppen!

Bist du immer noch nicht fertig?« Die Tür fliegt auf, und Katja steht mitten im Raum.

»Wofür?« Ich sehe meine beste Freundin fragend an. Mit ihren langen Beinen und dem Minikleid sieht sie einfach umwerfend aus. Sie sprüht sich mit Parfüm ein, wirft dabei ihr braunes Haar zurück und lächelt mich an. Selbst ihr Parfüm hat eine elegante Note. Ich persönlich bevorzuge eher süßliche Düfte.

»Unser Plan ...« Sie tippt mir mit dem Zeigefinger gegen die Stirn. »Heute beginnt dein neues Leben, schon vergessen? Und dazu gehört auch ein neues Outfit. In deinen alten Klamotten kannst du dich unmöglich durch Eppendorf bewegen! Und deine Haare ...«, sie schüttelt den Kopf, »... also ehrlich, deine Haare gehen überhaupt nicht. Ich schlage vor, wir besuchen als erstes Harald. Eigentlich ist er bis nächsten Monat komplett ausgebucht, aber ich bin in der glücklichen Lage, seine Freundin zu sein.« Sie kichert hysterisch.

Jetzt bin ich fast ein bisschen beleidigt, aber zu erschöpft, um mich zu wehren. Schließlich waren die letzten 24 Stunden nicht eben die besten meines Lebens, wenn man mal von dem Gespräch von heute Morgen absieht.

»Ich habe morgen ein Vorstellungsgespräch beim *Hirsekorn-Verlag*«, triumphiere ich auf.

»Nicht dein Ernst«, ruft Katja und lässt sich in den Sessel fallen.

»Doch! Ich habe die Anzeige aus dem *Hamburger Abendblatt*. Du hättest diese Frau mal am Telefon hören sollen. Frau Lauschke oder so ähnlich. Also, besonders höflich war die nicht. Aber ich habe ihr klar gemacht, dass ich genau die Richtige für den Job bin. Daraufhin hat sie mir einen Termin zum Vorstellungsgespräch gegeben. Ich soll mich morgen um 15.00 Uhr beim Empfang im Hauptgebäude melden.«

»Die haben es aber eilig! Hast du denn alle Unterlagen dabei?«, ruft Katja.

»Jetzt fängst du auch noch damit an«, stöhne ich, »natürlich nicht, aber ich habe meinen Laptop mit und ...«

»Julia!« Ihre perfekt gezupften Augenbrauen ziehen sich zusammen. »Du willst doch nicht etwa deine Unterlagen fälschen?«, fragt Katja, und der vorwurfsvolle Unterton in ihrer Stimme ist nicht zu überhören.

»›Fälschen‹ ist so ein hartes Wort – ›Verschönern‹ trifft es in meinen Augen besser«, versuche ich zu beschwichtigen.

»Für welche Stelle hast du dich eigentlich beworben?«, fragt Katja matt.

»Als Reisejournalistin!«, verkünde ich stolz.

Katja richtet sich mit einem Ruck auf. »Pumbi, du hast Flugangst! Schon vergessen?«

»Ach das«, winke ich ab, »das ist doch nur ein klitzekleines Problemchen.«

»Du bekommst ja schon Panik, wenn du nur zur Verabschiedung mit zum Flughafen kommen sollst. Das nenne ich keine klitzekleine Sache, sondern ein ausgewachsenes Problem, wenn man Reisejournalistin werden will.« Sie funkelt mich an.

»Manchmal kannst du ein echter Spielverderber sein.« Ich bin ernsthaft empört. »Man muss ja nicht mit dem Flugzeug reisen, schließlich gibt es auch noch andere Verkehrsmittel wie das Schiff oder den Bus.«

»Du wirst doch sofort seekrank«, sagt Katja trocken, »falls ich deinem Gedächtnis auf die Sprünge helfen darf – denk an unseren Bootstrip in Griechenland.«

Ich stöhne innerlich auf. Katja und ich hatten nach unserem Abitur eine Reise nach Griechenland geplant. Insel-Hopping, wie sie es in den Hochglanzbroschüren immer nennen. Da ich ein von Grund auf offener Mensch bin und gerne mal etwas Neues ausprobiere, hatte ich begeistert zugesagt. Spätestens bei der Überfahrt mit der Fähre von Athen nach Santorin wurde mir und jedem anderen, der sich in meiner Nähe aufhielt, klar, dass Seereisen nichts für mich waren. Bereits beim Ablegen im Hafen verspürte ich ein flaues Gefühl im Magen. Zunächst ignorierte ich das Hin-und-Her-Schaukeln meiner Mitte, indem ich mich dem attraktiven Schweden an meiner Seite zuwandte. Er wollte zusammen mit seinem Bruder den gleichen Trip wie Katja und ich unternehmen. Ideal also. Magnus war ein Naturbursche wie aus dem Bilderbuch. Lange flachsblonde Haare, stahlblaue Augen und ein Body wie aus Stein gemeißelt. Während Magnus mich mit seinem umwerfenden Lächeln ansah, passierten gleich zwei Dinge mit mir. Erstens übernahmen meine Hormone direkt die Gesprächsführung, und zweitens schlug mein Magen Purzelbäume. Allerdings nicht solche, die man schlägt, wenn man jemanden toll findet, sondern die, wenn man etwas Falsches gegessen hat. In meinem Fall begannen sich die Spiegeleier vom morgendlichen Frühstück langsam in Rührei zu verwandeln. Ich konnte mich auf nichts anderes mehr konzentrieren, so sehr ich mir auch Mühe gab. Genau in dem Moment, als Magnus mich fragte, ob ich nicht Lust hätte, zusammen mit ihm, seinem Bruder Lars und Katja den Rest unseres Urlaubs zu verbringen, beschloss mein Magen, die lästigen Rühreier loszuwerden, und schoss die gesamte Eimasse die Speiseröhre nach oben – wie ein Vulkan seine Lava. Ich schaffte es gerade noch, meinen Kopf zur Seite zu wenden, sodass Magnus nicht getroffen wurde, vergaß allerdings in meiner Panik die Windrichtung mit einzukalkulieren. So kam es, dass ich die Spiegeleier noch einmal zu sehen bekam, diesmal auf meinem T-Shirt klebend.

Es ist unnötig zu erwähnen, dass Magnus auf eine weitere Zusammenreise mit mir und Katja verzichtete und sich lieber einer mittelmäßig hübschen Engländerin widmete, die sich ebenfalls an Bord der Fähre befand und deren einziger Vorzug war, dass sie im Gegensatz zu mir nicht seekrank wurde. Mein ohnehin angeknackstes Selbstbewusstsein nahm weiteren Schaden.

»Okay«, gebe ich zu. »Vielleicht kein Schiff. Aber dann gibt es immer noch Bus, Bahn und das Auto.« Ich sehe sie triumphierend an.

Katja flattert mit den Augen. »In Ordnung, bei einem derart unerschütterlichen Optimismus muss ich mich wohl geschlagen geben.«

»Ha, habe ich es doch gewusst: Meine Argumente haben dich überzeugt! Siehst du, das ist der Grund, warum ich Reporterin geworden bin. Ich habe einfach eine Gabe, Menschen Dinge logisch zu erklären.« Ich streiche mir das Haar zurück.

»Pumbi, du bist ein absolutes Chaosweib und dafür liebe ich dich!«, sagt Katja und lacht.

Katja und ich schlendern den Jungfernstieg entlang. Die Prachteinkaufsmeile der Hamburger präsentiert sich in strahlendem Sonnenschein, und ich fühle mich bei dem Anblick der edlen Auslagen in eine Art Rauschzustand versetzt, wie ich es sonst nur von Weihnachten her kenne. Hamburg ist meine Stadt. Hier flanieren die Menschen. »Sehen und gesehen werden« lautet das Motto der Hamburger. Da huscht keiner in ausgeleierten Jogginghosen an einem vorbei, um mal schnell ein paar Einkäufe zu tätigen. Hier spaziert die Hamburger Gesellschaft, in *Joop* und *Jil Sander* gekleidet, den Jungfernstieg auf und ab.

Aber das Beste an Hamburg ist, dass mich niemand kennt. Keine Erinnerungen, keine Bekannten, kein Johann, keine lästigen Erklärungen, gefolgt von mitfühlenden Gesprächen, die einem das Gefühl geben, dass man ein total beziehungsunfähiger Versager sei. Hamburg ist genau der richtige Ort für einen Neuanfang. Hier hat alles seine Ordnung. Hier herrscht ein höfliches, distanziertes Miteinander.

An meinem Arm baumeln die Errungenschaften der letzten zwei Stunden. Tüten, ebenso schlicht und edel wie die Namen der Designer, die darauf gedruckt sind. Understatement ist ein Begriff, den die Hamburger schon mit der Muttermilch aufsaugen. Nicht wie in Düsseldorf, wo jeder zeigt, was er hat, und die Frauen mit Klunkern behangen sind, dass man sie von Weitem für wandelnde Weihnachtsbäume halten könnte. Nein, der Hamburger trägt seinen Status nicht offensichtlich zur Schau. Erst bei genauerem Hinsehen kann man die feinen Unterschiede erkennen.

Kaschmir statt Wolle.

Seide statt Satin.

Platin statt Silber.

Champagner statt Sekt.

Von einigen Freundinnen weiß ich, dass deren Understatement sogar so weit geht, die Label aus ihren Klamotten herauszuschneiden. Wer tut denn so was! Ich bin zwar auch kein Fan von groß aufgedruckten Markennamen, aber wenn ich mir schon mal was Teures leiste, soll man das auch ruhig sehen.

Bei Facebook habe ich mich kürzlich der Gruppe angeschlossen: *Danke, dass es Ed Hardy gibt. So erkennt man wenigstens auf einen Blick, wer ein Prolet ist!* Mal ehrlich – genauso ist es. Beim Anblick von Ed-Hardy-Shirts rollen sich mir die Fußnägel auf. Hässlicher geht es kaum noch! Diese schrecklichen Totenkopf-Motive, die schon bei den *Hells Angels* lächerlich wirken und dazu noch diese neckischen Glitzersteine, die dem Ganzen die Krone der Geschmacklosigkeit aufsetzen! Da hilft es auch nichts, wenn Heidi Klum die Klamotten trägt. Die bekommt nämlich Geld dafür, im Gegensatz zum Rest der Welt. Ich verstehe nicht, wie Menschen diese grauenvollen Klamotten an anderen Tagen als Halloween tragen können.

Noch nie in meinem ganzen Leben habe ich an einem einzigen Tag – genau genommen sind es nur drei Stunden gewesen – so viel Geld für Klamotten ausgegeben. Okay, um ehrlich zu sein ist es gar nicht mein Geld, sondern das von Johann. Seine Kreditkarte habe ich, wie durch ein Wunder, in meinem Portemonnaie gefunden. Meine anfänglichen Skrupel, die Karte zu benutzen, haben sich schnell verflüchtigt, als Katja mich daran erinnerte, dass es ja schließlich Johanns Schuld sei, die mich in diese missliche Lage gebracht hat. Er habe mich mit seiner Aktion förmlich gezwungen, mich neu einzukleiden, schließlich könnte ich ja nicht nur in meinem ollen Rock und der Bluse durchs Leben gehen. Und zurückfahren nach Freiburg, um meinen Kleiderschrank auszuräumen, käme gar nicht erst infrage.

Natürlich bin ich mir dabei bewusst, dass ich über fremdes Geld verfüge, und gehe deshalb besonders verantwortungsbewusst damit um. Johann wäre stolz auf mich, denn ich achte auf höchste Qualität und nicht auf den Preis. Was er mir häufig genug bei meinen sonstigen Einkäufen vorgeworfen hat. Sein Argument, ich solle mir lieber weniger, aber dafür qualitativ Hochwertigeres kaufen, fand ich nicht akzeptabel. Eine Frau will schließlich nicht jeden Tag das Gleiche anziehen, sondern die Möglichkeit haben zu variieren, und das ist bei meinem doch relativ bescheidenen Einkommen nun mal nur möglich, wenn man bei *H&M* einkauft.

Egal, diese Zeiten sind ab heute vorbei. Zwar habe ich kein Hartmännchen mehr, aber dafür besitze ich jetzt eine wunderschöne, weiße Leinenhose von Jil Sander, die meinen leichten Hüftspeck auf geradezu magische Weise unsichtbar macht und die mich das erste Mal in meinem Leben aussehen lässt, als ob ich meterlange Beine hätte. Dazu eine passende hellblaue Bluse, die laut Katja meine Augen erst zum Leuchten bringt, und samtweiche Ledersandalen. Der reizende Verkäufer versichert mir, dass ich in diesem Outfit einfach unwiderstehlich aussehe. Beflügelt von so vielen Komplimenten, gehen mir die nächsten Einkäufe mit Johanns Kreditkarte noch deutlich leichter von der Hand.

Unter Katjas strengem, modisch geschultem Auge erstehe ich noch zwei Jeans einer angesagten Marke, die einen richtigen Knack-Po machen, mehrere T-Shirts, die meine Körbchengröße von 75a auf stattliche 75b vergrößern, drei Blusen, ein Wickelkleid von Diane von Fürstenberg, einen Rock von Wunderkind, einen Swingermantel für kühlere Tage, den ich kostengünstig bei *Zara* gekauft habe, ein Paar Pumps, ein Paar hochhackige schwarze Stiefel, schwarze Chucks und haufenweise neue Unterwäsche. Mal ehrlich, wer will schon die Unterwäsche tragen, in der man seinen Ex-Freund verführt hat! Nein, zu einem Neuanfang gehört neue Unterwäsche ebenso dazu wie neue Klamotten, neues Parfüm und eine neue Wohnung. Das verschafft ein völlig neues Körpergefühl!

Ich addiere in Gedanken meine bisherigen Ausgaben. Mir wird heiß und kalt, während ich über die Summe nachdenke, die am Ende des Tages von Johanns Konto abgebucht wird.

Katja sieht mich von der Seite an. »Pumbi, geht es dir gut? Du bist plötzlich so blass.«

Ich bleibe abrupt stehen und schnappe nach Luft, wie ein Fisch auf dem Trockenen. »Oh mein Gott! Ich habe gerade knapp 1000 Euro ausgegeben«, flüstere ich heiser und schlucke. »Das verzeiht mir Hartmännchen nie!«

»Nicht du.« Katja hakt sich bei mir ein und zerrt mich weiter, um nicht den Strom der Menschen zu behindern, die sich hinter uns drängen. »Sieh es als eine Art Spende, die dir dein Schwein von einem Exfreund vermacht hat, damit du über das Trauma hinwegkommst, das du nach dem Anblick von Titten-Annette erlitten hast. Solltest du trotzdem noch Bedenken haben, dann denk einfach an die neuen Losungswörter in deinem Leben. Selbstbewusstsein. Erfolg. Spaß.« Sie strahlt mich an. »Und …« Katja holt tief Luft für ihr letztes wirklich überzeugendes Argument. » …Titten-Annette! «

Schlagartig fühle ich mich besser. »Okay, du hast recht.« Ich spähe zu dem kleinen Café rüber, das direkt an der Alster liegt und bestimmt sündhaft teuer ist. »Lust auf einen Latte Macchiato?«

Nachdem wir den herrlichen Ausblick auf die Alster in dem sündhaft teuren Café genossen haben, machen wir uns auf den Weg zu Katjas legendärem Friseur Harald. Der Laden liegt in der Schanze, dem ehemaligen Drogenbezirk. Das Publikum ist hier, anders als in Eppendorf, bunt gemischt. Einige wenige Punker faulenzen am Seitenrand im Schatten der Häuser, während Mütter mit Kindern, Mitglieder verschiedener ethnischer Gruppen und Studenten an ihnen vorbeiziehen. Trotz der vielen neuen Wohnungen, die hier in den letzten Jahren entstanden sind, hat sich die Schanze mit ihren gemütlichen Cafés und den urigen Kneipen ihre quirlige Ursprünglichkeit bewahrt.

»Hier waren Sergej und ich letzte Woche beim Essen.« Katjas Gesicht bekommt einen schwärmerischen Ausdruck, während sie mit dem Finger auf ein unscheinbares Rotklinker-Fabrikgebäude zeigt. Auf dem Vorplatz sind lange Bänke mit Tischen und Sonnenschirmen aufgebaut, unter denen es sich mehrere Grüppchen gemütlich gemacht haben und ihr Mittagessen im Freien genießen. Eigentlich entspricht das so gar nicht Katjas Stil.

»Das ist der Schuppen vom Mälzer. Du weißt schon …« Ich habe keine Ahnung, wen Katja meint. Erstaunt sieht sie mich an, und ich komme mir plötzlich vor wie ein Landei. »Na, dem Fernsehkoch.«

Bei mir dämmert es so langsam. »Ist das der Typ, der aussieht wie ein dickliches Monchichi-Äffchen und redet wie ein waschechter Hamburger mit leichtem Lispler?«

Katjas prustet laut los. »Genau der!« Sie bleibt an dem Eckhaus stehen. »Wir sind da.«

Über die gesamte Fensterfront zieht sich ein gelber Schriftzug mit dem Aufdruck *Box Haare*. Katjas Friseurtempel.

Ich bin ein bisschen enttäuscht. Nach Katjas Erzählungen zu urteilen, hatte ich einen Prachtbau erwartet, und jetzt stehe ich vor einem eher schäbig wirkenden Gebäude mit Rotklinker-Fassade und Graffiti. Der Kerl muss wirklich gut sein, wenn sich die Hamburger High Society zum Haareschneiden hierher traut.

»Ich weiß, es sieht nicht besonders spektakulär aus. Aber Harald ist ein echter Künstler«, beschwichtigt Katja, als hätte sie meine Gedanken erraten. »Im wahren Leben heißt Harald übrigens Dieter Manuel Vögler. Aber das wissen nur die wenigsten seiner Freunde. Denn wer geht schon zu einem Friseur der ›Dieter Manuel Vögler‹ heißt?« Katja lacht und öffnet dabei die Ladentür.

Als wir den Laden betreten, steigt uns der typisch beißende Geruch nach Haarfärbemitteln in die Nase. Ein kleiner untersetzter Mann kommt mit ausgebreiteten Armen auf uns zu.

Hä? Das soll der berühmte Hamburger Starcoiffeur sein? Der Mann hat dichtes schwarzes Kopfhaar, das mit viel Gel zu einer Art modernem Hahnenkamm gebändigt wurde und nahtlos in den Bart übergeht, der wiederum mit den Brusthaaren verschmilzt, die sich unter seinem Shirt hervorkringeln. Ich blinzle irritiert. Der Mann ist geschminkt! Jonny Depp und die *Pirates of the Caribbean* lassen grüßen. Schwarzer Kajal umrandet die Augen, die wulstigen Lippen umgeben von schwarzen Barthaaren wirken unnatürlich rot. Ach herrje, was erblicken meine Äuglein da – gezupfte Augenbrauen. Wenn ich etwas an Männern nicht leiden kann, dann sind es getrimmte Augenbrauen. Figurtechnisch hat das Männlein nichts mit Jonny Depp gemein. Seine dünnen, streichholzartigen Beine stecken in einer schwarzen Lederhose mit einem Totenkopfgürtel, der einem Augenschmerzen verschafft. Dazu trägt er eine schwarze Weste, die einen gewagten Blick auf das getrimmte üppige Brusthaar zulässt, das an eine schwarze Matte erinnert. Die Arme sind fast vollständig mit Tattoos übersät. Und dann dieser Schmuck! An den wurstigen Fingern glänzen dicke Klunkerringe, und selbst um den Hals hängen fette Ketten.

Das kann Katja unmöglich ernst gemeint haben! Dieser Harald sieht aus wie die Galionsfigur vom *Christopher Street Days* und mit diesen Wurstfingern braucht er eine Spezialanfertigung von Schere.

Der Rest der Angestellten in *Der Box* macht den Eindruck, als wären sie gerade einem Magazin für alternative Mode entsprungen und hätten sich ganz zufällig hier eingefunden, um zum Spaß anderer Leute Haare zu schneiden. Also wenn meine nachher so aussehen wie die, dann verzichte ich lieber.

»Liebelein, was sieht sie wieder wunderschön aus!«, begrüßt Harald Katja und wirft ihr einen Kuss über die Schulter. Mich würdigt er keines Blickes. »Gegen sie ist Gwyneth Paltrow nur eine billige Kopie.«

»Ach, du alter Charmeur«, winkt Katja ab. »Toll, dass du Zeit für mich hast. Ich weiß ja, wie voll dein Terminkalender immer ist. Das ist meine Freundin Julia.« Sie gibt mir einen Stoß, und ich stolpere ungeschickt nach vorne. »Äh, der Notfall, von dem ich gesprochen habe«, erklärt Katja unverschämt.

Hallo! Geht's noch? Mich als »Notfall« zu bezeichnen, finde ich nun wirklich reichlich übertrieben. Zugegeben, meine Haare führen schon seit meiner Geburt ihr Eigenleben. Aber als Notfall würde ich sie nicht bezeichnen – eher als »Krisengebiet im Ruhezustand«.

Harald baut sich vor mir auf. Oh mein Gott, der Mann reicht mir knapp bis zum Kinn, und die Make-up-Schicht ist dicker als die eines Fernsehmoderators. Wie will der mir mit seiner Größe die Haare schneiden? Ich sehe mich schon auf dem Boden hockend, während Harald meine Haare mit einer Schere bearbeitet. Harald sagt kein Wort, sondern starrt mich nur mit verzogenen Mundwinkeln an. Als würde er befürchten, ich könnte Ungeziefer einschleppen.

»Hallo Harald! Netter Schuppen, den du da hast«, versuche ich möglichst selbstbewusst zu sagen. Aber ich höre selbst, dass es eher so klingt wie: »Bitte, bitte großer Meister, schenk mir deine Gunst und mach aus dem Chaos auf meinem Kopf so etwas, was sich Frisur nennen darf!«

Gerade als ich mich frage, ob er bei dem Anblick meiner Haare einen plötzlichen Sprachverlust erlitten hat, öffnet Harald den Mund.

»Ach Göttchen – wie sie aussieht.« Er spitzt pikiert die Lippen. »Dabei hat sie gute Anlagen, auch wenn sie ...«, er stockt und ich halte die Luft an, »... ein bisschen blass um die Nase wirkt.« Er zwirbelt eine Haarsträhne zwischen seinen Wurstfingern. »Die Haarstruktur ist wirklich außergewöhnlich schwierig. Das wird nicht ganz einfach, aber da lässt sich was machen«, sagt Harald wie ein Richter, der ein Urteil fällt, gegen das es keine Berufung gibt. Dabei fährt er mit seiner Hand durch meine Haare und legt den Kopf leicht zur Seite. Der Typ ist definitiv ein echter Vorzeigeschwuler. Jede seiner Bewegungen wirkt, als würde er auf der Bühne stehen und sich einem ganz großen Publikum präsentieren.

»Äh, ich kann auch ein anderes Mal wiederkommen«, nutze ich die Gelegenheit zur Flucht. Harald hebt kurz die Augenbraue und verlagert sein Gewicht mit Hilfe eines eleganten Hüftschwungs von rechts nach links.

»Robiiiiin!« Er wedelt hektisch mit der Hand einen jungen Mann zu sich, der aussieht, als wäre er der Gruppe Tokio Hotel abhanden gekommen. »Einmal Spezialwäsche, bitte!«

Hallo?! Geht es vielleicht noch lauter? Spezialwäsche!!!! Das klingt nach Läusen, Krätze und anderem Getier, das sich so auf Köpfen tummelt – aber sicher nicht auf meinem. Das Gleiche muss die Frau neben mir gedacht haben, die bis eben in ihre Zeitschrift vertieft war. Jetzt hebt sie zusammen mit den anderen Kunden im Salon den Kopf und starrt mich an. Ich weiß, ich sollte jetzt selbstbewusst lächeln. Stattdessen suche ich nach der Erdspalte, in die ich kriechen kann. Wie ein Schaf, das zur Schlachtbank geführt wird, folge ich Robin zum Waschtisch und lasse mich auf den Friseurstuhl plumpsen. Während Katja mit einem Gläschen Prosecco mit Harald anstößt. Wie ist es möglich, dass wir mit Raketen bis zum Mond und weiter fliegen, aber gleichzeitig so unbequeme Friseurstühle bauen, dass der Genickbruch während des Haarewaschens geradezu vorprogrammiert ist? Hier liege ich nun völlig verkrampft und lasse die Spezialwäsche über mich ergehen.

Meine Nackengegend fängt bereits an zu kribbeln, und Robin ist noch beim Einstellen der richtigen Temperatur. Es ist nur noch eine Frage von Minuten, bis ich die ersten Ausfälle meines gequetschten Rückenmarks spüren werde.

»Geht es so?«, fragt Robin.

Ich gebe ein schwaches Nicken von mir. Zu mehr bin ich nicht fähig. Während Robin sich mit Hingabe daran macht, meine Haare mit Unmengen von Shampoo zu reinigen, bewege ich heimlich meine Zehen, um deren Funktionsfähigkeit zu überprüfen. So weit alles okay. Allerdings kitzelt es in meinem Rücken, und ich frage mich, ob es Wasser ist, das versehentlich seinen Weg dort entlang gefunden hat, oder ein eingeklemmter Nerv, der nach Hilfe schreit.

Als Robin endlich mit dem Waschen fertig ist, liegen meine Nerven buchstäblich blank. Endlich darf ich meinen Kopf aus der unbequemen Lage anheben. Gerade als die Durchblutung meines Nackens wieder einsetzt, wickelt mir Robin das Handtuch wie einen Turban um den Kopf. Was einen auch nicht wirklich schöner macht, vor allem wenn man eine kurze Stirn wie ich hat. Wie meinte Sunjii alias Reiner einmal zu mir: »Also wenn man deine Stirn so betrachtet, wird einem wieder bewusst, dass der Mensch vom Affen abstammt!« Ich habe seitdem einen ausgeprägten Komplex, wenn es um meine Stirn und ihre öffentliche Zurschaustellung geht.

Katja unterhält sich noch immer mit Harald, als Robin seinem Meister verkündet, dass ich fertig sei. Das bin ich wirklich. Und zwar mit den Nerven, spätestens als mich Robin zu einem Stuhl ohne Spiegel führt. Irritiert sehe ich mich um.

»Suchst du was?«, trällert Katja, in der Hand ihr Gläschen Prosecco.

»Tja, äh, eigentlich … wo ist der Spiegel?«

Katjas grinst mich blöde an. »Teil deiner Verwandlung: Du darfst dich erst ansehen, wenn Harald fertig mit dir ist. «

Na super! Ein Blind Date mit meinem neuen Ich. Bevor ich mich weiter damit auseinandersetzen kann, taucht Harald vor mir auf. Gelangweilt zieht er seine Schere aus der Hüfte wie ein Cowboy seinen Colt. Hilfe suchend sehe ich zu Katja, die es sich inzwischen in einem Ohrensessel neben dem Zeitschriftenständer gemütlich gemacht hat und mir zuprostet – was ich wohl als Aufmunterung verstehen soll. Verräterin!

Die erste Locke segelt an meinen Augen vorbei nach unten und mit ihr mein Wille zur Gegenwehr. Fassungslos starre ich auf den Boden, wo sich innerhalb kürzester Zeit ein Berg von abgeschnittenen Haaren türmt. Mein Gott, wenn dieser Mann nicht bald aufhört, habe ich keine Haare mehr auf dem Kopf und sehe aus wie Mia Farrow in *Rosemaries Baby*. Eine grauenhafte Vorstellung! Ich verstehe bis heute nicht, was an der Frisur toll gewesen sein soll. Mia Farrow sah damit aus wie eine Eule nach dem Waldbrand.

Ich für mich habe festgestellt: Die meisten Männer stehen auf lange Haare. Haare sind ein Symbol für Weiblichkeit. Man braucht sich nur ein Beispiel an den weiblichen Stars zu nehmen. Bis auf wenige Ausnahmen haben alle lange Haare.

Hilfeeee! Ich will keine kurzen Haare. Katja steht auf und tippt etwas in ihr iPhone. Ich räuspere mich, in der Hoffnung ihre Aufmerksamkeit auf mich lenken zu können.

»Katja«, flüstere ich.

Leider ohne Erfolg, denn Katja verlässt den Laden, bevor ich sie aufhalten kann. Stattdessen hält Harald in der Bewegung inne und zieht die gezupften Augenbrauen vorwurfsvoll nach oben.

»Liebelein, mit ihren Haaren kann ich ihr helfen. Aber wenn ich sonst noch etwas für sie tun soll, muss sie schon lauter sprechen.« Also diese Form der Ansprache ist schon gewöhnungsbedürftig, und ich bin ständig versucht Harald über die Tatsache aufzuklären, dass wir uns nicht am französischen Hof befinden, sondern in seinem Friseursalon. Angesichts der Gegebenheiten lasse ich es lieber sein, schließlich will ich es mir mit meinem Friseur nicht vergraulen.

»Ich hätte gern einen Schluck Wasser«, krächze ich entschuldigend. Harald nickt und gibt einem seiner unzähligen Angestellten ein Zeichen. Sofort verschwindet eine junge Frau in modischen Haremshosen um die Ecke, um kurz darauf mit einem Glas Wasser wieder vor mir zu stehen. Wie eine Ertrinkende nach dem Rettungsfloß greife ich mit zittrigen Händen danach. Harald zuppelt derweilen ungeduldig an meinen Haaren oder besser, was davon noch übrig geblieben ist. Gott sei Dank sind Hüte dieses Jahr modisch ganz weit vorne. Im Notfall laufe ich eben die nächsten Wochen mit einer Kopfbedeckung durchs Leben. Ohne Vorwarnung macht Harald weiter. Er schneidet schon wieder!

Hilfeee!

Meine innere Stimme schreit ganz erbärmlich. Ich versuche Haralds Gesicht zu deuten. Bilde ich es mir ein, oder verzieht er tatsächlich den Mund? Ist das jetzt ein gutes oder ein schlechtes Zeichen? Ein Gefühl von Panik kriecht langsam entlang meiner Magenwände nach oben. Meine Hände sind schweißnass. Verlegen wische ich sie mir an der Hose ab. Vielleicht hat Harald heute einen schlechten Tag und verschneidet mich völlig?! Der Gedanke macht meine Situation nicht besser. Hör auf! Alles wird gut! Hoffentlich … Vielleicht sollte ich mich ein wenig ablenken?

»Wer kommt denn sonst so in deinen Laden?« Mein Versuch locker zu klingen hört sich selbst für meine Ohren hölzern an. Harald hält für einen Moment inne, dann beginnt die Schere wieder zu klappern. »Ich würde meinen Salon nicht als ›Laden‹ bezeichnen, Liebelein.«

Oh toll! Gleich in den erstbesten Fettnapf zu treten gehört zu meinen Spezialitäten. »'Tschuldigung«, piepse ich.

Harald nickt zufrieden und fährt dann fort. »Die meisten meiner Kunden sind jahrelang zu Marlies Möller gerannt. Bis sie gemerkt haben, dass die Frau immer das Gleiche macht: Blond, blond, blond! Dabei sieht die gute Marlies doch selbst aus, als hätte man ihr eine schlecht gefärbte Perücke aufgesetzt.« Haha, der Mann hat Humor.

»Ich möchte jede Frau zu einer Prinzessin gemacht haben, wenn sie meinen Laden verlässt. Ein Luxus, den sich jede Frau gönnen sollte.« Ich habe zwar noch keinen Blick auf die Preisliste geworfen, aber ich bete im Stillen, dass ich mir den Luxus hier leisten kann.

»Und was treibt sie so nach Hamburg? Katja erwähnte etwas von einem Notfall?« Es ist das erste Mal, dass Harald mich wahrzunehmen scheint. Jedenfalls sieht er kurz zu mir hoch.

»Ach, nichts Besonderes«, winke ich ab. »Katja übertreibt gerne mal. Zu Hause gab es ein paar Probleme.«

»Also sie braucht mich nicht anzulügen, Süße. So, wie sie hier reingeschneit gekommen ist, hat sie mehr als nur ein paar Probleme.«

Sieht man es mir wirklich an? Eine schreckliche Vorstellung. Ich betrete einen Raum, und alle Leute denken: Seht nur, die Betrogene. »Woher wusstest du …?«

Harald winkt ab. »Aus meiner Erfahrung mit Frauen weiß ich, es gibt nur zwei Dinge, die eine Frau wirklich unglücklich machen: Sie hat zugenommen, oder ihr Freund hat sie betrogen.« Er sieht an mir herunter. »Und bei ihr ist es nicht das Gewicht.« Das hört man gern! Ich habe tatsächlich ein wenig abgenommen. Das ist immer so bei mir. Wenn ich glücklich bin, sehe ich schlecht aus. Bin ich unglücklich, habe ich eine top Figur! Irgendwas läuft da schief.

»Aber keine Sorge! Zumindest, was ihr Aussehen betrifft. Wenn ich mit ihr fertig bin, wird sich ihr Ex wünschen, er hätte sie nicht gehen lassen.«

Und plötzlich – ohne dass ich es verhindern kann – treten mir Tränen in die Augen. »Johann hat mich mit Titten-Annette betrogen«, schluchze ich leise. Du meine Güte, jetzt erzähle ich schon wieder einem wildfremden Menschen aus meinem Privatleben! Wenn ich so weitermache, wird das noch zur Gewohnheit!

Haralds Schere hört auf zu klappern. »Robin, bring mal ein Gläschen Prosecco rüber.« Harald tätschelt mir mit seiner behaarten Pranke auf die Schulter. »Liebelein, ich kann es nicht ertragen, wenn andere Menschen unglücklich sind. Schon gar nicht, wenn es mir selbst schlecht geht. So ein Piccolöchen ist gut für die Nerven.« Neben mir steht Robin mit dem Prosecco in der Hand. *Holunderküsschen*, lese ich.

»Das ist ja ein süßer Name für einen Prosecco: *Holunderküsschen*. Kenne ich gar nicht«, sage ich und hebe mein Glas.

»Eigenmarke, die aus Holunderblüten gebraut wird. Ein uraltes Familienrezept. Streng geheim!« Harald prostet mir traurig zu. »Ich fürchte, ich komme auch nie über ihn hinweg!«

Ich schüttele verwirrt den Kopf. Irgendwie habe ich gerade den Faden verloren.

»Über Johann?«

»Dummerchen, über meinen Exfreund Roberto natürlich. Er hat mich verlassen und vergnügt sich jetzt mit einem anderen. Während ich vor lauter Gram immer dicker werde.« Wie zur Bestätigung schiebt sich eine beachtliche Plauze unter der Weste hervor.

»Ach, das kleine Bäuchlein ist doch nichts«, versuche ich ihn zu beruhigen.

»Sie sieht es also auch«, jammert Harald plötzlich. Tränen treten ihm in die Augen, und er wischt sich verlegen mit dem Handrücken übers Gesicht.

»Nur ein bisschen, das kann aber auch an dem Shirt liegen. Ich finde, du siehst sonst richtig gut aus.« Eine Notlüge! Ich finde Notlügen sind erlaubt, solange man andere damit glücklich macht.

»Das ist nicht fair«, jammert Harald weiter. »Jahrelang finanziere ich ihm das Studium und jetzt, wo er endlich fertig ist und wir mehr Zeit miteinander verbringen könnten, verlässt er mich.«

»Männer sind eben undankbar«, entweicht es mir.

»Das kann sie doch nicht so pauschal sagen«, protestiert Harald.

»Doch!«, bestehe ich auf meiner Aussage und erzähle Harald von meinem Erlebnis in der Bahn mit dem Lustmolch. Katja und ich haben uns auf diesen Namen geeinigt, denn Benni klingt irgendwie zu nett. Als ich zu Ende erzählt habe, ist die Flasche Prosecco leer, und ich habe einen leichten Glimmer. Hoffentlich geht es Harald nicht wie mir, denn er greift wieder zur Schere.

»Mit Männern ist es wie mit einer neuen Frisur. Entweder sie passt zu dir oder du hast richtig in die Scheiße gegriffen.« Philosophisch gesehen ist die Aussage vielleicht nicht ganz korrekt, aber ich verstehe Harald voll und ganz.

Katja lässt endlich von ihrem iPhone ab und kommt zu uns herübergeschlendert.

»Wow, Julia, du siehst schon jetzt völlig verändert aus.«

Kein Wunder, schließlich habe ich keine Haare mehr auf dem Kopf oder nur noch sehr wenige. Was da vor mir auf dem Boden liegt ist genug, um daraus eine passable Afro-Perücke zu machen.

Harald jedenfalls nickt zufrieden, als er sich vor mich stellt. »Liebelein, ich habe ihr doch gesagt, das kriegen wir hin!« Er zwinkert zuerst Katja und dann mir zu. »Mit der Frisur mache ich sie zum Star.« Mit einer lässigen Handbewegung greift Harald zum Föhn. Sekunden später bin ich von ohrenbetäubendem Lärm umgeben. Dass Harald föhnen muss, werte ich als gutes Zeichen. Schließlich kann man nur föhnen, wenn es noch etwas zu Föhnen gibt.

»Tataaa.« Mit einem Ruck zieht Harald mir den Schutzumhang von den Schultern und wirbelt mich auf dem Stuhl herum. »Ach Göttchen, sie sieht einfach bezaubernd aus. Aus dem hässlichen Entlein wurde ein Schwan. Meine Damen, sehen sie nur!« Er wedelt mit den Händen durch die Luft. »Eine Prinzessin! Wenn sie morgen in das Personalbüro kommt, werden sie ihr einen roten Teppich ausrollen.«

Ich starre auf das Gesicht im Spiegel keine zwei Schritte von mir entfernt. Kann es sein? Bin das wirklich ich dort im Spiegel? Ich habe Haare – tolle, lange Haare! Ich bewege meinen Kopf zu allen Seiten. Wie eine seidig schimmernde Matte schwingen meine Haare hin und her. Ich bin so glücklich, dass ich vor Freude aufspringe.

»Hab ich es dir nicht gesagt, der Harald ist ein wahrer Künstler«, kreischt Katja und schlingt ihre Arme von hinten um mich. »Pumbi, du siehst klasse aus!«

»Sie sieht aus wie eine Königin«, korrigiert Harald und nippt an seinem Prosecco-Glas.

»Aber wie ... wie hast du das nur gemacht?«, frage ich, noch immer fassungslos über mein Spiegelbild. »Das hat noch nie ein Friseur bei mir geschafft. Ich habe lockige ... glatte Haare!« Das ist wahr. Meine Haare fallen in weichen schimmernden Wellen auf meine Schultern. Keine Krause mehr, die mich aussehen lässt, als hätte es sich ein Pudel auf meinem Kopf gemütlich gemacht.

»Liebelein, ich verstehe mich eben als Künstler und nicht als Friseur. Friseur sein kann jeder, das hier aber ist Kunst in seiner höchsten Vollendung. Menschen sind meine Passion, und bei ihr wusste ich gleich, dass sie Starpotenzial besitzt.«

Ich spüre, wie eine flammende Röte mein Gesicht überzieht. Wenn mich Hartmännchen doch nur sehen könnte, schießt es mir durch den Kopf. Hör auf mit dem Scheiß, der Kerl hat dich betrogen, ermahne ich mich selbst zur Vernunft. Trotz alledem fehlt mir mein Hartmännchen doch. Schließlich waren wir vier Jahre lang zusammen. Nach so einer langen Zeit legt man einen Mann nicht einfach so ab, als wäre er ein ausgeleiertes T-Shirt. Ausgeleierte T-Shirts sind schließlich bequem.

Die Kreditkarte brennt in meiner Hand, als ich sie Harald reiche, um meine Rechnung zu begleichen. Seine Augenbraue schnellt nach oben, eigentlich zuckt sie mehr, da Haralds Gesicht durch *Botox* so gut wie stillgelegt ist. Aber dafür hat der Mann fast keine Falten.

»Ähm, gehört meinem Ex«, stammle ich verlegen.

»Nimm den Höchstsatz«, ruft Katja fröhlich und prostet mir zu. »Das Schwein hat es verdient.«

»Für die Gerechtigkeit«, antwortet Harald und zieht die Karte mit gleichgültiger Miene durch den Apparat. Es piepst und die Rechnung rattert fröhlich durch. Harald reicht mir die Karte samt der Rechnung. »Liebelein, es war mir ein Vergnügen, mit ihr Geschäfte zu machen.«

Ein Blick darauf genügt, um zu wissen, dass Johann mit Sicherheit einen Anfall erleiden wird, wenn er davon erfährt.

5. Julias Facebook-Status: Daumen drücken ...

Den heutigen Vormittag habe ich damit verbracht, meine Bewerbungsunterlagen auf Vordermann zu bringen – ich möchte sagen, eines meiner wenigen Meisterwerke –, und bin auf direktem Weg zu meinem Vorstellungsgespräch beim *Hirsekorn-Verlag*.

Im Vorbeigehen werfe ich einen Blick in das Schaufenster und betrachte mein Spiegelbild. Gar nicht so übel. Die neue Hose schmeichelt meiner Figur, und unter meinem Hemd wölbt sich dank meines neuen Push-ups eine stattliche Körbchengröße 75B drunter hervor. Meine Haare habe ich zu einem lockeren Knoten zusammengebunden. Ich habe mal gelesen, dass Frauen bei Vorstellungsgesprächen als integer wahrgenommen werden, wenn sie die Haare zusammengebunden haben. Frauen mit offenen Haaren dagegen wirken auf Männer zu unseriös. Beim Sex offen, bei der Arbeit geschlossen, lautet Katjas Motto. Und die muss es ja schließlich als erfolgreiche Karrierefrau wissen. Ich nähere mich dem Mediagebäude des Verlages. Als ich die grauen Steinstufen mit den Steinlöwen darauf hinaufsteige, werde ich ein bisschen nervös.

Was wollte ich noch mal alles sagen?

Nun ja, ich werde einfach offen, freundlich und fast ehrlich sein. Dass man bei einem Vorstellungsgespräch völlig ehrlich ist, erwartet schließlich auch niemand.

Vor mir liegt der Haupteingang. Durch die Glastür des Gebäudes kann ich den Empfang sehen, wo bereits einige Frauen in Kostümen herumstehen. Um Himmels willen, die sind doch hoffentlich nicht alle wegen der Stelle hier?!

Als ich durch die schwere Drehtür gehe, spüre ich die Blicke der Kostüm-Frauen auf mir ruhen. Die Blicke sind nicht gerade freundlich. Typisch weibliches Konkurrenzverhalten. Wenn Frau auf gleichgeschlechtliche Artgenossen trifft, wird das Gegenüber taxiert. Dieser Vorgang dauert nur einen Wimpernschlag lang. Schon ist ein vorzeitiges Urteil gefällt, mit dem man im Zweifel jahrelang klarkommen muss. Ist die Frau hässlich, sind die Blicke, die der Musterung folgen, eher gleichgültig und im schlimmsten Fall sogar bedauernd. Ist die Frau schön, wird sie als Konkurrentin eingestuft, was bedeutet, dass man sie mit feindseligen Blicken oder sogar Äußerungen empfängt. Hm, die gucken alle mitleidig. Außer die kleine Dunkelhaarige hinten in der Ecke, die lächelt mich an. Mitleid?

»Okay« murmele ich leise, um mir selbst Mut zuzusprechen. Katja hat gesagt, ich soll mich möglichst unauffällig verhalten, das wirke bei den Personalchefs immer besser, als wenn man zu aufdringlich sei. Also niemanden anstarren! Einfach ganz cool bleiben! Und möglichst unauffällig tun. Ich konzentriere mich ganz auf den blaugrauen Teppich, der die Besucher direkt zum Empfangstisch führt. Ich werde hier niemanden anglotzen. Ich starre niemanden an. Ich werde nicht ...

»Hey, passen Sie doch auf!«

Ups. Ich war so damit beschäftigt, mich zu konzentrieren, dass ich die kleine Aktentasche am Boden übersehen habe, darüber stolpere und geradewegs auf den Tresen klatsche. Mist! Meine Haare, die eben noch seidig zu einem eleganten Knoten geformt waren, fallen mir vors Gesicht. Harald ade! Leises Kichern meiner Konkurrentinnen. Mein Gesicht steht in Flammen, als ich zu der erstaunten Sekretärin hochsehe.

»Hoppala. Tut mir leid«, flüstere ich.

Die Empfangsdame hebt die rechte Augenbraue und mustert mich wie die böse Stiefmutter das Schneewittchen.

»Julia Zoe Löhmer«, stottere ich weiter. »Äh, ich habe einen Termin um 15.00 Uhr.« Na toll, wenn mein Bewerbungsgespräch so verläuft wie mein Auftritt gerade eben, dann kann ich direkt wieder gehen. So viel ist sicher. Während ich noch um Fassung ringe und mir eine Strähne aus dem Gesicht puste, höre ich die anderen Frauen miteinander tuscheln.

»Na, so wie die sich aufführt ...«

»Unmöglich ...«

»Hast du gesehen, wie die nach vorne gefallen ist ... zu komisch.«

»Ein echtes Bauerntrampel …«

»Meine Damen«, die Sekretärin am Empfang klatscht in die Hände, »dürfte ich Sie kurz um Ihre Aufmerksamkeit bitten?« Die Stimmen verstummen. »Zunächst möchte ich mich für Ihre Geduld bedanken.« Sie wirft einen strafenden Blick in meine Richtung. Hallo, als ob ich schuld daran bin, dass mir eine der Ziegen ihre Aktentasche in den Weg stellt. »Ich bitte die kleine Verzögerung zu entschuldigen, aber manchmal gehen aktuelle Ereignisse vor. Der Herr Bürgermeister war heute überraschend zu einem spontanen Interview in unserem Haus.« Sie macht eine bedeutungsvolle Pause, als hätte sie selbst ein Treffen mit ihm gehabt. Nicht, dass ich die Wichtigkeit des Ereignisses schmälern möchte. Das ist schon eine tolle Sache, wenn der Bürgermeister von Hamburg persönlich anrauscht … aber Brad Pitt wäre deutlich imposanter.

»Ich darf Sie nun in den dritten Stock Zimmer 43 bitten, wo man Sie bereits erwartet. Sie werden der Reihenfolge nach aufgerufen.« Die ersten Frauen hasten los. Also, auf geht's! Ich folge meinen Mitbewerberinnen mit gesenktem Blick. Nur nicht weiter auffallen. Wir fahren mit dem Fahrstuhl in den dritten Stock.

Mit einem leisen »Pling« öffnet sich die Tür, und ich werde von der Menge nach draußen geschoben. Ein schneller, nicht glotzender Rundblick. Raum 43 liegt direkt vor mir. Artig setze ich mich auf einen der Sessel. Geschafft! Ich atme tief ein, lasse meinen Blick durch den Raum schweifen und versuche dabei möglichst viele Details zu erfassen. Helle Beleuchtung. Nicht sehr vorteilhaft. Die meisten Bewerberinnen sehen aus, als hätten sie die Nacht auf dem Klo verbracht. Jede Menge brauner Ledersessel und ein kleiner Tisch, auf dem Kaffee- und Tee-Kannen aufgebaut sind. Keine der Frauen nimmt sich etwas. Ich hingegen verspüre einen geradezu unstillbaren Durst.

Der Kaffee ist schön heiß, als ich ihn mir einschenke. Ich will gerade einen Schluck nehmen, als …

»Frau Löhmer, bitte!«

»Ja!« Ich zucke zusammen und Kaffee schwappt auf meine Bluse. Das kann ja wohl nicht wahr sein! Erst die Nummer mit der Tasche und jetzt das. Ein riesig brauner Fleck breitet sich auf meiner Bluse aus. Panisch sehe ich mich um. Eine junge Frau mit einem sympathischen Gesicht steht auf und reicht mir lächelnd ein Taschentuch. Dankbar nehme ich ihr Angebot an und tupfe, so gut es geht, auf dem Fleck herum. Gott sei Dank mischt sich das Braun mit dem Apricot meiner Bluse. Das Ergebnis ist nicht toll, aber besser als vorher.

»Frau Löhmer!«, drängelt die Stimme erneut.

»Entschuldigung«, rufe ich in ihre Richtung. Bevor ich gehe, drehe ich mich noch einmal zu der Taschentuchbesitzerin um.

»Danke!«, flüstere ich leise.

»Viel Glück!«, ruft sie mir fröhlich entgegen.

Ich straffe meinen Rücken und nicke. Zu meiner Überraschung erwartet mich nicht irgendein Personalchef im Anzug, sondern eine Frau mittleren Alters. Sie ist ein wenig pummelig und mir somit auf Anhieb sympathisch. Ihre lockigen Haare sind zu einem Knoten zusammengefasst. Mit lebhaften braunen Augen sieht sie mich an.

»Frau Löhmer, ich bin Miriam Philipps«, begrüßt sie mich mit ausgestreckter Hand. »Schön, Sie kennenzulernen.«

»Ganz meinerseits«, antworte ich artig.

»Aber bitte nehmen Sie doch Platz.« Sie deutet auf den Stuhl vor ihrem Schreibtisch. »Sie haben uns ja einen äußerst beeindruckenden Lebenslauf vorgelegt. Keine ihrer Mitbewerberinnen kann mit so viel Auslandserfahrung aufwarten wie Sie.« Ihr Blick fällt auf meine Bluse, und ich merke, wie ich anfange zu schwitzen. Wobei ich nicht weiß, ob es an ihrem Blick oder der Bemerkung mit der Auslandserfahrung liegt.

»Ja, äh. Ich hatte während meiner Ausbildung viel Gelegenheit zu reisen und mich fortzubilden«, erkläre ich und lege mein Ich-habe-alles-im-Griff-Ausdruck auf. Welche Art von Fortbildung überlasse ich ihrer Fantasie.

»Schön.« Ihr Blick gleitet über meinen Lebenslauf. »Ihr letzter Arbeitgeber war *Hartmann & Sohn*?«

Als ob sie das nicht wüsste, schließlich steht das ja groß in meinem Lebenslauf geschrieben. »Ja, mein Verlo … äh mein Verleger hat mich direkt von der Universität abgeworben.« Mist! Jetzt nur keinen Fehler machen!

»Soso …« Frau Philipps schmunzelt. Weiß die Frau vielleicht etwas? »Wie ich gelesen habe, hält man große Stücke auf Sie.« Sie deutet auf mein gefälschtes Zeugnis.

Ich spüre, wie ich rot werde. »Ja, ich hatte einen guten Draht zu meinem Chef.« Zumindest ist das nicht gelogen! Sie nickt wohlwollend. Wahrscheinlich hat sie mein Erröten als ein Zeichen von Bescheidenheit gewertet. Wenn die wüsste!

»Wie haben Sie sich denn Ihre Arbeit bei uns vorgestellt? Schließlich sind wir ein großes Unternehmen, und auch wenn Sie bereits einige Erfahrung gesammelt haben, dürfte dieser Job für Sie neu sein.«

Ich bejahe eifrig. Diese Frage haben Katja und ich gestern Nacht noch geübt. Katja hatte die spontane Idee gehabt, mit mir ein kurzes Coaching durchzuführen. »Es gibt keine komischen Fragen – nur eine schlechte Vorbereitung!«, lautet ihr Motto.

»Deshalb habe ich mich ja auf diese Stelle beworben. Ich liebe die Herausforderung, und in Ihrem Unternehmen sehe ich eine Chance, mich weiterzuentwickeln. Wissen Sie, bei *Hartmann & Sohn* waren die Möglichkeiten doch relativ begrenzt. Wenn Sie verstehen, was ich meine.«

Sie lächelt zufrieden. »Und wie steht es mit dem Reisen? Vieles, über das wir bei der *Holiday Dream* berichten, passiert am Schreibtisch. Aber dennoch werden Sie öfter zu Reisen gezwungen sein, um unseren Lesern ein aktuelles Bild über ihren Urlaubsort aufzeigen zu können. Sie schreiben zwar, dass Sie flexibel sind, aber haben Sie sich wirklich darüber Gedanken gemacht? Das bedeutet in der Realität, dass Sie häufig weg sind und aus dem Koffer leben müssen. Verpasste Geburtstage bei Freunden, die Familie vernachlässigen. Sind Ihnen all diese Dinge bewusst?«

»Jaaa«, platze ich heraus. Endlich redet die Frau über interessante Dinge. Ich hatte schon Angst bekommen, ich würde gar nicht reisen. Sie lächelt. »Das ist mein absoluter Traumjob. Ungezwungen, frei durch die Welt zu reisen. Fremde Länder zu erkunden und in den alten Traditionen zu leben. Auf Bali zum Beispiel habe ich so eine alte Priesterin getroffen, die mich in die alten Rituale der Balinesen eingeführt hat. Es war ein tolles Gefühl, miterleben zu dürfen, wie diese Menschen mit ihrer Religion verwachsen sind. Und als ich in Italien war, habe ich doch tatsächlich einen jungen Mann aus der Schweizer Garde kennengelernt. Die sind eigentlich zur Schweigsamkeit verdonnert, aber irgendwie habe ich es geschafft, ihn zum Reden zu bringen und er hat es mir ermöglicht, einen Blick auf die geheimen Dokumente des Papstes zu werfen.«

Wow, das Gespräch war der absolute Hammer. Ich glaube, Frau Philipps war von Anfang an auf der gleichen Wellenlänge und war schwer von mir beeindruckt. Vor allem die Geschichte mit der Priesterin hatte es ihr angetan, und ich musste ihr versprechen, dass ich, sollte ich den Job bekommen, als Erstes einen Bericht darüber schreibe. Ein bisschen hat mich dieser Vorschlag zwar verunsichert, zumal die Geschichte nicht wirklich von mir, sondern aus dem Buch *Eat, Pray, Love* stammt, aber das ist ein Problem, mit dem ich mich beschäftigen kann, wenn es so weit ist.

Ich werfe einen kurzen Blick ins Wartezimmer. Nur noch wenige Kandidatinnen warten. Die kleine Braunhaarige mit dem netten Lächeln ist nicht mehr unter ihnen. Schade! Ich wollte ihr eigentlich noch viel Glück wünschen, weil sie doch so nett zu mir war. Na ja, dann eben nicht. Beschwingt und mit einem guten Gefühl im Bauch mache ich mich auf den Weg zum Fahrstuhl. Ich drücke auf den Knopf.

»Pling«. Ich verspüre einen Luftzug. Die Fahrstuhltür öffnet sich. Waaaaas??!!!!

Ich schließe die Augen und öffne sie wieder. Das Gesicht, das mich aus dem Fahrstuhl ansieht, ist immer noch da. Unmöglich! Das kann nicht sein!

Ich blinzele so heftig, dass mir die Tränen in die Augen steigen. Vor mir steht Benni, der Mann aus dem Zug. Der Schuft! Ich schnappe laut nach Luft.

Wie in Zeitlupe öffnet sich Bennis Mund. »Julia!« Aus seinem Tonfall entnehme ich, dass er mindestens genauso überrascht ist wie ich. Allerdings wirkt er im Gegensatz zu mir erfreut.

Mir wird körperlich übel. Meine Ohren flattern. Was soll ich nur machen? Ich kann doch nicht sagen: »Hallo Benni. Was für ein schöner Zufall, dass wir uns hier treffen«. Oder: »Benni du Arschloch, was hast du im Zug mit mir gemacht?«

Panisch sehe ich mich um. Ich muss hier weg!

Ohne weiter zu überlegen, mache ich auf dem Absatz kehrt, lasse den verdutzten Benni zurück und stürme den langen Gang entlang, in der Hoffnung einen Ausweg zu finden. Überall nur Türen. Große Türen, kleine Türen, aber kein Ausweg. Ich stoße gegen eine dickliche Frau, die einen riesigen Berg von Akten trägt.

»Mensch, können Sie denn nicht aufpassen?«, faucht mich die Dicke an, als der Stapel zu Boden geht. Sie lässt sich auf die Knie fallen. Ich bücke mich, um ihr zu helfen.

»Julia«, ertönt es erneut hinter mir. Hastig drehe ich mich um und sehe Benni am Ende des Ganges stehen. Mein Gott, der Kerl sieht wirklich gut aus. Ich springe auf und haste weiter. Mir ist klar, dass man mich für total verrückt hält, aber das ist mir im Moment egal. Alles, was ich im Augenblick möchte, ist mich in Luft auflösen.

»Hey, was soll das?!«, empört sich die Dicke und zeigt mir einen Vogel. Ich renne, so schnell es mir meine sechs Zentimeter hohen Absätze erlauben.

»Julia, so bleib doch mal stehen«, verfolgt mich Bennis Stimme. Fast bin ich versucht ihrem Ruf zu folgen, aber dann habe ich wieder das Bild aus dem Zug vor Augen und renne weiter. Ich schwöre mir, nie wieder hohe Absätze zu tragen und den Designer der Schuhe zu verklagen.

Vor mir liegt der Notausgang. Ich stürme durch die rettende Tür nach draußen. Mein Gott, wie viele Stufen hat diese Scheißtreppe eigentlich?! Klappernd stürze ich die Treppenstufen nach unten. Wenn ich jetzt falle, ist ein Beinbruch die beste aller Möglichkeiten. Ich sehe schon die Schlagzeilen der *Bild-Zeitung* vor mir: »Frau von Sexgangster zu Tode gehetzt.« Das grelle Neonlicht trägt nicht gerade zu meinem Wohlgefühl bei. Völlig außer Atem bleibe ich stehen und lausche. Keine Stimme, die mich verfolgt, keine Schritte sind zu hören. Nur mein pfeifender Atem und das Pochen meines Herzens.

Yippie! Ich habe Benni abgehängt. Erleichtert gehe ich weiter, verlangsame aber mein Tempo. Immer noch keuchend erreiche ich die Eingangshalle – kein Wunder, schließlich habe ich soeben den Rekord des *Glamour-Stiletto-Laufs* gebrochen und einen halben Marathon durch ellenlange Flure hinter mich gebracht. Sicherheitshalber nehme ich die Treppen hinunter, schließlich besteht ein gewisses Restrisiko, dem Lustmolch im Fahrstuhl wieder zu begegnen. Ich bleibe kurz stehen und ringe nach Luft. Unter meinen Achseln haben sich verräterische Schweißspuren gebildet. Oh Gott, wie peinlich! Hastig sehe ich mich um. Kein Mensch weit und breit, der etwas gemerkt haben könnte. Erleichtert klemme ich mir meine Aktentasche unter den Arm und marschiere ganz ruhig und beherrscht am Empfang vorbei nach draußen. Dass ich dabei meine gerade angefangene Karriere als zukünftige Chefredakteurin zunichte gemacht haben könnte, ist mir egal. Ich muss nur weg hier. Weg von diesem unverschämt gut aussehenden Lustmolch!

»Julia!«, ertönt da eine Stimme hinter mir und lässt mich erstarren. Scheiße! Jetzt hat er mich.

»Hallo«, würge ich hervor, als ich mich umdrehe. Es ist Benni.

Er steht vor mir und mustert mich mit diesem ganz speziellen durchdringenden Blick, der mir das Blut in den Adern gefrieren und gleichzeitig zum Kochen bringen lässt.

»Warum bist du so schnell weggelaufen?«, fragt er.

Blöde Frage, als ob er das nicht wüsste! »Wissen Sie«, sage ich betont überheblich, »ich arbeite ganz zufällig hier. Und Sie? Etwa auf der Suche nach einem Praktikumsplatz?«

»Äh …« Für einen kurzen Moment fällt seine Maske, und er sieht mich verunsichert an. »Du arbeitest hier?«

»Als Redakteurin im Bereich Reisen«, werfe ich ihm an den Kopf.

»Das ist ja toll, als wir uns das letzte Mal gesehen haben, hast du doch noch …«

»Ich muss los«, unterbreche ich ihn schnell. Ich hatte mir in meinem Kopf tausend Dinge zurechtgelegt, die ich ihm bei einer zufälligen Begegnung an den Kopf werfen wollte, und jetzt ist alles wie weggeblasen. Das Einzige, an das ich im Moment denken kann, ist Flucht. Na ja, vielleicht auch wie es sich wohl anfühlen würde, ihn zu küssen.

»Aber, ich …«, versucht Benni mich aufzuhalten.

»Keine Zeit«, wehre ich seine Anstrengungen ab, bevor meine Hormone die Gesprächsführung übernehmen und ich ihm sage, wie wahnsinnig gut er eigentlich aussieht.

»Aha«, sagt Benni verwundert. »Schön. Vielleicht sieht man sich.« Er grinst mich mit diesem Ich-bin-einfach-unwiderstehlich-Blick an. Meine Güte, diese Augen sind einfach unglaublich. Warum müssen hübsche Männer entweder den IQ eines Toastbrots haben oder so von sich überzeugt sein, dass man als Frau in ihrer Nähe das Gefühl bekommt, nichts wert zu sein? Für einen Mann wie Benni ist es völlig selbstverständlich, dass er nackt durch die Wohnung seiner Freundin läuft, zu ihrem Kühlschrank geht und sich am Po kratzt, während er dabei die Milch direkt aus dem Pappkarton trinkt. Wie er dabei aussieht ist ihm egal, denn er ist ja davon überzeugt, dass er immer gut aussieht. Als Frau fragt man sich wirklich oft, warum Männer so derart mit sich im Reinen sind?! Das positive Körpergefühl ist ebenso ungerecht verteilt wie Geld. Wenn ich hingegen durch die Wohnung laufe, dann immer so, dass meine Problemzonen bedeckt sind und meiner Umwelt so der unschöne Anblick auf meine Cellulite erspart bleibt. Was in meinem Fall bedeutet, dass ich immer völlig bekleidet bin, denn außer meinen Füßen ist so ziemlich alles an meinem Körper eine Problemzone.

»Na, dann«, verabschiede ich mich. In diesem Moment entdeckt uns die Empfangsdame.

»Hallo Benjamin«, flötet sie mit zum Kuss gespitzten Lippen und winkt uns zu sich. Noch ein ahnungsloses Opfer seiner Verführungskunst.

»Hallo Carola«, folgt Bennis Stimme ihrem Lockruf.

»Wo hast du gesteckt? Ich habe dich ja schon seit einer Ewigkeit nicht mehr gesehen«, ruft sie in meine Richtung, da Benni immer noch neben mir steht. Entweder Benni ist schwerhörig oder er hat sonst ein Problem. Jedenfalls reagiert er nicht auf Carolas Frage, sondern vergräbt seinen Blick in meine Augen. Mir wird heiß und kalt. Ich versuche meinen Augen die Rätselhaftigkeit eines Geheimcodes zu geben. Der Mann weiß schon jetzt mehr von mir als meine eigene Mutter.

»Ich geh dann mal«, sage ich schon fast entschuldigend. Was ist eigentlich los mit mir? Der Kerl hat meine Situation damals schamlos ausgenutzt, und ich habe das Gefühl, mich entschuldigen zu müssen.

»Man sieht sich«, antwortet Benni lässig. Was meint er denn damit? Hoffentlich nicht! Ich drehe mich um und gehe nach draußen. Den Blick fest auf den Boden geheftet.

»Wer war denn das?«, höre ich Carolas Stimme.

»Ach, nur eine …« Leider befinde ich mich inzwischen außer Reichweite und der Straßenlärm, der mich vor der Tür empfängt, verschluckt den Rest von Bennis Worten. Ich hätte ja zu gerne gewusst, als was er mich bezeichnet. Ist auch egal. Noch ein Kapitel, das hoffentlich bald meiner Vergangenheit angehört.

Als ich am nächsten Morgen aufwache, bin ich guter Dinge und ziehe meine übliche Freizeitkleidung an: Jeans und eines meiner neuen T-Shirts. Nachdem ich fertig bin, schaue ich mich in meinem kleinen Reich in Katjas Wohnung um. Mein Zimmer wirkt karg wie eine Mönchzelle. Keine Bilder, grau gestrichene Wände und weiße Möbel. Im Regal stehen sorgfältig aufgereiht mehrere Bücher über Marketingstrategien und alle Ausgaben des *Manager Magazin* der letzten vier Jahre, die ich mir aus Katjas Schrank geklaut habe. Ich finde, dass sie sich in meinem Regal viel besser machen, jetzt, wo ich eine aufstrebende Journalistin bin. Außerdem ein juristisches Handbuch, mit dem man jeden Einbrecher problemlos erschlagen könnte. Ich habe in den letzten drei Tagen die reichlich triste Auswahl durch mehrere Zeitschriften ergänzt, die ich im Zuge meiner Neuorientierung erstanden habe. Eine Kollektion sämtlicher Ausgaben der *Holiday Dream* des *Hirsekorn-Verlag*es seit ihrem Erscheinen, dem habe ich noch die *Geo Saison* und die *Merian* von der Konkurrenz hinzugefügt. Der *Spiegel* und der *Focus* liegen daneben, um dem Ganzen einen Hauch von Intellektualität zu verleihen. Die *Brigitte* habe ich tatsächlich zum Lesen gekauft, schließlich muss man als Frau von Welt immer auf dem neuesten Stand sein, zumindest modisch gesehen. Allerdings habe ich in der *Brigitte* bisher nur den Artikel »Mein neues Selbstwertgefühl« gelesen. Den Rest habe ich intensiv durchgeblättert, während ich mich parallel durch sämtliche Fernsehkanäle gezappt habe.

Mein Handy klingelt, und ich springe hoch. Seit vier Tagen bin ich nun schon in Hamburg und immer noch kein Lebenszeichen von Johann. Ich hätte schon erwartet, dass er sich wenigstens nach meinem Befinden erkundigt. Aber seit seinem letzten Anruf bei meiner Ankunft, habe ich nichts mehr von ihm gehört. Als ich den Namen auf dem Display lese, lasse ich das Handy vor Schreck fast fallen.

»Queen Bee«, die geheime Bezeichnung für meine Mutter.

Mein Magen zieht sich krampfartig zusammen. Ich hätte sie schon vor Tagen anrufen sollen, aber mir fehlte einfach der Mut dazu. Ich klappe das Handy auf und hole tief Luft.

»Julia Zoe Löhmer.«

»Jetzt tu nicht so. Als ob du nicht gesehen hättest, dass ich es bin. Ich bin zwar deine Mutter, aber nicht blöd. Du sagst mir sofort, was los ist, oder ich komme persönlich vorbei, um dir den Kopf zu waschen.« Kein Gruß, kein Nichts – gleich zur Sache. Dabei schreit sie so laut in den Hörer, dass ich befürchte, einen bleibenden Hörschaden davonzutragen.

»Hallo Mama«, erwidere ich schwach und versuche den Kloß im Hals herunterzuschlucken. »Schön, dass du anrufst.« Das ist zwar eine glatte Lüge, aber so ist es bei mir immer, wenn ich mit meinen Eltern rede. Es vergehen keine zehn Minuten in ihrer Gegenwart, und ich habe mich bereits in ein Geflecht aus Notlügen verstrickt. Natürlich nur zu ihrem Besten. Schließlich sollen sie das Gefühl haben, bei mir alles richtig gemacht zu haben. »Wie geht es dir und Papa?«

Meine Mutter schnaubt wütend am anderen Ende. »Versuch nicht mich abzulenken, junges Fräulein. Wie lange muss ich noch warten, bis du mir endlich sagst, was los ist?«

»Wieso?« Ich versuche es auf die Unschulds-Lamm-Masche.

»Ich habe in deinem Büro angerufen, nur um zu hören, dass du seit Tagen nicht mehr bei der Arbeit warst. Kannst du mir also bitte erklären, was das Ganze soll?«

»Tja also. Ich bin … äh …«

»Wo bist du?«, schneidet sie mein Gestammel ab.

»In Hamburg. Ich bin … auf einen Kurzbesuch zu Katja gefahren«, versuche ich die Situation etwas zu entschärfen. Johann und meine Eltern haben ein sehr gutes Verhältnis. Für meine Mutter war Johann von Anfang an der ideale Schwiegersohn, höflich, aus gutem Hause und wohlhabend. Dass er sich ihnen gegenüber eher reserviert verhalten hat, hat sie wenig interessiert.

»Und deswegen hast du deine Stelle gekündigt und Johann verlassen?« Meine Mutter klingt ernsthaft überrascht.

»Hat er das gesagt? Nein, natürlich nicht. Ich musste einfach mal raus«, erkläre ich ihr. »Ich bin gekündigt?«

»Mit dir ist doch was«, bohrt meine Mutter weiter.

»Äh, nein.« Das ist schließlich nicht gelogen! Als einen Streit kann man diesen Zwischenfall wirklich nicht bezeichnen. »Ich wollte euch eigentlich erst überraschen, wenn die Sache spruchreif ist. Aber – ich habe eine neue Stelle«, verkünde ich. Jetzt ist auch schon alles egal.

Ich höre, wie meine Mutter nach Luft schnappt. »Klaus-Peter, komm mal her!«, schreit sie aus vollem Halse in den Hörer. Erschreckt halte ich ihn eine Armlänge weit weg von meinem Ohr, das jetzt in den höchsten Tönen pfeift. »Die Julia hat einen neuen Job.«

Die Julia! Ich hasse es, wenn meine Mutter so über mich redet, als wäre ich eine entfernte Verwandte. Es klickt im Hörer. Ein sicheres Zeichen, dass meine Mutter auf Lautsprecher umgestellt hat.

»Wo denn? Hier in Freiburg? Hat dich Johann befördert?« Sie kichert.

»Mama«, schüttele ich den Kopf. »Ich habe doch gesagt, ich bin in Hamburg!«

»Wie? Und Johann? Haben die eine Zweigstelle von *Hartmann & Sohn* in Hamburg aufgemacht? Davon wusste ich ja gar nichts. Hast du davon gewusst, Klaus-Peter?«

»Nein«, höre ich meinen Vater in den Lautsprecher brummen. »Schließlich telefonierst du ständig mit ihr. Ich erfahre immer als Letzter, was eigentlich los ist.«

»Ich habe eine neue Stelle bei einem großen Verlagsunternehmen angeboten bekommen«, erkläre ich.

»Und als was?«, fällt mir meine Mutter ins Wort.

»Als Redakteurin für ein Reisemagazin«, erkläre ich. »Das ist eine ganz tolle Stelle. Ich fliege auf Kosten des Senders durch die Welt und schreibe Reportagen darüber, was ich dabei so erlebe. Ich wohne nur in den besten Hotels und fliege immer Business Class mit der Lufthansa.« Meine Mutter liebt Lufthansa, seit sie bei ihrem Urlaubsflug nach Bangkok vor zwei Jahren ein Upgrade in die Business Class bekommen hat. Sehr zum Leidwesen meines Vaters, da meine Mutter seitdem auf einem Business-Sitz besteht. Ich trage mit Absicht ein bisschen auf, in der Hoffnung, dass sie vor lauter Begeisterung vergisst, erneut nach Johann zu fragen.

»Und Johann kommt mit?« Das war dann wohl eine Fehlanzeige.

»Tja, äh. Ich muss euch da was erklären«, fange ich an. »Mama, Papa. Es tut mir so leid …

»Klaus-Peter, jetzt drängele dich doch nicht so vor«, schimpft meine Mutter. »Man könnte meinen, du hast in der letzten Woche wieder zugenommen. Hast du wieder heimlich von der fettigen Wurst gegessen?« Ich höre, wie mein Vater leise stöhnt. Diese Sache mit seinem Gewicht ist ein ständiges Problem zwischen den beiden und führt meistens zu endlosen Diskussionen.

»Und wie sehen deine Pläne mit Johann aus?«

»Ich weiß nicht.« Ich reibe mir übers Gesicht. »Ich muss erst mal über die ganze Sache wegkommen. Mich neu orientieren.«

»Neu orientieren!«, wiederholt sie ätzend. »Und du glaubst, du findest etwas besseres als Johann?«

Ihr Ton ist wie ein Peitschenhieb, lässt mich zusammenzucken. »Ich weiß nicht, Mama. Es ist alles noch so frisch, dass Johann mich betrogen hat. Ich kann die Sache nicht einfach …«

»Doch, du kannst. Johann hat dich nicht wirklich betrogen. Ich habe bereits Schritte zu deinem Glück eingeleitet.«

Johann hat mich nicht betrogen? War das, was ich gesehen habe, etwa eine Fata Morgana ? Und was heißt überhaupt sie »habe Schritte eingeleitet«??

»Was hast du …?«

»Ich habe meinen ganzen mütterlichen Charme spielen lassen. War keine einfache Sache, aber Johann hat mir versprochen, sich das Ganze noch einmal durch den Kopf gehen zu lassen.«

Ich starre fassungslos mein Handy an. »Du hast mit Johann gesprochen?«

»Wenn alles gut geht, seid ihr nächstes Jahr glücklich verheiratet.« Ihre Stimme klingt energisch triumphierend. »Diese Chance, ein glückliches und zufriedenes Leben in Wohlstand zu führen, hast du alleine mir zu verdanken. Du kannst dir nicht vorstellen, wie viel Überredungskunst es mich gekostet hat, Johann davon zu überzeugen, dass du die Richtige für ihn bist. Solltet ihr wieder zusammenkommen, dann wirst du dich ganz schön anstrengen müssen.«

»Ja«, sage ich automatisch. Ich schließe die Augen. Meine Gedanken schwirren durch den Kopf. Wieder zurück nach Freiburg, zurück zu *Hartmann & Sohn*, zurück zu Rosen und Hortensien. Zurück zu Johann. Warum bin ich nicht erleichtert? Warum bin ich nicht happy?

»Ich meine, nein«, höre ich mich sagen. »Nein, ich will das nicht. Ich bin 29 Jahre alt. Ich kann mein Leben selber regeln. Das mit Johann übersteigt … das ist … es … ist einfach zu viel …«

»Wie bitte?« Die Stimme meiner Mutter klingt wie eine Kettensäge im Anschlag. »Julia, was in aller Welt ist nur in dich gefahren?«

»Ich weiß auch nicht.« Ich ziehe mir einen Hautfetzen vom Daumen, während ich versuche Klarheit in das Chaos meiner Gedanken und Gefühle zu bringen. »Ich brauche eine Pause, verstehst du? Ich brauche Abstand. Ich möchte auf meinen eigenen Beinen stehen.«

»Wenn du das jetzt tust, sehe ich nicht, wie du im Mai heiraten willst.« Sie klingt böse. »Aus und vorbei mit der Traumhochzeit.«

»Jetzt lass sie doch«, brummelt mein Vater im Hintergrund. Der gute Papa!

»Ich soll sie lassen?« Die Stimme meiner Mutter scheppert schrill durchs Telefon. »Unerhört! Da tut man alles für sein Kind und was ist der Dank dafür? Ich soll sie lassen.«

»Mama«, versuche ich sie zu beschwichtigen, »das hat nichts mit dir zu tun. Hier geht es um mich.«

»Schätzchen, sag mal ... hattest du vielleicht einen Nervenzusammenbruch?«

»Ich habe doch nicht gleich einen Nervenzusammenbruch, nur weil ich auf meinen eigenen Beinen stehen möchte und nicht bei meinem Exverlobten angekrochen komme, der, ganz nebenbei bemerkt, mich mit seiner Chefredakteurin betrogen hat.« Ich bin verärgert.

Für einen kurzen Moment herrscht Schweigen am anderen Ende der Leitung.

»Männer sind nun mal so. Wir Frauen sind in solchen Dingen eben anders.«

»Sag mal, auf welcher Seite stehst du eigentlich? Johann ist an der ganzen Sache schuld. Er betrügt mich, und ich soll auf ihn Rücksicht nehmen?!« Ich verdrehe die Augen.

»Findest du nicht, dass du etwas übertreibst?«

»Waaas?« Ich kann es nicht fassen. Meine eigene Mutter fällt mir in den Rücken.

»Jetzt hör mir mal zu. Ich verlange doch nur, dass du Johann anrufst und dich für dein ungebührendes Verhalten entschuldigst. Man rennt nicht einfach weg zu seiner besten Freundin, nur weil es mal nicht so läuft.« Ihre Stimme klingt stählern.

»Nein.« Ich klappe mein Handy zu. Ich könnte heulen. Heulen. Mein Gesicht glüht, und das Herz klopft mir bis zum Hals. Das Handy fängt zornig an zu vibrieren. Nein, ich werde nicht rangehen. Soll sie ruhig schmoren. Eltern sollen für ihre Kinder da sein, sie unterstützen und fördern. Das kann man in jedem Buch über Erziehung nachlesen! Und sich nicht heimlich hinter dem Rücken der Tochter mit deren Exverlobten verbünden. Ich sehe förmlich mein Hartmännchen vor mir, wie er zusammen mit meiner Mutter einen Schlachtplan zur Julia-Zurück-Eroberung entwickelt. Bei der Vorstellung bekomme ich sofort Magenblubbern. Einerseits ist es ja recht schmeichelhaft, wenn sich der Ex bemüht. Anderseits, wenn er es nur auf Drängen der hysterischen Schwiegermutter tut, ist das schon irgendwie ein Armutszeugnis. Plötzlich komme ich mir vor wie eine alte Jungfer, die dabei ist, ihre letzte Chance, noch unter die Haube, zu kommen zu verpassen. Dabei bin ich doch erst neunundzwanzig! Das ganze Leben liegt noch vor mir.

Nachdenklich betrachte ich meine Hände. Ist das etwa ein Altersfleck auf meinem Handrücken? Hektisch rubble ich mit dem Finger über die kleine braune Stelle. Als ich fertig damit bin, ist mein Handrücken feuerrot, und der kleine braune Fleck ist noch immer da. Ich stehe auf und gehe zum Spiegel. Ergebnis meiner Untersuchungen zum Thema vorzeitiges Altern: Bis auf einige wenige Lachfältchen habe ich eigentlich noch keine nennenswerten Falten. Wobei? Ich nähere mich mit meinem Gesicht dem Spiegel. Irgendwie habe ich das Gefühl, dass mein rechtes Auge von mehr Falten umgeben ist als das linke. Wie kann das sein? Gestern sahen beide Augen noch gleich aus! Oh Gott – ich bin über Nacht gealtert!

»Was ist denn hier los?« Katja steht im Türrahmen und sieht mich mit großen Augen an. »Wie ist es gelaufen? Hast du geweint? Hast du eine Absage bekommen?«

Ich schüttele den Kopf. »Nein, ich habe nur gerade mit meiner Mutter telefoniert.«

»Ach so.« Sichtlich erleichtert lässt sich Katja auf mein Bett fallen. »Ich wette, sie hat versucht dich davon zu überzeugen, dass du dich wieder bei Johann einschleimen sollst.«

Manchmal ist mir Katja mit ihren Fähigkeiten im Gedankenlesen echt unheimlich. »Woher weißt du das?«

Katja zuckt mit den Achseln. »Sieht Hannelore mit ihrem Standesdünkel einfach ähnlich.« Sie kichert. »Deswegen habe ich meinen Eltern erzählt, dass Sergej ein mittelloser russischer Student ist, der in Hamburg ein Stipendium bekommen hat.« Sie sieht mich zufrieden lächelnd an. »Solltest du auch das nächste Mal tun, dann lassen sie dich wenigstens in Ruhe. Seitdem ist ihre größte Sorge, dass ich schwanger werden könnte. Aber jetzt mal was ganz anderes. Wie war dein Tag oder besser, wie ist es beim *Hirsekorn-Verlag* gelaufen?«

»Ich glaube, ich habe den Job! Die Personalchefin Frau Philipps war ganz angetan von meiner Vita«, verkünde ich stolz. »Außerdem habe ich den Typen aus dem Zug wieder getroffen!«

»Du nimmst mich auf den Arm, oder?« Sie sieht mich ungläubig an.

Ich schüttele den Kopf. »Keine Spur.« Und fange an zu erzählen, ohne das klitzekleinste Detail auszulassen. Als ich fertig bin, schweigt Katja, steht auf und holt wortlos eine Flasche Sekt aus dem Kühlschrank. Sie scheint einen schier unendlichen Vorrat davon zu haben.

»Auf den Schreck trinken wir erst mal einen«, verkündet sie schließlich. Wir stoßen an.

»Und du bist sicher, dass der Kerl dort nicht arbeitet?«

Ich nicke. »Sonst hätte die Empfangsdame wohl kaum behauptet, dass sie ihn länger nicht mehr gesehen hat.«

»Dein Wort in Gottes Ohr? Und du hast keine Ahnung, was er da zu suchen hatte?«

»Keinen Schimmer. Ich habe mich schließlich nicht mit ihm unterhalten. Vielleicht eine Praktikumsstelle?«

»Hmh.« Katja wiegt den Kopf nachdenklich hin und her. Ich gieße etwas Sekt in mein Glas und nehme ein paar kräftige Schlucke. Mir wird ganz warm. Ob das am Sekt oder an meinen Gedanken an Benni liegt, kann ich nicht sagen.

»Na ja«, sagt Katja schließlich. »Ist ja auch egal. Hauptsache, er lässt dich in Ruhe.« Ich nicke schwach. »Und hat sich Johann bei dir gemeldet?«

Meine Lippen werden zu schmalen Strichen. »Kein Sterbenswörtchen. Es ist, als ob ich nicht mehr existiere.«

»Aber mit deiner Mutter telefoniert er«, bemerkt Katja trocken. »Der Typ ist wirklich ein echter Waschlappen. Wie ich Johann kenne, meldet er sich spätestens, wenn er die Kreditkartenabrechnung von dir bekommt.« Sie grinst.

Oh weia! Die hatte ich ja schon vollkommen vergessen.

»Ach egal«, sage ich trotzig. »Der Typ kann mir mal den Buckel runterrutschen, wenn das alles ist, weshalb er anruft.« Ich verschränke die Arme vor meiner Brust. »Überhaupt können mir die ganzen Kerle gestohlen bleiben. Nichts als Ärger hat man mit denen.«

»Och, das würde ich so nicht sagen«, antwortet Katja und greift nach ihrem Handy. »Hallo Sergej.«

6. Julias Facebook-Status: Holiday Dream

Seit Tagen war ich nicht mehr so aufgedreht. Nein, seit Wochen! Es ist acht Uhr am Morgen, und ich fühle mich wie ein neuer Mensch! Die Zeiten, in denen ich deprimiert mit Johanns Foto in der Hand aufwache, einer Flasche Prosecco neben mir am Boden und Simply Red in der Endlosschleife, sind vorbei. ...

Ich fühle mich ausgeschlafen, erholt und voller Tatendrang. Sorgfältig frisierte Haare, perfektes Make-up. Bereit, mich dem Tag und meinem neuen Ich zu stellen. Mein erster Arbeitstag in der Redaktion von *Holiday Dream*. Ich kann immer noch nicht glauben, dass ich den Job im *Hirsekorn-Verlag* wirklich bekommen habe. Bis zur letzten Sekunde hatte ich Angst, dass Benni mich bei Miriam verpfeift und mein ganzes Lügengebilde auffliegen lässt. Aber nichts dergleichen ist passiert, und der unterschriebene Arbeitsvertrag liegt vor mir auf meinem Schreibtisch. Ab heute wird sich mein Leben ändern. Ich habe das erste Mal in meinem Leben einen Job, den ich mir selbst zuzuschreiben habe. Kein Vitamin B hat mir dabei geholfen, wie bei meinem letzten Job – nur ich allein. Okay, ich habe ein bisschen an meinen Unterlagen gedreht, aber ich werde denen beweisen, dass ich wirklich die Richtige für den Job bin. Das Reisen liegt mir im Blut, zumindest theoretisch! Und das Schreiben war schon immer meine Leidenschaft, wenn es nicht gerade um langweilige Gartenpflanzen geht. Das kleine Problemchen mit der Flugangst kriege ich auch noch in den Griff, wie ich den Rest meines Lebens in den Griff bekomme.

Mit einem Hochgefühl betrete ich die Küche. Auf dem Tisch finde ich einen Teller mit einem leckeren Croissant darauf, daneben liegt ein Zettel.

Meine Süße, ich wünsche dir ganz viel Erfolg bei deinem ersten Arbeitstag. Wir sehen uns dann heute Abend in der Bullerei. Tisch ist reserviert. Kaffee ist in der schwarzen Thermoskanne. Bis später. Katja

Genüsslich beiße ich in das Croissant. Dieser Tag ist mein Freund, das spüre ich.

Miriam, meine zukünftige Chefin, ist mit ihrer Vorstellungs-Tour durch die Abteilung fertig, und ich fühle mich bereits wie ein Teil des Ganzen.

»Und das ist Emma Kleinert«, fährt Miriam fort, mir die einzelnen Mitarbeiter vorzustellen. »Eine unserer besten Mitarbeiterinnen. Emma kennt sich bei der *Holiday Dream* bestens aus. Sollten Sie also Fragen haben, Unterstützung jeglicher Art benötigen oder eine Buchung vornehmen wollen, dann wenden Sie sich vertrauensvoll an sie.« Emma ist pummlig. Sie hat große braune Kulleraugen und einen Lockenkopf, der seinesgleichen sucht. Ihr Lächeln ist warmherzig und ehrlich, als sie mich begrüßt.

»Ich freue mich schon riesig darauf, für Sie zu arbeiten. Ihre Vorgängerin war nicht ganz einfach, wissen Sie.« Miriam wirft ihr einen bösen Blick zu. Emma schließt augenblicklich den Mund und sieht betreten auf ihre Fußspitzen.

»Ich freue mich auch. Bitte nennen Sie mich doch Julia.«

Ein Strahlen huscht über Emmas Gesicht. »Gerne.«

»Na, dann auf eine gute Zusammenarbeit.« Ich reiche Emma die Hand.

Emma nickt. »Die Freude ist ganz meinerseits. Ihr ... äh, dein Büro ist gleich gegenüber. Wenn du also meine Hilfe brauchst, ein kurzer Ruf genügt, und ich bin bei dir.« Sie zwinkert mir aufmunternd zu.

»Jetzt hat Ihnen Emma schon das Wichtigste verraten.« Miriam wirft ihr einen strafenden Blick zu und deutet auf den Raum, der sich hinter ihr befindet. »Ihr Büro. Das Zentrum Ihrer kreativen Arbeit. Wenn Sie mir folgen wollen.« Sie öffnet die Tür. Mein Herz klopft vor Aufregung. Mein eigenes Büro, jubiliert es in meinem Kopf. Mein Blick fällt auf das kleine Schild neben der Tür. OH MEIN GOTT! Nur mühsam kann ich mich beherrschen, vor Begeisterung nicht laut loszuschreien.

Julia Zoe Löhmer
Redaktion Reisen

Ich kann es nicht fassen. Kein Großraumbüro, wo jeder den anderen beobachtet und man jedes Wort verstehen kann, das der Nachbar in zehn Meter Entfernung gerade durch den Äther haucht. Ich hasse Großraumbüros. Da kommt man sich vor wie eine Nummer. Es ist laut, und man fühlt sich ständig unter Beobachtung seiner Kollegen. Aber das ist jetzt vorbei! Ich habe mein eigenes Büro, meine eigene Sekretärin und mein eigenes Namensschild. Wenn Johann mich jetzt sehen könnte! Als ich eintrete, halte ich die Luft an. Okay, der Raum ist etwas dunkel und der graue Industrieteppich trifft nicht gerade meinen Geschmack – aber ich habe mein eigenes Reich. Ich gebe einen Jauchzer von mir, als ich den schicken *Apple*-Computer der neuesten Generation auf meinem Schreibtisch entdecke. Miriam lächelt.

»Es gefällt Ihnen?« Mehr eine Feststellung als eine Frage.

»Ja!«, nicke ich begeistert. »Das Büro ist absolute Spitzenklasse.« Ich stürze zum Fenster. Boah ... vor meinen Augen liegt die Elbe. Na ja, nicht ganz. Genau genommen ist da noch ein Bürogebäude direkt vor meinem Fenster, aber wenn ich mich auf die Fußspitzen stelle, kann ich tatsächlich die Elbe sehen. Wenn ich die Augen zusammenkneife, kann ich sogar die Schiffe darauf erkennen. Wer kann schon behaupten, dass er ein Büro mit Elbblick hat!

»Gut«, nickt Miriam zufrieden. »Dann lass ich Sie mal alleine, damit Sie sich in Ruhe einrichten können. Sollten Sie Fragen haben, wenden Sie sich an Emma.« Sie dreht sich um und geht Richtung Tür, als sie plötzlich stehen bleibt. »Ach ja, das habe ich fast vergessen. Später kommt noch der Fotograf vorbei, mit dem Sie zusammenarbeiten werden.« Ihr Gesicht bekommt einen verträumten Ausdruck. »Eine echte Bereicherung – nicht nur fachlich gesehen. Ich beneide Sie.« Sie seufzt leise und geht. Als die Tür hinter ihr ins Schloss fällt, schmeiße ich meine Tasche in die Ecke und führe einen kleinen Freudentanz auf. Ich drehe mich so lange um meine eigene Achse, bis mir schwindlig ist. Atemlos lasse ich mich mit einem heiseren Begeisterungsschrei in den weichen Ledersessel hinter meinem stylischen Designer-Schreibtisch fallen. Mein Büro, mein Schreibtisch, mein Computer ... Alles dreht sich in meinem Kopf. Sicherheitshalber beuge ich mich kurz mit dem

Kopf nach unten, bis meine Ohren die Knie berühren. »Einatmen!«, »Ausatmen!«, ermahne ich mich selbst. Es klopft an der Tür, und ich schnelle nach oben.

Boing! Direkt mit dem Kopf gegen die Tischplatte. Autsch! Ein dumpfer Schmerz breitet sich von der betroffenen Stelle an meinem Hinterkopf aus. Ich fahre mit meiner Hand über die Stelle. Das gibt eine fette Beule. Schon jetzt ist eine schnell anwachsende Schwellung zu spüren.

»Was machst du denn da?« Eine bekannte Stimme dringt durch den Schmerz. Ich schaue auf und blicke geradewegs in Bennis braune Augen.

»Was machst du denn hier?«, fauche ich ihn an.

»Ich bin hier, um mit dir zu arbeiten«, antwortet er fröhlich.

Der Mistkerl!

»Gestatten.« Er macht eine übertriebene Verbeugung. »Benjamin Wagner, Fotograf und dein persönlicher Begleiter.« Ich stöhne leise, wobei ich nicht sicher bin, ob vor Schmerz oder über die Neuigkeiten.

Emmas Kopf taucht im Türrahmen auf. Ihr Blick wandert verwundert von mir zu Benni und wieder zurück.

»Geht es äh … dir gut?« Emma sieht mich zweifelnd an und macht einen Wink in Bennis Richtung.

»Ja, ja«, winke ich ab und reibe mir über die mittlerweile Hühnerei große Beule.

»Soll ich einen Kaffee bringen?«

»Nein« antworte ich bestimmt.

»Ja«, sagt Benni fast zeitgleich.

Emma hebt fragend ihre Augenbraue.

»Also ja«, seufze ich. »Und wenn du eine Packung Eis organisieren könntest, wäre das toll.«

»Klar, mache ich«, antwortet Emma und verschwindet.

Ich bin immer noch dabei, Bennis Worte zu verarbeiten. Durch meine Hirnwindungen schlängelt sich unaufhörlich Bennis letzter Satz: »Benjamin Wagner, Fotograf und dein persönlicher Begleiter!« Ich verstehe zwar die Worte, aber ihre Bedeutung nicht.

… ach du heilige Scheiße.

... heißt das etwa ...?

... kann es sein ...?

.... Unmöglich ...!

... oder doch ...?

... Hilfeeeeee!

Panisch sehe ich mich nach einem Fluchtweg um.

»Falls du wieder vor mir weglaufen willst«, lächelt er. »Die Tür ist da.« Er deutet auf die Eingangstür. Wie auf Kommando geht genau selbige auf und Emma kommt mit zwei Bechern Kaffee in der Hand in den Raum gepoltert.

»'Tschuldigung«, sagt sie und deutet auf die dampfenden Pappbecher. »Die Kaffeemaschine ist kaputt, deshalb habe ich Kaffee vom Automaten geholt.« Sie reicht Benni und mir die Pappbecher. »Milch oder Zucker?«, lispelt sie leise.

»Zucker, bitte.« Ich habe mir das süße Zeug im Kaffee zwar schon vor Jahren mühsam abgewöhnt, aber diese Automatenplörre kriege ich anders nicht runter. Ich nehme einen kleinen Schluck. Brrrr ... schmeckt eklig.

Benni sieht zu mir rüber und lächelt. »Schmeckt der Kaffee?«

»Prima«, sage ich. »Genau das, was mir jetzt noch zu meinem Glück gefehlt hat.«

»Das freut mich zu hören.« Seine Augen blitzen vergnügt, und ich spüre, wie ich rot werde.

Er erinnert sich. Scheiße. Und er macht sich einen Spaß draus. Oh mein Gott – was habe ich dem Typ nur alles erzählt? Wie ein Flash schießt mir das Blut in die Wangen. Hastig drehe ich mich weg. Hätte ich doch niemals dieses Abteil betreten! Und hätte ich doch niemals so viel Alkohol getrunken!

»Gut, ich geh dann mal. Wenn du mich brauchst – du weißt ja, wo du mich findest.« Bilde ich es mir ein oder wirft Emma Benni einen verheißungsvollen Blick zu? Ich fasse es nicht! Meine Mitarbeiterin flirtet mit dem Mann, der mich schamlos ausgenutzt hat. Die Freude von eben ist verflogen, und ich frage mich, ob meine Entscheidung, den Job anzunehmen, die richtige war.

Völlig ermattet lasse ich mich auf den Stuhl fallen. Der Kaffee schwappt über und landet treffsicher auf meiner Bluse. Na bravo! Mir ist zum Heulen zumute. Luft holen. Keine Panik. Das hier ist schließlich mein Büro. Ich sage einfach: »Benni, wir können nicht zusammen arbeiten. Das hier ist mein Büro, und ich bitte dich, es jetzt zu verlassen.« Nein. Das klingt sogar für mich total bescheuert.

Oh Gott. Was mache ich nur?

Vorsichtig schiele ich zu Benni rüber. Der Mistkerl ist im Gegensatz zu mir völlig entspannt und scheint die Situation sogar zu genießen. Jedenfalls zieht sich ein breites Lächeln über sein Gesicht.

Ich darf das hier nicht versauen! Ich muss meiner Mutter beweisen, dass ich durchaus auf eigenen Beinen stehen kann. Koste es, was es wolle! Als er meinen Blick bemerkt, sieht er zu mir rüber. Sein ernster Gesichtsausdruck dreht mir den Magen um.

»Julia, wir müssen etwas besprechen.«

»Das ist mir klar«, sage ich und versuche meine Stimme unter Kontrolle zu halten. »Ich würde gerne als Erste etwas sagen.«

Einen Moment lang wirkt Benni erstaunt, dann zieht er die Augenbraue nach oben.

»Natürlich. Gerne!«

Ich hole tief Luft und gehe einen Schritt auf ihn zu. Meine Beine fühlen sich an wie Gummi. »Ich weiß, warum du mich sprechen möchtest. Ich weiß, dass es falsch war, dir all diese Dinge von mir zu erzählen, die ich dir erzählt habe. Aber zu meiner Verteidigung kann ich sagen, dass ich an diesem Abend nicht wirklich ich selbst war.« Benni runzelt die Stirn.

Ich ignoriere es einfach und fahre fort. »Ich habe da Dinge gesagt, die ich nicht so meine. Du, im Gegensatz zu mir, warst an jenem unglückseligen Abend stocknüchtern und hast meine Situation schamlos ausgenutzt.« Sein Blick durchbohrt mich. Fast verlässt mich der Mut, aber dann mache ich weiter. Jetzt oder nie! »Wenn du nur einen Funken Anstand besitzt, vergisst du die Sache einfach, und wir verhalten uns wie zwei Erwachsene.«

Pause.

»Du denkst also, ich habe die Situation im Zug ausgenutzt?«

Ich nicke.

»Weil ich dir zugehört und dich, nachdem du das Abteil in eine Tropfsteinhöhle verwandelt hast, ins Bett gepackt und sauber gemacht habe?« Seine Augen fixieren mich und in seiner Stimme schwingt eine leichte Verärgerung mit. »Wenn das Ausnutzen ist, dann hast du recht!«

Mein Mund fühlt sich trocken an. »Natürlich habe ich recht!«, krächze ich. »Dir muss doch klar sein, dass ich mich dir nie anvertraut hätte, wenn ich gewusst hätte, wer du bist.«

»Keine Sorge, deine kleinen Geheimnisse sind bei mir in guten Händen. Außerdem konnte ich zu diesem Zeitpunkt überhaupt nicht wissen, dass du bei der *Holiday Dream* als Redakteurin anfängst. Schließlich hast du deinen neuen Job mit keiner Silbe erwähnt. Weißt du was, Julia? Ich freue mich im Gegensatz zu dir auf unsere Zusammenarbeit ...« Er zwinkert mir zu »... schließlich können wir uns, dank deiner Redseligkeit im Zug, das ganze Geplänkel zwischen neuen Kollegen sparen und gleich da einsteigen, wo es interessant wird.«

Ich schlucke nervös. Sollte ich Benni völlig zu Unrecht verdächtigt haben?

»Was mich viel mehr interessiert ...« Bennis Gesicht entspannt sich noch mehr. »Wie hast du es hinbekommen, dass Miriam ausgerechnet dich einstellt?«

»Nur weil mein letzter Arbeitgeber eine Gartenfachzeitschrift war, heißt das nicht, dass ich keine Ahnung von Reisen habe. Ehrlich gesagt bin ich schon ganz schön rumgekommen«, sage ich verzweifelt.

»Klar! Von Freiburg nach Hamburg. Das ist schon 'ne echte Weltreise.« Seine Mundwinkel zucken verdächtig.

Ich will einfach nur noch sterben.

Ich will genau jetzt und hier sterben.

»Das war nicht das, was ich meinte, aber ja.« Ich streiche mir verlegen über den Kopf und versuche geschäftlich auszusehen. »Dafür habe ich es nicht nötig, anderen Menschen vorzugaukeln, dass ich ein harmloser Student bin, der armen fehlgeleiteten Frauen hilft.«

»So, das hast du also gedacht! Ich sei noch Student. Wie schmeichelhaft.« Seine Augen blitzen. Seine schlanken Finger streichen nachdenklich über sein Kinn. Ohne es zu wollen, stelle ich mir vor, wie es sich wohl anfühlt, von diesen Händen gestreichelt zu werden. »Dafür scheinst du deinen Liebeskummer ja reichlich schnell überwunden zu haben.«

Wumm. Das hat gesessen. Eine eiskalte Faust zieht sich in meinem Bauch zusammen. Der Kuss im Zug ... Benni muss mich für total wankelmütig halten.

In diesem Moment klopft es an der Tür. Ein gutaussehender Mittdreißiger betritt mein Büro.

»Hey. Entschuldigen Sie, dass ich einfach so hereinplatze. Aber als ich von Miriam gehört habe, dass Sie schon da sind, wollte ich mich gleich mal bei Ihnen blicken lassen.« Er gerät ins Stocken, als er Benni entdeckt, der lässig neben meinem Schreibtisch steht. »Oh, wie ich sehe, haben Sie bereits Besuch.« Er sieht gut aus. Nicht überragend, aber gut. Ovale Gesichtsform, helle Augen und eine etwas zu groß geratene Nase. Er kommt auf mich zu. Sein Gang ist geschmeidig, und er hat die Figur eines Marathonläufers. Schlanke Beine, schmale Hüfte und ein durchschnittliches Kreuz. Sein Outfit ist leger. Jeans, T-Shirt und *Vans*. Wenigstens scheint es hier in der Firma keine strenge Kleiderordnung zu geben. Bei meinem kleinen Rundgang mit Miriam heute Morgen habe ich jedenfalls noch keine Anzugträger entdeckt.

Er begrüßt Benni mit einem Kopfnicken. »Benjamin.« Dann reicht er mir galant die Hand. »Thomas Hatz. Redakteur von *Holiday Dream*.« Irgendwie wirkt er unsicher.

»Hallo. Ich bin Julia auch Redakteurin bei der *Holiday Dream*«, versuche ich die Situation zu entkrampfen. Mein Gegenüber lächelt erleichtert.

»Thomas.« Er kratzt sich verlegen am Kinn. »Und wie gefällt es dir bei uns?«

»Gut. Abgesehen davon, dass alles noch völlig neu für mich ist.«

»Wie wahr«, flüstert Benni gerade so laut, dass ich es hören kann. Der Mistkerl!

»Ich nehme an, Miriam hat mit dir ihre übliche Neulingstour gemacht.« Thomas lächelt. »Wenn du später Zeit hast, zeige ich dir gerne den Rest. Die wirklich wichtigen Dinge, die du brauchst, um hier zu überleben!«

»Warum nicht gleich jetzt?« Ha, das ist die Gelegenheit, Benni zu entkommen.

Thomas sieht unsicher zu Benni an meiner Seite.

»Nur zu«, fordert ihn Benni großmütig auf. »Ich wollte sowieso gerade gehen.«

»Na dann. Ich habe im Moment gerade Pause. Wenn du also möchtest und es für dich okay ist …« Ich weiß nicht recht, an wen der letzte Satz gerichtet ist, aber es ist mir auch egal. Das ist meine Chance, dieses peinliche Aufeinandertreffen zu beenden.

»Und ob. Ich könnte eine kleine Führung gut gebrauchen«, sage ich betont munter. Benni soll ruhig wissen, dass ich keine Lust habe noch länger mit ihm meine Zeit zu verbringen.

Ich hake mich demonstrativ bei Thomas unter. Der ist zwar sichtlich irritiert, macht das Spielchen aber mit.

»Bis später dann«, winke ich. Benni sieht uns mit rätselhaftem Gesichtsausdruck hinterher.

Thomas erweist sich als äußerst gesprächig. Er scheint jeden hier zu kennen. Ich bin jedoch mit meinen Gedanken ganz woanders. Benni war ein Fremder. Und er sollte ein Fremder bleiben. Das Tolle an Fremden ist ja, dass man sie nicht kennt und man ihnen ohne Reue das Herz ausschütten kann. Ein Fremder verschwindet genauso spurlos aus dem Leben, wie er gekommen ist, deswegen ist er ja ein Fremder. Warum nur habe ich so viel getrunken? Ich vertrage einfach keinen Alkohol. Alkohol ist für mich wie ein Wahrheitsserum. Sobald ein Tropfen seinen Weg durch meine Kehle gefunden hat, fange ich an zu plappern. Aber ich habe meine Lektion gelernt. Ich werde nie wieder einem Fremden mein Herz ausschütten, geschweige denn ihn küssen.

»Julia?« Thomas sieht mich an. Wie lange habe ich geschwiegen? Wie lange wartet Thomas schon auf eine Antwort?

»Mittagsessen hört sich prima an«, entgegne ich hastig. Zufrieden führt mich Thomas in Richtung Cafeteria.

Für heute Abend bin ich mit Katja in der *Bullerei* verabredet. Sie will mir Sergej vorstellen. Ich habe schon daran gezweifelt, ob es ihn überhaupt gibt. Denn schließlich wohne ich schon ein paar Tage bei ihr in der Wohnung, und bisher habe ich von Sergej nur am Telefon gehört. Endlich raus aus dem Büro – weg von dem verdammten Benni.

Als ich die *Bullerei* betrete, schlagen mir die Stimmen der Gäste und der Geruch nach gebratenem Fleisch entgegen. Der Raum ist riesig mit hohen Decken. Alle Tische sind bis auf den letzten Platz besetzt. Der Stil des Restaurants ist eher als »rustikal« zu bezeichnen. Das Mobiliar ist bunt zusammengewürfelt und überhaupt nicht prätentiös. Das einzig moderne Möbelstück ist ein langer Tresen mit der Bar dahinter. Die Bedienung ist leger in Jeans und Shirt gekleidet. Ich habe mir das Restaurant irgendwie anders vorgestellt, feiner mit weiß gedeckten Tischen und so. Das hier sieht eher aus wie eine gemütliche Szenekneipe.

Oh, mein Gott … ich fasse es nicht. Keine drei Schritte von mir entfernt steht der Monchichi – Tim Mälzer persönlich. Er sieht genauso aus wie im Fernsehen. Bürstenhaarschnitt, leicht untersetzt, Lausbubenlächeln, Karohemd und Strickpullunder. Gerade segelt die Bedienung mit einem Teller aus der Küche an ihm vorbei. Er stoppt sie, um einen kurzen fachmännischen Blick darauf zu werfen. Mit einem zufriedenen Kopfnicken entlässt er die junge Frau.

»Kann ich dir helfen?« Ein junger Mann in Jeans und Shirt steht vor mir. Der Karte in der Hand nach zu urteilen, arbeitet er hier.

»Ja, äh. Ich bin hier mit meiner Freundin verabredet«, stammele ich, noch immer von Tim Mälzers Anblick fasziniert.

Der junge Mann zieht die Augenbraue nach oben. »Hast du Lust mir den Namen deiner Freundin zu verraten, dann kann ich nachsehen, ob sie bereits hier ist?«

»Katja Völkers.« Ich lasse meine Augen über die vollbesetzten Tische gleiten, kann Katja aber nirgends entdecken.

»Völkers, Völkers«, höre ich mein Gegenüber leise murmeln. »Nein, eine Katja Völkers kann ich nicht finden«, sagt er schließlich und sieht mich wie einen Eindringling an. Hinter mir hat sich bereits eine lange Schlange gebildet. Puh!

»Gibt es noch eine andere *Bullerei*?«, frage ich.

Der Typ schüttelt den Kopf. »Nee, aber das Restaurant ist in zwei Bereiche eingeteilt. Hier vorne ist das *Deli* und hinten befindet sich das eigentliche Restaurant.«

Ach so. Ich komme mir ziemlich dämlich vor. Aber mal ehrlich, woher soll ich das wissen?

»Vielleicht sitzt deine Freundin ja hinten«, schlägt er vor.

Ich nicke dankbar und gehe seinem Wink folgend nach hinten. Tatsächlich eröffnet sich mir ein großer Raum, der sich deutlich vom vorderen Bereich abhebt. Das Mobilar ist zwar auch hier relativ rustikal, aber einheitlich gehalten. Lange Tische an denen zur einen Seite eine Sitzbank und zur anderen Stühle aufgereiht sind. Der dunkle Dielenboden unterstreicht die rustikale, aber gemütliche Athmosphäre. Das Puklikum in diesem Bereich ist deutlich schicker angezogen, und plötzlich wirkt Tim mit seinen Jeans, dem Karohemd und der bunten Weste fast ein bisschen fehlplatziert in seinem eigenen Restaurant. Ich bin froh, dass ich noch immer meinen Anzug von heute Morgen trage. Tim Mälzer kommt auf mich zu.

»Kann ich Ihnen weiterhelfen?«

Oho, der Chef persönlich! Witzig, sogar die Stimme klingt wie im Fernsehen, und lispeln tut er auch.

»Entschuldigung«, begrüße ich ihn. Dabei versuche ich einen möglichst guten Eindruck abzugeben, indem ich meine Haare mit einer betont lässigen Kopfbewegung, à la Paris Hilton, nach hinten und dabei einen kurzen Blick auf mein Handy werfe. »Ich suche meine Freundin.«

»Name?« Das klingt aber sehr geschäftsmäßig und gar nicht beeindruckt.

»Julia Zoe Löhmer«, antworte ich brav. Wortlos geht Tim Mälzer an das kleine Pult direkt neben der Kasse.

»Ich habe keine Reservierung für heute unter diesem Namen«, sagt er, und ich sehe an seinem Gesicht, dass er kein bisschen von mir beeindruckt ist. Also lege ich mein Starlächeln auf. (Das haben Katja und ich stundenlang geübt, bis es mindestens so gut wie das von Joan Collins war.)

»Ach so, ich dachte Sie wollten meinen Namen wissen. Die Reservierung geht auf ›Völkers‹. ›Katja Völkers‹«, korrigiere ich mich.

Er sieht mich etwas irritiert an und wirft dann einen erneuten Blick auf sein Buch. »Ach, Frau Völkers. Natürlich.« Er winkt die junge Kellnerin herbei. »Claire, würdest du Frau Löhmer bitte an den Tisch von Frau Völkers führen?« Tim dreht sich um und begrüßt einen Gast in weiblicher Begleitung mit Handschlag und erkundigt sich gleichzeitig nach dem Befinden der werten Familie.

Ich nicke Claire dankbar zu und folge ihr zu einem Tisch im hinteren Teil des Raumes. Das Licht ist hier besonders weich, das sehe ich gleich an meinen Händen, die plötzlich um Jahre jünger aussehen. Mein Gott, ich muss wissen, was das für Lampen sind, um gleich morgen einen Satz davon für mein Büro zu kaufen!

Hier sitze ich nun alleine auf meinem Stuhl und warte. Um mich herum lauter Pärchen. Früher wäre ich mit Johann hierher gegangen. Hartmännchen! Was er wohl gerade macht? Ich habe den ganzen Tag nicht an ihn gedacht. Warum? Eigentlich müsste ich doch vor Kummer zerfließen. Früher, wenn mich einer meiner Freunde verlassen hat, habe ich mich in mein Zimmer eingeschlossen, die traurigsten Lieder aufgelegt und lautstark dazu geweint. Wenn ich so darüber nachdenke, war eigentlich immer ich die Leidtragende, mit der Schluss gemacht wurde. Irgendwie habe ich einen Hang zum falschen Mann.

»Julia!«

Ich schrecke hoch. Katja ist endlich da, und sie ist nicht allein. Untergehakt bei einem Mann, von dem ich annehme, dass es sich um Sergej handelt, kommt sie zu meinem Tisch.

Wow, Katja hat nicht übertrieben, als sie von ihm erzählt hat. Er ist tatsächlich riesig und überragt Katja mindestens um einen Meter. Er hat braungrau meliertes Haar, kantige Gesichtszüge und, soweit ich es erkennen kann, riesige Hände. Seine Kleidung ist allerdings eher leger: Jeans, Hemd und Sakko. Ein bisschen altmodisch vielleicht. Katja dagegen hat sich mächtig ins Zeug geworfen, und ihr Gesicht leuchtet, als ob jemand eine Glühbirne angeknipst hat.

»Hallo, Pumbi« Sie beugt sich zu mir herunter und drückt mir einen Kuss auf die Wange. »Ist er nicht toll?« Eine rein rhetorische Frage, die ich artig mit einem Kopfnicken beantworte.

Katja zieht zufrieden den Kopf zurück. Den Bruchteil einer Sekunde später präsentiert sie Sergej und wirkt dabei fast schüchtern. »Das ist Sergej.«

Aha! Als ob ich das nicht wüsste. Aber der Höflichkeit halber tue ich überrascht.

»Das ist ja eine Freude. Schön, Sie endlich kennenzulernen. Katja hat mir ja schon so viel von Ihnen erzählt. Sie sind also der steinreiche Typ, der meiner Freundin den Job bei *Blohm + Voss* besorgt ...« Ich spüre einen scharfen Schmerz, als Katja mir einen Tritt mit dem Fuß versetzt.

»Sergej, das ist Julia, meine beste Freundin und seit Neuestem meine Mitbewohnerin«, unterbricht sie mich und in ihren Augen liegt dieses Funkeln, das sie immer bekommt, wenn sie wütend ist. »Die, die immer so viel redet ...«

»Sehr errrfreut«, schnurrt Sergej und reicht mir seine Hand. »Katja hat nicht übertrieben, als sie meinte, Sie wären hübsch. Ich finde Sie ausgesprochen hübsch. Wenn Sie mir die Bemerkung gestatten.« Ich spüre, wie ich rot werde, denn ich habe ein normal gestörtes Verhältnis zu meinem Aussehen. Ich würde mich nie als hübsch bezeichnen. Meine Augen sind das Beste an mir. Sie sind groß und grün und mit einer leichten Schrägstellung, wie man sie sonst nur bei Eurasierinnen findet, was bei mir früher mal den Verdacht geweckt hat, dass ich vielleicht nicht das Kind meines Vaters sein könnte. Ich habe den Verdacht aber irgendwann im Laufe meines Erwachsenendaseins fallen gelassen. Meine Eltern hängen seit ich denken kann, von morgens bis abends zusammen. Ein Betrug erscheint mir da unmöglich.

»Ihr habt ja noch gar nichts zu trinken?!«, schnurrt Sergej wie eine russische Waldkatze – falls es so etwas gibt – und winkt mit einer einfachen Handbewegung den Kellner herbei. Er bestellt eine Flasche *Veuve Cliquot*, was die Augenbraue des Kellners für eine Millisekunde respektvoll nach oben schnellen lässt.

Kurze Zeit später ist unser Gespräch in vollem Gange, und Sergej erweist sich als überaus charmanter Begleiter mit einer guten Portion Humor. Seine Komplimente wirken weder holprig noch falsch, er lobt nur Lobenswertes. Ich kann verstehen, warum sich Katja in ihn verliebt hat. Wir gehen schnell zum »Du« über, während der Kellner uns die bestellten Steaks serviert.

»Und, wie war dein erster Tag?«, fragt Katja fröhlich zwischen zwei Bissen.

»Ich dachte schon, du würdest mich nie fragen«, platze ich heraus. »Um ehrlich zu sein – schrecklich und schön.« Die beiden sehen mich fragend an.

»Also, mein Büro ist absolute Spitze! Und stellt euch vor: Ich habe sogar meine eigene Sekretärin! Na ja, vielleicht nicht ganz meine eigene, aber zumindest ist sie auch für mich da. Miriam, meine Chefin, hat mich überall herumgeführt und mein Kollege aus der Grafikabteilung ist total nett ...« Ich mache eine Pause, denn jetzt kommt der Teil des Tages, den ich lieber verschweigen würde.

»Und?«, fragte Katja. Sie hat schon wieder diesen Supernanny-Blick aufgesetzt, der selbst schwer erziehbare Teenager dazu bringt, die Wahrheit zu sagen.

»Na ja«, druckse ich. »Benni war auch da.«

»Waaaas?« Katjas schriller Schrei hat selbst das ältliche Ehepaar schräg hinter ihr aufgeschreckt, die sich seit gefühlt einer halben Stunde nicht bewegt haben. Sergej sieht verwundert von seinem Essen auf. »Dieser Mistkerl stalkt dich!«, stellt Katja nach Fassung ringend fest.

»Ähm, nicht ganz. Er arbeitet bei der *Holiday Dream* als Fotograf«, gebe ich kleinlaut von mir. »Genau genommen in meiner Abteilung.«

»Das soll doch wohl ein Witz sein?« Ich schüttele den Kopf.

»Und hast du ihn angezeigt? Oder wenigstens deiner Chefin erzählt, was für ein mieses Schwein der Typ ist?« Wieder Kopfschütteln.

»Wieso Schwein?« Sergej sieht uns verwundert an. Bei ihm klingen die Worte irgendwie lustig.

»Los Julia«, fordert mich Katja auf. »Du musst Sergej unbedingt erzählen, was im Zug passiert ist.«

Ich spüre, wie mir die Schamesröte ins Gesicht schießt. Ich schüttele erneut den Kopf. »Lieber nicht.«

»Nun mach schon«, drängelt Katja weiter.

Sergej sieht mich schweigend an, dann legt er seine riesige Hand auf meine.

»Wenn es dir unangenehm ist, brauchst du es mir nicht zu erzählen.«

Meine Güte, der Mann ist wirklich ein Glücksfall. Ich nicke dankbar. Aber Katja scheint das nicht zu interessieren, denn sie macht fröhlich weiter.

»Auf dem Weg nach Hamburg war Julia … na ja, wie soll ich es sagen … ziemlich neben der Kappe.« Katja hebt ein imaginäres Glas an ihre Lippen und kichert. Sergej sieht erst zu ihr, dann zu mir und schmunzelt.

»Ich hatte Liebeskummer«, verteidige ich mich, »schrecklichen Liebeskummer! Und den kann man nur mit Alkohol ertränken. Viel Alkohol.«

»In meinem Leben hat es für Liebeskummer nie gereicht. Bis ich Katja kennengelernt habe, gab es nur kurze Momente des Glücks mit einer Frau.« Er prostet ihr zu, und seine braunen Augen halten sie fest. In diesem Moment gibt es im gesamten Restaurant kein schöneres Paar als die beiden. Fast bin ich ein bisschen neidisch. Schließlich dachte ich bis zu jenem unglückseligen Zwischenfall, auch glücklich zu sein.

»Du bist noch nie enttäuscht worden?«, frage ich, als die beiden ihre Blicke wieder voneinander lösen.

»Nein, ich lasse mich nicht enttäuschen. Enttäuschung ist etwas für Menschen, die ihren Träumen nachhängen. Als Realist und Geschäftsmann versuche ich hinter die Fassade eines Menschen zu sehen. Was er wirklich ist und nicht das, was er nach außen vorgibt zu sein. Das ist in meiner beruflichen Position sozusagen die Grundvoraussetzung, um erfolgreich zu sein.«

Wow, der Mann ist ein halber Philosoph. Den Satz muss ich mir unbedingt merken.

»Auf jeden Fall hat sie im Zug diesen süßen Typen getroffen und ihm sein Herz ausgeschüttet. Kannst du dir das vorstellen … sie hat ihm alles erzählt!« Katja tut gerade so, als hätte ich die gesamten Bankgeheimnisse der Bundesregierung weitergeplappert. »Und dann hat er sie unter Drogen gestellt und sie fotografiert.«

»Gibt es Beweisfotos?«, fragt Sergej sachlich.

»Äh …« Typisch Mann! Immer wollen sie gleich Beweise.

»Sergej, Frauen haben ein natürliches Gespür für so etwas. Wir wissen, wann man uns betrogen hat! Außerdem war Julia fast nackt, als sie morgens aufgewacht ist, und der Typ war verschwunden. Wie viel mehr Beweise brauchst du, um uns zu glauben?« Katja sieht Sergej fest in die Augen, und ich bin mir für einen Moment nicht sicher, ob sie noch immer von mir redet. »Außerdem hat Julia eine Kamera in seinem Koffer gefunden.« Katja ist eben eine wahre Freundin. Ich werfe ihr einen dankbaren Blick zu und verzichte darauf, sie zu berichtigen, was mein Nichtwiedersehen von Benni im Zug anbelangt. Wenn Katja mal so richtig in Fahrt kommt, ist es besser den Mund zu halten.

Sergej schüttelt den Kopf. »Unglaublich. Ich dachte, solche Dinge passieren nur bei mir zu Hause. Wenn ich dir irgendwie hälfen kann, lass es mich wissen. Ich habe Freunde in allen Bereichen und vielleicht …« Er sieht mich bedeutungsvoll an. Der meint doch nicht etwa die russische Mafia. Oh mein Gott, vielleicht ist Sergej so etwas wie der Pate, nur auf Russisch. Mir wird heiß und kalt, und meine Fingerspitzen fangen an zu kribbeln.

Bevor ich antworten kann, fällt ihm Katja um den Hals. »Danke. Das ist so lieb von dir.« Ich glaube, ich habe Katja noch nie so verliebt gesehen.

»Meine kleine Wildkatze«, lächelt Sergej. Den Mann kann bestimmt nichts aus der Ruhe bringen. Katja lächelt auch, und ihre zierliche

Hand verschwindet unter Sergejs Pranke, und ich würde mich nicht wundern, wenn Katja gleich anfängt zu schnurren.

»Aber ihr braucht euch keine Sorgen mehr zu machen. Ich habe heute mit Benni gesprochen und die ganze Situation geklärt«, erkläre ich, in der Hoffnung, dass Sergej so nicht die russische Mafia einschaltet. »Ich glaube nicht, dass er mir K.o.-Tropfen ins Getränk getan hat.«

»Ach!« Katja hebt die Augenbraue.

»Ja, ich habe ihm bei unserem Gespräch reinen Wein eingeschenkt und ihm gesagt, was ich von ihm halte.«

»Wirklich?« Katja sieht mich erstaunt an. Sergej schweigt, wofür ich ihm aufrichtig dankbar bin.

»Ja, ich habe vorgeschlagen, dass wir uns wie erwachsene Menschen verhalten und die Sache auf sich beruhen lassen. Schließlich sind wir jetzt so etwas wie Arbeitskollegen.« Ich komme mir wahnsinnig erwachsen und vernünftig vor.

»Wow, ich bin echt beeindruckt«, sagt Katja. »Ich hätte nicht gedacht, dass du derart vernünftig sein kannst. Ich meine, der Typ macht Nacktbilder von dir und du«, sie sieht mich mit hochgezogener Augenbraue an, »verzeihst ihm, so mir nichts dir nichts. Wirklich beeindruckend.«

Ich rutsche nervös auf meinem Stuhl hin und her. »Na ja, vielleicht ist er ja … hat er nicht … wollte nur …«

»Julia!« Argwohn leuchtet in den Augen meiner besten Freundin auf. »Du wirst doch wohl nicht schwach werden?!«

»Nein, nein. Alles unter Kontrolle«, sage ich schnell. Und noch während ich die Worte ausspreche, befallen mich Zweifel.

Ich liege im Bett. Katja übernachtet heute bei Sergej. Um mich herum herrscht Sarkophag-gleiche Stille. Neben Johann hatte ich mir angewöhnt, mit Ohrstöpsel und Schlafmaske zu schlafen, da mich die Geräusche, die er nachts von sich gab, anfingen zu nerven. Manchmal hatte ich das Gefühl, neben einer Herde grunzender und furzender Schweine zu schlafen. Es gibt nichts Schlimmeres, als schlaflos neben einem Menschen zu liegen, der unbeschwert sofort anfängt zu schnorcheln, wenn das Licht ausgeschaltet wird, während man selbst verzweifelt versucht einzuschlafen. Ich kann behaupten, dass ich jede Methode ausprobiert habe – angefangen vom Schäfchenzählen bis hin zu autogenem Training. Nichts von alledem hat etwas bewirkt, außer, dass ich am Ende völlig entnervt aufgestanden bin und mich durch das nächtliche Fernsehprogramm gezappt habe. Dabei musste ich feststellen, dass das Niveau des deutschen Fernsehens nachts noch unter das des amerikanischen sinkt, was ich für kaum möglich gehalten hätte. Kochsendungen sind das einzig Interessante und vor allem einigermaßen Niveauvolle, was auf deutschen Sendern nach ein Uhr in der Früh über die Mattscheibe flimmert.

Daher kenne ich auch Tim Mälzer und seine Kochsendung. Sonst laufen entweder Endlos-Werbesendungen mit dicklichen Frauen in hautfarbener Bauchweg-Unterwäsche oder Softpornos, in denen sich Laiendarstellerinnen lustlos auf Motorrädern oder Fitnessmatten wälzen und maximal das Blut von Teenagern in Wallung bringen. Da bringt Tim Mälzer schon etwas Qualität ins nächtliche Programm.

Jetzt ist es jedenfalls ruhig. Ich finde trotzdem keinen Schlaf, was eher ungewöhnlich für mich ist. Ich verpasse meinen Schönheitsschlaf nur ungern. Das hat sonst zur Folge, dass ich morgens wie ein zerknautschtes Kissen aussehe. Ich denke an Benni, der bestimmt schon selig schläft und sich im Gegensatz zu mir keine Gedanken über die ganze Situation macht. Wie Benni wohl aussieht, wenn er schläft? Ich stelle mir die langen, seidigen Wimpern vor, hinter denen sich seine braunen Augen verbergen, den energisch geschwungenen Mund und seinen sportlich geformten Körper. Ob er wohl nackt schläft?

Johann schläft niemals ohne einen Pyjama. Dazu hat er immer viel zu viel Angst, sich im Schlaf zu erkälten. Seine Sorge ging sogar so weit, dass wir uns letztes Jahr im Winter Wärmedecken gekauft haben. Mit Johann hatte der Alltag Einzug in mein Leben gefunden. »Alltag«, das klingt in den Ohren der meisten Menschen langweilig und spießig. Ich hingegen empfinde den Alltag als etwas Angenehmes. Es gibt mir Sicherheit. Ich mag keine Überraschungen. Das ist wie bei einem Liebesfilm, dessen Ende man schon in den ersten Minuten beim Aufeinandertreffen der beiden Hauptdarsteller erahnt. Da kann ich mich richtig entspannen. Denn ich weiß, alles wird gut.

Ich hasse Filme, in denen der arme ahnungslose Zuschauer in die Irre geleitet wird, mit dem festen Glauben, dass sich die Liebenden finden. Nur um in den letzten Minuten zu erfahren, dass die weibliche Hauptfigur an Leukämie stirbt und der Typ sich innerhalb kürzester Zeit mit einer neuen aufregenden Blondine tröstet. Ätzend. Nein, ich bin ein Gewohnheitstier. Ich mag Alltag. Ich bin gerne in gewissem Maße spießig. Johann war mein Alltag. Mit ihm haben gemütliche Abende zu zweit bei einem gepflegten Glas Wein und einem guten Film aus der Videothek, in Jogginghosen und Hüttenschuhe gekleidet, Einzug in mein Leben gehalten. Ich kann mit Stolz behaupten, dass ich seitdem keine Folge des Tatorts verpasst habe. Obwohl Krimis, speziell deutsche Krimis, eigentlich nicht zu meiner bevorzugten Art von Unterhaltung zählen und ich Rosamunde-Pilcher-Verfilmungen vorziehe. Aber was macht man nicht alles, wenn man verliebt ist?!

7. Julias Facebook-Status: Meetings sind völlig überbewertet.

Am Morgen werde ich durch das Handy geweckt. »Sie haben eine neue Nachricht.« Fassungslos starre ich auf das Display.

Ruf mich an. Wir müssen reden.

MfG. Johann.

Erster Gedanke: Scheiße!

Zweiter Gedanke: Warum ruft der Mistkerl nicht an, wenn es so wichtig ist?

Dritter Gedanke: Was heißt hier – *Wir müssen reden*?

Ich will aber nicht mit Johann reden! Davon mal abgesehen, dass man mit Johann nicht reden kann, selbst wenn man es will. Johann drückt sich meist in einfachen Sätzen aus und vermeidet Adjektive, die irgendeinen Hinweis auf seine Gefühle geben könnten.

Wenn ich genauer darüber nachdenke, finde ich, dass Männer fast immer in Rätseln sprechen, wenn es um ihre Gefühle geht. Ich kenne keinen Mann, der seine Gefühle wirklich in Worte fassen kann. Das erklärt, warum die wenigen, die dazu fähig sind, entweder Schriftsteller, Musiker oder Dichter sind und sofort berühmt werden. Dabei hätten sie nur eine Frau fragen müssen. Die hätte ihnen sofort das Gleiche sagen können, ohne lange darüber nachdenken zu müssen.

»Mit freundlichen Grüßen!« Hat der Typ jetzt die Vollmeise? Das klingt ja so, als wäre ich eine Geschäftsfreundin und nicht seine Freundin ... äh Verlobte ... Exverlobte! Ich schnappe mir das Handy und tippe Katjas Nummer.

»Völkers.«

»Katja, eben hat mir Johann eine Nachricht geschickt.«

»Und was will er?«

»Mit mir reden. Ich weiß nicht, was ich machen soll.« Einen kurzen Moment lang herrscht Schweigen zwischen uns. Irgendwas raschelt im Hintergrund.

»Ich kann dir sagen, warum er dich sprechen will«, verkündet Katja schließlich mit triumphierender Stimme. »Wie ich es gesagt habe. Heute ist der Dreißigste des Monats. Der feine Herr hat seine Kreditkartenabrechnung bekommen.«

Mein Magen zieht sich unwillkürlich zusammen, und mein schlechtes Gewissen ist sofort wieder da.

»Du darfst ihm auf keinen Fall antworten. Hörst du, Pumbi?! Lass Johann ruhig zappeln. Der Kerl hat es verdient! Du, ich muss jetzt Schluss machen. Ich habe gleich ein monstermäßig wichtiges Meeting und muss noch ein paar Unterlagen kopieren.« Sie kichert. »Sergej ist auch mit dabei.«

»Du hast vielleicht Nerven. Weiß dein Chef eigentlich, dass du mit Sergej zusammen bist?«

»I wo, der Typ hat keine Ahnung, und so soll es auch bleiben. Wenn der wüsste, dass Sergej und ich miteinander schlafen, würde er mich sofort von dem Projekt abziehen. Nein, nein, so ist es besser. Und für dich wäre es besser, wenn du Johann nicht anrufst. Verstanden?!«

»Schon klar, Chef«, antworte ich und recke mein Kinn in die Höhe.

»Gut so«, sagt Katja mit zufriedener Stimme. »Bis später, Süße.«

»Bis später«, antworte ich und lege auf. Ich bin eine starke, selbstbewusste Frau, und ich werde nicht den Mann anrufen, der der Vater meines ungeborenen Kindes werden sollte.

Heute ist schon mein vierter Tag bei *Holiday Dreams*. Ich habe meine Zeit genutzt und mich mit den Mitarbeitern auf meiner Etage bekannt gemacht. Außerdem habe ich wahnsinnig viel Kaffee mit Emma und Thomas getrunken und mir den Klatsch und Tratsch aus dem Büro erzählen lassen. Das ist wichtig. Sonst läuft man ständig Gefahr, in ein Fettnäpfchen zu treten, und darin bin ich, aus mir völlig unverständlichen Gründen, Weltmeisterin.

Ein Büro ist ein eigenständiger Mikrokosmos. Normal geltende Regeln werden völlig außer Kraft gesetzt. Der unscheinbare Redakteur entpuppt sich im wahren Leben als echter Supermann à la Clark Kent, die mausgraue Sekretärin als echte Sexbombe und die Chefin als wahrer Drachen. Deshalb sind ja Mitarbeiterfeiern so gefürchtet, denn hier kommen oft die wahren Charaktere zum Vorschein, und so manch einer hat im angetrunkenen Zustand Dinge gesagt oder getan, über die noch Tage später im Büro getuschelt wurde.

Elisabeth Hirsekorn, die Verlagsleiterin, wird von allen Mitarbeitern nur die »Eiserne Lady« genannt, weil sie praktisch im Büro schläft und nie ein Sterbenswörtchen über ihr Privatleben nach außen dringen lässt.

Ich vermute ja, dass sie gar keins hat und sie deshalb jeden Tag im Büro ist. Sie ist hier so etwas wie die ungekrönte Herrscherin. Alle reden nur mit vorgehaltener Hand und mit ehrfürchtiger Stimme über sie. Als ob die Frau eine Heilige mit überdurchschnittlichem Gehör wäre. Also bitte, das ist doch lächerlich!

Ich habe »Elisabeth Hirsekorn« gleich mal durch sämtliche Suchmaschinen im Internet gejagt und bin auf eine interessante Sache gestoßen. Die gute Frau ist Mutter zweier Kinder. Name des Vaters unbekannt. Namen der Kinder ebenso. Ein ganz so unbeschriebenes Blatt ist sie also doch nicht. Ich habe sogar ein Bild gefunden, einen unscharfen Schnappschuss, der sie bei ihrer Ankunft am Flughafen zusammen mit ihren Kindern zeigt. Der Junge hat braune Haare und eine dicke Brille im Gesicht, die ihn aussehen lässt wie der junge Yves Saint Laurent, und das Mädchen hat raspelkurze, blonde Haare, abstehende Ohren und eine Zahnspange. Man kann nur hoffen, dass beide wenigstens mit Intelligenz gesegnet sind. Elisabeth Hirsekorn selbst trägt ein Kostüm mit Schulterpolstern und Pumps. Leider wird ihr Gesicht zu 90 Prozent durch einen Schal verdeckt, der durch einen Windstoß in ihr Gesicht fällt. Aktuellere Bilder waren nirgends zu finden.

Als ich von der Toilette zurückkomme, finde ich eine kleine Notiz mit Emmas feinsäuberlicher Handschrift auf meinem Schreibtisch.

Ich habe dir den letzten Jahresbericht der Holiday Dream *besorgt. Vielleicht ganz gut als Hintergrundinformation. Vergiss nicht das Meeting um neun Uhr in Raum 112. Emma.*

Ich pfeife auf Hintergrundinformationen. Das ist was für Anfänger. Ich lese ja auch prinzipiell keine Gebrauchsanweisungen. Die meisten elektrischen Geräte erschließen sich mir intuitiv. Okay, die eine oder andere Funktion auf meinem Laptop habe ich nie gefunden, aber letztendlich auch nie gebraucht. Lustlos blättere ich in dem Monsterteil von Jahresbericht, der auf meinem Schreibtisch liegt.

Gähn!

Ich lege den Schinken zur Seite und schnappe mir stattdessen eine Ausgabe der *Holiday Dream*. Ah, das ist schon viel besser! Zugegebenermaßen würde ich mir selbst nie die *Holiday Dream* kaufen, um mir Anregungen für meinen nächsten Urlaub zu holen. Hier findet der Leser auf Hochglanzpapier nur lauter aufgemotzte Edelschuppen, die sich kein Mensch leisten kann, außer man heißt Paris Hilton oder P. Diddy. Oder, man arbeitet wie ich für ein Reisemagazin!

Ich sehe mich schon am Strand von Hawaii. Die besten Ressorts werden mein neues Zuhause sein. Das Doppelzimmer auf den Seychellen für günstige 490 Euro am Tag. Mensch, da nehme ich doch gleich zwei. Eines für mich und eines für meine Koffer. Hihi!

Gelangweilt werfe ich einen Blick auf meine Armbanduhr. Mist, es ist drei Minuten vor Neun. Wo ist nur die Zeit geblieben? Dabei war ich schon um acht Uhr im Büro. Für mich ein absoluter Rekord. Eigentlich bin ich Langschläferin, und dieses frühe Aufstehen bringt meinen Biorhythmus völlig aus dem Gleichgewicht. Ich laufe dann den halben Tag wie ferngesteuert durch die Gegend und bringe kaum einen geraden Satz heraus.

Ich klemme mir einen Block unter, das wirkt in Filmen immer unheimlich distinguiert. Ein kurzer Kontrollblick in den Spiegel. Na, wenigstens muss ich mir um meine Haare keine Gedanken mehr machen, seit Magic Harald sein kleines Wunder vollbracht hat.

Oh, fast hätte ich es vergessen. Ich gehe zurück zum Schreibtisch und hole meine schwarze Brille aus der Schublade. Die habe ich mir extra für solche Fälle zugelegt. Eigentlich brauche ich keine Brille, aber ich finde eine Brille lässt eine Frau gleich viel intelligenter aussehen, und dieses schwarze Nerd-Model von Ray Ban gibt mir den perfekten intellektuellen Touch, ohne spießig zu wirken. Ich finde, ich sehe fast ein bisschen sexy damit aus. Zufrieden stürme ich los.

Ich habe keine Ahnung, was das Thema des heutigen Meetings eigentlich sein wird. Emma hat irgendwas Langweiliges mit »Marketing-Strategien, blablabla ...« erwähnt. Die ganze Angelegenheit dauert hoffentlich nur ein paar Minuten. Gehetzt biege ich um die Ecke. Ja, hier muss es ein. Ich kneife die Augen zusammen, straffe meinen Rücken, klopfe kräftig gegen die Tür, drehe den Türknauf um und trete ein.

20 Augenpaare, die allesamt um einen Konferenztisch sitzen, starren mich an. Am anderen Ende des Tisches unterbricht ein Mann seine PowerPoint-Präsentation. Kenne ich den? Zu meiner Überraschung entdecke ich Benni auf der anderen Seite des Raumes. Er sitzt zwischen zwei Mitarbeitern, die graue Anzüge tragen und irritierte Blicke in meine Richtung werfen. Benni hingegen lächelt mir aufmunternd zu. Am Ende des Tisches sitzt eine zierliche Frau, die ich nicht kenne, aber deren Gesicht mir irgendwie bekannt vorkommt. Sie wirkt sehr gepflegt, graues Kostüm, hellblaue Bluse und dezentes Make-up und strahlt eine natürliche Autorität aus, wie sie nur wenige Menschen besitzen. Ich winke ihr fröhlich zu, um die Situation etwas aufzulockern. Als ihr Blick auf mich trifft, schnellt ihre rechte Augenbraue nach oben und mir gefriert das Blut in den Adern.

»Frau Hirsekorn, darf ich Ihnen unsere neue Mitarbeiterin Julia Zoe Löhmer aus der Reiseredaktion vorstellen?« Miriam ist aufgestanden und deutet auf mich.

Frau Hirsekorn??? Die ältere Dame am Tischende soll die gefürchtete Verlagsleiterin Elisabeth Hirsekorn sein? Ich kann es nicht fassen. Und ich habe ihr zugewinkt ... Scheiße!

»Frau Löhmer hat diese Woche bei uns angefangen. Sie ist noch in der Einarbeitungsphase.« Miriam applaudiert gekünstelt und alle, außer Frau Hirsekorn, schließen sich ihr an. Ich komme mir vor wie in einer amerikanischen Soap Opera, wo die neuen Mitarbeiter immer unter frenetischem Beifall begrüßt werden.

Mein Magen macht einen mächtigen Ruck. Oh Gott, das war's dann wohl! Ich bin überhaupt nicht vorbereitet, und es sieht so aus, als wüssten alle, worum es hier geht. Ich starre wie versteinert zurück. Ich komme mir vor wie eine Barbiepuppe, der man gerade das Sprechen beigebracht hat. Komm schon! Selbstbewusstsein ausstrahlen. Ich bin eine Frau mit einem Ziel.

»'Tschuldigung«, stammle ich schließlich. »Ich wollte Sie nicht unterbrechen, aber ich bin aufgehalten worden. Bitte fahren Sie fort.«

Aus dem Augenwinkel sehe ich einen leeren Platz. Plötzlich fällt mir Joan Collins ein. Die hatte immer diesen Ich-bin-eine-erfolgreiche-Geschäftsfrau-Gang, selbst wenn sie morgens aus dem Bett stieg. Ich weiß, die Frau konnte eine echte Ziege sein, aber immerhin hat sie es zu etwas gebracht und eines der größten Imperien der Fernsehseriengeschichte aufgebaut. Irgendwas muss sie wohl richtig gemacht haben. Ich drücke also die Brust raus, schiebe mein Kinn nach vorne und schreite entschlossen mit konzentriertem Gesicht durch das Büro, ziehe den Stuhl hervor und setze mich. Jenny neben mir beäugt mich neugierig. Miriam hat sie mir vorgestellt. Jenny arbeitet wie ich in der Redaktion für *Holiday Dream*s, allerdings ist sie für die Anzeigen zuständig. Jennifer ist groß, schlank, blond und DaL. Katjas und meine Abkürzung für »Doof, aber Lieb«.

»Alles okay?«, fragt Jennifer-Blondi und knabbert an ihrem langen, mit kleinen Blümchen versehenen Fingernagel.

»Ja«, sage ich immer noch geschockt.

Der Mann fährt mit seiner PowerPoint-Präsentation fort und erzählt irgendwas über Marktanteile. Alle hören aufmerksam zu, und ich frage mich, ob ich die Einzige bin, die keine Ahnung von dem hat, was der Kerl da erzählt. Selbst Blondi neben mir nickt wohlgefällig am Ende jedes Satzes.

»Das hier sind die Verkaufszahlen der vergangenen sechs Monate.« Der Mann an der Tafel deutet auf eine Linie, die stetig abfällt. »Wenn die Zahlen in diesem Tempo weiter fallen, müssen wir den Laden bis Ende des Jahres dicht machen.«

Waaas? Ich presse mir die Hand vor den Mund, um nicht laut aufzuschreien. Ich bin gerade mal eine Woche hier, das können die nicht mit mir machen! Der Rest der Anwesenden macht betroffene Gesichter, nur das von Elisabeth Hirsekorn zeigt keinerlei Regung.

»Was schlagen Sie vor, wie wir weiter vorgehen sollen?«, fragt Elisabeth Hirsekorn mit erstaunlich kräftiger Stimme für so ein kleines Persönchen.

»Ich schlage vor, dass wir uns zusammensetzen und ein Programm von Sparmaßnahmen entwickeln, das die Kosten zunächst senkt und den Vertrieb auf Dauer ankurbeln wird«, erklärt der Referent abschließend.

»Totaler Quatsch!« Oh Gott! War ich das, die das eben gesagt hat?

»Frau Löhmer!« Die raue Stimme von Elisabeth Hirsekorn hallt durch den Raum.

Es war ich! Benommen sehe ich hoch.

»Frau Löhmer, bitte lassen Sie uns alle an Ihrer Meinung teilhaben«, fordert mich die Eiserne Lady erneut auf.

Schluck! Mir wird heiß und kalt. Die Brille kitzelt auf der Nase. Warum habe ich das olle Ding nur aufgesetzt! Alle Augenpaare sind zum zweiten Mal in den vergangenen 15 Minuten auf mich gerichtet. Inklusive das von Benni, was mir überhaupt nicht gefällt. Was habe ich ihm alles über mein Können in Marketing erzählt? Mein Gehirn spult hektisch zurück. Was habe ich gesagt?

»… ich besitze genau ein Buch zum Thema ›Marketing‹ und davon habe ich nur den Klappentext gelesen. Aber ich finde es macht sich einfach gut im Bücherregal.«

»Tja, äh«, stammele ich. Blondi neben mir kichert hysterisch. Ich streiche meine Haare aus dem Gesicht, atme tief durch und fange an.

»Also, ich habe mir vorhin mal die *Holiday Dream* genauer angesehen …«

»Wie außergewöhnlich«, raunt einer der Anzugträger dazwischen. Ein kleiner braunhaariger Mann der Marke Wadenbeißer.

Ich ignoriere die Bemerkung und mache weiter. »Und dabei ist mir etwas aufgefallen.«

»Da dürfen wir aber gespannt sein!« Wieder der Typ im Anzug. Wo kommen die auf einmal alle her? Der Bürohengst lacht, und einige der Umsitzenden lachen mit. Ich spüre, wie mich der Mut verlässt.

»Liebe Kollegen«, höre ich Bennis weiche Stimme. »Finden Sie es nicht ein bisschen unfair, Ihr Urteil schon im Vorfeld zu fällen, bevor Frau Löhmer richtig zu Wort gekommen ist?« Die Lacher verstummen, und ich werfe Benni einen dankbaren Blick zu, den er mit einem Kopfnicken quittiert. Schimmern seine Haare heute noch mehr als sonst?

Ich hole erneut tief Luft, schiebe meine Brille mit dem Zeigefinger hoch und sehe mit entschlossenem Blick in die Runde, so wie es Frau Schultheiß, meine Mathelehrerin, immer getan hat, wenn sie Aufmerksamkeit bekommen wollte. Diesmal unterbricht mich niemand.

»Pardon, aber die *Holiday Dream* ist mit ihrem Konzept in meinen Augen völlig veraltet und spricht somit nur einen ganz kleinen Kreis aus der großen Masse der potenziellen Kunden an. Mittlerweile kann und will sich jeder einen Urlaub leisten. Jedes Jahr stürzen sich Millionen reisewütiger Deutsche aller Altersgruppen in den Urlaub. Um das richtige Reiseziel zu finden, nutzen sie das Internet, Reisebüros und Zeitschriften. *Holiday Dream* gehört mit Sicherheit nicht dazu. Die ganze Aufmachung und auch das Hochglanzformat schreien förmlich nach überteuerten Preisen und signalisieren dem Durchschnittsbürger, eher die Finger davon zu lassen, da er sich die darin angebotenen Reiseziele eh nicht leisten kann. Das heißt nicht, dass wir keine Urlaubsträume vermitteln sollen – aber es sollten solche sein, die wir, also Sie und ich, uns auch leisten können. Nur dann werden wir die erhoffte Kundengruppe mit unserer Zeitschrift erreichen!«

Schweigen.

War das gerade ich, die das gesagt hat?! Das stimmt doch gar nicht! Ich will in die teuren Resorts. Ich will wie P. Diddy oder Paris Hilton reisen und darüber berichten! Ich will die neue Reporterin der High Society werden! Was ist nur passiert? Erst Gehirn einschalten, dann reden! Die jagen mich bestimmt gleich aus dem Raum.

»Was ich meine …« Ich beiße mir auf die Unterlippe und habe sofort einen metallischen Geschmack im Mund. »… also, ich wollte sagen, dass … wir … uns auf das konzentrieren sollten, was wir am besten können. Schreiben und unsere Leser mit unseren Erzählungen und Berichten begeistern.«

Schweigen.

Ich setze mich geräuschvoll hin. Das war's! Gleich drücken sie mir die Kündigung in die Hand. »Pumbi, was hast du dir nur dabei gedacht?«, höre ich Katjas Stimme schon in meinem Ohr.

»Das ist doch alles totaler Blödsinn«, bläst sich der Typ im Anzug vorne an der Tafel auf. »Wir haben viele begeisterte Kunden, die uns schon seit Jahren die Treue halten. Sie haben doch selbst gehört, dass Frau Löhmer noch völlig neu ist und die Zusammenhänge im Vertrieb nicht kennt.«

»Was Frau Löhmer vorgeschlagen hat, bezog sich auch nicht auf den Vertrieb«, mischt sich Benni ein. »Sondern vielmehr auf den Inhalt und auf die Aufmachung von *Holiday Dream*. Da tut es absolut nichts zur Sache, dass Frau Löhmer neu bei uns ist. Ich denke sogar, es ist eine Bereicherung für uns, dass jemand unser Produkt mal aus einem anderen Blickwinkel betrachtet. Und ich muss sagen, ich kann mich ihren Worten nur anschließen. Die *Holiday Dream* ist seit Jahren eine solide Zeitschrift und hat ihren festen Platz auf dem Markt. Aber genau das ist der Punkt. Wir müssen neue Kunden gewinnen, um auch weiterhin zu bestehen, sonst laufen wir Gefahr zu vergreisen.« Ich nicke dankbar in Bennis Richtung. Der kann ja richtig nett sein, wenn er will.

Atemlose Stille. Alle Blicke sind nun auf Elisabeth Hirsekorn gerichtet.

»Sehr interessant.« Elisabeth Hirsekorns braune Augen leuchten. »Und an was hatten Sie genau gedacht?« Sie sieht mir direkt ins Gesicht.

Mein Herz schlägt schneller. Meine Hände sind ganz feucht vor Aufregung. Bestimmt habe ich Schweißflecken unter den Achseln, und jeder kann sehen, wie ich schwitze. Eine grauenvolle Vorstellung, die nicht gerade zu meiner Entspannung beiträgt.

»Äh …« fange ich an. »Wir könnten Berichte schreiben, die auch jüngere Leser ansprechen. Schüler, Studenten, junge Familien, die Urlaub machen wollen, sich aber keine teuren Luxushotels leisten können. Alternative Reisevorschläge für Junge und junggebliebene. Mal was Neues.« Ich überlege kurz. »Nehmen Sie zum Beispiel die Zeitschrift *Brigitte*. Die haben in den letzten Jahren eine Riesenkampagne gestartet, in der sie angekündigt haben, keine professionellen Models mehr für ihre Zeitschrift zu beschäftigen. Die Aktion hat eingeschlagen wie eine Bombe. Und warum?« Ich lasse meinen Blick über die Anwesenden gleiten. Blondi hebt die Hand. Ich nicke ihr zu und bete, dass sie vielleicht doch schlauer ist als das Klischee der Blonden, das ihr anhaftet.

»Weil die jetzt Frauen abbilden, die ganz normal aussehen.« Nach Blondis Gesichtsausdruck zu urteilen, hat sie das Gefühl, gerade eine Erleuchtung gehabt zu haben.

»Genau. Frauen wie du und ich. Mit kleinen Schönheitsfehlern. Damit kann sich jede Frau identifizieren. Und genau so müssen wir es mit unseren Lesern machen«, beende ich meine kleine Ansprache. »Reisen, die jeder von uns gerne machen würde und sich auch leisten kann.«

Plötzlich aufgeregtes Flüstern von allen Seiten. Nur Elisabeth Hirsekorn schweigt mit regungsloser Miene.

»Also, ich finde die Idee gut«, dringt Miriams Stimme durch das allgemeine Gemurmel. »Wir hätten einen Grund, ordentlich die Werbetrommel zu rühren, und würden schon alleine dadurch eine Menge Leser auf uns aufmerksam machen. Marketingtechnisch ein genialer Schachzug. Und wer weiß? Vielleicht treffen wir tatsächlich den Nerv der Zeit. Ich meine, was haben wir zu verlieren?« Sie sieht Elisabeth Hirsekorn geradewegs ins Gesicht. Die Verlagschefin trommelt ein kleines Stakkato mit den Fingern auf der Tischplatte. Dann zieht ein Lächeln über das faltige Gesicht, und man hat das Gefühl, die Sonne geht auf.

»Gut. Dann erkläre ich das Meeting für beendet. Meine Herren, Sie können gehen. Wir werden uns zu einem späteren Zeitpunkt noch einmal zusammensetzen. Alle anderen aus dem redaktionellen Team *Holiday Dream* bitte ich zu bleiben.« Mit einer Handbewegung entlässt sie die wartenden Angestellten. Der Mann im grauen Anzug bleibt neben Elisabeth Hirsekorn stehen und beugt sich vertraulich zu ihr herunter. »Wenn Sie eine Kopie meiner Präsentation haben möchten ...«

»Ach, ich denke, das wird nicht nötig sein«, sagt Elisabeth Hirse-korn mit spöttischem Unterton in der Stimme.

Oh mein Gott, merkt der Kerl denn nicht, dass er sich viel zu sehr bemüht? Mit hochrotem Kopf verlässt er den Raum.

»Jemand Lust auf eine Tasse Kaffee?« Elisabeth Hirsekorn mustert mich aufmerksam. »Also, ich könnte gut eine Tasse vertragen.« Sie lächelt in die Runde. Miriam, Blondie, Thomas, Emma, Eddie und Wiebke nicken zustimmend. Ihr Blick fällt auf mich.

»Ja, gerne«, antworte ich und zupfe nervös an meiner Bluse.

Sie drückt einen Knopf auf dem Pult vor sich. »Sina, Kaffee bitte.«

»Kommt sofort«, ertönt eine Stimme aus dem Off.

»Bitte, kommen Sie doch näher«, fordert mich Elisabeth Hirsekorn auf. »Sonst bekomme ich das Gefühl, Sie haben Angst vor mir.«

Blondi kichert nervös und rutscht artig einen Platz auf. Benni setzt sich wie selbstverständlich neben die Verlagschefin. Bilde ich es mir ein oder zwinkert sie ihm zu? Mein Gott, die Frau ist über 60! Benni, ganz Charmeur, lächelt gekonnt zurück.

»Schön! Dann lassen Sie uns gleich mal zur Sache kommen, Julia! Ich darf Sie doch Julia nennen?«

»Gerne«, antworte ich, während ich mir das Hirn zermartere, ob ich Elisabeth Hirsekorn nun auch mit ihrem Vornamen ansprechen soll. Ich beschließe, lieber darauf zu verzichten.

»Sie haben also unser Magazin studiert und sich einige interessante Gedanken dazu gemacht«, beginnt Elisabeth Hirsekorn das Gespräch.

»Julia hat Betriebswirtschaft studiert«, wirft Benni ein und grinst mich an.

»Ja«, sage ich erleichtert. »Ja, genau …«· Scheiße. Ich breche abrupt ab. Ich höre meine eigene Stimme im Zug brabbeln: »Ich habe BWL nach zwei Semestern wieder abgebrochen. Viel zu langweilig mit der ganzen Mathematik und so …« Am liebsten würde ich dem Mistkerl den Hals umdrehen.

»Und wie siehst du *Holiday Dream* von der betriebswirtschaftlichen Seite, Julia?« Unfassbar, dass er mich das fragt. Er scheint ein geradezu perverses Vergnügen daran zu haben, mich bloßzustellen.

Für ein paar Augenblicke lang kann ich nichts sagen. Blondi sieht mich mit großen blauen Kulleraugen an.

»Na ja«, räuspere ich mich. »Dafür bin ich noch nicht genug mit dem Unternehmen vertraut. Was ich vorhin gesagt habe, war rein aus dem Bauch heraus gesprochen. Ich bin Redakteurin und keine Marketingstrategin.« So langsam nehme ich wieder Fahrt auf. »Verstehen Sie, Reisen war schon immer mein Traum. Deshalb bin ich hier.« Elisabeth Hirsekorn hört mir aufmerksam zu. »Als ich vorhin in der *Holiday Dream* geblättert habe, musste ich sofort an meinen Zahnarzt denken.« Elisabeth Hirsekorn sieht mich an, als ob ich mein Hirn zu lange in Regenwasser gebadet hätte. »Der hatte nämlich in seinem Wartezimmer hauptsächlich solche Hochglanzmagazine ausliegen. Alles in seiner Praxis war auf edel gemacht, und ich habe mich dann im Stillen gefragt, ob es eine richtige Entscheidung von mir war, dorthin zu gehen. Denn schließlich konnte er sich das alles ja nur leisten, weil er als Zahnarzt so gut an den Patienten verdient hat.« Ich mache eine Pause und schiebe die Brille den Nasenrücken hoch. Ich habe mal gelesen, dass das einer Aussage mehr Nachdruck verleiht.

»Äh, aber das war nicht der Punkt. Was ich eigentlich sagen wollte … Wissen Sie, welche Zeitschriften von den Patienten gelesen wurden?« Ich werfe einen Blick in die Runde. Alle sehen mich erwartungsvoll an. Bei Blondie bin ich mir allerdings nicht ganz sicher, ob ihr Interesse meinen Aussagen oder eher der Farbe meiner Fingernägel gilt.

»Die einfachen Zeitschriften, in denen man hauptsächlich Klatsch und Tratsch über die Stars findet oder die Modezeitschriften. Die Hochglanzmagazine werden nach kurzer Zeit wieder gelangweilt zurückgelegt.«

»Wollen Sie damit sagen, dass Magazine wie das unsere keine Zukunft haben?«, hakt Elisabeth Hirsekorn nach.

»Doch! Aber die breite Masse werden sie damit nicht erreichen. Wenn wir überleben wollen, müssen wir eine neue Richtung einschlagen. Ein hochwertiges, ansprechendes Reisemagazin für den normalen Durchschnittsbürger. Mit innovativen Ideen und Ratschlägen. Nicht so ein hochgestochener Mist wie er in den meisten Blättern steht. Mit denen man im Urlaubsort nichts anfangen kann, weil der sogenannte Geheimtipp längst in ein Luxusresort umgebaut wurde oder bereits von Massen bevölkert wird. Wir müssen schnell sein! Aktuell am Puls der Zeit! Den Bedürfnissen der Menschen entsprechen! Trends erkennen und setzen! Die *Holiday Dream* ist nicht mehr zeitgemäß. Wir brauchen ein neues Gesicht!« Ich hole tief Luft.

Schweigen.

Elisabeth Hirsekorn hält ihren Kopf gesenkt, dabei fallen ihre sorgfältig frisierten kinnlangen Haare leicht vors Gesicht, sodass ich ihre Augen nicht sehen kann. Sie spielt gedankenverloren an dem Siegelring ihrer rechten Hand.

Ich werfe einen kurzen Seitenblick hinüber zu Benni. Er sieht mich verwundert an. Ertappt sehe ich wieder weg.

»Wissen Sie, Julia …«, fängt die rauchige Stimme von Elisabeth Hirsekorn wieder an zu sprechen. Meine Güte, diese rauchige Stimme! Selbst wenn ich zwei Flaschen Whiskey auf ex trinken und anschließend noch eine Schachtel Gauloises rauchen würde. Am nächsten Tag wäre ich todkrank, aber niemals würde ich so klingen. »… Sie haben zwar eine sehr unkonventionelle Art, Dinge zu sagen …« Ich schlucke. Jetzt kommt mein Todesurteil! »… aber genau das gefällt mir an Ihnen.«

»Wirklich?« Das ist mir nur so rausgerutscht, aber Elisabeth Hirsekorn hält inne und fängt an zu lachen. Ein schönes, heiseres Lachen.

»Wirklich!«, bekräftigt sie. »Wir brauchen Menschen mit Ideen wie Sie. Als ich den Verlag damals aufgebaut habe, hat keiner an mich und meine Ideen geglaubt, und sehen Sie selbst, wo ich heute bin.« Sie streicht sich zufrieden eine Strähne aus dem Gesicht und lächelt in Bennis Richtung. Benni lächelt zurück.

Okay, der Anfang war gut. Den Teil Alte-Frau-lächelt-jugendlichem-Liebhaber-zu streiche ich lieber aus meinem Gedächtnis. Ich meine, Ashton Kutcher und Demi Moore waren ja schon eklig, wobei ich die Demi durchaus verstehen kann, ich meine, wer hätte an ihrer Stelle nicht zugeschlagen, wenn sich so ein knackiges Jüngelchen einem förmlich an den Hals schmeißt, aber Elisabeth Hirsekorn und Benni?! Ich kriege eine Gänsehaut.

»Julia ...«

Ich zucke ertappt zusammen. Elisabeth Hirsekorns braune Augen scheinen mich zu durchdringen, und ich habe das Gefühl, meine Gedanken stehen mit Leuchtschrift auf meiner Stirn geschrieben. Deshalb spiele ich ja auch kein Poker. Man würde es mir sofort ansehen, wenn ich einen Royal Flush in der Hand hielte. Ich kann ja noch nicht einmal bei UNO ein gerades Gesicht machen!

»Je mehr ich darüber nachdenke, umso besser gefällt mir Julias Vorschlag. Wir haben uns zu lange auf unseren Lorbeeren ausgeruht. Damals waren wir noch innovativ, heute sind wir konservativ. Es wird Zeit, dass wir der *Holiday Dream* ein neues Gesicht verpassen.« Und dann hebt Elisabeth Hirsekorn die Hände und fängt an zu klatschen.

Wie betäubt verlasse ich das Konferenzzimmer. Die vergangene Stunde kommt mir vor wie ein Traum – ein Albtraum. Was hat mich eigentlich da drin geritten? Die Idee mit der Konzeptänderung war spontan und nicht geplant. Mein Kopf raucht von dem ganzen Gerede. Ich soll mir ein Konzept ausdenken! Ausgerechnet ich! Wo ich doch keine Ahnung von solchen Dingen habe! Hilfeeee! Universum!

»Julia!« Mit wenigen Schritten hat Benni mich eingeholt. »Die Nummer, die du eben abgezogen hast, war echt klasse.«

»Das war keine ›Nummer‹«, brumme ich. Er traut mir nicht. Wahrscheinlich hält er mich für oberflächlich, blöd und für eine Lügnerin noch dazu. Meinetwegen.

»Die alte Dame war jedenfalls schwer beeindruckt von dir.«

»Nicht so sehr wie von dir«, schnappe ich zurück. Benni stoppt kurz, geht dann jedoch weiter, ohne auf meine Bemerkung einzugehen.

»Juliaaa!« Emma winkt mir zu. Gefolgt vom Rest des Teams gehen wir zu meinem Büro.

»Glückwunsch, meine Liebe«, Miriam klopft mir zufrieden auf die Schulter. »Ich wusste gleich, als ich Sie eingestellt habe, dass ich von Ihnen Großes erwarten kann.« Vielleicht hätte ich während des Bewerbungsgespräches doch nicht so dick auftragen sollen. »Sie haben Frau Hirsekorn schwer beeindruckt mit Ihrer kleinen Ansprache.«

»Danke, aber noch habe ich nichts getan«, weise ich die Vorschuss-lorbeeren zurück. So langsam wächst mir die Sache über den Kopf. Ich habe noch nie in meinem Leben einen Reisebericht geschrieben, wenn man mal von einem Aufsatz über die Italienreise mit meinen Eltern in der elften Klasse absieht. Oh Mann! Ich muss dringend raus und mir frischen Wind um die Ohren wehen lassen. Was habe ich nur getan? Ich habe keinen Schimmer, wie ich das anstellen soll. Was in Gottes Namen hat mich da geritten? Panik befällt mich, als ich in die erwartungsvollen Gesichter schaue.

»Was hältst du davon, wenn ich dich auf einen Kaffee einlade?« Benni zwinkert mir verschwörerisch zu, während er die Tür zu meinem Büro öffnet.

Habe ich richtig gehört? Ich werfe ihm einen kurzen, prüfenden Blick zu. Er sieht nicht so aus, als würde er mich auf den Arm nehmen. Warum eigentlich nicht, schließlich sind wir Arbeitskollegen?!

»Ja, gerne«, antworte ich mit mehr Freude in der Stimme, als mir lieb ist. »Aber ich suche das Café aus.« Schließlich will ich in der Sache die Oberhand behalten und mich nicht schon wieder als Loser präsentieren.

Er lächelt mich an, und mein Magen antwortet mit einem kleinen Hüpfer.

Als wir in die laue Mittagsluft hinaustreten, fühle ich mich gleich besser und sogar ein bisschen beschwingt. Wir laufen die kleinen Straßen entlang in Richtung Speicherstadt. Um uns herum herrscht geschäftiges Treiben. Touristen, Geschäftsleute, Spaziergänger und Familien wuseln durch die Straßen. Es ist ein herrlicher Tag. Die Sonne scheint einem direkt ins Gemüt, und meine Stimmung steigt mit jedem Schritt, den wir machen.

»So«, sagt Benni. »Freizeit nach Julias Art. Gefällt mir!«

»Ehrlich?« Ich sehe Benni in seine unglaublich braunen Augen.

»Für was für einen Spießer hältst du mich eigentlich, dass du glaubst, mir könnte eine Pause von den Leuten im Büro nicht gefallen?«, fragt er ein bisschen verstimmt.

Ich werfe ihm einen Seitenblick zu. Ja, was halte ich eigentlich von diesem Mann?

Spießer? Wohl kaum! Eher das Gegenteil dürfte der Fall sein. Gigolo, Traummann, Verführer und Betrüger. Erstens sieht er verdammt gut aus, und mit Sicherheit weiß er das auch. Alle gut aussehenden Menschen wissen um ihre Wirkung auf ihre Umwelt. Aber, Aussehen ist ja bekanntlich nicht alles. Wie hat Omi Trude schon immer gesagt: »Kind, auf die inneren Werte kommt es an!« Der Spruch war wahrscheinlich aus der Not heraus geboren, denn Oma Trude hatte ein eher durchschnittliches Aussehen und die Figur eines Ringkämpfers, aber hinter der Fassade verbarg sich die Seele einer Elfe.

Okay, aber was soll man von einem Mann halten, der betrunkene Frauen ausnutzt und ein Verhältnis mit einer 60-Jährigen hat? Also mal ehrlich! Liebe spielt zwischen den beiden mit Sicherheit eine untergeordnete Rolle. Was hat dieser Mann, dass ich mich derart unsicher in seiner Gegenwart fühle und kaum einen geraden Satz herausbekomme? Aber das wird sich ab jetzt ändern!

»Seit wann trägst du eigentlich eine Brille?«

»Äh, ich … schon immer«, behaupte ich selbstbewusst.

»Ist mir vorher gar nicht aufgefallen.« Benni sieht mich prüfend an. »Steht dir.«

»Danke. Vielleicht hast du nur nicht genau hingesehen.« Oh nein, das habe ich jetzt nicht gesagt. Natürlich hatte ich im Zug keine Brille auf.

»Soll das ein Witz sein?«, fragt Benni mit hochgezogener Augenbraue.

»Kontaktlinsen!«

»Wie?«

»Ich trage meistens Kontaktlinsen«, erkläre ich.

»Ach so«, antwortet Benni. »Bist du weit- oder kurzsichtig?«

»Weitsichtig«, antworte ich entschlossen, wobei ich den Unterschied, ehrlich gesagt, bis heute nicht kapiert habe.

»Wohin gehen wir eigentlich?«, wechselt Benni plötzlich das Thema.

»Abwarten«, sage ich und versuche dabei geheimnisvoll zu klingen. Er soll nicht denken, dass er alles über mich weiß. Ein paar kleine

Geheimnisse habe ich doch noch für mich behalten. Katja hat mir so viel von dem schnuckeligen kleinen Café in der Speicherstadt ganz in der Nähe meines Büros erzählt, dass ich das Gefühl habe, schon selbst dort gewesen zu sein.

Leider habe ich ein lausiges Ortsgedächtnis. Das Rotklinkergebäude vor uns kommt mir seltsam bekannt vor. Ist das nicht die gleiche Bäckerei, die wir bereits vor zehn Minuten passiert haben? Bestürzt stelle ich fest, dass wir die Straße jetzt schon zweimal entlanggelaufen sind und noch immer ist kein Café in Sicht. Eigentlich hätten wir schon lange daran vorbeikommen müssen. Plötzlich kommt mir der Verdacht, dass wir uns in der falschen Straße befinden. Da hinten, die Querstraße sieht vielversprechend aus.

»Winziges Fehlerchen!« Ich lächele Benni an und schlage einen Haken in Richtung Querstraße. Schweigend gehen wir ein paar Schritte. Doch auch diese Straße sieht nicht nach Café aus. Scheiße! Warum habe ich nur darauf bestanden, das Café auszusuchen? Ich bin manchmal echt bescheuert!

»Gibt es ein Problem?«, fragt Benni.

»Nein!«, sage ich sofort und strahle ihn an. »Ich habe nur versucht mich zu erinnern, wo genau …«

Ich schaue die Straße hinunter und versuche mich an Katjas Worte zu erinnern. Wo, hat sie gesagt, war das nur gleich? Ich gehe ein paar Schritte entlang des Bürgersteiges und versuche mich zu erinnern. Mein Herz klopft schneller. Ich kann ja schließlich nicht die gesamte Gegend abgrasen, bis ich dieses doofe Café endlich gefunden habe. Was soll's! Ich rufe einfach Katja an! Die kann mir bestimmt sagen, wo ich lang muss. Ich hole mein Handy raus und wähle Katjas Nummer, aber sofort springt ihr Anrufbeantworter an. Ich merke, wie Benni mich beobachtet.

»Julia?«

»Nun ja, ich finde das kleine Cafe nicht, von dem mir Katja erzählt hat«, sage ich verzweifelt, während meine Finger erneut auf mein Handy einhämmern. Wir können schließlich nicht den ganzen Nachmittag ziellos durch die Speicherstadt wandern. Wenn ich mich vor Benni nicht völlig zum Affen machen will, muss ich ein Café finden. Egal wo. Ich lasse meinen Blick über die Häuserfronten schweifen und tue so, als würde ich versuchen mich zu erinnern. Tatsächlich ist mir das Schicksal gnädig und ich entdecke ein kleines Schild mit der Aufschrift »Café« am Ende der Straße.

»Da hinten ist es«, rufe ich aufgeregt und schieße los.

Das muss das trostloseste Café in ganz Hamburg sein. Abgewetzter Linoleumboden, aber nicht wie man ihn in den großen Lofts findet und wo es stilvoll wirkt, sondern eher nach dem Motto: »Putzen ist etwas für Anfänger.« Die Wände sind abgeblättert. Rauchschwaden wabern durch den Raum, hinter denen sich einige dubiose Gestalten verbergen. Hier kann ich unmöglich meinen Kaffee mit Benni trinken.

»Gut«, sage ich und lasse die Tür hinter mir wieder zufallen. »Das scheint es nicht gewesen zu sein. Überlegen wir noch mal.« Ich schaue schnell die Straße rauf und runter, aber außer der Spelunke ist kein einziger Laden zu entdecken.

»Julia«, sagte Benni vorsichtig. »Das macht doch nichts, schließlich bist du neu in Hamburg. Soll ich uns …«

»Nein.« Ich zucke zusammen, als hätte mich etwas gepiekst. »Ich habe gesagt, dass ich ein Café kenne, und das tue ich auch. Ich muss es nur finden. Ich weiß genau, dass es hier irgendwo ist.« Ich bin eine erwachsene, selbstbewusste Frau und habe die Situation voll im Griff. Ich schiele auf meine Uhr und stelle entsetzt fest, dass es schon viertel nach drei ist. Wir haben jetzt schon fast eine dreiviertel Stunde vertrödelt und keine Sekunde davon gesessen, geschweige denn Kaffee getrunken. Und ich bin schuld. Ich kann einfach nichts organisieren, ohne dass es in die Hose geht. Meine Güte und ich soll der *Holiday Dream* ein neues Gesicht geben?! Plötzlich wird mir ganz schlecht, und ich würde am liebsten in Tränen ausbrechen.

»Wo soll denn das Café sein?«, fragt Benni.

»Na hier«, antworte ich matt. »Irgendwo in der Speicherstadt. Als Katja mir den Weg erklärt hat, klang es ganz einfach.« Mir schießen die Tränen in die Augen.

»Weißt du was«, fängt Benni an. »Wie wäre es, ich führe uns dies-mal in mein Café, und das nächste Mal gehen wir in das Café von deiner Freundin Katja. Einverstanden?«

Er sieht mich mit seinen braunen Augen an, und ich habe das Ge-fühl, darin zu versinken.

»Einverstanden!«, antworte ich schwach. Benni lächelt mich zufrie-den an.

Das Café, das Benni für uns ausgesucht hat, ist zugegebenermaßen sehr schön. Natürlich ist es nicht so schnuckelig wie das von Katja, aber wenigstens hat Benni es auf Anhieb gefunden.

Der Kellner bringt zwei Latte Macchiato. Ich umklammere den Be-cher wie eine Ertrinkende. Nach dem ganzen Hin-und Hergelaufe bin ich völlig erschöpft.

»Na dann.« Ich nehme einen Schluck aus dem Becher, und es schmeckt einfach himmlisch.

»Gut?«

»Herrlich. Genau das Richtige«, antworte ich wahrheitsgemäß und nehme einen weiteren Schluck. »Noch zwei Minuten länger und ich wäre zusammengebrochen.«

Benni sieht mich mit einem Gewinnerlächeln an. Was der kann, kann ich auch. Katja und ich haben uns gestern zusammen im Fern-sehen eine Dating-Show angesehen. Ich weiß, wie das läuft. Ich weiß alles über Körpersprache, Blicke und Flirten. Ich nehme eine betont lässige Haltung ein, indem ich mich leicht vornüberbeuge und scheinbar spielerisch mit dem Zeigefinger über meine Lippen fahre.

»Alles okay mit dir?«

»Hey, ich sitze hier mit Mr Loverboy persönlich und trinke einen ge-radezu göttlichen Kaffee. Was kann da nicht okay sein?« Oh Gott, war ich das, die gerade diesen absolut peinlichen Satz gesagt hat? Dabei wollte ich einfach nur selbstbewusst und witzig klingen. Benni sieht mich an wie ein Alien.

»Äh, ich meine natürlich«, stottere ich weiter. »du siehst echt klasse aus … deine Augen sind toll … und der Kaffee ist super …« Du meine Güte! Julia, halt endlich die Klappe.

Benni schnüffelt misstrauisch an seinem Kaffee und sieht dann wieder zu mir. »Haben sie dir was in den Kaffee getan?«

»Nein.« Ich stocke für einen Moment. Der Kerl ist ganz schön frech. »Was ich meine … es ist absolut super, mit dir hier zu sitzen.« Wenigstens habe ich nicht gestottert.

Benni setzt seinen Becher wieder ab und vertieft sein Dauerlächeln noch ein wenig und sagt: »Jetzt erzähl doch mal. Warum tauchst du plötzlich bei der *Holiday Dream* auf? Was ist passiert? Wo wohnst du jetzt? Das letzte Mal, als ich mit dir etwas getrunken habe, bist du vor deinem Verlobten weggelaufen und wusstest nicht, was du machen solltest.« Er zwinkert mir zu.

Das ist ja eine ganz neue Masche an Benni, einen auf Frauenversteher zu machen. Da kann ich mithalten! Ich streiche mir lasziv eine Haarsträhne aus der Stirn. Dann höre ich mich mit erstaunlich tiefer Stimme sagen:

»Das wird dann aber eine lange Kaffeepause, Benjamin.« Ich versuche seinen Namen so auszusprechen, als würde es sich dabei um eine zartschmelzende Schokolade handeln.

»Ich habe viel Zeit«, sagt Benni fröhlich. Und dann: »Du kannst ruhig bei ›Benni‹ bleiben.«

Wie blöd von ihm. Damit hat er die ganze Stimmung kaputt gemacht. »Nein danke, ›Benjamin‹ gefällt mir besser. Wir sind doch schließlich erwachsen.« War ich das? Sprach meine Stimme gerade diesen überaus lässigen, aber absolut dämlichen Satz?

Benni sieht mich genauso überrascht an, wie ich mich fühle. »Nachdem wir das geklärt haben, Julia – ich darf dich doch Julia nennen? –«, er schmunzelt, »könntest du mir doch sagen, was in der Zwischenzeit, seit unserer gemeinsamen Zugfahrt, alles passiert ist.«

Mit einem Schlag werden mir wieder alle Dinge bewusst, die ich ihm im Zug anvertraut habe. Scheiße! Wie soll ich dabei locker bleiben und meinen Kaffee trinken, als wäre nie etwas gewesen?

»Ich bin zu Katja gezogen und habe mir eine Stelle gesucht, nachdem ich meinen alten Job gekündigt habe. Miriam hat mich eingestellt ... end of story.« Boaaah, bin ich cool. Ganz die neue Julia. Ich nehme noch einen Schluck Kaffee. Meine Nase kitzelt ein bisschen. Das habe ich immer, wenn ich nervös bin.

Benni atmet tief ein und lächelt. »Du hast da etwas Schaum am Kinn.« Als er es wegwischen will, treffen sich unsere Blicke. Langsam beugt er sich zu mir.

Ach du lieber Gott. Das ist, das ist jetzt wirklich ... er will mich doch nicht etwa ... küssen???

Hatschiiii!

Erschrocken springen wir beide auf und dabei stoße ich zu allem Überfluss das Geschirr vom Tisch. Wenigstens war der Becher leer, sodass lediglich das Porzellan zu Bruch geht.

»Du hast wirklich ein klasse Timing«, murmelt Benni.

Mit den Füßen schiebe ich die Scherben zusammen. Die Stimmung ist natürlich voll im Eimer. Na toll! Ich habe mich mal wieder zum Vollhorst gemacht. Benni will mich küssen, und ich niese. Wenigstens habe ich mich dieses Mal nicht übergeben. Die Kellnerin kommt mit einem Kehrbesen bewaffnet an unseren Tisch.

»Entschuldigung. Niesanfall«, stottere ich und deute mit dem Finger auf meine Nase.

»Schon gut«, winkt die Kellnerin ab. Mürrisch entfernt sie die verräterischen Spuren meines Missgeschicks. Na, damit wäre mein Ruf als Volltrottel der Nation wohl offiziell. Als sie geht, wirft sie Benni noch einen verführerischen Blick zu, soweit das geht, wenn man schmale Lippen und ein Gesicht wie ein Pfannkuchen hat. Aber das ist meine persönliche Meinung. Benni lächelt zurück.

»Möchtest du noch einen Kaffee?«, fragt Benni.

»Ist schon okay. Ich muss sowieso wieder ins Büro«, murmele ich achselzuckend. Was soll ich auch sonst sagen? Aber innerlich bin ich total verwirrt. Ich versuche, mir nichts anmerken zu lassen. Warum wollte er mich küssen? Oder noch besser: Warum wollte ich, dass er mich küsst?

Als ich zurückkomme, liegt ein Zettel auf meinem Schreibtisch.

Hoffentlich war Ihr kleiner Ausflug produktiv. Ich erwarte noch vor dem Wochenende erste Ergebnisse. Elisabeth Hirsekorn.

Mist! Das hat mir gerade noch gefehlt. Erst die Sache mit Benni und jetzt auch noch das. Die Frau denkt bestimmt, ich nehme meine Arbeit nicht ernst. Die Tür zu meinem Büro fliegt auf.

»Da bist du ja endlich!« Emma sieht mich mit vorwurfsvoller Miene an. »Die Hirsekorn war da und wollte dich sprechen.«

»Habe ich bereits gemerkt. Was hast du ihr gesagt? War sie sauer auf mich?«

»Nee«, Emma schüttelt den Kopf, »ich habe ihr erzählt, dass du kurz aus Recherchegründen los bist.«

»Danke, du bist ein Schatz.« Erleichtert lasse ich mich auf meinen Stuhl fallen.

»Kein Thema«, winkt Emma ab. »Das Ganze kostet dich nur einen Smoothie!«

»Geht klar!«, lache ich. Die Smoothie-Bezahlungsmethode hat sich als probates Mittel herausgestellt, um sich Emmas bedingungslose Loyalität zu sichern. Ich finde es völlig in Ordnung, da Emma immer mitdenkt und mir schon mehr als einmal hilfreiche Tipps gegeben hat.

»Und, hast du schon eine Idee, über was du schreiben willst?« Ich schüttele den Kopf. »Ich habe dir ein paar aktuelle Ausgaben der Konkurrenz besorgt. Vielleicht bringt dich das auf einen Gedanken.« Sie verschwindet für einen Moment, um kurze Zeit später mit einem Stoß Zeitschriften zurückzukehren. Die gute Seele!

Mit einem lauten Knall landen die Zeitschriften auf meinem Schreibtisch. Ich starre stumpf auf den Stapel. Benni will mir einfach nicht aus dem Kopf. Warum wollte er mich küssen, wo er doch offensichtlich ein Verhältnis mit der Hirsekorn hat? Wie sonst soll ich mir die Vertrautheit zwischen den beiden erklären? Augenblicklich fällt mir Johann dabei ein. Der war ja auch mit mir zusammen und hatte gleichzeitig ein Verhältnis mit Titten-Annette. Sind denn alle Männer so? Oder liegt es an mir? Irgendwie ziehe ich immer die falschen Männer an. Ich bin so eine Art Licht, das Männer wie Motten anzieht. Schmetterlinge wären mir lieber!

Ich bin nämlich ganz anders gestrickt. Immer wenn ich mir in meinem bisherigen Leben vorgenommen habe, mal mutig zu sein und einen One-Night-Stand zu wagen, habe ich mich in den Kerl verliebt. Und ehe ich mich versah, war ich mit dem Typen zusammen. Ich glaube, Männer sind in dieser Hinsicht sowieso viel anspruchsloser als Frauen. Wir Frauen suchen in einem Mann doch immer den potenziellen Versorger und Vater unserer ungeborenen Kinder. Männer hingegen versuchen ihr genetisches Erbgut so oft wie möglich unter die Menschen zu bringen und dabei auch noch ihren Spaß zu haben. Diese These ist nicht auf meinem Mist gewachsen. Das ist wissenschaftlich belegt.

»Alles okay mit dir?«, holt mich Emmas Stimme aus meinen Gedanken.

»Jaja«, winke ich ab. »Du, sag mal, was weißt du eigentlich über Benjamin Wagner?«

Emma zuckt mit den Schultern. »Eigentlich nicht viel. Er ist vor zwei Monaten plötzlich hier aufgetaucht und hat sich in der Abteilung als der neue Fotograf vorgestellt. Miriam hält große Stücke auf ihn.«

»Und die Hirsekorn?«

»Wie meinst du das?«

»Na ja, du weißt schon … Läuft da was zwischen den beiden?«

»Woher soll ich das wissen?« Emma sieht mich erstaunt an. »Überhaupt, wie kommst du nur darauf?« Sie macht einen angeekelten Gesichtsausdruck. »Die Frau könnte seine Mutter sein.«

»War ja nur so ein Gedanke, weil sie ihn im Meeting immer so komisch angesehen hat.«

»Findest du? Ist mir gar nicht aufgefallen. Warum interessierst du dich eigentlich so für Benni?« Emma mustert mich misstrauisch.

»Ach, ich bin einfach nur neugierig.« Ich versuche gleichgültig zu klingen. In Wahrheit brenne ich darauf, mehr über ihn zu erfahren.

»Ist ein ziemlicher Frauenheld, der Typ«, brummt Emma.

»Echt? Woher weißt du?« Ich ziehe anklagend eine Augenbraue nach oben.

Emma zuckt mit den Achseln. »Ach, nur so eine Vermutung. Seine Assistentin hat mir …«

»Wie bitte?«, unterbreche ich Emma angesichts der Neuigkeiten. »Benni hat eine Assistentin?« Jetzt bin ich ernsthaft verwirrt. Ich arbeite nun schon seit knapp zwei Wochen bei *Holiday Dream* und weiß eigentlich nichts über seine Assistentin. Jedenfalls hat er sie mir gegenüber mit keinem Wort erwähnt. Warum eigentlich nicht?

»Na ja«, gibt Emma vorsichtig zu, »ich denke, sie ist seine Assistentin. Jedenfalls ist sie immer in seinem Studio zu erreichen.« Okay, jetzt bin ich verwirrt. Benni hat eine persönliche Assistentin und ein eigenes Studio? Wie bitte?

»Du weißt nicht zufällig, wie seine Assistentin heißt?«, frage ich beiläufig.

»Doch, klar.« Emma stürzt eifrig zu ihrem Schreibtisch, um kurz darauf wedelnd mit einem Zettel in der Hand wieder aufzutauchen. »Hier. Ihr Name ist Laura Bilen. Das Büro ist gleich im zehnten Stock.«

»Hier im Gebäude?«, frage ich ungläubig. Emma nickt.

Sofort weiß ich, was zu tun ist. Ich muss diese Laura sprechen. Wenn jemand mehr über Benjamin Wagner weiß, dann diese Frau. Entschlossen stehe ich auf.

Tatsächlich! Auf der Eingangstür steht es deutlich in klarer Schrift geschrieben: *Benjamin Wagner Fotografie.*

Ich spähe vorsichtig nach rechts und links den Gang entlang. Keine Menschenseele weit und breit. Ich presse mein Ohr gegen die Tür. Totenstille. Ob ich … soll ich … nur mal kurz?! Wie einem inneren Zwang folgend, drücke ich die Klinke nach unten und trete ein.

Zu meiner Überraschung erwartet mich anstatt eines Büros ein großer, lichtdurchfluteter Raum ohne Schreibtisch. An den Wänden hängen überdimensional große Fotografien. Interessiert trete ich näher und betrachte eines der Bilder. Wunderschön und sehr ausdrucksstark. Das leichte Blau des Himmels ist die einzige Farbe in der sonst einfarbigen Fotografie und intensiviert so den Ausdruck des Bildes. Ich bin ernsthaft beeindruckt.

»Kann ich etwas für Sie tun?«, schreckt mich eine leicht rauchig klingende Stimme aus meiner Betrachtung. Hastig drehe ich mich um.

Vor mir steht eine junge Frau, die mich mit ihrem Kurzhaarschnitt und den ausdrucksvollen Rehaugen an die Schauspielerin Emma Watson erinnert. Sie ist schlank wie eine Gerte. Ich schätze sie auf Mitte 20. Ihre Kleidung ist eher leger. Wie eine Assistentin sieht sie nicht gerade aus, eher wie eine Kunststudentin im ersten Semester.

»Tja, äh … die Tür stand offen und ich habe durch Zufall eines der Bilder an der Wand gesehen … «, lüge ich. »Tolle Fotografien! Haben Sie die gemacht?« Schön locker bleiben.

Sie schüttelt den Kopf. »Nein, das sind Arbeiten von Benjamin Wagner. Das hier ist sein Studio.« Ein verklärtes Lächeln huscht über ihr Gesicht. Mist, die Frau ist völlig verknallt in Benni. »Aber kann ich Ihnen weiterhelfen?«, fährt sie fort.

»Äh, wie gesagt, eigentlich wollte ich etwas kopieren,« Ich deute auf ein paar Papiere in meiner Hand, »aber dann habe ich das Bild gesehen und wollte es mir unbedingt aus der Nähe ansehen.« Laura nickt verständnisvoll. »Die Tür stand offen, deshalb bin ich einfach reingegangen. Bitte verzeihen Sie.«

»Kein Problem. Ben ist zur Zeit leider nicht im Atelier, aber wenn es Sie interessiert, führe ich Sie herum. Einige seiner besten Werke hängen weiter hinten.«

»Das wäre wirklich klasse!« Ich strahle sie an. Der erste Schritt zur gemeinsamen Verbrüderung wäre gemacht. Wir werden Freundinnen, ich kann es spüren. »Aber nur, wenn es Ihnen keine Umstände bereitet.«

»Kein Problem«, winkt sie ab. »Heute ist es relativ ruhig.« Sie deutet auf das Telefon in der Nähe des Eingangs. »Interessieren Sie sich für Fotografie oder fotografieren Sie selbst?«, fragt sie mich.

Ich stocke, meine grauen Zellen arbeiten auf Hochtouren. Soll ich ihr die Wahrheit sagen oder ihr eine kleine Lüge auftischen? Ich entscheide mich für die Wahrheit.

»Nein, weder noch. Um ehrlich zu sein, arbeite ich im 14. Stock für das Reisemagazin *Holiday Dream*.«

»Aber dann müssen sie Ben doch kennen! Er arbeitet als freier Fotograf für die Zeitschrift. Groß, sportlich, die unglaublichsten braunen Augen, die sie jemals gesehen haben!«

»Ach, natürlich! Benjamin!« Ich schlage mir mit der flachen Hand gegen die Stirn. »Wie konnte ich nur so doof sein.« Ich muss sagen, meine schauspielerische Leistung hätte einen Oscar verdient. »Klar kenne ich den. Ist ja auch schwer, einen solchen Mann zu übersehen.«

Laura mustert mich nachdenklich. »Aber warum kommen Sie in den zehnten Stock, um Kopien zu machen? Soweit ich weiß, haben die bei *Holiday Dream* mehrere Kopierer.«

Mist! Jetzt nur schnell reden. »Ja, stimmt. Aber bei uns herrscht kompletter Stromausfall. Nichts geht mehr, und da dachte ich mir, ich gehe mal in eines der anderen Stockwerke und schaue nach, ob da vielleicht ein Kopierer steht, den ich benutzen kann.«

Die sorgfältig gezupfte Augenbraue von Bennis Assistentin schnellt nach oben.

»Sind Sie etwa die neue Kollegin aus der Redaktion?«

Ich nicke fröhlich.

»Genau die, Julia Löhmer.« Und reiche ihr die Hand.

»Okay, das erklärt einiges«, antwortet Laura und wirkt ein wenig überrascht.

»Aber Sie haben mir noch gar nicht gesagt, wer Sie sind«, nehme ich das Zepter zurück in die Hand.

»Laura Bilen«, stellt sie sich vor und lächelt mich dabei an. »Seine persönliche Assistentin. Na ja, eigentlich bin ich eher so etwas wie eine Freundin, die ihm hilft, wenn er selber keine Zeit hat.«

»Ich wusste gar nicht, dass Benjamin ein eigenes Fotostudio hat. Ich dachte, Benjamin arbeitet ausschließlich als freier Fotograf für die verschiedenen Zeitschriften.«

Laura nickt. »Das Studio hier ist auch relativ neu. War so 'ne Art Glücksfall, als ihm die Hirsekorn die Räume angeboten hat.«

»Ach was, das Studio gehört Elisabeth Hirsekorn?!« Die Erkenntnis trifft mich wie ein Schlag. Laura nickt. »Der Familie Hirsekorn gehört alles hier.«

Also ist es, wie ich vermutet habe. Benni und die Hirsekorn haben ein Verhältnis miteinander und damit er immer schön in ihrer Nähe ist, hat sie ihm das Studio gegeben. Benni ist ein waschechter Gigolo.

Wie Richard Gere in *Ein Mann für gewisse Stunden*. Aber Richard Gere durfte wenigstens Lauren Hutton lieben! Ich meine, wir reden hier von Elisabeth Hirsekorn, der grauhaarigen Eisernen Lady. Mir wird schlecht bei dem Gedanken, und meine Beine fühlen sich an wie aus Pudding. Ich muss mich kurz gegen die Wand lehnen, um nicht das Gleichgewicht zu verlieren.

»Alles in Ordnung mit Ihnen?« Laura sieht mich besorgt an.

»Jaja.« winke ich matt ab. »Kreislaufprobleme.«

»Ach so«, sagt Laura leichthin. »Möchten Sie ein Glas Wasser?«

Tatsächlich ist mein Mund trocken wie die Wüste Gobi, wobei mir ein Glas Schnaps jetzt lieber wäre. »Danke, das wäre toll.«

8. Julias Facebook-Status: Braucht dringend eine Haarwäsche.

Liebelein, es geht doch nichts über eine entspannende Haarwäsche, wenn man sich in einer Krise befindet. Stimmt's?« Harald nippt an seinem Prosecco-Glas und wirft Robin einen schmachtenden Blick zu. Robin wäscht meine Haare, als müsste ich morgen für eine Woche ins *Dschungelcamp*. Ich habe diese Show des Grauens zusammen mit Katja verfolgt, und wir sind uns einig, dass es im deutschen Fernsehen nichts Schrecklicheres gibt. Eine Ansammlung von Möchtegernstars und alternden, ehemaligen Sternchen, die meinen, sie müssten dem Publikum beweisen, wie toll sie sind, indem sie Känguruhhoden essen oder vor der Kamera nackt duschen, sodass man ihren Hängehintern in Großaufnahme bewundern kann. Ich meine, wer will so etwas sehen? Ich jedenfalls nicht! Die müssen Dirk Bach richtig viel Geld zahlen, dass er bei so einem Scheiß mitmacht.

»Und sie hat dir tatsächlich erzählt, dass dein Benni das Studio von der Alten bekommen hat?«

»Er ist nicht ›mein Benni‹«, blinzle ich einen Tropfen Wasser aus meinen Augen. »So ähnlich. Sie meinte, die alte Hirsekorn hätte ihm das Studio angeboten.«

»Na ja, das heißt noch lange nicht, dass sie es ihm geschenkt hat«, wirft Katja ein.

»Glaub mir, Liebelein«, schaltet sich Harald ein, »natürlich hat sie ihm das Studio geschenkt. Hat sie mal letztlich die Preise für Mietobjekte in guter Lage gesehen? Keiner würde ein solches Angebot ablehnen.«

»Und warum wollte er dann Julia küssen?«, fragt Katja.

»Weil er ein Mann mit gesunden Trieben ist«, erklärt Harald fröhlich.

Ich spüre, wie die Hitze heiß in mein Gesicht aufsteigt. »Eigentlich weiß ich nicht wirklich, ob er mich küssen wollte. Es sah nur für einen Moment so aus. Schließlich musste ich im entscheidenden Augenblick niesen, und dabei ist mein Becher zu Boden gegangen.«

Katja kichert. »Typisch du!«

»Warum?«

»Liebelein, sie ist eben wie sie ist …« Mein »Krisenteam«, wie sich Harald und Katja nennen, prostet mir zu.

Ich habe klatschnasse Haare und auch ein Glas mit *Holunderküss-chen* in der Hand. Allerdings ist mein Glas – im Gegensatz zu den Gläsern der beiden – bereits zum zweiten Mal leer. Ich brauche Alkohol … viel Alkohol nach dem Schockerlebnis von heute Mittag mit Benni.

»Vielleicht, weil du schon immer so warst«, überlegt Katja.

»Sehr hilfreich. Jetzt geht es mir gleich besser.«

»Ich kann mich an viele unangenehme Momente in deinem Leben erinnern, wo du *und* ich vergeblich auf die sich gnädige auftuende Erdspalte gehofft haben.« Katja kichert.

»Du wärst nicht Julia, würden dir nicht all diese Dinge passieren«, verteidigt mich meine beste Freundin standhaft. »Gerade das macht dich ja so liebenswert.«

Harald nickt zustimmend. »Liebelein, gerade die Menschen mit kleinen Fehlern sind die sympathischsten.« Er lächelt mich wissend an und streicht sich dabei theatralisch mit seinen Wurstfingern und den unzähligen Ringen über sein Kinnbärtchen.

»Wenn es danach ginge, müsste ich der sympathischste Mensch im ganzen verdammten Universum sein«, brumme ich.

»Bist du ja auch und noch dazu meine beste Freundin!« Katja steht auf und umarmt mich. Vor Rührung schießen mir direkt die Tränen in die Augen. Meine Güte, ich bin dieser Tage aber auch nah am Wasser gebaut! Robin scheint von unseren Gefühlsbekundungen in seiner Gegenwart nicht so begeistert zu sein. Jedenfalls unterbricht er unsere Umarmung abrupt, indem er den Wasserhahn aufdreht und demonstrativ damit beginnt, meine Haare vom Shampoo zu befreien.

»Stößchen, meine Lieben. Darauf muss der kleine Harald noch ein Schlückchen trinken.«

Als ich mein Glas hebe, was auf dem Friseurstuhl liegend und während Robins Dauermassage gar nicht so leicht ist, sehe ich, wie sich Harald verlegen eine Träne wegwischt. Ich kenne keinen Mann, der gefühlvoller als Harald ist. Der normale, deutsche Mann ist doch die ganze Zeit damit beschäftigt, so cool wie möglich zu wirken. Da passen spontane Gefühlsausbrüche nicht ins Bild. Wobei, wenn ich ehrlich bin, würde es mich auch irritieren, wenn der Mann an meiner Seite bei jeder Kleinigkeit anfangen würde zu heulen. Aber ein bisschen mehr Gefühl dürften die Herren manchmal schon an den Tag legen. Eine Mischung aus Harald und George Clooney wäre die optimale Kombination.

»Und was hast du jetzt vor?«, fragt Katja.

»Was meinst du?« Ich habe den Faden völlig verloren.

»Na, mit Benni?«

Ich zucke mit den Schultern. »Keine Ahnung. Außerdem kann mir der Kerl egal sein, schließlich trauere ich noch um Johann. Schon vergessen?«

»Ach Johann. Ich dachte das Thema ist durch. Johann hat dich wochenlang mit dieser Annette betrogen! Und wenn das nicht in deinen Kopf will, dann vielleicht die Tatsache, dass du bereits am gleichen Tag, als du mit Johann Schluss gemacht hast, mit einem anderen Mann die Nacht verbracht hast. Also bitte, sieh der Realität ins Auge!«

»Das ist nicht fair. Schließlich war ich betrunken und unglücklich. Das zählt nicht«, schmolle ich. »Außerdem weiß ich ja gar nicht, ob überhaupt etwas zwischen uns gelaufen ist.«

»Ach Göttle, wie aufregend«, gurrt Harald. »Warum passiert mir nie so etwas! Wenn ich mir vorstelle, ein fremder, gutaussehender Mann würde mit mir das Abteil teilen und ich wäre noch dazu betrunken … Also ich könnte für nichts mehr garantieren.« Harald wiehert wie ein Pferd.

»Danke, Harald, das war sehr hilfreich«, schaltet sich Katja ein. »Außerdem, was nützt dir der ganze wilde Sex, wenn du dich am nächsten Tag an nichts erinnern kannst?«

»Aber ich kann es mir wenigstens vorstellen«, widerspricht Harald.

»Das kannst du auch so. Dazu brauchst du nicht eine Nacht im Zug mit Filmriss«, kontert Katja. Mir wird heiß und kalt bei dem Gedanken an jene Nacht im Zug.

»Also Liebelein«, räuspert sich Harald, nachdem er seine Fassung wiedergewonnen hat. »Wenn ich ihr als Mann – sozusagen als Fachmann – einen guten Rat geben darf, dann sollte sie sich interessant machen.« Ich sehe, wie Katja die Augen verdreht.

»Wenn sie etwas von dem Kerl will, sollte sie ihn unbedingt im Ungewissen darüber lassen, an was sie sich noch erinnert und ob sie eine Fortsetzung wünscht. Sie sollte ihn an der langen Leine zappeln lassen. Männer wollen eine Frau erobern. Das ist so eine Art Urinstinkt, der dann durchkommt. Ich sage nur: Jäger und Sammler!« Harald bläst sich derart auf, dass sein Hemd über der Brust zu spannen beginnt. Noch ein paar Millimeter und mir fliegen seine Hemdknöpfe um die Ohren.

»Ausatmen!« ermahne ich ihn, als seine Gesichtsfarbe in ein unnatürliches Rot wechselt. Mit einem lauten Zischen entweicht die Luft. Robin ist endlich fertig und wickelt mir gekonnt ein Handtuch um den Kopf.

»Und, wie ist die weitere Vorgehensweise?« Katja sieht mich erwartungsvoll an.

Ich zucke mit den Schultern. »Keine Ahnung. Außerdem hat Miriam die Präsentation für übermorgen angesetzt, und ich habe nicht die leiseste Ahnung, worüber ich schreiben soll.«

»Armes Pumbi. Liebeskummer und Präsentation. Darauf sollten wir noch einen Schluck trinken.« Sie hebt ihr Glas.

Ich wache auf und muss feststellen, dass ich nicht geträumt habe. Zumindest der Teil in meinem Traum, als ich das Gefühl hatte zu verdursten. Mein Mund ist trocken, auf der Zunge ist über Nacht ein Pelz gewachsen, und zu allem Übel sehe ich meine Umwelt nur verschwommen. Neben mir vibriert mein Handy zornig. Ich blinzele mit meinen vertrockneten Augen auf das Display, in der Hoffnung wenigstens den Namen des Anrufers erkennen zu können. Fehlanzeige.

»Ja, ja, ja«, murre ich und klappe das Handy auf.

»Hallo?« Meine Stimme klingt mehr wie eine altersschwache Krähe.

»Hallo, ich bin's.« Vor Schreck fällt mir fast das Handy aus der Hand.

Johann!

Ich bemühe mich, lässig bis nachlässig zu klingen. Johann soll schließlich nicht merken, dass mir das Herz bis zum Hals schlägt und sich meine Beine wie Wackelpudding anfühlen.

»Julia, ich versuche seit einer Woche dich zu erreichen«, quengelt Johann mit vorwurfsvollem Unterton.

Gut so, denke ich. Das ist Juniorchef Johann Eugen Hartmann bisher wohl noch nicht passiert. Jetzt schön cool bleiben. Vielleicht hätte ich mich schon viel früher mal rar machen sollen, anstatt immer gleich »Gewehr bei Fuß« zu stehen.

»Du, ich war total beschäftigt.«

Das ist noch nicht einmal gelogen. So viel wie in den letzten Tagen hatte ich noch nie zu tun.

»Womit?« Er klingt ungläubig, so als gäbe es für mich keine Beschäftigung, wenn er nicht in meiner Nähe ist.

»Ich arbeite jetzt bei einer Zeitschrift und bin für deren nächste Ausgabe verantwortlich.«

»Bitte? Du hast einen neuen Job? Wo denn?«

»*Holiday Dream*. Was hast du erwartet? Dass ich bei Katja sitze und darauf warte, dass du dich bei mir meldest?« Schweigen.

»Du wohnst also bei Katja?« Ich merke, dass Johann jetzt ernsthaft verwirrt ist.

»Ja. Eigentlich wollte ich mir eine eigene Wohnung suchen, aber Katja schläft meistens bei Sergej, und dann habe ich die Wohnung ganz für mich alleine.«

»Wer ist Sergej?« Misstrauen schwingt in Johanns Stimme mit.

»Katjas neuer Freund. Weißt du, Sergej besitzt mehrere Firmen und lässt sich bei *Blohm + Voss* gerade seine neue Luxusjacht bauen. Im Übrigen kann ich auch nicht mehr lange telefonieren, da ich gleich mit Katja und Sergej im Hotel Atlantik verabredet bin.«

»Gehst du alleine?«

Ich kann mich nicht daran erinnern, dass mir Johann – abgesehen von unserer ersten Begegnung – jemals so viele Fragen in Folge gestellt hat. Normalerweise werden meine Erzählungen eher durch

Grunzlaute kommentiert und gelegentlich wird ein »Tatsächlich« eingestreut.

»Nein.«

Schweigen.

»Und, wie geht es dir?«, frage ich fröhlich.

»Gut«, kommt die zögerliche Antwort. »Ich arbeite viel.«

In diesem Moment höre ich im Hintergrund die Haustürklingel.

»Erwartest du Besuch?«, frage ich.

»Wieso?«

»Es hat geklingelt.«

»Ach, derjenige kann warten.« Aus seinem Tonfall entnehme ich, dass Johann genau weiß, wer jetzt vor der Tür steht. Und ich weiß es auch.

Es klingelt erneut, diesmal energischer als das erste Mal.

»Du, ich muss auch los. Schön, dass es dir gut geht. Pass auf dich auf, ja?« Ich will einhängen.

»Julia …«

»Ja?« Mein Herz klopft wie das eines Marathonläufers nach dem Rennen. Ich fürchte, jeden Moment ohnmächtig zu werden.

»Ach, nichts.« Im Hintergrund klingelt es ohne Unterbrechung.

»Gut, dann tschüss.« Ich lege auf. Und nun?

Ich starre auf meinen Laptop. Genauer gesagt, sehe ich mir die Bilder darauf an.

… Johann, wie er mir mit einem leichten Glimmer in den Augen zuprostet.

… Johann, wie er sich eine Zigarre anzündet.

… Johann, zusammen mit seinem Vater.

… Johann und ich auf der Skihütte. (Die Aufnahme ist leicht verwackelt, da wir schon die vierte Runde Apfelkorn hinter uns hatten.)

… Johann, stolz in seinem neuen Auto.

Es ist erst drei Wochen her und trotzdem habe ich das Gefühl, eine Ewigkeit sei seitdem vergangen. Bilder, stumme Zeugen einer glücklichen Zeit.

Wie konnte ich nur so naiv und blöd sein zu glauben, in meiner Beziehung sei alles in Ordnung? Wobei? Selbst im Nachhinein gab es keinerlei Anzeichen für einen Betrug.

Oder doch?

Lange Meetings im Büro? Sein plötzliches Interesse für Sport? Eigentlich hätte ich spätestens da misstrauisch werden müssen, als sich Johann in dem angesagtesten Fitnesscenter von Freiburg angemeldet hat. Aber ich dachte wirklich, er will etwas für seine Gesundheit tun. Zumal ihm Dr. Wegener, sein ehemaliger Kinderarzt, zu mehr Bewegung geraten hat. Oder war das auch alles Teil des Plans, damit er und Titten-Annette mehr Zeit miteinander verbringen konnten?

Ich finde, Misstrauen hat in einer intakten Beziehung nichts verloren. Das ist, wie wenn Eheleute schon vor der Hochzeit einen Ehevertrag abschließen. Da kann man ja gleich die bevorstehende Scheidung schon mal vorsichtshalber mit durchsprechen. Nein, ich würde niemals einen Ehevertrag gutheißen. Das käme mir wie ein Verrat an der Liebe vor. Ich heirate doch nicht mit dem Hintergedanken, dass ich mich vielleicht wieder scheiden lassen könnte. Wenn ich eine Ehe eingehe, dann ist es für die Ewigkeit. Die Kirche sieht das ja ein bisschen anders: »Bis dass der Tod euch scheidet.« Wohin dieser Satz geführt hat, weiß man spätestens seit König Heinrich VIII., der seine Frauen einfach zum Tode verurteilen ließ, wenn ihm nach einer neuen Frau gelüstete.

Das Telefon klingelt erneut. Meine Mutter. Das hat mir gerade noch gefehlt! Aber wenn ich nicht abnehme, wird sie das Telefon die nächsten zwei Stunden klingeln lassen.

»Hallo, Mama.«

»Julia. Was bist du nur für ein undankbares Kind«, platzt sie gleich heraus.

»Bitte?«

»Ich habe gerade mit Johann gesprochen, und der klang überhaupt nicht glücklich. Er sagt, du hättest am Telefon so distanziert geklungen.«

»Kein Wunder, wenn im Hintergrund Titten-Annette zu Besuch kommt.«

»Julia, was ist denn das für eine Ausdrucksweise?! Schließlich ist Frau Annette Gerber deine Kollegin und da …«

»Gewesen«, unterbreche ich sie.

»Ach, jetzt sei doch nicht so kleinlich.«

»Ich bin nicht kleinlich, es ist eine Tatsache, dass diese Frau nicht mehr meine Kollegin ist! Erstens arbeite ich nicht mehr bei *Hartmann & Sohn,* und zweitens ist sie der Grund, warum Johann und ich nicht mehr zusammen sind. Das letzte Mal, als ich sie gesehen habe, war sie nackt! Da kann einem schon mal der Respekt flöten gehen.«

»Aber du sollst vorausschauend denken und nicht so negativ! Wenn du so weitermachst, wird das nie was mit euch werden.« Das ist nun wieder typisch!

»Mama, du bist meine Mutter und nicht die von Johann. Du solltest auf meiner Seite stehen und nicht Johann verteidigen!«

»Aber Süße, so ist das doch gar nicht gemeint. Ich will doch nur dein Bestes. Schließlich ist Johann der zukünftige Chef von *Hartmann & Sohn.* Eine bessere Partie wirst du in ganz Freiburg nicht finden.« Sie macht eine Pause. »Bedenke doch nur die gesellschaftliche Stellung, die du durch eine Hochzeit mit Johann innehalten würdest!«

Manchmal denke ich, meine Mutter nimmt heimlich Drogen. So kann nur ein Mensch reden, der total blöd oder völlig zugekifft ist.

»Mama, diese Hochzeit wird es nicht geben«, versuche ich es mit Nachdruck. »Johann ist mit Ti … äh, Frau Gerber zusammen. Ich sehe nicht, wo ich da noch hineinpasse.«

Meine Mutter seufzt laut. »Meine Güte, dass du immer so schnell aufgeben musst. Das hast du schon als Kind gemacht. Immer gleich die Flinte ins Korn werfen, wenn es nicht gleich so läuft, wie du es dir vorgestellt hast. Nein, nein, Julia, so geht das nicht! Wenn du etwas im Leben erreichen willst, musst du dafür kämpfen.«

»Mama, das hat nichts mit aufgeben zu tun. Johann hat mich betrogen.«

»Dein Vater hat mich auch betrogen, und trotzdem sind wir noch zusammen.«

»Waaaas?« Ich halte die Luft an.

»Schätzchen, reg dich nicht gleich so auf. Die Sache ist schon Jahre her. Außerdem hat sich dieser Seitensprung deines Vaters als äußerst lukrativ herausgestellt.«

»Hä?« Ich verstehe nur noch Bahnhof. »Wie kann sich ein Seitensprung als lohnenswert erweisen?«

»Du kennst doch meinen Memoire-Ring?«

»Meinst du den, den dir Papa vor ein paar Jahren zum Beweis seiner unendlichen Liebe geschenkt hat?« Mir schwant Dunkles.

»Genau. Und von wegen als Beweis seiner unendlichen Liebe. Pah! Eher als Beweis seiner Schuld.« Meine Mutter schnaubt am anderen Ende wie eine alterschwache Robbe.

»Du meinst, Papa hat dir den Memoire-Ring als Wiedergutmachung geschenkt?« Und ich fand den Ring immer so schön, dass ich mir im Stillen auch einen gewünscht habe. Nein danke, unter solchen Umständen möchte ich keinen Ring geschenkt bekommen. Das wäre ja ungefähr so, als würde ich mir ein Mahnmal über den Finger streifen.

»Allerdings!«

»Wie taktvoll von ihm. So wirst du den Betrug niemals vergessen.« Ich schüttele fassungslos meinen Kopf. »Und du hast ihm verziehen?« Ich bin völlig geschockt. Mein braver Vater soll meine Mutter betrogen haben? Umgekehrt vielleicht, aber so …

»Ach, weißt du, Julia, dein Vater und ich sind jetzt seit fast 35 Jahren verheiratet. Da weiß man, was man aneinander hat. Diese Frau damals hat ihm nichts bedeutet.«

»Kanntest du die Frau?«

»Nein, aber nachdem dein Vater mir von ihr erzählt hat, bin ich heimlich zu ihrer Wohnung gefahren und habe sie beobachtet«, sagt meine Mutter leise.

»Und wie war sie?«

»Unscheinbar. Sympathisch.« Man merkt, dass es ihr schwer fällt darüber zu sprechen.

»Hast du denn nie daran gedacht, ihn zu verlassen?«

Schweigen.

»Mama?«

»Nein.« Ihre Stimme klingt entschlossen. »Im Nachhinein muss ich zugeben, dass ich nicht ganz unschuldig an der ganzen Sache war. Ich war so mit mir selbst beschäftigt, dass ich überhaupt nicht gemerkt habe, wie dein Vater auf seine Midlife-Krise zugesteuert ist.« Sie macht eine Pause. »Aber wir haben es geschafft. Bitte erwähne deinem Vater gegenüber nichts. Ich möchte nicht, dass er sich dir gegenüber schlecht fühlt.«

»Nein, natürlich nicht.« Gleichzeitig frage ich mich, ob ich meinem Vater jemals wieder unter die Augen treten kann, ohne daran zu denken.

Als ich den Hörer auflege, fühle ich mich gleich aus zwei Gründen schlecht. Zum Ersten wegen Papas Betrug und dann noch … hat meine Mutter vielleicht Recht? Habe ich zu schnell aufgegeben? Habe ich Johann mit meinem Hochzeitsgerede zu sehr unter Druck gesetzt?

»Unsinn! Julia, bitte hör auf, immer die Schuld bei dir zu suchen!«, widerspricht mir Katja, als ich sie gegen sechs Uhr abends im Büro anrufe. Ich bin immer noch völlig fertig von dem Gespräch mit meiner Mutter. Mit der Vorstellung, dass mein Vater eine Affäre hatte, kann ich mich noch nicht so recht anfreunden. Mein braver Vater! Dabei hatte ich bis heute immer das Gefühl, dass meine Eltern eine glückliche Ehe führen. Wir waren so eine Art Bilderbuchfamilie!

»Johann, das alte Muttersöhnchen, war schon immer wankelmütig und unentschlossen. Der Mann isst jeden Mittag bei seinen Eltern! Das sagt doch schon alles.« Katja schnaubt wütend aus. »Deine Mutter ist so versessen darauf, dich unter die Haube zu bringen, dass sie gar nicht merkt, was sie da eigentlich von dir verlangt.«

»Aber wie konnte es überhaupt so weit kommen? Schließlich dachte ich, alles wäre in Ordnung. Unser Leben verlief in geregelten Bahnen, so wie Johann es liebt.«

»Siehst du, und genau das war dein Fehler. Männer wollen heißen Sex, egal wie langweilig sie selbst sind.«

»Hallo, ich höre wohl nicht richtig. Willst du mir etwa andeuten, dass ich Johann praktisch in die Arme von Titten-Annette getrieben habe. Nur weil ich nicht sofort in Ekstase geraten bin, wenn er nackt an mir vorbeigelaufen ist, um sich Milch aus dem Kühlschrank zu holen? Schließlich waren wir schon zwei Jahre zusammen, .«

»Natürlich nicht. Aber Titten-Annette hat ihm bestimmt versprochen, dass sie jeden Tag aufregenden Sex miteinander haben werden und sie ihm nie Vorschriften machen wird. Raus aus der Routine und rein ins Vergnügen.«

Habe ich schon Staub angesetzt? In den letzten Monaten sind Johann und ich deutlich weniger weggegangen als früher. Wenn ich Johann vorgeschlagen habe, in ein Restaurant essen zu gehen, hat er in letzter Zeit immer mit den Worten abgewunken: »Ach, zu Hause ist es doch viel gemütlicher, findest du nicht?«

Nein, eigentlich finde ich es schöner, unter Menschen zu sein und ein bisschen abzulästern. Wenn Katja und ich zusammen in einem Restaurant sitzen, besteht unsere Hauptbeschäftigung darin, uns über die anderen Gäste lustig zu machen, das Essen ist eigentlich Nebensache. Mit Johann essen zu gehen war immer eher anstrengend, da er großen Wert auf gutes Benehmen gelegt hat und immer peinlich genau auf jede Kleinigkeit achtete, was mich schrecklich nervös gemacht hat. Ich kann es eben einfach nicht leiden, wenn mich jemand die ganze Zeit mit Argusaugen beobachtet. Da muss einem ja die Olive von der Gabel hüpfen! Okay, vielleicht nicht gerade bei einem wichtigen Geschäftsessen und vielleicht nicht in den Schoß meines Sitznachbars Herrn Gutlieb, Besitzer einer der größten Tiefkühlkostketten Deutschlands. Nomen est omen – bei Herrn Gutlieb definitiv eine Fehlanzeige. Aber solche Dinge passieren nun mal. Meine Bemühungen, das Missgeschick wieder gutzumachen, indem ich herzhaft zugegriffen und die Olive aus Herrn Gutliebs Schoß zurück auf den Tisch befördert habe, trafen bei Johann nicht auf Begeisterung. Bei Herrn Gutlieb dafür umso mehr, der wenig später, völlig unerwartet, seine feuchte Hand auf mein Knie legte, während er mit Johann über die Wichtigkeit von Tiefkühlkost debattierte. Ich habe Herrn Gutlieb daraufhin spontan eine Ohrfeige versetzt. Anschließend mussten wir Hals über Kopf das Restaurant verlassen. Das Schlimmste an der ganzen Sache war aber, dass mir Johann hinterher stundenlange Vorträge über die Bedeutung von Geschäftsessen gehalten hat.

»Zum Thema Sex. Wann siehst du Benni wieder?«

»Morgen. Miriam hat ein Meeting für morgen elf Uhr angesetzt. Ich habe schon Bauchschmerzen, wenn ich nur daran denke«, verziehe ich schmerzvoll mein Gesicht.

»Warum?«

»Weil ich immer noch keine Ahnung habe, was ich ihr präsentieren soll. Ich habe mir heute Morgen zum Frühstück sicherheitshalber eine Folge von *Vox Tours* angesehen und sämtliche auf dem Markt verfügbare Reisezeitschriften gewälzt.« Ich streiche mir eine vorwitzige Strähne aus dem Gesicht.

»Und?«

»Judith Adlhoch ist weg von *Vox Tours*. Stattdessen haben sie jetzt so eine nichtssagende Maus mit der Ausstrahlung einer Schlaftablette vor die Kamera geholt. Ich habe nach der Hälfte der Sendung ausgeschaltet, und das ist mir noch nie passiert.«

»Ich denke nicht, dass Miriam sich mit dir über die neue Moderatorin von *Vox Tours* unterhalten möchte«, unterbricht mich Katja. »Du solltest deine Zeit nicht für so einen Blödsinn verschwenden.«

»Judith Adlhoch ist kein Blödsinn!«

»Nein«, seufzt Katja betont laut, »aber in deinem Fall nicht das richtige Thema.«

»Wahrscheinlich hast du recht«, jammere ich.

»Weißt du was?«

Ich kann förmlich sehen, wie Katja mich erwartungsvoll durch den Hörer anstarrt.

»Nein.«

»Sieh dir doch die alten Bilder von unseren Reisen an. Vielleicht bringt dich das auf eine Idee.«

»Die von unseren Urlauben?«

»Nein, die von unserem letzten gemeinsamen Pornodreh auf Mallorca ... ja, natürlich die von den Urlauben.« Katja klingt gestresst. Das tut sie eigentlich immer, wenn sie im Büro ist.

»Hast du die Bilder hier in der Wohnung?«

»Klar. Jede Menge. Sind alle in der weißen Kiste gleich rechts neben dem Regal. Aber bitte pass auf, dass du sie nicht alle durcheinander bringst. Ich habe Wochen gebraucht, bis ich sie chronologisch geordnet hatte.« Katja und ihr Ordnungsfimmel. Alles muss irgendwie geordnet werden. Man stelle sich vor, sogar ihre DVDs und CDs sind namentlich und nach dem Erscheinungsjahr geordnet.

»Versprochen. Du kennst mich doch.«

»Eben weil ich dich kenne!«

»Du bist meine Freundin, da erwarte ich schon etwas mehr Toleranz«, halte ich fröhlich dagegen.

»Die beste, die du kriegen kannst, aber das heißt nicht, dass ich deine Unordnung schweigend ertragen muss.« Katja flüstert leise etwas in den Raum, woraus ich folgere, dass sie Besuch bekommen hat. »Mach's gut! Ich muss weitermachen, bevor mein Projektleiter mich mit Blicken tötet.«

Sie hängt ein, und ich hole mir erst einmal eine Tüte Gummibärchen.

9. Julias Facebook-Status: Warum hat mir niemand gesagt, wie schrecklich ich damals ausgesehen habe?!

Eine Tüte Gummibärchen später steht die Kiste mit den Bildern vor mir auf dem Bett. Katja hat die Bilder nicht nur chronologisch geordnet, sondern auch noch die Flugtickets, Reiseführer und Telefonnummern mit beigelegt. Ich breite alles vor mir auf dem Bett aus und öffne den Rotwein. Nicht, dass ich vorhabe, die Flasche alleine auszutrinken, aber ein Glas Rotwein hat meiner Kreativität bisher noch nie geschadet – ganz im Gegenteil. Ich nehme das erste Bild aus der Kiste. Katja und ich vor einer Hütte im Stubaital. Meine Güte! Ich mit Zahnspange. Wie habe ich dieses silberne Monstrum gehasst!

Ich war 15, als mir meine Eltern beziehungsweise der Zahnarzt meiner Eltern die Zahnspange verpasst haben. Ich glaube, es gibt für ein Mädchen kein ungünstigeres Alter als 15, um eine Zahnspange zu tragen. Nach jedem Essen sah ich aus, als hätte ein plötzlicher Moosbewuchs auf meinen Zähnen stattgefunden, und meine Aussprache klang wie aus einem Lehrbuch für Lispler. Schrecklich! Ausgerechnet in jenem Urlaub hatte ich mich unsterblich in meinen Skilehrer verliebt, der den legendären Namen Elmar Dotterweich besaß. Jedenfalls wurden meine Beine bei seinem Anblick dotterweich. Was zur Folge hatte, dass ich ständig von den Skiern fiel und von meinen Mitschülern als völlig untalentiert abgestempelt auf der Hütte der Mittelstation zurückgelassen wurde. Katja bot sich selbstlos an, bei mir zu bleiben, wurde jedoch von Elmar verpflichtet, weiter mit ins Tal abzufahren. Was keiner meiner Klassenkameraden ahnte war, dass genau diese Hütte zur Mittagszeit einer der beliebtesten Treffpunkte im gesamten Tal war. Eine Stunde nach meinem schändlichen Ausscheiden aus der Gruppe, fand ich mich von lauter Jugendlichen umringt wieder. Unter ihnen Sepp. Man hätte sich Sepp mit seinen blonden von der Sonne ausgebleichten Haaren und den blitzblauen Augen auch locker als Nordsee-Rettungsschwimmer vorstellen können. Als Sepp mich das erste Mal anlächelte, wurde mir ganz warm ums Herz. Sepp war Zahnspangenträger wie ich. So ein Schicksal verbindet, und nur knapp eine halbe Stunde nach unserem Kennenlernen lag ich bereits in Sepps Armen und verhakte meine Zahnspange mit seiner.

Ach, das waren noch Zeiten! Ein wenig schwermütig lege ich das Bild zur Seite und greife nach einem Stapel Fotos, den Katja mit einem roten Faden zusammengebunden hat. Der legendäre Griechenlandurlaub, wo ich mich von einer Insel zur nächsten gekotzt habe. Ich breche in ein lautes Kichern aus und nehme einen Schluck aus meinem Glas. Meine Güte, sind die Gläser so klein oder habe ich einen guten Zug? Jedenfalls ist die Flasche schon halb leer. Plötzlich fällt mein Blick auf eine Fotoreihe, die während der Motto-Tage in der Schule, nachdem wir unser schriftliches Abitur hinter uns gebracht hatten, entstanden ist.

Alle Abiturienten sind im Stil der 70er gekleidet. Meine Haare sehen aus wie der Wischmopp meiner Mutter: lang und kraus. Mal ehrlich! Wie konnten mich meine besten Freunde nur so rumlaufen lassen? Ich muss unbedingt mal mit Katja darüber reden. Als beste Freundin wäre es ihre Pflicht gewesen, mich vor solch modischen Fehltritten zu bewahren. Gott sei Dank gibt es dieser Tage Harald!

Katja sieht mit ihrem Mittelscheitel und den Blümchen im Haar wie eine echte Hippiebraut aus. Wir tragen beide Schlaghosen. Ich kann mich noch genau an das Geräusch erinnern, wenn die weitausgestellten Hosenbeine beim Gehen aneinanderschlugen. Flapp. Flapp. Hiermit schwöre ich, dass ich nie wieder Schlaghosen oder, noch schlimmer, Karottenhosen tragen werde. Nie, nie, niemals wieder! Huch, wer ist denn das?

Das ist doch … Ich kneife die Augen zusammen, um die Gestalt im Hintergrund besser erkennen zu können.

Na klar. Das ist Christian Lüchow. Der gute alte Chris.

Chris war der Einzige aus meinem Kunstleistungskurs, der es wirklich drauf hatte und zeichnen konnte. Obwohl Chris nicht mein Typ war, mochte ich ihn immer ganz gerne. Mit Chris konnte man so herrlich tiefschürfende Gespräche über Kunst führen und dabei sündhaft teuren Rotwein trinken, den Chris zuvor aus dem Weinkeller seines Vaters gemopst hatte. Chris' einziges Ziel im Leben war, ein anerkannter Künstler zu werden. Geld verdienen gehörte in seiner Welt eher zu den Nebensächlichkeiten. Jedenfalls war Chris der Einzige des gesamten Kunstkurses, der Bilder zustande brachte, die es verdient hatten, als Kunst bezeichnet zu werden. Ich betrachte das schmale, blasse Gesicht mit den dunklen Augen, die verträumt in die Kamera blicken. Und dann diese Rastalocken!

Chris' Besuch stürzte meine Mutter damals in eine echte Krise. In ihren Augen sind Menschen wie Chris potenzielle Drogenabhängige, die nichts Besseres im Sinn haben, als ihre kostbare Tochter mit sich ins Verderben zu reißen. Das letzte Mal, als Chris und ich uns getroffen haben, sind wir buchstäblich im Supermarkt ineinandergelaufen. Auf den ersten Blick habe ich ihn kaum wiedererkannt. Die Rastalocken und der Ziegenbart waren ab. Stattdessen hatte er die Haare ordentlich zu einem Zopf zusammengebunden und gewährte mir so das erste Mal einen freien Blick auf sein Gesicht, während er sich abmühte, meine auf den Boden des Supermarktes verstreuten Lebensmittel aufzuheben. In unserer kurzen Unterhaltung an der Penny-Kasse haben wir auf die Schnelle die wichtigsten Neuigkeiten seit dem Abitur ausgetauscht. Ich versuche mich bei einer neuen Hand voll Gummibärchen daran zu erinnern. Hatte Chris nicht erzählt, dass er nur zu Besuch in Freiburg ist und eigentlich in Hamburg wohnt? Chris war ganz aufgeregt wegen eines neuen Projekts, das er in Planung hatte. Irgendwas mit Marokko und Sandmalerei …

… Mmh …

… Könnte Christian vielleicht??

… Nein!

… Oder doch?

… Warum eigentlich nicht?

Die Sache würde wie die Faust aufs Auge in unsere Afrika-Ausgabe passen. Oh Gott, wo habe ich nur seine verdammte Telefonnummer gelassen? Ich neige dazu, Zettel an Stellen zu legen, wo ich sie garantiert niemals im Leben wieder finden werde. Ich erinnere mich genau an das Stückchen Papier, auf das er mir seine Nummer geschrieben hatte. Wo habe ich das Teil nur hingetan? Jetzt, wo ich die Nummer so dringend bräuchte. Hektisch springe ich auf und wühle in den Untiefen meiner Tasche, um meinen Planer zu finden. Hey, da ist ja der Lipgloss von MAC, den ich schon seit Wochen suche. Die Farbe, ein leichter Lachston, steht mir ganz ausgezeichnet.

Ah, da ist er ja – mein wunderbarer Moleskin-Planer. Mein gesamtes Leben steht in diesem unscheinbaren, kleinen schwarzen Büchlein. Aufgeregt schlage ich es auf. Eigentlich bin ich, was das Übertragen von Adressen von einem Jahr auf das nächste betrifft, immer sehr genau.

L wie ... Laube, Inken. Ach herrje, die blöde Kuh. Ich wusste gar nicht, dass ich deren Nummer noch habe. Entschlossen nehme ich den Stift und streiche den Namen aus meinem Buch und hoffentlich auch aus meinem Gedächtnis. Inken ist schuld daran, dass ich einen ausgeprägten Komplex habe, was meine Oberschenkel anbelangt. Inken ist der Typ Frau, der essen kann, was er will, ohne auch nur ein Gramm Fett anzusetzen. Gazellenbeine und eine Taille, um die mein Haarband passen würde, dazu noch langes braunes Haar und das Gesicht einer Madonna. Das alleine hätte schon gereicht, um bei uns Normalsterblichen eine ganze Menge an Komplexen auszulösen. Ihr angeborenes Helfersyndrom machte jedoch alles nur noch schlimmer.

Zu Katja sagte sie zum Beispiel mal: »Ich kann dir einen prima Chirurgen für deine abstehenden Ohren vermitteln.« Auch wenn es gut gemeint war, gemein war es trotzdem, und Katja hat seitdem einen Spleen, was ihre Ohren anbelangt. Also ich persönlich finde Katjas Ohren ganz in Ordnung, auch wenn ihre Ohrspitze manchmal frech durch die Haare hervorsticht. Das hat so was Niedliches, aber davon will Katja nichts hören.

Hagedorn, Steffi ... Mann, bei der muss ich mich unbedingt mal melden ... Jens Poggenpohl ... cooler Typ, nur sein Mundgeruch geht gar nicht ... Babsi ... Weggefährtin während des Studiums, ganz lieb, mit einem Hang zur Dramatik. Ahhhhh, da ist er ... Christian Lüchow mit Telefonnummer. Tatsächlich hat Chris eine Hamburger Vorwahl.

Wenn das kein Zeichen ist?! Ich tippe die Nummer in mein Handy und verschlucke mich fast vor Aufregung.

Ring … Ring … Ring … Ring … Es knackt in der Leitung.

»Hallöchen«, flötet mir eine unbekannte Frauenstimme ins Ohr.

Erster Instinkt – einfach den Hörer auflegen. Zweiter Instinkt – einen Versuch ist es wert. Ich räupere mich geräuschvoll.

»Äh, hallo. Könnte ich bitte Christian Lüchow sprechen?«

Hysterisches Kichern folgt. Ich starre auf mein Handy. Im Hintergrund läuft indische Musik. Entweder ich habe mich verwählt und bin in einem Massagesalon für totale Entspannung gelandet oder Chris ist ein echter Künstler und wandelt im Hintergrund gerade über ein glühendes Kohlebett.

»Hallo?« Ich frage lieber sicherheitshalber noch einmal nach.

Kichern, gefolgt von leisem Stöhnen. »Tigerlein«, säuselt die weibliche Stimme laut und deutlich hörbar, »da will dich jemand am Telefon sprechen.«

Lautes Rascheln … die haben doch nicht?! Von wegen über glühende Kohlen laufen! Im Moment hört es sich eher an, als ob ich die beiden während der Erforschung des Kamasutras gestört hätte.

»Lüchow.« Chris dunkler Bass scheppert gegen mein Trommelfell. Mann ist der genervt! Instinktiv ziehe ich den Kopf ein.

»Äh, hallo Chris«, begrüße ich meinen alten Klassenkameraden zaghaft.

»Julia, bist du das?« Wow, jetzt bin ich aber baff.

»Ich bin's: Julia.«

Na super, noch blöder kann man wohl kaum reagieren. Wenn ich so weitermache, denkt Chris bestimmt, dass man mir in der Zwischenzeit mein Hirn amputiert hat.

»Das ist ja eine Überraschung!« Zu meiner Erleichterung klingt seine Stimme erfreut. »Was führt dich zu mir?«

»Ja, weißt du, ichhabegeradeKatjasalteFotosdurchgeblättertunddaistmirdieIdeemitdeinerWüste … äh … deinerMalereigekommen … undichdachteduhättestvielleichtnichtsdagegen … wennicheinenBerichtüberdichschreibenwürde …« Ich hole tief Luft.

»Julia, geht es dir gut?« Ich nicke, bis mir einfällt, dass er mich ja nicht sehen kann. »Ja.«

»Du klingst ein wenig … erregt.«

»Ja, ich habe diese Idee, und als wir uns das letzte Mal gesehen haben …«

»Das ist ja eine Ewigkeit her. Warte, sag nichts. Das war doch im …«

»… Supermarkt«, ergänze ich freudig.

»Richtig. Muss gut …«

»… drei Jahre her sein.« Er kann sich an mich erinnern, jubiliere ich innerlich. »Weswegen rufst du gerade jetzt … äh, heute an?«

»Störe ich?«, und obwohl er mich und ich ihn nicht sehen kann, werde ich rot.

»Nö, ist schon okay«, brummt er. Lügner! Ich weiß, dass du gerade supergeilen Sex hattest! »Soweit ich dich verstanden habe, willst du irgendeinen Artikel über mich beziehungsweise meine Malerei schreiben?«

»Genau«, platzt es aus mir heraus. »Weißt du, ich arbeite jetzt für die *Holiday Dream,* und meine Chefin möchte gerne, dass ich mit etwas Neuem rüberkomme. Genau genommen hat das gar nicht sie vorgeschlagen, sondern ich. Auf jeden Fall bin ich so auf dich gekommen. Machst du immer noch diese Sache mit dem Sand, von der du mir im Penny-Markt erzählt hast?«

»Wüstensand«, stellt Chris richtig. In Kleinigkeiten war Chris schon immer sehr genau, auch wenn er sonst recht locker drauf ist.

»Ja, genau. Machst du immer noch diese Wüstensandgeschichte?«

»Genau genommen bin ich erst gestern Abend von meinem Marokko-Trip zurückgekommen.« Das erklärt, warum die Frau aus dem Hintergrund nicht gerade erfreut über meinen Anruf war.

»Das ist ja cool! Ich habe da nämlich eine Idee, von der ich dir gerne erzählen würde.«

»Bärchen, kommst du …?«, nölt es aus dem Hintergrund.

Ich kann nicht anders und pruste los. »Chris, seit wann nennst du dich denn ›Bärchen‹?«

Chris findet es nicht so witzig wie ich, denn er brummt irgendetwas Unverständliches. Wahrscheinlich hält er den Hörer zu, damit ich nicht mithören kann. Schade!

»Julia?« meldet sich Bärchen-Chris zurück.

»Ja.«

»Entschuldige, was soll das für eine Idee sein?«

So wie Chris das sagt, klingt es fast, als ob ich nur komische Ideen hätte.

»Na ja, ich arbeite für diese Zeitschrift *Holiday Dream*. Vielleicht hast du ja schon mal davon gehört?«

»Dieses sauteure Blatt, das auf Hochglanzpapier bewirbt, was sich Normalsterbliche wie du und ich nie im Leben leisten können?«

»Nun ja« zögere ich. »Das ist es ja, was wir ändern wollen«, fange ich erneut an.

»Warte mal«, unterbricht mich Chris. Hoffentlich wird das nicht zur Angewohnheit, sonst sitzen wir noch bis morgen früh am Telefon. »Das hört sich nach einem längeren Gespräch an. Ich geh mir mal schnell ein Bier holen, okay?«

Lügner!

Der will nur seine Maus ruhig stellen, die die ganze Zeit im Hintergrund seinen Namen ruft und noch mehr wilden Sex will.

»Okay.«

»Super, bin sofort wieder da.«

Tatsächlich höre ich wie sich seine Schritte vom Telefon entfernen. Chris brummelt mit gesenkter Stimme, gefolgt von einer aufgeregten Frauenstimme. Ha, habe ich es mir doch gedacht. Ich fühle mich ein bisschen geehrt, dass Chris wegen mir seine Freundin links liegen lässt.

»Julia?«

»Am Apparat«, flöte ich durch den Hörer und höre wie Chris einen tiefen Schluck von seinem Bier nimmt. Meine Zehenspitzen fangen an zu kribbeln. Dies ist bestimmt der Beginn einer langen Freundschaft.

»Na, dann schieß mal los.«

Bingo!

10. Julias Facebook-Status: Hilfe, ich muss einen Vortrag halten!

Emma und ich betreten gemeinsam das Büro. Allein bei dem Gedanken, gleich auf Benni und den Rest der Redaktion zu treffen, fängt mein Magen an, Saltos zu schlagen. So nervös war ich seit meiner Einschulung nicht mehr. Damals musste ich mich vor lauter Aufregung übergeben, als mich mein damaliger Klassenlehrer nach meinem Namen fragte. Mein Magen war schon immer mein zweites Gehirn und meldet sich leider immer in den unpassendsten Momenten zu Wort!

»Viel Glück!«, ruft Emma und nimmt hinter ihrem riesigen Schreibtisch Platz.

»Bis dann«, flüstere ich heiser. In meinen Händen halte ich drei Blätter. Meine Erinnerungen an die letzte Nacht sind verschwommen. Alles kommt mir irgendwie unwirklich vor. Am Wein kann es nicht liegen, eher am Schlafentzug. Schließlich war ich die ganze Nacht wach und habe wie im Rausch auf die Tasten meines Laptops eingehämmert, bis ich den fertigen Text in der Hand hielt. Erst dann bin ich eingeschlafen. Aber das erste Mal seit meiner Trennung von Johann habe ich traumlos geschlafen, und trotz der kurzen Nacht fühle ich mich ausgeruht und frisch. Ich habe ein dezentes Make-up und meinen Lieblingsduft von *Issey Miyake* aufgelegt. Das bringt mir normalerweise Glück.

Ich habe kaum auf meinem Stuhl hinter dem weißen Konferenztisch Platz genommen, da betritt Benni den Raum. Er sieht offensichtlich übernächtigt aus, was seiner Männlichkeit aber keinen Abbruch tut. Im Gegenteil! Irgendwie wirkt er mit dem Dreitagebart und den dunklen Augenringen verletzlich und sexy zugleich.

Das ist wirklich ungerecht! Wenn ich unausgeschlafen bin, sehe ich wie ein zerknautschtes Kissen aus, das man vergessen hat aufzuschütteln. Und meine Haare sind der absolute Alptraum! Gut, dass es heute nicht so ist. Auf diese Weise fühle ich mich Benni ein kleines bisschen überlegen. Er nickt kurz in meine Richtung. Kein »Hallo!« oder »Wie geht es dir?« Absolut nichts, nur ein Nicken. Eine neue Taktik?

Das Kleeblatt betritt den Konferenzraum. Blondi schiebt ihren Luxuskörper durch die Tür, gefolgt von Wiebke und Thomas.

»Hi«, begrüßt mich Blondi.

»Hallo«, antworte ich knapp und dann schweigen wir. Alle sind da, es fehlen nur noch Miriam und Elisabeth Hirsekorn. Die Anspannung im Raum ist förmlich zu spüren. Mist, meine Hände sind so feucht, dass mir der Stift aus den Fingern flutscht und geräuschvoll über die Tischplatte schlittert.

»Nervös?« Blondis Tonfall ist bedauernd. Sie hätte auch »Versagerin« rufen können, das hätte gleich geklungen.

Reiß dich zusammen, Julia! Ich schüttele den Kopf und sehe ihr geradewegs ins Gesicht. »Nöö.«

»Und, hast du deinen Bericht fertig?«

Ich nicke. »Ich, eine Tüte Gummibärchen und ein paar Gläser Rotwein haben die ganze Nacht daran gearbeitet.«

Gut gemacht, das klang richtig witzig.

Blondi kichert. Genau in diesem Moment betreten Elisabeth Hirsekorn und Miriam den Konferenzraum. Die Spannung im Raum wird noch größer. Elisabeth Hirsekorns Augen fliegen über uns hinweg. Immer wenn sie mich ansieht, habe ich das Gefühl, ich müsse strammstehen und salutieren.

Als Erste kommt Wiebke mit ihrem Bericht über »Bed-and-Breakfast-Unterkünfte in Kapstadt und entlang der Gardenroute« an die Reihe. Zugegebenermaßen, der Bericht ist kein Überflieger, aber gut recherchiert, locker vorgetragen und mit nützlichen Details gespickt. Miriam nickt zufrieden, als Wiebke fertig ist.

Anschließend stellt Thomas seinen Artikel über Namibia als angesagtes Reiseziel der kommenden Saison vor. Er hat einige Fakten über Land und Leute gesammelt und diese mit lustigen Anekdoten gespickt. Mit seinem guten Erzählstil schafft er es, dem Leser die Wüste und die Etosha-Pfanne mit ihren Farben bildlich vor Augen zu führen. Auch er stößt auf allgemeine Zustimmung in unserer Runde.

Dann ist Benni an der Reihe und präsentiert mit dem Beamer eine Reihe von Fotos, die er letztes Jahr bei seiner Rundreise durch Südafrika aufgenommen hat. Wie schon bei den Bildern in seinem Studio gelingt es ihm auch hier perfekt, die Atmosphäre der verschiedenen Landstriche einzufangen. Man spürt die Hitze förmlich auf der Haut, und das Lachen der Menschen klingt einem in den Ohren. Einige Bilder haben aber auch einen kritischen Unterton und zeigen die Armut der Menschen, ohne jedoch deren Würde zu verletzen. Ich muss zugeben, ich bin ziemlich beeindruckt. Die Bilder werfen ein völlig neues Licht auf Benni. Das ist nicht der Benni, den ich bisher kenne, der immer einen lockeren Spruch auf den Lippen hat, sondern ein kritischer Fotograf, der die Dinge von verschiedenen Blickwinkeln kritisch betrachtet.

Na toll! Gleich bin ich dran. Mutlos sinke ich immer mehr in meinem Stuhl zusammen. Mit meinem Bericht über Chris und seine Kunst komme ich mir vor wie ein Schulmädchen, das einen Aufsatz hält. Ich kneife die Augen zusammen, in der Hoffnung, dass die anderen verschwunden sind, wenn ich sie wieder aufmache.

Universum, tu was! Okay lieber Gott, wenn es dich gibt, wäre jetzt der richtige Zeitpunkt, mir aus der Patsche zu helfen!

Im Raum herrscht absolute Stille. Nur mein Herzschlag klingt wie der eines Sprinters direkt nach dem Rennen. Gespannt sehen alle zu mir herüber. Miriam gibt mir das Zeichen mit meinem Vortrag anzufangen. Meine Ohrläppchen pochen im Rhythmus meines Herzschlags. Fühlt sich verdammt wie Kammerflimmern an. Oh Gott, ich werde gleich ohnmächtig.

»Julia?« Elisabeth Hirsekorns Stimme sticht direkt in meinen Magen. Ich nicke, zu mehr bin ich nicht fähig. Es ist so heiß in dem Raum, und ich habe das Gefühl, keine Luft mehr zu bekommen. Mit zittriger Hand greife ich nach dem Wasserglas vor meiner Nase und nehme einen kräftigen Schluck. Das kühle Wasser tut gut und befeuchtet meine ausgetrocknete Kehle.

»Alles klar«, krächze ich. Elisabeth Hirsekorn runzelt die Stirn, sagt aber nichts. Die Frau findet mich bestimmt total doof. Ich stehe auf, die Gesichter um mich herum verschwimmen leicht, und ich presse meine schlotternden Knie gegen das Tischbein, um das Zittern zu unterdrücken.

Einatmen,
ausatmen,
einatmen,
ausatmen …

»Wenn ich mir selbst eine Note geben müsste, würde ich mir eine Eins geben«, flöte ich.

»Wahnsinn. Dabei hast du dir vor Schiss den ganzen Tag fast in die Hose gemacht.« Katja ist immer so herzerfrischend ehrlich.

»Das Beste war allerdings die olle Hirsekorn. Die war total begeistert von meiner Idee, eines von Chris' Bildern als Hauptgewinn für das große Preisausschreiben der *Holiday Dream* zu kaufen.«

»Pumbi, ich bin stolz auf dich. Vor einem Monat warst du noch total verzweifelt und jetzt bist du zur Karrierefrau aufgestiegen. Wer hätte das gedacht?«

»Ach Quatsch, jetzt übertreibst du aber. Ich bin noch lange keine Karrierefrau, nur weil ich eine gute Idee hatte. Ein blindes Huhn findet schließlich auch mal ein Korn. Außerdem, ohne deine Fotos wäre ich niemals auf die Sache mit Chris gekommen. Genau genommen bist du also die Urmutter aller Ideen.«

»Das finde ich zwar süß von dir, aber mal ehrlich, das Lob gebührt ausschließlich dir. Die Idee mit dem Preisausschreiben finde ich im Übrigen absolut genial. Das bedeutet, der Verlag kauft eines von Chris' Bildern, du berichtest darüber in deinem Artikel und gleichzeitig stellt es der Verlag als Hauptgewinn in eurem Afrika-Preisausschreiben zur Verfügung. Korrekt?«

»Genau so. Die Hirsekorn war sogar so begeistert von Chris' Bildern, dass sie ihn sofort persönlich kennenlernen wollte.«

»Ist nicht dein Ernst?!«

»Doch …« Ich verziehe das Gesicht.

»Aber das ist doch klasse, oder etwa nicht?«

»Eigentlich schon …«

Ich schwinge die Beine auf meinen Schreibtisch und stelle das Telefon auf Lautsprecher.

»Wann hast du Chris das letzte Mal gesehen?«

»Wieso? Das muss zur Abiturverleihung gewesen sein.«

»Ich sag mal so, Chris' Geschmack, was seine Klamotten anbelangt, hat sich seitdem grundlegend verändert.«

»Das musst du mir jetzt aber mal genauer erklären.« Katja klingt irritiert. »Noch schlimmer, als seine zerrissenen Jeans und T-Shirt, wo ›null Bock‹ draufsteht?«

»Schlimmer?! Kommt drauf an, wie man es sieht. Er trägt jetzt immer weiße Leinenhosen, die ungefähr so aussehen wie Judohosen.«

»Wo ist das Problem?«, sagt Katja. »Eine Menge Männer tragen weiße Leinenhosen.«

»Ja, aber die meisten tragen Unterhosen darunter. Alles klar?«

»Oh! Du meinst, er ist darunter völlig nackt, und man kann seinen Schwanz sehen«, prustet Katja laut ins Telefon.

»Das sind also die Themen, über die ihr Frauen euch unterhaltet, wenn keine Männer dabei sind.«

Ich falle vor Schreck fast vom Stuhl. Vor mir in der Tür steht Benni und grinst.

Scheiße! Der Typ hat wirklich eine Gabe, in den unmöglichsten Momenten aufzutauchen.

»Benni«, rufe ich lauter als nötig. »Was willst du denn hier?«, frage ich und wünsche mir gleichzeitig, im Boden zu versinken.

»Hä?«, scheppert es durch den Hörer.

»Äh, Katja, ich ruf dich gleich noch mal an.« Hastig drücke ich den Knopf meiner Telefonanlage und beende das Gespräch.

»Wegen mir hättest du nicht aufhören müssen«, bemerkt Benni süffisant. »Ich fand das Gespräch eigentlich ganz interessant.«

»Das glaube ich dir gerne«, fauche ich ihn an.

»Warum denn so kratzbürstig heute Morgen? Du hast doch allen Grund zu feiern. Schließlich war dein Artikel ein voller Erfolg.«

»Findest du wirklich?«, sage ich möglichst gleichgültig. Soll er bloß denken, dass seine Meinung nicht relevant für mich ist.

»Wäre ich sonst hier?«

Dieses unverschämte Grinsen bringt mich noch um meinen Verstand. »Keine Ahnung.« Ich zucke mit den Schultern. »Aber vielen Dank, trotzdem.«

»Miriam hat vorgeschlagen, dass wir uns zusammen mit dem Künstler treffen und ich ein paar Bilder davon mache. Sag mal, ist der Kerl ein Exfreund von dir?«

Ich schüttele den Kopf. »Auch wenn es dich eigentlich nichts angeht. Christian und ich sind zusammen in die Schule gegangen. In der Oberstufe waren wir sogar im selben Leistungskurs.«

»Lass mich raten – Kunst?« Wieso klingt alles aus seinem Mund so, als würde er sich ständig über mich lustig machen?

»Stimmt genau. Christian war schon damals so etwas wie ein Genie. Gegen seine Bilder wirkten meine immer richtig stümperhaft.«

»Wenn du ihn so gut kennst, dürfte es doch nicht allzu schwierig sein, ein Treffen mit ihm zu verabreden.«

»Ich schätze schon. Wobei, bei Chris weiß man das nie so genau. Der lebt in seiner eigenen kleinen Welt …«

». und trägt keine Unterhosen«, unterbricht mich Benni lachend.

»Genau!«, falle ich in das Lachen mit ein.

»Klasse! Dann lass uns doch noch diese Woche einen Termin machen. Am besten gleich morgen«, schlägt Benni vor. »Ich möchte die Aufnahmen so schnell wie möglich im Kasten haben.«

Na, der hat es aber eilig! »Ich denke, das dürfte kein Problem sein. Ich rufe Chris gleich mal an«, stimme ich zu.

»Prima.« Benni geht in Richtung Tür. Meine Güte, der Mann hat aber auch einen knackigen Hintern. Ein schöner Po bei einem Mann ist ein äußerst seltenes Attribut, das man als Frau gar nicht genug würdigen kann. Schließlich will man als Frau auch etwas haben, woran man sich beim Sex festkrallen kann, und das sollte möglichst nicht ein Bierbauch oder das klassische Hüftgold sein.

»Dann sehen wir uns spätestens zum Interview.« Benni dreht sich noch einmal um. Hastig senke ich den Blick. Schließlich soll er nicht merken, dass ich ihm auf den Hintern starre.

»Bis dann!«, rufe ich so beiläufig wie möglich.

»Hier wohnt also dein Freund«, bemerkt Benni trocken.

Ich habe es tatsächlich geschafft, Chris zu einem Termin gleich am nächsten Tag zu überreden. Benni wuchtet sich die schwere Fototasche über die Schulter. Geschieht ihm recht, dass das Ding so schwer ist. Ich hingegen habe nur einen Notizblock, zwei Stifte, falls einer abbricht, und mein Aufnahmegerät dabei. Ach ja, und meine Brille für den intellektuellen Touch.

»Chris ist nicht mein Freund«, brumme ich.

»Sollte auch ein Witz sein«, entgegnet Benni, während er neben mir herschlurft.

Ich bin total aufgeregt. Mein erstes wirkliches Interview mit einem Künstler. Okay, der kleine Schönheitsfehler bei der ganzen Sache ist, dass es sich hierbei um Chris handelt. Chris aus der Schule!

Im Moment bin ich mir gar nicht mehr so sicher, ob das mit Chris und seiner Malerei eine so gute Idee war. Ich seufze. Ich bin Profi. Ich werde mich dadurch nicht beirren lassen und ganz professionell vorgehen. So wie ich es bei jedem anderen auch getan hätte. Das wird mein erster richtiger, von mir verfasster Artikel, unter dem mein Name stehen wird.

Die Gegend wirkt ein bisschen abgerissen. Lauter Altbauten mit niedlichen kleinen gusseisernen Balkonen, auf die die Bewohner kleine Tische und Stühle gestellt haben. Es wirkt gemütlich, so als ob hier jeder jeden kennt.

»Coole Gegend«, stelle ich fest.

»Absolut angesagtes Künstlerviertel. Hier wohnen Alternative und Etablierte friedlich nebeneinander. Der Ausländeranteil ist relativ hoch.« Er deutet auf den türkischen Gemüsehändler, der direkt neben Chris' Haus seinen Laden hat. Die Auslagen des Händlers sind einladend aufgebaut. Pralle Melonen teilen sich den Platz mit Pfirsichen, Äpfeln und Aprikosen. Bei dem Anblick läuft mir das Wasser im Mund zusammen. Der Duft von frischen Kräutern und Gewürzen zieht uns in die Nase. An der Seite stehen kleine Tische und Stühle und laden zum Sitzen ein.

»Mhm.«

Ich suche Chris' Namen auf der Klingelleiste. Meine Hand zittert leicht, als ich den passenden Klingelknopf drücke.

»Alles okay mit dir?«

Ich nicke.

»Nervös?« Seine Frage klingt erstaunt.

Ich nicke.

»Aber warum?«

»Ist mein erstes Interview«, gebe ich zu.

»Du machst Witze!« Er sieht mich mit zusammengezogenen Augenbrauen an, was bei jedem anderen streng, aber bei Benni absolut zum Anbeißen aussieht. »Klar ist das dein Ernst«, beantwortet er sich die Frage selbst. »Du bist echt der größte Chaot, der mir jemals über den Weg gelaufen ist.« Er schüttelt den Kopf.

»Ist das schlimm?«, frage ich. Benni steht keine Armlänge von mir entfernt. Ein paar Mädchen schlendern an uns vorbei, und wir schweigen einen Moment. Ich lehne mich gegen die Haustür.

»Nein, überhaupt nicht.« Er sieht mir in die Augen. »Es macht es nur so schwer, dich einzuschätzen.«

Ich spüre, wie sich meine Wangen färben, und räuspere mich befangen.

»Und ... äh ...«, sage ich und sehe weg. »Deswegen bist du immer so ...«

Der Summer scheppert, und die Tür springt mit einem Ruck auf.

Hoppala!

Ich bin so überrascht, dass ich mich fast auf die Nase lege. Starke Arme halten mich fest. Ich bekomme Herzklopfen und streiche mir nervös die Haare zurück. Was ist nur los mit mir? Ich wollte ihn eigentlich fragen, ob er mir gegenüber deswegen immer so komisch ist, aber der Moment ist vorbei, und ich lasse es lieber. Vielleicht bilde ich mir das Ganze ja auch nur ein.

»Hast du dir weh getan?« Bennis Stimme klingt besorgt.

Ich schüttele den Kopf und habe das dringende Bedürfnis, mich bei Benni für meine Schusseligkeit zu entschuldigen. »Nee, das war wieder typisch für mich. Solche Dinge passieren mir ständig.«

»Habe ich schon bemerkt.« Benni grinst.

»Ach«, sage ich und bekomme heiße Wangen.

»Aber das macht dich ja gerade so liebenswert«, führt er seinen Gedanken zu Ende.

Für einen Moment verlangsame ich meine Schritte. War das jetzt etwas Gutes? Ich entscheide mich für »ja« und gehe freudig weiter. Benjamin Wagner mag mich. Er findet mich liebenswert. Ein leichtes Glücksgefühl überkommt mich.

Bei Chris herrscht das totale Chaos. Der Boden ist mit Klamotten übersät.

»Man könnte meinen, du hast keine Schränke.« Ich steige über einen Kleiderhaufen hinweg, um zum Atelier zu gelangen.

»Weißt du, ich beschäftige mich lieber mit den wichtigen Dingen des Lebens«, lautet die künstlergerechte Antwort. Chris grinst dämlich.

»Schon klar«, murmele ich und folge Chris in sein Atelier.

Äußerlich hat sich Chris seit unserer letzten Begegnung bei Penny kaum verändert. Vielleicht hat er ein paar Falten mehr, ansonsten ist er noch ganz der Alte. Wie befürchtet, trägt er eine seiner berühmt-berüchtigten weißen Leinenhosen und dazu eine Art Tunika. Gott sei Dank! Die Tunika reicht ihm bis zu den Knien und bedeckt somit sein baumelndes Gemächt. Benni grinst mir zu, als er meinen Blick auffängt. Ich grinse zurück. Wir sind wie zwei Verschworene, die sich auch ohne Worte verstehen.

Das Atelier sieht genau so aus, wie ich es mir vorgestellt habe. Überall Farben, Papier, Pinsel und Gläser voll mit Sand, so weit das Auge reicht. Auf dem Boden liegt eine große Leinwand ausgebreitet, auf der, mit gekonnten Strichen, eine Art Landschaft gemalt ist. Ein Spiel aus Licht und Schatten, das noch nicht fertig zu sein scheint.

»Sind das die Bilder, über die wir gesprochen haben?« Benni bringt sich in Position und fängt an zu fotografieren. Ich stelle mir vor, wie er laut ruft: »Yeah Baby yeah ... gut machst du das! ... Zeig es mir!« Ich kann ein Kichern gerade noch in letzter Minute unterdrücken. In Gedanken sehe ich Katjas strengen Blick vor mir. Also reiße ich mich zusammen und denke an *Vox Tours*. Judith würde sicher nicht kichernd losprusten.

»Das habe ich von meiner letzten Reise in die Wüste Thar mitgebracht.« Chris präsentiert stolz die unzähligen Gefäße, die ungeordnet neben der Leinwand aufgebaut am Boden stehen. Große und kleine Flaschen gefüllt mit Sand in allen Schattierungen. Wie umständlich! Für das bisschen Sand durch halb Afrika zu reisen!

»Hättest du nicht auch einfach Sand von der Ostsee nehmen können?«, platzt es aus mir heraus. »Ich meine, das wäre doch deutlich einfacher.« Mal ehrlich, wer kann schon den Unterschied zwischen Wüstensand und Ostseesand erkennen? Für einen Moment herrscht eine bedrückende Stille. Vielleicht hätte ich doch besser meinen Mund halten sollen?!

Chris starrt mich mit offenem Mund an. Kein schöner Anblick. Ich habe noch nie einen Menschen getroffen, der mit offenem Mund gut aussieht. Man wirkt immer leicht debil. Seit ich einmal während eines Rückfluges von Griechenland nach Deutschland eingeschlafen bin und Katja mich dabei fotografiert hat, wie ich mit offenem Mund an der Schulter eines mir unbekannten Sitznachbarn eingeschlafen bin, habe ich in dieser Beziehung echt einen Schaden weg. Sie hat sich auch nicht gescheut, mir zu berichten, dass mir ein Speichelfaden aus dem Mundwinkel hing und sich eine feuchte Stelle auf dem Shirt jenes Sitznachbarn gebildet hatte. Brrr … Bei dem Gedanken an dieses Foto bekomme ich heute noch Herpes in der Größe eines Blumenkohls.

Chris fängt an zu lachen. »Das ist mal wieder typisch unser Moptodel. Kein Mensch würde mir eine solche Frage stellen – keiner, außer dir.« Er wischt sich über die Augen. Benni beugt sich dicht zu mir und flüstert.

»Moptodel?!«

»Äh ja …« Mir bleibt heute wirklich nichts erspart. »Moptodel« ist mein Spitzname aus der Schulzeit. So eine Mischung aus Trottel, Model und Top. Ich glaube, es war Birtes Idee. Ein Grund mehr, sie bis heute zu hassen. Ich seufze. »Blöder Spitzname. Einfach nicht drüber reden.«

Er nickt. Da ist es wieder, dieses freche Grinsen auf seinem Gesicht. Er lacht mich aus. Ich weiß es. Ich werfe ihm einen strafenden Blick zu und wende mich wieder an Chris.

»Natürlich könnte ich einfach Sand von der Ostsee nehmen, aber wer würde dann schon meine Bilder kaufen? Wenn jemand Kunst kauft, möchte er etwas Besonderes, etwas Einzigartiges besitzen. Das Bild soll eine Geschichte erzählen oder Gefühle auslösen. Was würde ein Bild mit Ostseesand wohl bei dir für Gefühle oder Erinnerungen auslösen?«

Ich grinse. »Strandkörbe, kaltes Wasser, dicke Menschen und der Geruch nach Sonnencreme. Ach ja, und Langeweile.« Die Kamera klickt. Benni hat sich unauffällig zwischen uns aufgebaut.

Chris nickt. »Genau. Und was löst die Wüste bei dir aus?«

»Wärme, Abenteuer, Geheimnis und Gefahr«, sage ich nach kurzer Überlegung.

»Exakt! Welches der beiden Alternativen würdest du dir an die Wand hängen wollen?«

Die Antwort ist klar. »Wüste.«

Chris nickt zufrieden. »Weißt du, ich habe mich vor Jahren bei einer meiner Reisen in die Wüste verliebt. Mich begeistern die Menschen und ihre Geschichten, deren Leben. Aber am meisten fasziniert mich die Natur dort.«

Ich wende mich wieder Chris zu, dessen Hände mittlerweile mit bunter Farbe beschmiert sind. Er ist voll in seinem Element, seine Bewegungen sind fließend, und seine Hände scheinen einer imaginären Musik zu folgen.

Auch Benni wirkt hoch konzentriert. Mein Gott, der Mann sieht sogar sexy aus, wenn er arbeitet. Sein ganzer Fokus ist auf Chris gerichtet. Es ist das erste Mal, dass ich Benni bei der Arbeit beobachte. Ich bin begeistert. Seine schlanken Finger umfassen die Kamera fast liebevoll. Wie fühlt es sich wohl an, wenn er mich berühren würde? Hat er weiche Haut? Bestimmt. Schöne Hände sind selten bei Männern. Benni hat schöne Hände. Ebenso schöne Zähne. Schon zwei Attribute, die ihn in die oberen Ränge des Männerolymps befördern – ganz abgesehen von dem knackigen Po.

»Julia, hörst du mir noch zu?« Chris zwinkert mir zu. Hat er was gemerkt? Warum sieht er mich so bedeutungsvoll an?

Wieder spüre ich, wie ich rot werde und senke hastig den Kopf. Aus dem Augenwinkel bemerke ich, wie Benni erstaunt zu mir rübersieht. Seine braunen Augen glänzen im Licht.

»Äh, entschuldige«, murmele ich, »ich habe nur einen Moment nachgedacht.«

»So kann man es auch ausdrücken«, spöttelt Chris und macht eine unauffällige Kopfbewegung in Richtung Benni, der sich gerade über das Bild beugt und eine Detailaufnahme macht.

Konzentriere dich! Benni ist nur dein Fotograf. Du bist gerade von deinem Verlobten betrogen worden. Hör auf, ständig über Benni nachzudenken. Männer sind erst einmal tabu.

Eine Hand legt sich auf meinen nackten Arm. Ich zucke zusammen. Es ist Benni. Er steht direkt hinter mir. Seine körperliche Nähe macht mich nervös.

»Was hältst du davon, wenn wir dich und Christian …«

»Chris, bitte« unterbricht ihn Chris.

Benni nickt. »Ich würde gerne ein Bild von Chris und dir machen.«

»Keine gute Idee«, protestiere ich. Meine Haut prickelt an der Stelle, als er die Hand wieder wegnimmt.

Ich kann Bilder von mir nicht leiden. Meistens sehe ich aus wie ein Marzipangesicht mit einem Pudel auf dem Kopf.

»Doch«, besteht Benni. »Deine Leser sollen sehen, wer die sympathische Frau ist, die hinter dem Artikel steht. Außerdem wirkt es so authentischer.« Er dreht an seinem Objektiv.

»Chris, du könntest Julia dabei noch ein bisschen von deinen Reisen nach Afrika erzählen«, schlägt er vor. Chris kniet auf dem Boden, und ich folge seinem Beispiel. Benni platziert sich an der Stirnseite des Bildes.

Chris schüttet den Sand mit einer schwungvollen Bewegung über der Leinwand aus, dann nimmt er einen Topf mit Farbe und vermengt scheinbar ohne Konzept den Sand mit der Farbe. Es folgen Bewegungen, wie bei Kindern, die mit Matsche spielen. Sein Gesicht bekommt einen konzentrierten, leicht verrückten Ausdruck. Wahnsinn und Genie liegen eben doch dicht beieinander.

»Das ist echt cool gelaufen«, stellt Benni später zufrieden fest. »Aber mal ehrlich, eine kleine Macke hat der Typ schon.«

Ich nicke. »Schätze mal, Chris war ein bisschen zu lange in der Sonne.« Wir beide lachen.

»Trotzdem glaube ich, dass er mit seinen Bildern erfolgreich wird. Die Idee ist gut, und malen kann er auch.«

»Katja und ich waren uns schon immer einig, dass Chris mit seinem Können auf Dauer Erfolg haben würde. Du hättest mal sehen sollen, wie der in der Oberstufe gemalt hat! Gegen ihn hatte keiner von uns eine Chance«, sage ich locker.

»Ich wette, du warst aber auch ziemlich gut.« Benni lächelt mich warmherzig an.

Und mein Magen macht wieder einen dieser kleinen Hüpfer, die er in letzter Zeit immer macht, wenn Benni in meiner Nähe ist.

»Hast du dir schon überlegt, wann wir uns zusammensetzen, um die Fotos auszusuchen?« Ich denke kurz nach. »Ich könnte den Artikel bis morgen Abend fertig haben.«

»Lass uns nächste Woche treffen.« Sein Gesichtsausdruck hat sich verändert. Er wirkt plötzlich ernst.

»Warum erst nächste Woche? Miriam möchte den Artikel so schnell wie möglich haben«, beharre ich. »Und du hast selbst gesagt, dass du die Bilder so schnell wie möglich im Kasten haben willst.«

Benni schüttelt den Kopf. Seine wunderbaren braunen Augen sehen mich traurig an. Er nimmt meine Hand in seine beiden Hände.

»Ich kann dieses Wochenende nicht. Da ist eine total wichtige Sache, die ich nicht aufschieben kann und die meine ganze Zeit in Anspruch nehmen wird. Sorry! Das Treffen muss bis nächste Woche warten.«

Bitte? Wichtige Sache? Was kann wichtiger sein als der Artikel für die Sonderausgabe der *Holiday Dream*!

Er seufzt und sieht überhaupt nicht mehr glücklich aus. Jetzt erst fallen mir seine dunklen Augenringe auf. Rasiert ist er auch nicht.

»Benni?«

»Ja?«

»Es geht mich ja nichts an, aber ich werde dich trotzdem fragen. Ist bei dir alles in Ordnung? Du wirkst irgendwie gestresst.«

»Bei mir ist ne Menge los, und ich muss ein paar Sachen in Ordnung bringen. Elisabeth ...« Benni sieht ertappt in meine Richtung. »Äh, ich meine, Frau Hirsekorn hat mich um einen Gefallen gebeten, den ich unmöglich ablehnen kann, auch wenn ich viel lieber hier ...« Er sieht, mir tief in die Augen, »... bei dir wäre.«

Ich schweige.

Wir schauen uns an, dann beugt sich Benni zu mir herunter und küsst mich. Nur einen Wimpernschlag lang berühren sich unsere Lippen, aber ich stehe unter Strom. Mein Herz rast, meine Beine zittern, und mein Atem geht stoßweise. Gut, dass ich sitze, sonst wäre ich umgefallen. Meine Selbstsicherheit ist mit dem Kuss verpufft. Ich meine, erste Küsse sind schließlich alles entscheidend. Und können wahnsinnig enttäuschend sein, wenn der Angebetete zum Beispiel wie ein Anfänger küsst und man gleichzeitig weiß, dass er es auch niemals lernen wird.

Diesen Kuss gerade fühle ich bis in die Fußspitzen. Benni ist definitiv keiner dieser Anfänger.

»Julia?« Ich öffne meine Augen. Benni lässt meine Hand los. »Es tut mir echt leid. Aber ich muss jetzt gehen.«

Ich starre ihn entgeistert an. »Wie, jetzt?«

» Es tut mir echt leid. Aber ... es ist wirklich wichtig.«

Ich nicke. Zu Worten bin ich in diesem Moment nicht fähig. Ich spüre immer noch seine Lippen auf meinen.

»Julia, ich muss wirklich weg«, sagt Benni, als er mein Gesicht sieht. »Aber wir sehen uns, sobald ich wieder da bin, okay? Gleich Montag. Und dann machen wir genau an diesem Punkt weiter.«

»Okay.« Ich versuche zu lächeln. »Das wäre schön.«

Dann geht er davon. Eine Weile höre ich noch seine Schritte.

11. Julias Facebook-Status: Girls Night out!

Mach nicht so ein Gesicht, Pumbi! Es ist Freitagabend! Also nicht die richtige Zeit, um Trübsal zu blasen.« Meine beste Freundin nimmt mich in den Arm. »Du holst jetzt deinen schicksten Fummel aus dem Schrank, und dann machen wir zusammen die Clubs unsicher. So wie früher. Ich habe Sergej schon gesagt, dass er heute Nacht nicht mehr mit mir rechnen kann.«

Ich schaue angewidert zur Seite. Ich habe überhaupt keine Lust auszugehen. Ich will nicht wie früher Clubs unsicher machen. Nein, so macht mir mein Single-Dasein überhaupt keinen Spaß. Eigentlich will ich nicht wieder da hinaus und mich auf den Single-Markt werfen, schon gar nicht nach dem heutigen Tag, nach dem heutigen Kuss. Will mich nicht beweisen müssen, mich nicht von meiner besten Seite zeigen, nicht über blöde Witze von Männern lachen, nur damit die das Gefühl haben, sie seien die Größten. Ich will nicht interessiert nicken und beeindruckt tun, wenn mir irgendein Kerl erzählt, dass er gerade zum Mitarbeiter des Monats bei *McDonalds* gewählt wurde. Ich will mich nicht anpreisen müssen, auch wenn ich das in meinem Alter noch nicht nötig habe.

Das war ganz anders, als ich mit Johann zusammen war. Da bin ich gerne am Wochenende, wenn er arbeiten musste, durch die Bars gezogen und habe mich anmachen lassen, denn da wusste ich ja, dass das alles nur ein Spiel ist und zu Hause ein Mann auf mich wartet, der mich liebt. Dachte ich jedenfalls. Was für ein schönes Gefühl! Du kommst nach Hause, ziehst vor der Haustür schon mal deine Schuhe aus, um ihn nicht aufzuwecken, und schleichst auf Zehenspitzen durch die Wohnung ins Badezimmer, wo du dir pflichtgemäß die Zähne putzt und die Spuren deines mittlerweile verlaufenen Make-ups entfernst, um dich dann an deinen Liebsten zu kuscheln. Wenn er dich dann fragt, wie es gewesen sei, antwortest du mit einem leisen »Okay« und dem Bewusstsein, dass du einigen Männern ein zweideutiges Lächeln geschenkt und sie beeindruckt hast – ohne dass du es nötig gehabt hättest, sie zu beeindrucken.

»Pumbi, du bist ja völlig durch den Wind!«, stellt Katja fest.

»Ich weiß auch nicht, was mit mir los ist, aber die ganze Sache mit Johann nimmt mich irgendwie mehr mit, als ich gedacht habe. Und dann dieser Kuss …« Ich seufze theatralisch.

»Also, dieser Benni ist wirklich komisch. Erst verführt er dich im Zug, und dann tut er so, als sei nichts passiert …«, sie macht eine nachdenkliche Pause, » … dann plötzlich küsst er dich. Ich werde aus dem Kerl nicht schlau.«

»Ich auch nicht und das ist es ja, was mich so deprimiert. Du hättest ihn sehen sollen. Er sah so unglücklich aus und hat irgendwas davon gefaselt, dass er der Hirsekorn einen Gefallen schuldig sei.« Ich schüttele den Kopf. »Vermutlich erpresst sie ihn irgendwie.«

»Wieso sollte sie ihn erpressen? Sie ist doch diejenige mit dem Geld.«

»Vielleicht ist sie doch seine Geliebte?« Ich sitze plötzlich aufrecht und umklammere den Stift in meiner Hand. »Vielleicht wollte er Schluss machen?« Der Gedanke gefällt mir. »Vielleicht hat er mir deswegen den Kuss gegeben? Eigentlich will er mich, aber wird von der alten Hirsekorn erpresst.«

»So wie du ihn mir beschrieben hast, passt das gar nicht zu einem Typen wie Benni, sich von einer Frau erpressen zu lassen. Findest du nicht?«

»Eigentlich nicht«, sage ich und verziehe das Gesicht. »Aber denk nur an Richard Gere in *Ein Mann für gewisse Stunden*. Der wird auch von so einer alten Schachtel ausgehalten.«

»Du meinst Lauren Hutton? Also hör mal, das ist eine Klassefrau und keine alte Schachtel!«, protestiert Katja.

»Ja, okay. Kann man vielleicht nicht vergleichen, aber irgendwie ist er von der Frau abhängig. Das kann ich mit jeder Faser meines Körpers spüren.«

»Hast du nicht gesagt, dass er dieses schicke Studio in eurem Gebäude hat?«

Ich nicke widerwillig.

»Na, dann macht die ganze Sache doch Sinn. Wahrscheinlich hat er eine Affäre mit der alten Hirsekorn und kann sich so seinen Traum vom tollen Studio als selbstständiger Fotograf leisten.«

»Und was ist mit meinem Kuss?«

Kurzes Schweigen.

»Der Mann hat schließlich auch Bedürfnisse.«

Also, dass mich meine beste Freundin als das Bedürfnis eines Mannes abstempelt, finde ich entsetzlich.

»Hey Pumbi, jetzt zieh doch keine Schippe. Ich tappe genauso im Dunkeln wie du.« Sie nimmt mich in den Arm. »Ich finde, du solltest die ganze Sache einfach auf sich beruhen lassen. Du wirst sowieso keine Antwort auf deine Frage bekommen, außer du fragst ihn direkt, und das kannst du nicht, da Benni sich heute von dir fürs Wochenende verabschiedet hat.«

Manchmal hasse ich Katjas nüchterne Art, die Dinge zu sehen. Aber wo sie recht hat, hat sie recht. Ich nicke betrübt.

»So, und jetzt schmeiß dich in irgendeinen schicken Fummel.«

Die Bässe des Clubs wummern laut in meinen Ohren.

»Hallo, Schönheit.«

»Hä?«

»Darf ich dich auf einen Drink einladen?«

Wer stört mich da in meiner Depression? Wo ist Katja? Und warum quatscht mich dieser Typ von der Seite an, als würde ich nur auf ihn warten? Widerwillig hebe ich meine Augen und betrachte den Eindringling in meine Traueraura.

Ein äußerst hübsches Exemplar seiner Gattung hat sich vor mir aufgebaut, nur leider ein paar Jahre zu jung für mich. Und die Nummer mit der Schönheit habe ich vor Jahren hinter mich gebracht. Egal. Ich brauche eine Ablenkung. Ich mache einen Augenaufschlag, wie man ihn sonst nur in Hollywood-Filmen zu sehen bekommt, und öffne verheißungsvoll meine Lippen.

»Nur, wenn du meiner Freundin auch einen Drink spendierst.«

Er lächelt. Süß.

Er ist höchstens 25. Er hat einen modischen Kurzhaarschnitt, breite Schultern und ein Lächeln, als ob er gerade aus einem Werbeplakat für Zahnpasta entsprungen ist. In diesem Moment hebt er sein Glas.

»Was kann ich dir und deiner Freundin also bringen?« Er vertieft sein Dauerlächeln noch ein wenig.

»Sonne im Glas.« Sollte lässig klingen, aber stattdessen ernte ich verständnislose Blicke meines Gegenübers.

»Aperol mit Sekt, bitte«, berichtige ich mich und lächele. Jetzt nickt mein Verehrer.

In diesem Moment kommt Katja zurück. Mit hochgezogenen Augenbrauen betrachtet sie meinen Prinzen.

»Wie ich sehe, hast du schon Anschluss gefunden.«

»Äh, ja. Das ist ...«

»... Jan Becker.«

Er macht eine gespielte Verbeugung. Schnuckelig. Der Junge hat es echt drauf.

»Ich bin Savanna«, lege ich los. Jajaja, ich wollte schon immer einen geheimnisvollen Namen haben. Einen Namen, der nach Abenteuer, Erotik und Versuchung klingt. »Und das ist meine Freundin Katja.« Ich streiche mir lässig eine Strähne hinters Ohr. Katja wirft mir einen Blick zu, der mir zeigt, dass ich kurz davor bin, meinen Verstand zu verlieren. Dabei mache ich doch nur das, was sie von mir verlangt hat: Ich amüsiere mich!

»Tja, ich geh dann mal die Drinks holen.« Er lächelt schüchtern und geht. Um sicherzugehen, dass er auch wiederkommt, werfe ich ihm einen verheißungsvollen Blick voller Erotik hinterher.

»Savanna?« Katja verzieht das Gesicht.

»Klingt toll, oder?« Ich strahle und nehme den letzten Schluck aus meinem Glas. Ich wollte schon immer mal Savanna genannt werden.

»Was ist los mit dir?« Katja schnüffelt misstrauisch an meinem Glas. »Vor einer Stunde musste ich dich fast zwingen, mit mir auszugehen, und jetzt baggerst du junge Typen an und gibst dich als Savanna aus.«

»Wieso? Du hast gesagt, ich soll mich amüsieren – und genau das mache ich.«

»Indem du junge Kerle anbaggerst und sie dann zu Tode erschreckst?«

»Erstens hat Jan mich angesprochen und zweitens wird Frau doch ihren Spaß haben dürfen. Ich bin schließlich Single.«

»Ein ziemlich verwirrter Single«, stellt Katja fest.

In diesem Moment taucht eine vertraute Silhouette im Hintergrund auf. Ich kneife die Augen zusammen. Öffne sie. Immer noch das gleiche Bild. Das kann doch nicht! Das ist unmöglich!

»Katja kneif mich!«

»Was?«

»Kneif mich sofort in den Arm, sonst schreie ich!«

»Autsch!«

»Was ist los?«

Ich kann nicht sprechen. Mit offenem Mund schaue ich zu, wie Benjamin Wagner zusammen mit einer spektakulären Blondine im Arm an die Bar geht.

Katja ist meinem Blick gefolgt. »Moment mal. Ist das etwa …?«

Ich nicke. Zu mehr bin ich nicht fähig.

»Benni?« Katja sieht mich überrascht an.

Ich weiß nicht warum, aber plötzlich ist mir zum Heulen zumute. Ich bin völlig verwirrt. Benni hier? Wer ist die Blonde? Was soll das ganze Theater? Zu allem Überfluss kommt genau jetzt Jan mit den Drinks zurück.

»Für die zwei schönsten Frauen im ganzen Raum.« Er macht eine gespielte Verbeugung und reicht uns die Gläser. Ein richtiger kleiner Gentleman, mein Verehrer. Ich muss beide Hände nehmen, um das Glas festzuhalten. Mein ganzer Körper zittert vor Aufregung, nicht wegen Jan, sondern wegen Benni. Was für eine Frechheit von dem Kerl! Mir erst diese Geschichte mit der wichtigen Angelegenheit aufzutischen und dann hier so mir nichts dir nichts aufzutauchen, mit einer scharfen Blondine am Arm.

»Savanna!« Jan prostet mir zu. Savanna. Aus seinem Mund klingt mein neuer Name wie eine süße Nachspeise, die ihm gerade auf der Zunge zergeht.

Aus dem Augenwinkel sehe ich, wie Benni seinen Arm um die Blonde legt, während sie ihren Kopf nach hinten beugt und lacht. Mist, verdammt! Ich nehme einen tiefen Schluck aus meinem Glas.

»Übel geiler Laden hier.« Jan wippt im Takt der wummernden Musik. Was waren das doch für Zeiten, als Michael Jackson in allen angesagten Clubs lief und ich heimlich zu Hause den Moon Walk geübt habe. Seufz! Man muss sich vorstellen, ich habe tatsächlich mal einen Jungen geküsst, nur weil er den Moon Walk konnte und damit der coolste Typ an der gesamten Schule war. Damals gab es noch Popper und man sagte auch noch Dinge wie »echt knorke«. Aber ich muss mich wohl dem Wortschatz meines jugendlichen Begleiters anpassen, wenn ich nicht als völlig veraltet erscheinen will.

»Ja, voll krass.« Der Satz bringt mir ein Lächeln von Jan und einen ungläubigen Blick von Katja ein.

Möglichst unauffällig werfe ich einen Seitenblick zu Benni und der Blondine. Die beiden stehen dicht beieinander und reden. Die Art und Weise, wie sie es tun, lässt vermuten, dass sie miteinander vertraut sind. Benni legt seine Hand auf ihre Schulter und streicht ihr eine Haarsträhne aus dem Gesicht. Die Blonde lächelt. Mir versetzt die Szene einen Stich in die Magengegend. Schnell wende ich meinen Blick wieder ab. Ich stürze das halbe Glas in meiner Hand auf einmal herunter. Eigentlich sollte mir der Blödmann doch egal sein. Der und sein lächerlicher Kuss!

Jan lächelt mich an. Seine Fingernägel sehen leicht ungepflegt aus. Ach, ich darf die Sache nicht so eng sehen. Schließlich will ich ihn ja nicht heiraten, sondern nur Sex mit ihm haben. Wilden, ungezügelten Sex – die ganze Nacht. Einen Orgasmus nach dem anderen und wenn ich keine habe, werde ich sie vortäuschen und dafür sorgen, dass Benni davon erfährt. Der soll bloß nicht glauben, dass ich auf ihn gewartet habe, nur weil er mir einen bescheuerten Abschiedskuss gegeben hat! Idiot!

Katja winkt mich zu sich heran und flüstert mir ins Ohr, sodass Jan uns nicht hören kann.

»Du hast mir gar nicht erzählt, was für eine absolute Granate der Typ ist!«

»Wer? Jan?«

»Nee, dein Benni natürlich. Dem kann Jan doch nicht das Wasser reichen.«

»Och. Findest du?« Ich blinzele heimlich in Bennis Richtung. Tatsächlich sieht Benni heute Abend umwerfend aus. Er trägt eine von diesen absolut angesagten lässigen Jacken, darunter ein T-Shirt und Jeans. Allerdings hat er immer noch diese Schatten unter den Augen, aber das tut ihm keinen Abbruch. Wahrscheinlich hatten die beiden die ganze Nacht wilden Sex, und die Augenringe sind so eine Art Trophäe.

»Ja, sieht ganz nett aus.«

»Ganz nett? Nett ist die kleine Schwester von »scheiße«. Bist du blind? Der Typ ist der absolute Hammer!« Katja gibt mir einen kräftigen Stoß in die Seite. »Kein Wunder, dass du dich in den verknallt hast.«

»Ich bin nicht verknallt!«, protestiere ich ein wenig heftiger als nötig. Natürlich bin ich nicht blind, aber ich habe keine Lust vor Katja zuzugeben, dass Benni mit seinen braunen Augen absolut mein Typ ist.

»Pumbi, ich bin deine älteste Freundin. Ich weiß, wenn du verknallt bist – bevor du es weißt. Und so wie du Benni anstarrst, bist du bis über beide Ohren in den Typen verknallt.«

»Unsinn! Ich finde ihn ganz nett, das ist …«

»Hast du Lust zu tanzen?« Jan tänzelt leicht unbeholfen vor mir. Anscheinend hat er beschlossen, unser Gespräch zu beenden und meine Aufmerksamkeit zurückzuerlangen.

»Klar!« Ich werfe einen triumphierenden Blick in Katjas Richtung, bevor ich mit verführerisch schwingender Hüfte in die Menge der Tanzenden abtauche. Katja schüttelt den Kopf, aber das ist mir egal.

Also platziere ich mich so auf der Tanzfläche, dass ich Benni von meiner Position aus sehen kann. Der ist allerdings derart in das Gespräch mit der blonden Sexbombe vertieft, dass er nichts um sich herum wahrzunehmen scheint.

Jan jedenfalls hält sich für den Tanzgott und reibt seine Hüften an mir, als ginge es darum, mich jetzt gleich hier auf der Tanzfläche zu begatten. Das erinnert mich unschön an meine Judostunden in der Schule, wo ich den Großteil der Zeit damit beschäftigt war, mich aus den Armen meines Gegners zu winden, um nicht im hohen Bogen durch einen Ogoshi auf den Boden befördert zu werden. Aber so schnell lasse ich mich nicht entmutigen. Ich lasse meine Hüfte verführerisch kreisen und werfe meinen Kopf in den Nacken.

Baby, let's rock!

Gegen mich ist Jennifer Grey aus *Dirty Dancing* doch nur ein billiger Abklatsch. Normalerweise bin ich, was das Tanzen anbelangt, eher zurückhaltend, aber heute fühle ich die Beats in meinem Bauch. Heute Nacht bin ich eine Göttin. Ich spüre meine Füße kaum noch. Nehme die Blicke der Männer wahr, die wie immer entlang der Tanzfläche stehen, um potenzielle Opfer auszumachen. Ich lasse meine Hände entlang meines Körpers streichen, werfe verheißungsvolle Blicke zu Jan und schwinge meine Hüften im Rhythmus der Musik. Dann werfe ich einen kurzen Kontrollblick zu Benni. Aber Benni scheint mich überhaupt nicht zu bemerken, stattdessen flirtet er unverhohlen mit seiner Begleiterin. Irgendwie kommt mir das Gesicht der Blonden bekannt vor ... wo hab ich die nur schon mal gesehen? Ha, jetzt weiß ich es! Die Blonde an Bennis Seite ist die Frau auf den Fotos in Bennis Galerie! Was immer zwischen den beiden läuft, es geht schon länger!

Jans Gesicht kommt dem meinem sehr nahe. Seine Lippen kleben förmlich an meinem Ohr.

»Wie wär's, wenn wir zu mir gehen?«

Bitte? Jetzt bin ich ernsthaft irritiert. Habe ich das richtig verstanden? Wahrscheinlich hat ihm irgendein unerfahrener Trottel mal gesagt, dass ältere Frauen total scharf auf jüngere Männer sind und sofort Sex haben wollen. Zugegeben, das war eigentlich der Plan – aber jetzt sofort? Nein, ich muss Benni noch eine Weile beobachten. Ich will wissen, was es mit der Blondine auf sich hat.

»Ich muss kurz auf die Toilette. Nicht weglaufen«, flüstere ich so verführerisch in sein Ohr, wie es bei dem Lärm möglich ist, worauf Jan mir zunickt.

»Schon fertig?« Katja mustert mich streng, als ich völlig außer Atem den Rest meines Drinks hinunterstürze.

»Jetzt sei doch nicht so eine Spaßbremse! Schließlich hast du mich hierher geschleppt.« Mein Mund ist von der tänzerischen Anstrengung total ausgetrocknet. Ah, die Bedienung kommt gerade an unserem Tisch vorbei.

»Meine Güte, Sie schickt der Himmel!«, schreie ich ihr ins gepiercte Ohr.

Die Frau sieht mich völlig verständnislos an. Na ja, kann ja nicht jeder meinen Humor haben – sie hat ihn jedenfalls nicht.

»Einen Aperol auf Sekt, bitte.« Sie nickt und geht. Ein echtes Sprachwunder eben!

»Meinst du nicht, dass du genug hast?« Katja deutet mit einer Kopfbewegung auf mein leeres Glas und macht dabei ein besorgtes Gesicht.

»Ach Katja! Jetzt bleib mal locker! Ich bin halb am Verdursten.« Ich wedele mir Luft mit der Hand zu.

»Ein Wasser hätte es auch getan«, murrt sie.

»Ich habe total vergessen, wie anstrengend tanzen ist«, ignoriere ich ihre letzte Bemerkung geflissentlich.

»Wenn man so tanzt wie du, vielleicht. Sag mal, was sollte das auf der Tanzfläche werden? Eine Art Fruchtbarkeitstanz?«

Ich werfe ihr einen vernichtenden Blick zu. »So tanzt man heutzutage! Ich passe mich nur an.«

Die Bedienung kommt mit meinem Drink. Gierig nehme ich einen tiefen Schluck, was Katja mit einem bösen Blick quittiert.

»Ah, das tut gut! Ich muss dringend auf Toilette.«

»Alles okay mit dir? Soll ich mitkommen?«

»Wirklich, Katja, ich bin ein großes Mädchen und durchaus in der Lage, alleine aufs Klo zu gehen. Wenn Jan nach mir fragt, ich bin gleich wieder da.«

Katja nickt und seufzt laut.

Eigentlich muss ich gar nicht auf die Toilette. Der wahre Grund ist, dass mir der Schweiß in Strömen den Rücken herunter läuft. Ich brauche dringend eine Rundumerneuerung.

In dem Club ist es so dunkel, dass ich Mühe habe, meinen Weg zu den Toiletten zu finden. Halbblind taste ich mich durch die Menschenmenge, als mir plötzlich jemand von hinten auf die Schulter tippt.

»Julia, was machst du denn hier?« Benni steht vor mir.

Einatmen! Ausatmen!

Ich hebe trotzig den Kopf. »Das Gleiche wollte ich dich gerade fragen. Hattest du nicht gesagt, du müsstest etwas regeln?«

»Hey, jetzt sei nicht sauer. Ich muss wirklich etwas regeln, und dass ich hier bin, ist ein Teil davon.«

»Die hübsche Blondine auch?«

Ein amüsiertes Lächeln huscht über Bennis Gesicht. »Bist du etwa eifersüchtig?«

»Was? Ich?« Meine Stimme klingt schrill. »Benni, bitte mach dich nicht lächerlich. Wieso sollte ich eifersüchtig sein? Nur weil du mir diesen kleinen, absolut nichtssagenden Kuss gegeben hast? Du und ich, wir beide wissen, dass der Kuss nichts zu bedeuten hat. Ein harmloser Kuss unter Arbeitskollegen.«

»Ist das so?« Benni starrt mich an, und er sieht überhaupt nicht mehr freundlich aus.

Ich schlucke angesichts seiner sauren Miene. Was bildet sich der Typ eigentlich ein? Erst küsst er mich, haut ohne ein weiteres Wort ab und taucht dann mit einer umwerfend hübschen Blondine im Arm auf. Der kann doch unmöglich glauben, dass ich auch nur ansatzweise eifersüchtig auf ihn bin. Er und sein blöder Kuss sind mir egal.

»Lass uns wie zwei erwachsene Menschen mit der Sache umgehen. Du hattest einen schwachen Moment, und ich war gerade in der Nähe. Na und? Du kannst also mit ruhigem Gewissen zurück zu deiner Blondine gehen, bevor du wirklich Probleme bekommst, die du regeln musst.« Habe ich gerade diesen absolut erwachsenen Satz gesagt? Ich drehe mich um und lasse den sprachlosen Benni in der Menge stehen.

Mein Herz klopft mir bis zum Hals, als ich endlich vor dem Spiegel in der Toilette stehe. Auf meinem Gesicht haben sich verräterische Spuren der Anstrengung gebildet. Kreisrunde rote Flecken zieren mein Gesicht und den Hals. Mein Lippenstift ist so gut wie nicht mehr vorhanden. Oje, meine Haare! Verschwunden ist die seidige Matte, stattdessen hat es sich der Pudel auf meinem Kopf wieder gemütlich gemacht. Lediglich mein Mascara hat den Anstrengungen getrotzt und hält, was sie verspricht. Ich bin so begeistert, dass ich für einen Augenblick ernsthaft erwäge, der Firma Clinique meinen Dank für diese tolle Erfindung der wasserfesten Wimperntusche auszusprechen.

Seufzend mache ich mich ans Werk. Die Zeiten, in denen ich kurz vor dem Weggehen nur eine getönte Tagescreme und etwas Mascara aufgetragen habe, sind längst vorbei. Mittlerweile beherbergt mein Regal im Badezimmer eine beachtliche Ansammlung von Anti-Aging-Cremes und Make-ups mit lichtreflektierenden Partikeln, um die ersten Fältchen zumindest optisch verschwinden zu lassen. Gelobt sei die moderne Kosmetikindustrie. Abends gehe ich nie ins Bett, ohne mich sorgfältig abzuschminken und eine Nachtcreme mit möglichst vielen Wirkstoffen aufzutragen. Auf Sprüche wie: »Ich liebe jede einzelne meiner Falten, denn sie erzählt eine Geschichte« oder »Ich werde mit Würde alt«, kann ich voll verzichten. Ich will nicht, dass jemand meine Lebensgeschichte aus meinem Gesicht abliest. Ich will jung, geheimnisvoll und begehrenswert aussehen.

Puh, fertig. Endlich! Ein letzter kontrollierender Blick in den Spiegel. Gar nicht übel für eine 29-Jährige Frau.

Aber was ist das?

Ich trete einen Schritt zurück, um das Desaster zu begutachten. Unter meinem Achseln schimmern dunkle, verräterische Schweißflecken. Dieses blöde Öko-Deo, das mir meine Mutter geschenkt hat, scheint seinen Dienst vorzeitig aufgegeben zu haben. Panisch sehe ich mich um. An der Wand hängt eines dieser Turbogebläse, mit denen man seine Hände trocknen kann. Das Ding schickt der Himmel!

Ich drücke den roten Knopf des Gerätes und sofort pustet das Teil unter lautem Getöse warme Luft in den Raum. In gebückter Haltung stelle ich mich so unter das Gebläse, dass die warme Luft genau auf meine Achseln trifft.

Prima! Die zweite Seite ist fast trocken, als eine Gruppe junger Mädchen gackernd den Raum betritt. Bevor ich es verhindern kann, haben sie mich entdeckt. Mein Anblick, wie ich halbgebückt unter dem Gebläse hänge, macht die Mädchen sofort sprachlos. Ich werfe ihnen ein Ist-alles-völlig-normal-Lächeln zu und sehe zu, dass ich mit meinem hochroten Kopf Land gewinne. Beim Rausgehen höre ich die jungen Mädchen laut losprusten.

... Die Arme hat bestimmt ihre Wechseljahre.

... Ich hab ja gleich gesagt, hier sind nur Ältere ...

Na toll! Haben die keine Augen im Kopf? Ich und Wechseljahre! Ich stehe in der Blüte meines Lebens. Ich bin der Inbegriff von Jugend! Wütend und ein kleines bisschen frustriert gehe ich zurück zu Katja an den Tisch, schnappe mir mein Glas und trinke es mit einem Zug leer.

»Oha!«, sagt Katja. »Was ist denn mit dir passiert? Du guckst, als wäre dir unterwegs E.T. begegnet.«

»So was Ähnliches!« Ich drehe mich suchend nach Jan um. Ups. Fast hätte ich das Gleichgewicht verloren.

»Sollten wir nicht langsam mal nach Hause?«, drängelt Katja. Die alte Nervensäge!

»Jetzt geht der Spaß doch erst richtig los!« Ich schnappe mir Katjas Glas und trinke es mit einem Zug leer. »So, und jetzt will ich tanzen ...«

»Pumbi, ich finde wirklich, wir sollten gehen.«

»Auf keinen Fall! Wo ist mein Prinz?«

Katja schüttelt den Kopf »Falls du den Kleinen von vorhin suchst, der wollte nur kurz einen Drink holen und ist seitdem nicht mehr aufgetaucht. Da hat sich dein Prinz wohl zum Frosch verwandelt.«

»Echt komisch! Ich leide und du machst dich lustig über mich.«

»Ach komm schon. So war es doch nicht gemeint«, lenkt Katja ein. »Sergej hat mich gerade angerufen. Er ist früher fertig als gedacht und würde auf einen Drink in der China Lounge vorbeischauen.«

»Wirklich?« Im selben Moment, als ich es ausgesprochen habe, weiß ich, ich hätte lieber den Mund halten sollen. Aber das war schon immer mein Problem. Wenn ich etwas getrunken habe, liegt mein Herz auf der Zunge, und alles verlässt ungefiltert meinen Mund.

»Warum fragst du so komisch?«

»Na ja, ich meine …«

»Was?«

Auf Katjas Stirn bildet sich diese gefährliche Falte, die sie immer bekommt, wenn sie kurz davor ist zu explodieren.

»Du weißt schon …«

»Was denn?«

»Du weißt, ich mag Sergej! Aber ich kann ihn mir beim besten Willen nicht hier vorstellen …«

»Du meinst, er ist zu alt?«

Dünnes Eis! Vorsicht jetzt!

»Ich dachte einfach, er steht mehr auf klassische Musik.«

»Und wenn schon …«

»Hey, da bist du ja wieder!« Jan steht plötzlich vor mir.

»'Tschuldigung, ich musste dringend mal für kleine Mädchen«, kichere ich wie ein Backfisch. Katja verdreht die Augen.

»Ich wollte kurz nach draußen, eine durchziehen. Kommst du mit?«, fragt mich mein Retter. Eigentlich bin ich ja Nichtraucher, aber ich möchte auf keinen Fall spießig erscheinen, deshalb nicke ich freudig.

»Kommst du?«, frage ich Katja.

»Glaubst du etwa, ich bleibe hier zwischen all den Raubtieren alleine?« Sie deutet auf eine Gruppe Männer mittleren Alters, die uns lüstern mustern.

Draußen empfängt uns die milde Nachtluft. Während Katja nach Sergej Ausschau hält, zaubert Jan einen Joint aus seiner Jackentasche. Ich hebe erstaunt den Kopf und sehe ihn an.

Jan, der meinen Blick auffängt, grinst leicht blöde. »Spezialmischung für besonders schöne Abende.« Oha, mein Prinz hat es also faustdick hinter den Ohren. Doch nicht so unschuldig, wie ich dachte.

»Möchtest du auch einen Zug?« Er hält mir lockend den Joint vor das Gesicht. Ich zögere. Der Joint wippt vor meinem Gesicht auf und ab. Ach, warum eigentlich nicht? So ein kleiner Zug wird mir schon nicht schaden.

12. Julias Facebook-Status: Das muss die Hölle sein!

Mein Kopf fühlt sich an, als würde er in einem Schraubstock stecken. Wo bin ich? Ist das die Hölle? Zumindest stinkt es wie in der Hölle – sauer und nach Alkohol. Ich schmatze leise. Angeekelt verziehe ich das Gesicht. Mein Mund schmeckt so, wie es riecht. Der Kopf tut mir höllisch weh. Warum nur? Ich versuche mich zu drehen, aber mein Körper fühlt sich an, als ob er nicht zu mir gehört, irgendwie taub. Mein Magen dagegen hat die Drehung bereits vorgenommen und entleert sich in einem perfekt platzierten Eimer direkt neben meinem Bett. Ich öffne die Augen und das Erste, was ich sehe, ist meine eigene Kotze. Das ist zu viel! Stöhnend lasse ich mich zurück aufs Bett fallen. Ich bin definitiv nicht in der Hölle, auch wenn es sich im Moment so anfühlt, sondern in meinem Bett.

Was ist passiert?

Außer dem dumpfen Schmerz hinter meinen Augen ist da absolut nichts. Ich habe nicht die leiseste Ahnung, was in den letzten Stunden oder, oh Schreck, waren es gar Tage, passiert ist. Bitte, lieber Gott, lass mich einfach nur jetzt und hier sterben!

Ich warte, aber nichts passiert. Anscheinend hat der liebe Gott gerade Wichtigeres zu tun, als mich aus meiner Qual zu befreien.

»Hallo«, Katjas Stimme scheppert gegen meine Ohrmuscheln. »Wieder unter den Lebenden?«

»Hast du mich hierher gebracht?«, stöhne ich und wische mir mit dem Handrücken über den Mund. Katja verzieht das Gesicht.

»Nein, ich bin nur als deine Bewacherin hier.« Katja klingt völlig normal. Keine Spur von Abgeschlagenheit. »Sergej macht gerade Frühstück.«

Mein Magen bäumt sich bei dem Gedanken an Essen erneut auf. Würgend hänge ich mit dem Kopf über dem Eimer, bis mir die Tränen in den Augen stehen. Stöhnend lasse ich mich zurückfallen.

»Was ist passiert?«

»Das sollte ich eigentlich dich fragen«, entgegnet Katja vorwurfs-voll. »Was ist nur in dich gefahren? Seit Johann mit dir Schluss ge-macht hat, lässt du dich plötzlich volllaufen, als gäbe es kein Morgen. Und seit wann rauchst du Joints? Das ist voll krass!«

»Krass? Mhm.«

»An was kannst du dich denn noch erinnern?«, fragt Katja. Mit angeekeltem Gesicht nimmt sie den Kotzkübel und stellt ihn vor die Schlafzimmertür. Anschließend setzt sie sich im Schneidersitz zu mir aufs Bett.

Ich forsche in den Tiefen meiner Hirnwindungen nach Antworten, aber bis auf ein paar schemenhafte Bilder ist da nicht viel. Ich erinne-re mich an Jan, und dass ich mit ihm getanzt habe. Ich erinnere mich daran, dass mir Jan einen Joint angeboten hat, und dass ich mich noch nie so leicht gefühlt habe. Ich erinnere mich an einen Schrei.

»Hast du geschrien?«, frage ich zaghaft. Ein schreckliches Gefühl beschleicht mich.

Katja nickt. »Allerdings. Ohne mich würdest du jetzt wahrschein-lich in Jans Bett liegen und bitter bereuen, was du getan hast.«

»Äh, was genau habe ich denn getan?« Ich fange an zu schwitzen bei dem Gedanken, was jetzt kommt.

»Du hast den gesamten Club mit deiner Showeinlage unterhalten.« Katja gehört nicht zu der Sorte Mensch, die ein Blatt vor den Mund nimmt, wenn es darum geht, die Wahrheit zu sagen. »Erst bist du auf der Tanzfläche herumgehüpft und anschließend hast du: ›ICH BREN-NE, ICH BRENNE‹ geschrien und versucht, dir die Klamotten vom Leib zu reißen.« Katja grinst.

Ich stöhne und sinke noch tiefer ins Kissen. »Habe ich mich ... aus-gezogen?« Mein Mund ist trocken.

Katja schüttelt den Kopf. »Hättest du bestimmt, wenn Benni nicht dazwischen gesprungen wäre und dich aus dem Club gezerrt hätte.«

Mein Herz setzt einen Schlag aus. »Benni hat mich nach Hause ge-bracht?«

Nicht genug, dass ich mich im Club vor allen Leuten zum Affen gemacht habe, indem ich laut »ICH BRENNE!« geschrien habe. Benni hält mich nun endgültig für die totale Versagerin. Oh mein Gott, das ist der absolute Alptraum!

»Warum hast du mich nicht davon abgehalten?«

»Wie denn?«, entrüstet sich Katja. »Du hast dich an Jan geklammert, als wäre er dein siamesischer Zwilling, und dann bist du wie ein Derwisch auf der Tanzfläche herumgehüpft. Glaub mir, nur eine ausgebildete Spezialeinheit hätte dich aufhalten können.« Katja grinst.

Mein Herz rutscht bis in die Füße. Scheiße. Ich habe es mal wieder gründlich vermasselt. Benni hält mich bestimmt für die totale Idiotin.

»Benni hat dich übrigens den ganzen Weg bis zum Taxi getragen. Zur Belohnung hast du ihm gleich mal aufs T-Shirt gekotzt.«

»Oh, nein«, stöhne ich. »Nicht schon wieder!«

Katja scheint im Gegensatz zu mir richtig Spaß daran zu haben, mir jedes peinliche Detail der vergangenen Nacht zu erzählen. Am besten ich bringe mich gleich hier und jetzt um.

»Und du hast die ganze Taxifahrt über davon gefaselt, dass ihr füreinander bestimmt seid.« Katja ringt sich ein Lächeln ab.

»Das habe ich nicht wirklich gesagt!« Mir ist schlagartig wieder übel.

Katja nickt. »Doch, hast du.«

»Oh, Gott. Ich muss hier weg und zwar sofort.« Ich richte mich hastig auf. Sofort dreht sich alles.

Katjas Hand drückt mich wieder sanft nach unten. »Nichts dergleichen machst du. In deinem Zustand schaffst du es ja noch nicht einmal bis zur Toilette. Heute ist Samstag, und da kannst du eh nichts machen. Nein, du bleibst schön liegen und kurierst dich aus.«

»Und was ist mit Benni?«

»Ich denke, du solltest dich bei ihm entschuldigen.« Katja sieht mich mit ernster Miene an.

Ich nicke. »Ich habe ganz schön Scheiße gebaut. Glaubst du, er denkt jetzt …?«

»Dass du auf ihn stehst? Nach dem, was du gesagt hast … könnte schon sein.«

»Scheiße«, entweicht es mir laut. Ich werde nie wieder auch nur einen Tropfen Alkohol trinken und nie wieder einen Joint rauchen oder tanzen oder »ICH BRENNE!« brüllen, aber das nützt mir im Moment reichlich wenig. Ich werde mich morgen bei Benni entschuldigen, und dann werde ich einen riesigen Bogen um ihn machen. Und zwar für immer.

Ich sitze frisch geduscht in Katjas Küche und klammere mich an meinem Latte Macchiato fest, während ich darüber nachdenke, wie ich meinen Fauxpas von gestern Nacht wieder gut machen kann.

»Ich kann doch nicht so einfach zu ihm hingehen und mich entschuldigen«, brumme ich. »Außerdem hat er mir selbst gesagt, dass er am Wochenende keine Zeit hat. Ich habe noch nicht einmal seine Telefonnummer, sonst würde ich ihm eine SMS schreiben.«

»Blöde Ausrede! Eine SMS zu schicken wäre echt mies von dir, das macht man nicht! Du sollst ja auch keine langen Reden schwingen. Ein schlichtes ›Entschuldigung‹ würde da genügen. Ich finde, dein Benni ist echt ein netter Kerl. Gib zu, du bist nur zu feige!«

Ich schüttele widerwillig meinen Kopf. »Bin ich nicht. Außerdem finde ich, dass Benni eigentlich an der ganzen Sache schuld ist.«

Katja tauscht einen kurzen Blick mit Sergej, der schweigend an der Küchenzeile lehnt. Dann zeigt sie mir einen Vogel.

»Du hast ja wohl nicht mehr alle Tassen im Schrank. Der Typ rettet dich aus den Klauen dieses pubertierenden, geifernden Jünglings, du kotzt ihm dafür auf sein T-Shirt, und zum Dank behauptest du, er hätte an allem Schuld. Ich weiß wirklich nicht, was in deinem Kopf zur Zeit vorgeht – aber normal ist *das* nicht.«

»Er hat mich schließlich geküsst und ist dann mit dieser Schnepfe aufgetaucht. Ich weiß nicht mehr, was ich von ihm denken soll. Der Mann macht mich völlig verrückt.«

»Das merkt man«, sagt Katja trocken. »Warum hast du ihn nicht einfach gefragt, wer die Frau an seiner Seite ist? Wäre die einfachste Methode gewesen und hätte dir vielleicht den Kater erspart.« Sergej sagt gar nichts, sondern sieht mich nur nachdenklich an. Es klingelt an der Haustür. Katja steht auf.

»Wer kann das nur sein? Erwartest du jemand?«

»Nee, und in meinem Zustand will ich auch niemanden sehen.«

»Is klar.« Katja zwinkert mir zu.

Ich fühle mich zwar etwas besser, aber fit bin ich noch lange nicht.

»Ich geh in mein Zimmer. Meinen Anblick möchte ich wirklich niemandem zumuten«, entschuldige ich mich. »Danke für den Kaffee.« Ich drücke Sergej einen Kuss auf die Wange, anschließend schlurfe ich mit der Tasse Kaffee in der Hand zurück in mein Zimmer.

»Hallo Savanna«, vernehme ich die vertraute Stimme. Ganz langsam hebe ich den Kopf und blinzele ins Licht. Es ist Benni. Er grinst mich an.

»Hi«, sage ich, etwas benommen. Gott sei Dank liege ich bereits, sonst wäre ich auf der Stelle umgefallen. Woher weiß Benni von Savanna? Was habe ich noch alles gemacht?

»Ich wollte mal nachsehen, wie es dir geht, nachdem du gestern deutlich angeschlagen warst.« Er lächelt mich fast unmerklich an.

Ich bringe Katja um, wenn ich sie zwischen die Finger bekomme! Warum hat sie Benni reingelassen? Sie weiß, dass ich mich wegen meines Aussetzers von gestern Nacht in Grund und Boden schäme. Benni hält mich jetzt bestimmt für eine Alkoholikerin mit Drogenproblemen. Und dann noch dieser Name: Savanna! War klar, dass er sich darüber lustig machen würde.

»Äh, ganz gut.« Das ist gelogen. »Mein Name ist Julia«, füge ich spitz hinzu. Mit einem Mal wird mir bewusst, dass ich schrecklich aussehen muss. Im Gegensatz zu Benni, der sieht nämlich aus wie ein griechischer Gott. Ich bin völlig ungeschminkt, trage meine ausgewaschene blaue Jogginghose, dazu ein ausgeleiertes, schlammfarbenes T-Shirt und Hüttenschuhe mit aufgesticktem Elchmotiv. Meine Haare sind zwar frisch gewaschen, aber lediglich mit einem Gummi zu einem unordentlichen Knoten zusammengebunden.

Benni tritt leise ein und schließt die Tür hinter sich. Er runzelt kurz die Stirn. Überall liegen Klamotten auf dem Boden und bestimmt riecht es noch nach Kotze. Wie unangenehm! Betretenes Schweigen.

»Benni, ich wollte … ich wollte dir nur sagen …« Ich hole tief Luft. Bennis Augen hängen an meinen Lippen und mir bleiben die Worte bei dem Anblick seiner Augen im Halse stecken. »Es tut mir leid wegen gestern. Normalerweise bin ich nicht so … ich rauche nie … ich meine … ich habe noch nie …«

Ohne Vorwarnung beugt sich Benni vor und diesmal gibt es kein Zögern. Sein Mund trifft auf meinen, süß und entschlossen. Seine Lippen öffnen meine, und seine Bartstoppeln pieksen in meinem Gesicht. Es fühlt sich gut an. Bei Johann haben sich die Bartstoppeln nie gut angefühlt, und außerdem hatte ich hinterher lauter kleine Pickelchen im Gesicht. Aber das ist mir jetzt egal!

Benjamin Wagner küsst mich! Mir stockt der Atem, als er mich so nah zu sich heranzieht, dass ich mit meinen Händen die Muskeln unter seinem Shirt fühlen kann. Sein Mund schmeckt süß, und seine Zunge ist rau und weich zugleich. In meinem Kopf dreht sich alles, nur dieses Mal liegt es nicht am Alkohol.

Oh Gott, ich will es! Ich will mehr!!

Plötzlich entzieht er sich, und ich fühle mich, als würde ich aus einem Traum gerissen.

»Julia, entschuldige. Ich wollte dich nicht …«

»Ich muss mich bei dir entschuldigen. Es tut mir so leid, Benni«, höre ich mich mit schwerer Zunge sagen. »Ich habe mich wie eine Idiotin benommen.«

»Eigentlich bin ich gekommen, um mich bei dir zu entschuldigen«, sagt er und sieht mich mit Dackelaugen an. »Ich wollte dir noch erklären, warum ich …, aber du warst so sauer, dass ich …« Ich unterbreche ihn, indem ich seine Augen mit kleinen Küssen bedecke. Benni lässt es geschehen. Anschließend nimmt er meinen Kopf zwischen seine weichen Hände und gibt mir einen weiteren Kuss, der mich zu Wachs in seinen Händen werden lässt.

Mein Gott, der Mann kann küssen! Auf einer Skala von eins bis zehn wäre dieser Kuss eine glatte Elf! Ich kann gar nicht genug davon bekommen. Ich streichle mit meinen Händen durch seine Haare, sauge ihren Duft auf, während seine Hände meinen Körper entlang nach unten gleiten. Dort wo seine Haut die meine berührt, fange ich an zu brennen. Ich habe das Gefühl in Flammen aufzugehen.

»Julia …« Sein Atem geht stoßweise. »Wir sollten reden …«

Nein, ich will jetzt nicht reden. Ich will Benni spüren. Jetzt, hier und sofort.

»Später«, keuche ich. Für einen kurzen Augenblick herrscht Schweigen. Benni blickt mir so intensiv in die Augen, dass ich eine Gänsehaut bekomme. Ich blicke zurück, und das Blut rauscht mir in den Ohren. Dann küssen wir uns. Seine Küsse werden fordernder. Er zieht mir das T-Shirt über den Kopf. Ich fröstele. Gekonnt hakt er meinen BH auf. Wie oft hat er das wohl schon in seinem Leben gemacht? Ich ziehe ihm im Gegenzug sein Shirt aus. Sein Oberkörper sieht genau so aus, wie ich ihn mir immer vorgestellt habe. Muskulös, aber nicht übertrieben. Genau richtig eben. Sein Mund dringt zu meinen Brustwarzen vor, und ich schnappe vor Erregung nach Luft. Benni lacht heiser, als er mich zu sich nach unten zieht. Seine Haut ist herrlich weich und warm. Seine Lippen wandern nach unten. Ich keuche, als er meinen Bauchnabel erreicht und seine Zungenspitze kleine Kreise darum beschreibt.

Meine Güte, wir haben wirklich Sex miteinander! Er zieht mir den Slip aus. Wow, das geht aber schnell! Seine Hände sind überall. Fast bin ich versucht zu blinzeln, ob Benni vielleicht ein Paar zusätzlicher Arme gewachsen sind. Wie macht der das? Johann hatte beim Sex eine feste Routine, an die er sich immer hielt. Küssen, ausziehen, an meiner Brust saugen, hilfloses Fummeln und dann ging es zur Sache. Das Ganze dauerte meist nicht mehr als die durchschnittlichen bundesdeutschen acht Minuten. Das hat seine Vorteile. Man weiß genau, was als Nächstes kommt, und kann sich dadurch gleichzeitig noch Gedanken machen, was man heute Abend so essen möchte. Aber das, was Benni mit mir anstellt, erfordert all meine Sinne. Ich keuche hilflos. Alles geht so schnell, dass ich kaum noch weiß, wie mir geschieht. Eben war ich noch voll bekleidet und voller Kummer, und jetzt bin ich nackt und erregt wie noch nie in meinem Leben. Na, das nenne ich mal einen Wendepunkt! Plötzlich steigt in mir ein kleines Kichern auf. Benni hebt überrascht den Kopf.

»Soll ich aufhören?«

»Untersteh dich!« Und dann macht Benni weiter.

Ich bin verliebt! Neben mir liegt der erotischste Mann, mit dem ich jemals Sex hatte! Und wir haben mindestens dreimal miteinander geschlafen. Bei einem Mal kann es sich noch um einen glücklichen Zufall handeln, aber dreimal mit dem gleichen Mann sauguten Sex zu haben, das ist galaktisch. Bei Johann habe ich während des Sexes oft an Fettverbrennung gedacht, um der Sache irgendwie einen Sinn zu geben. Aber es ist nicht nur der Sex, es ist alles. Das Gesamtpaket stimmt. Mein Körper fühlt sich an wie geschunden. Herrlich!

Benni liegt mit geschlossenen Augen neben mir. Er sieht geradezu malerisch aus, wie er da so liegt auf dem Rücken, die Arme zur Seite gelegt und völlig entspannt. Seine glatte Brust hebt und senkt sich in regelmäßigen Abständen. Vielleicht sollte ich mich kurz aus dem Bett schleichen und ein wenig Make-up auflegen. Mit Schrecken wird mir bewusst, dass ich meine Beine heute Morgen nicht rasiert habe, und ich überlege panisch, wie ich es anstellen kann, meine Beine kurz zu rasieren, ohne dass Benni es merkt. Schließlich möchte ich, dass er mich in meinem besten Zustand sieht, wenn er aufwacht.

Benni räkelt sich leicht neben mir. »Hey.« Er sieht mich mit sanftem Blick an. Zu spät. Ich werde wohl so bleiben müssen, wie ich jetzt aussehe. Ungeschminkt, leicht blass, mit kratzigen Beinen.

»Hey, du …« Zu mehr komme ich nicht, denn Benni zieht mich zu sich herunter. Ich kuschle mich mit dem Kopf auf seinen nackten Oberkörper, presse mein Ohr gegen seinen Brustkorb, dass ich sein Herz schlagen höre. Das hat auch den Vorteil, dass Benni mein ungeschminktes Gesicht so nicht sieht. Eine Weile liegen wir in dieser Stellung zusammen und genießen die Nähe des anderen. Im Hintergrund ist ein Rumoren zu hören. Katja hantiert in der Küche.

»Möchtest du auch etwas trinken?«, flüstere ich Benni ins Ohr.

Er nickt. »Dich.«

Als Antwort heben 100 Schmetterlinge in meinem Bauch gleichzeitig ab.

»Ich habe tierisch Durst. Möchtest du vielleicht einen Happen essen? Es ist schon relativ spät, und ich habe seit dem Frühstück nichts mehr gegessen.« Ich kichere wie ein Backfisch. »Ich bin mir sicher, wir haben etwas Leckeres im Kühlschrank.« Was ich ihm nicht sage ist, dass ich nach gutem Sex immer einen so unglaublichen Hunger habe, als wäre ich gerade einen Marathon gelaufen. In unserem Fall einen Sexmarathon.

Benni springt mit einem Satz aus dem Bett. »Scheiße! Wie viel Uhr ist es?« Er sieht irre süß aus mit seinen zerstrubbelten Haaren und diesem verwirrten Gesichtsausdruck.

»Äh, keine Ahnung. Warte mal …« Ich taste mit der Hand nach meiner Armbanduhr. »Kurz nach acht. Warum?«

»Mist!«, flucht mein Traumprinz und schmeißt sich in seine Jeans.

»Was ist los?«, frage ich irritiert. Hätte ich doch bloß nicht erwähnt, wie spät es ist.

»Ich hätte schon vor knapp einer halben Stunde … ich muss los.« Er streicht sich durch die Haare.

»Aber du kannst doch nicht …« Ich richte mich auf. Sein Blick fällt auf meine nackten Brüste, »… nicht einfach gehen. Ich meine, wir hatten gerade den hammermäßigen Sex …«

»Ich würde auch viel lieber bei dir bleiben. Glaub mir, bitte. Aber ich muss zu dieser Verabredung!« Er hebt die Schuhe vom Boden auf und setzt sich zu mir auf die Bettkante.

»Du hast eine Verabredung? Es ist Samstagabend …« Ich bin enttäuscht. Mein ganzer Körper pocht noch von seinen Zärtlichkeiten. »Nur noch eine halbe Stunde.«

»Ja, ich weiß. Aber du musst mir wirklich glauben, ich muss da hin.« Seine dunklen Augen sind fast undurchdringlich. »Es ist wichtig für mich.« Er nimmt meine Hand.

»Und ich? Bin ich nicht wichtig für dich?« Ich kann kaum sprechen.

»Natürlich bist du mir wichtig, Dummerchen.« Er beugt sich zu mir und gibt mir einen Kuss. »Ich melde mich bei dir.«

Mein Mund ist kribblig und feucht. »Na dann … bis später.«

»Tschüss«, murmelt er. »Und grüß deine Freundin von mir. Sie ist wirklich nett.«

»Werde ich ihr ausrichten«, murmele ich. Am liebsten würde ich ihn packen und zu mir ins Bett ziehen, aber irgendwie gelingt es mir, mich zu beherrschen. Die Tür klappt hinter ihm ins Schloss, und ich bin alleine.

Ein bisschen frustriert, aber trotzdem glücklich, schlüpfe ich aus dem warmen Bett in meine Jogginghose und betrachte mein Gesicht im Spiegel. So sieht eine Frau aus, die gerade den besten Sex ihres Lebens hatte. Wow! Mein Gesicht scheint zu glühen. Meine Augen glänzen. Keine Pickelchen wie bei Johann. Das ist ein Zeichen!

Was war nur so dringend, dass Benni so Hals über Kopf los musste? Mit dem Gang eines Preisboxers gehe ich in die Küche, wo ich Katja mit irgendetwas klappern höre.

»Na«, begrüßt mich Katja und kichert hysterisch. »Das war aber ein langes Gespräch.« Dabei zieht sie das »a« von lang übertrieben. Ich strahle sie an wie ein Honigkuchenpferd. Mein Leben hat wieder einen Sinn bekommen. Männer sind nicht länger meine Feinde. Männer sind eine Ergänzung meiner selbst. Der Tag ist mein Freund.

»Ich bin aus dem Reich der Toten zurückgekehrt«, platze ich heraus. Ich habe das Gefühl, vor Glück laut schreien zu müssen.

»Das habe ich gehört«, grinst Katja mich an.

»Oh!« Meine Wangen stehen in Flammen.

»Macht nichts. Ich habe einfach den Fernseher lauter gedreht. Ich wusste gar nicht, was für ein Tier du bist. Rrrrrrrrrrr.« Sie formt die Hand zur Tigerkralle.

Ich erröte erneut wie ein Schulmädchen, das man beim ersten Kuss erwischt hat.

»Katja. Ich bin total verliebt«, verkünde ich.

»Na endlich«, seufzt Katja. »Wurde ja auch Zeit, dass du über Johann hinwegkommst.«

Jetzt, wo sie es sagt, wird mir bewusst, dass ich tatsächlich kaum eine Sekunde an Johann gedacht hatte, und das, wo ich doch Sex mit einem anderen Mann hatte. Erstaunlich! Schon wieder muss ich hysterisch kichern. Ich werte das als gutes Zeichen.

»Und wo ist dein Traumprinz jetzt?« Katja schielt in Richtung Tür.

Ich zucke mit den Schultern. »Hatte irgendeine wichtige Verabredung«, brumme ich.

Katjas Augenbraue schnellt nach oben. »Und du hast ihn einfach so gehen lassen?«

»Vertrauen ist die Basis einer jeden guten Beziehung«, erkläre ich stolz. Das habe ich mal in einem Beziehungsratgeber gelesen.

»Vertrauen ist gut, aber Kontrolle ist besser!«

Typisch Katja! Immer misstrauisch und immer so vernünftig. »Also, ich sag mal so: Nach dem Sex, den wir hatten, muss er sich einfach bei mir melden.« Bei dem Wort Sex macht mein Magen einen kleinen Hüpfer. Ich kann an gar nichts anderes mehr denken. So ist das immer, wenn meine Hormone die Überhand gewinnen. Mein Verstand schaltet sich zeitgleich ab. Eine meiner schlechten Eigenschaften. Meine Mutter hat schon immer gesagt, dass wir Löhmer-Frauen dazu neigen, mit unserer Gebärmutter zu denken und nicht mit unserem Kopf.

»Und wie geht es jetzt weiter zwischen euch beiden?«

»Katja, ich habe heute das erste Mal mit dem Mann geschlafen. Ich weiß nicht, wie es weitergeht.«

»Das bist wieder typisch du. Wenn man dich mal alleine lässt. Und was ist mit der Blonden?«

Augenblicklich hat Katja alles verdorben. Mein Glücksgefühl ist mit einem Schlag verschwunden. Katja hätte, bevor sie mit Benni ins Bett gestiegen wäre, erst einmal seine Vita studiert und ihn nach seinen bisherigen Beziehungen ausgefragt. Katja geht nie mit einem Mann ins Bett, von dem sie nicht vorher seine Sozialversicherungsnummer gesehen hat.

Und was mache ich? Ich hüpfe mit Benni ins Bett, ohne vorher die wesentlichsten Dinge geklärt zu haben. Wie zum Beispiel: Wer ist die Frau an seiner Seite gewesen? Was sind das für wichtige Termine, dass er mich schon das zweite Mal in zwei Tagen sitzen lässt? Ich habe noch nicht einmal seine Telefonnummer. Plötzlich fühle ich mich schrecklich elend. Und dumm!

»Pumbi, jetzt mach nicht so ein Gesicht.« Katja nimmt mich in den Arm. »Das klärt sich bestimmt alles auf, wenn ihr euch das nächste Mal wiederseht.«

Ich nicke. »Bestimmt.« Klingt nicht sonderlich überzeugend.

»Du hast selbst gesagt, dass ihr gigantischen Sex hattet. So etwas lässt sich kein Mann lange entgehen. Spätestens morgen früh steht Benni wieder bei dir auf der Matte und will mehr davon.«

Die Aussicht zaubert ein Lächeln auf mein Gesicht. Ich will definitiv auch mehr davon.

»Was hältst du von der Idee: Wir bestellen uns eine Kleinigkeit zu essen vom Thai und sehen uns dabei einen Film an? Das beruhigt die Nerven.« Katja blinzelt mich an.

»Aber nur, wenn ich dabei so richtig weinen kann«, verlange ich. Ich finde, wenn man geweint hat, fühlt man sich hinterher gleich wieder besser.

»Also die *Brücken am Fluss*«, seufzt Katja.

»Au ja!« Ich klatsche begeistert in die Hände. Die *Brücken am Fluss* ist definitiv einer meiner Lieblingsfilme und gehört zu Katjas und meinem Notfallprogramm bei Liebeskummer. Clint Eastwood und Meryl Streep – seufz! Als ich den Film das erste Mal gesehen habe, habe ich so geweint, dass unsere im Anschluss geplante Kneipentour ausfallen musste. Katja und ich haben uns im Kino regelrecht aneinander geklammert. Herrlich! Das ist eine Sache, die kann man nur mit einer Frau oder einem schwulen Freund erleben. Mit einem Mann in einen Liebesfilm zu gehen, kommt Folter gleich. Da muss man sich dann ständig irgendwelche Kommentare anhören, wie:

… Worauf wartet der Typ eigentlich?

… Hör auf zu labern und schnapp dir die Braut.

… Ist das langweilig.

… Megan Fox sieht echt scharf aus.

… Jetzt weint die blöde Kuh schon wieder!

… Der Ring ist viel zu teuer, ein Blumenstrauß hätte es auch getan, du Depp!

Nein, ich habe es mir zur Angewohnheit gemacht, niemals mit einem Mann Liebesfilme oder Komödien zu sehen. Mit Männern erlebe ich lieber meine eigene Liebesgeschichte.

»Das war doch wieder schön«, seufze ich ergriffen, als der Film zu Ende ist. Katja nickt und greift nach der Fernbedienung. Um uns herum bietet sich das gewohnte Bild der Verwüstung, wenn Katja und ich zusammen einen Film sehen. Leere Chipstüten, eine halb leere Weinflasche und zwei ausgelöffelte Eisbecher von der Eisdiele direkt neben Katjas Haus. Was ich im Übrigen ungemein praktisch finde! Eben mal die Hausschuhe angezogen und die zehn Schritte nach draußen gemacht, und schon kehrt man keine fünf Minuten später als stolze Besitzerin eines Spaghetti-Eis-Bechers inklusive fünftausend Kalorien auf das eigene kuschelige Sofa zurück.

Katja zappt gelangweilt durch die unzähligen Programme, von denen man dreiviertel direkt in die Tonne treten kann.

»Halt!« Ich springe mit einem Ruck vom Sofa.

Katja sieht mich verstört an.

»Schalt sofort zurück!«, befehle ich ihr. Mein Herz macht einen Aussetzer.

»Oh Gott.« Katja starrt fassungslos auf den Fernseher.

Da ist er. Benni. Mein Traumprinz. Aber er ist nicht allein. An seiner Seite steht das blonde Model von gestern Nacht und der Überraschungen noch nicht genug – Elisabeth Hirsekorn. Ich bin völlig verwirrt. Was haben die drei im Fernsehen verloren?

»Was? Ist das nicht?« Katja deutet mit dem Finger auf Benni.

Ich nicke. »Pssst!« Ich lege den Finger auf den Mund und starre wie gebannt auf die Mattscheibe. Keiner von uns beiden wagt es zu atmen. Die dunkelhaarige, sehr elegante Moderatorin wendet sich an Elisabeth Hirsekorn.

»Frau Hirsekorn. Die heute stattgefundene, außertourliche Betriebsversammlung in der Verlagsgruppe Hirsekorn hat Spekulationen über ihren möglichen Rücktritt entfacht.«

Wir hatten eine Betriebsversammlung? Samstags?

»Von wann ist die Sendung?« Ich suche nach der Programmzeit-schrift.

»Von heute Abend«, beantwortet Katja meine Frage und deutet auf das Zeichen in der rechten Bildschirmecke. Live!!!

Ich werfe einen kurzen Blick auf die Uhr. Kurz nach Zehn!

»Wie ernst dürfen wir diese Gerüchte nehmen und wenn ja, was führt Sie zu diesem Entschluss?« Sie richtet das Mikrofon auf Elisa-beth Hirsekorn. Benni sieht dabei mit ernster Miene in die Kamera. Seine Augen schimmern im Studiolicht.

Mein Gott, ich will ihn auf der Stelle küssen. Aber warum hat er mir nicht erzählt, dass er einer Pressekonferenz mit der Hirsekorn beiwoh-nen muss? Komisch?! Oder besser – mal wieder typisch Mann: Alle wichtigen Dinge behalten sie für sich.

»Wie Sie wissen, habe ich den Verlag in den 70ern aus dem Nichts zu einer der erfolgreichsten Verlagsgruppen Deutschlands aufgebaut.«

Die Moderatorin nickt zustimmend. Das Klicken von Kameras ist zu hören, Blitzlichter flammen auf.

»Wir haben unseren Erfolg auf eine ehrliche, solide Berichterstat-tung aufgebaut. Unsere Zeitschriften spiegeln das Interesse unserer Leser wieder.« Sie holt tief Luft. »Ich gebe es zwar ungern zu, in dieser Hinsicht unterscheide ich mich nicht von anderen Frauen, aber ich bin mittlerweile über sechzig. Ich glaube zwar, dass ich für mein Alter noch immer eine moderne Frau bin«, die Moderatorin nickt zustim-mend, »aber irgendwann ist es an der Zeit, seinen Platz an die jüngere Generation abzugeben.« Elisabeth Hirsekorn macht eine bedeutungs-volle Pause, wie ein Magier kurz bevor er das Kaninchen aus dem Hut zaubert.

»Und dieser Moment ist nun gekommen?«, fragt die Moderatorin.

Elisabeth Hirsekorn nickt huldvoll. Sie winkt Benni und das blonde Model zu sich. Ich halte gespannt die Luft an.

»Darf ich Ihnen vorstellen: Benjamin und Arianne Wagner ...«

»Was ... mein Traummann ist verheiratet?!« Ich schreie. »Der Schuft!« In meinem Kopf dreht sich alles.

»… meine beiden Kinder aus meiner ersten und einzigen Ehe.« Im Hintergrund sind einige Lacher zu hören. Ich hingegen bin zur Eissäule erstarrt.

Benni …

… mein Benni ist der Sohn von Elisabeth Hirsekorn.

Mir klappt die Kinnlade runter, während ich wie gebannt auf den Bildschirm des Fernsehers starre.

»Äh …« Die Moderatorin wirkt verstört. »Ihre Kinder?« Okay, anscheinend bin ich nicht die Einzige, die nicht weiß, was hier vorgeht.

Elisabeth Hirsekorn lacht. »Meine Kinder! Wobei das Wort ›Kinder‹ in Anbetracht dieser mittlerweile auf eigenen Füßen stehenden Erwachsenen ein bisschen fehl am Platz ist. Aber ja, meine Kinder Benjamin und Arianne.« Sie umfasst die Taille von beiden und demonstriert so ihre Familienzugehörigkeit vor der gesamten Nation. »Ich habe es immer vorgezogen, die Identität und damit die Privatsphäre meiner Familie auch wirklich privat zu halten. Aber nun ist der Zeitpunkt gekommen, wo die beiden selbst für sich sprechen können.«

Oh, Mann! Und ich habe gedacht, Benni hätte ein Verhältnis mit der Hirsekorn. Plötzlich komme ich mir vor wie der größte Trottel. Wie konnte ich nur so daneben liegen?! Jetzt, wo die drei nebeneinander stehen, ist die Familienähnlichkeit nur allzu offensichtlich. Die gleichen Augen, die gerade Nase. Ja, sogar der Mund ist ähnlich. Was bin ich nur für eine Idiotin! Katja scheint das Gleiche gedacht zu haben, denn sie wirft mir einen Mensch-Pumbi-du-Depp-Blick zu.

»Verstehe ich Sie falsch, wenn ich behaupte, dass Ihre Kinder in Zukunft das Unternehmen leiten werden?«, fragt die Moderatorin reißerisch.

»Keineswegs, genau das ist der Plan«, bestätigt Elisabeth Hirsekorn mit sichtlich zufriedener Miene. Benni sieht irgendwie überhaupt nicht glücklich aus. Seine Schwester hingegen blickt, ganz das Model, offen in die Kameras.

Ich lasse mich zurück aufs Sofa fallen. Mein Prinz, der zukünftige Verlagschef! Warum hat er mir nicht davon erzählt?

»Wusstest du davon?« Katja sieht erstaunt zu mir.

Ich schlucke. »Ich bin genauso von den Socken wie du.«

»Aber das ist doch klasse«, jubelt Katja. »Freu dich doch! Benni sieht nicht nur nett aus, sondern verfügt auch noch über das nötige Kleingeld. Besser hätte es doch gar nicht kommen können. Mit Verlagschefs kennst du dich doch allmählich aus. Du hast vielleicht ein Glück!«

Ich fühle mich gar nicht glücklich. Das ist genau das, wovor ich weggelaufen bin. Mir dreht sich der Kopf. Benni, der neue Verlagschef des Hirsekornverlags-Imperiums. Benni, der Sohn von Elisabeth Hirsekorn. Der Benni, mit dem ich vor knapp einer Stunde noch geschlafen habe. Der Benni, dem ich alle meine kleinen Geheimnisse anvertraut habe.

Auf einmal fügt sich alles wie ein Puzzle zusammen. Die Blicke, die Benni und die Hirsekorn miteinander getauscht haben, waren vertraute Blicke, die nur zwischen Mutter und Sohn vorkommen. Wissend und im stillen Einvernehmen. Warum in Gottes Namen hat er nicht von seiner Mutter erzählt?

Spionage, schießt es mir in den Kopf. Hat Benni die Angestellten des Verlages ausspioniert? Mir wird heiß und kalt. Ein Schweißtropfen läuft mir kitzelnd zwischen den Brüsten herunter, bis er in meinem BH versackt. Meine intimen Geständnisse im Zug, mein gefälschtes Zeugnis, all die kleinen Schwindeleien, von denen ich Benni erzählt habe! Wahrscheinlich hat er alles brühwarm seiner Mutter erzählt, und die beiden haben sich über mich, bei einem gepflegten Glas Wein, totgelacht. Sein Fotoatelier, eine Art Tarnungsmanöver? Warum der ganze Aufwand? Seine Affäre mit mir … ebenfalls geheim. Ich schlucke erneut. In meinem Hals steckt ein Kloß, der nicht verschwinden will.

»Pumbi, du siehst echt scheiße aus!« Katja nimmt meine Hand, während sich die Moderatorin im Fernseher an Benni und seine Schwester wendet.

»Herzlichen Glückwunsch an Sie beide!« Bennis Gesichtsausdruck bleibt ernst.

»Wie aus Verlagskreisen zu hören ist, wollen Sie das Konzept für eine Ihrer erfolgreichsten Zeitschriften, die *Holiday Dream*, verändern. Ein Schritt in eine neue Zukunft unter Ihrer Führung?«

Benni schüttelt den Kopf. »Sie sind überraschend gut informiert.«
Die Moderatorin lächelt geschmeichelt.

»Aber nein, hierbei handelt es sich um ein gemeinsames Projekt, an dem meine Mutter maßgeblich beteiligt ist. Meine Mutter ist noch immer der innovative Kopf des Unternehmens.« Benni wirft seiner Mutter einen wütenden Blick zu. Was hat das nur wieder zu bedeuten?

»Glauben Sie, dass Sie mit dem neuen Konzept der *Holiday Dream* wieder den Sprung in die oberste Liga schaffen werden?«

»Ach, kommen Sie«, sagt Benni und lehnt sich lässig zurück, »wir denken, dass wir unsere Kunden und den Markt kennen und die Situation richtig einschätzen.«

»Die Situation?«, fragt die Moderatorin spitz nach.

Elisabeth Hirsekorn nickt. »Ehre, wem Ehre gebührt. Zuerst einmal möchte ich klarstellen, dass es sich hierbei um eine Idee meines Sohnes Benjamin handelt, die ich nur allzu gerne aufgenommen habe und zu der ich in ihrer ganzen Konsequenz stehe. Ich glaube, seine Idee des neuen Konzeptes ist brillant und unsere Leser werden begeistert sein.«

»Das war meine Idee!« Jetzt bin ich wütend. Wie kann diese Frau nur allen Ernstes behaupten, es wäre Bennis Idee. Wo sie doch genau weiß, dass es meine Idee war, die *Holiday Dream* neu aufzuziehen. Mein Puls rast. »Habe ich schon erwähnt, dass ich die Hirsekorn hasse?«, sage ich, ohne meinen Blick vom Fernseher zu wenden. Katja tätschelt mir beruhigend die Hand, während Elisabeth Hirsekorn gelassen fortfährt.

»Ja, allerdings. Die Zeiten haben sich, wie schon erwähnt, geändert und damit die gesamte Verlagssituation. Früher, zu Gründerzeiten der *Holiday Dream,* war das Reisen etwas Elitäres. Selbst die Stewardessen waren damals handverlesen und gehörten zu einer privilegierten Gruppe. In der ersten Klasse bereitete noch ein echter Koch die Mahlzeiten zu, und wir durften rauchen.« Gelächter ertönt aus dem Hintergrund. Elisabeth Hirsekorn lächelt. »Der Anspruch der Menschen an ihren Urlaub hat sich geändert, und wir möchten uns mit unseren Lesern verändern. Zwar werden wir weder den Erste-Klasse-Koch zurückbringen, noch wird das Rauchen in Flugzeugen wieder erlaubt werden, aber wir können unseren Lesern Tricks und Tipps vermitteln, mit deren Hilfe sie aus ihrem individuellen Urlaub das Beste herausholen können. ›Am Puls der Zeit!‹ lautet das Motto.« Sie macht eine Pause, um das Gesagte bei den Anwesenden sacken zu lassen. »Aber mehr werde ich Ihnen an dieser Stelle nicht verraten. Machen Sie sich lieber selbst ein Bild. Sie alle sind herzlich eingeladen zu der Präsentation unserer Jubiläumsausgabe«, beendet sie ihre kleine Ansprache.

»Dann dürfen wir also auf die Umsetzung Ihrer Idee gespannt sein, Herr Wagner.« Die Moderatorin lächelt Benni zu. Benni zuckt bei ihren Worten kurz zusammen, hat sich aber sofort wieder im Griff.

Jetzt ist die Gelegenheit, alles richtigzustellen. Dies ist der Moment, um sich das Mikrofon zu schnappen und der Welt zu verkünden, dass ich, Julia Zoe Löhmer, es war, die die Idee mit dem Makeover der *Holiday Dream* hatte.

Aber Benni schweigt.

Feigling!

Memme!

Arschloch!

Ich möchte schreien, aber stattdessen kommt ein Schluchzen aus meiner Kehle. Tränen steigen mir in die Augen. Ich widerstehe dem Drang, mit den bloßen Fäusten auf den Fernseher einzutrommeln. Ich komme mir betrogen, verraten und verkauft vor.

»Pumbi, das ist bestimmt nur ein blödes Missverständnis. Ich bin mir sicher, dass er gleich anruft und sich bei dir entschuldigt.«

»Der kann mir gestohlen bleiben. Erst führt er mich mit seinen Lügen hinters Licht und dann in sein Bett.« Ich schnappe wütend nach Luft. »Und jetzt klaut er mir noch meine Idee. Mit so einem Mann will ich nichts mehr zu tun haben.« Eine Träne kullert mir die Wange herunter.

»Pumbi, soll ich Sergej anrufen? Der hetzt die gesamte russische Mafia auf deinen Benni.«

Ich muss unter Tränen lachen. »Der Gedanke ist absolut verlockend … aber lieber nicht. Würde ihm zumindest recht geschehen. Warum falle ich nur immer auf solche Idioten rein? Da war ja Johann noch besser, der hat mich wenigstens nicht vor der ganzen Welt verleugnet.«

»Dafür hat er dich mit Titten-Annette betrogen. Auch nicht gerade eine Meisterleistung«, bemerkt Katja trocken.

»Noch eine Frage für alle, die uns zuschauen. Wann wird die Jubiläumsausgabe erscheinen?«, fährt die Moderatorin fort.

Benni räuspert sich. Hoffnungsvoll starre ich ihn an. Sag es!

Benni schweigt.

Die Moderatorin reicht das Mikrofon an seine Schwester weiter.

»Die Jubiläumsausgabe wird wie immer pünktlich zum Monatsende erscheinen.« Arianne strahlt in die Kamera.

»Vielen Dank! Mein Name ist Isabella Antinori und das waren die *Aktuellen News* live aus Hamburg«, verabschiedet sich die Moderatorin.

Das war's dann wohl.

13. Julias Facebook-Status: Sind eigentlich alle Männer bescheuert?

Ich ziehe das Laken von der Matratze. Ich kann unmöglich in einem Bett schlafen, indem ich noch vor kurzem Sex mit dem Mann hatte, der mich so schändlich hinters Licht geführt hat. Die Matratze sieht kalt und wenig einladend aus. Aber besser so, als ständig Bennis Duft in der Nase zu haben. Ich lasse mich auf die Matratze fallen und fange an zu weinen. Noch nie im Leben habe ich mich so in einem Menschen getäuscht. Die letzten Stunden habe ich damit verbracht, neben dem Telefon zu sitzen und auf einen klärenden Anruf von Benni zu warten, aber NICHTS.

Mein Handy fängt an zu vibrieren. Hektisch wische ich mir mit dem Handrücken übers Gesicht. Mein Herz setzt für einen Moment aus, als ich auf das Display starre. Unbekannte Nummer! Wer kann das sein? In meinem Kopf arbeitet es fieberhaft. Keiner meiner Freunde hat eine Rufunterdrückung … Benni?! Das Handy klingelt zornig weiter.

Grundgütiger!

Soll ich rangehen? Was sage ich, wenn es Benni ist? Sag ich überhaupt etwas? Eigentlich will ich gar nicht mehr mit dem Lügner reden. Aber irgendwie würde mich schon interessieren, was er mir zu sagen hat. Das Handy klingelt und vibriert so heftig, als würde jeden Moment der Selbstzerstörungsmechanismus einsetzen. Das Schlimmste: Wenn ich jetzt nicht rangehe, werde ich nie erfahren, wer am anderen Ende der Leitung war. Und diese Unsicherheit wird mich bis ans Ende meiner Tage quälen.

Ich nehme ab. »Du hast echt Nerven, mich um diese Uhrzeit anzurufen«, blaffe ich in den Hörer. »Das nächste Mal, wenn du eine Frau anlügst, solltest du wenigstens so viel Charakter besitzen, persönlich mit ihr Schluss zu machen und ihr zu sagen, dass du der Sohn der Verlagsleiterin bist.«

Ha! Dem habe ich es aber gegeben!

Schweigen.

Schweres Atmen!

»Sag mal, wie redest du eigentlich mit mir?!«

»Mama?« Oh Gott, das hat mir gerade noch gefehlt! Mütter besitzen so eine Art Radar, der es ihnen ermöglicht, in den unpassendsten Momenten bei ihren Kindern anzurufen. Meine Mutter bildet da keine Ausnahme.

»Wen hattest du denn erwartet? Hast du dich mit deinem Chef verkracht?« Empörung klingt aus ihrer Stimme.

»Niemanden. Ich dachte nur … es wäre ein Bekannter von mir …«, stottere ich.

»So, so! Dafür klingst du aber ganz schön aufgeregt«, stellt meine Mutter mit dem Gespür eines Polizeihundes fest. »Was ist denn das für ein Bekannter? Hat der was mit dem Verlag zu tun? Und warum belehrst du diesen Mann, wie er die Beziehung zu einer Frau beenden soll?«

Ich stöhne innerlich laut auf. Das Letzte, was ich jetzt möchte, ist, meine Mutter über meine Beziehung zu Benni aufzuklären. Die Erfahrung hat gezeigt, dass es sowieso das Beste ist, seine Eltern so wenig wie möglich über das eigene Privatleben wissen zu lassen. Damit vermeidet man unnötige Rückfragen und Schlussfolgerungen.

»Nur ein Kollege aus Hamburg, der Probleme mit einer Freundin hat, die ich gut kenne. Wie geht es Papa und dir?«, versuche ich sie vom Thema abzulenken.

»Papa und mir geht es gut. Aber du klingst überhaupt nicht glücklich. Was ist los? Seit du in Hamburg bist, bekomme ich gar nichts mehr von dir mit«, schimpft meine Mutter am anderen Ende der Leitung.

»Ach, nur ein bisschen Ärger. Wirklich nichts, über das ihr euch Sorgen zu machen braucht«, beruhige ich sie.

»Dein Vater und ich machen uns immer Sorgen um dich.«

»Mama, ich bin 29! Da braucht ihr euch keine Sorgen mehr zu machen.«

»Machen wir aber«, beharrt meine Mutter. »Kläuschen, komm mal ans Telefon. Der Julia geht es nicht gut.«

Mir bricht der kalte Schweiß aus. Gleich ruft sie beim *Freiburger Tagesblatt* an, und dann weiß es bald die ganze Welt.

»Mama, mir geht es gut. Wirklich!«, beteuere ich inbrünstig.

»Du sollst mich nicht anlügen, Julia Zoe! Ich bin schließlich deine Mutter! Ich kann an deiner Stimme hören, dass das nicht stimmt.«

Ich seufze erschöpft. Mein Kopf brummt, und die laute Stimme meiner Mutter trägt nicht gerade zur Besserung bei. Das Einzige, was ich jetzt möchte, ist, mich auf mein Bett zu schmeißen und zu schlafen.

»Schätzchen, deinem Vater und mir kannst du doch alles sagen. Okay, deinem Vater vielleicht nicht, aber mir. Ich bin schließlich deine Mutter«, lockt sie mich.

Fast bin ich versucht, dem Klang ihrer Stimme nachzugeben.

»Danke, das ist lieb von dir, aber wie ich schon sagte, mit mir ist alles in Ordnung. Ich bin nur müde. Aber sag mal, warum rufst du eigentlich so spät an?« Die Frage ist durchaus berechtigt. Schließlich ist es schon kurz vor elf Uhr, und meine Mutter ist sehr diszipliniert, wenn es um ihren Schönheitsschlaf geht.

»Ich wollte dir nur Bescheid geben, dass mein Handy futsch ist. Ich war noch mal kurz im Garten, um ein paar Radieschen fürs Abendbrot zu holen. Gisela hat genau in dem Moment angerufen, deshalb habe ich mein Handy mitgenommen. Als ich fertig war, habe ich es in meine Hosentasche gesteckt und vergessen. Leider!«, seufzt meine Mutter theatralisch. »Ich musste nämlich anschließend aufs Klo. Weißt du, meine Verdauung spinnt seit Neuestem.« Ich starre etwas fassungslos in den Hörer. »Als ich fertig war, wollte ich meine Hose wieder hochziehen und dabei ist mir das Handy dann ins Klo gefallen ...« Sie macht eine bedeutungsvolle Pause. »Bevor ich spülen konnte, wenn du verstehst, was ich meine ... das war vielleicht eklig!«

»HALT!«, unterbreche ich meine Mutter, bevor noch mehr unnötige Informationen durch den Äther fließen. »Ich hab's kapiert. Und mit wessen Telefon telefonierst du jetzt?«

»Papa war so nett, mir sein Telefon zu leihen.« Das erklärt die Rufunterdrückung. »Warum fragst du?«, meine Mutter klingt irritiert.

»Ach nur so. Ich hab mich schon gewundert, warum deine Nummer nicht auf dem Display steht«, brumme ich missmutig.

»Siehste! Die Julia hat sofort gemerkt, dass es nicht mein Handy ist«, flüstert meine Mutter Klaus-Peter zu.

»Hallo, Papa!«, grüße ich ihn schwach. Lautes Rascheln am anderen Ende.

»Hallo, Mäuschen«, begrüßt mich mein Vater mit meinem Kosenamen. So nennt er mich nur, wenn er sich Sorgen macht. »Mama sagt, es gehe dir nicht gut?« Seine Stimme klingt herrlich rau, und am liebsten würde ich mich an seine Brust kuscheln und mich so richtig ausheulen.

»Bitte mach dir keine Sorgen.« Ich senke meine Stimme. »Du kennst doch Mama, die übertreibt immer.«

»Das habe ich gehört«, schimpft meine Mutter.

Ich schlucke. »Sei nicht böse. Ich habe es nicht so gemeint«, bitte ich sie. »Und bitte hört auf zu denken, dass es mir nicht gut geht. Ich habe einfach wahnsinnig viel um die Ohren.« Ich mache eine kurze Pause und lege mir die Worte zurecht. »Ich bin schweinemüde. Können wir das Gespräch nicht auf morgen verschieben?«

»Ist schon in Ordnung, wenn du nicht mit uns telefonieren willst ...« Sie klingt enttäuscht.

»Das stimmt nicht«, verteidige ich mich. »Ich bin wirklich müde. Es war ein langer Tag, und ich muss bis Montag diesen Artikel fertig haben. Ich hab euch lieb. Ich melde mich bei euch.«

»Versprochen?«

»Versprochen.« Ich lege den Hörer auf.

»Ich war so bescheuert.« Ich habe die letzte Nacht schlecht geschlafen und bei dem Gedanken morgen wieder ins Büro zu müssen, zieht sich mein Magen zusammen.

»Julia, du warst nicht bescheuert«, sagt Katja und legt beschwichtigend die Hand auf meine. »Du warst nur betrunken und vertrauensselig.«

»Vertrauensselig oder bescheuert, das ist doch ein und dasselbe.«

»Du warst verliebt.«

»Ich bin nicht in Benni verliebt«, erkläre ich mit einer Inbrunst, die mich selbst überrascht. In meinem Kopf wirbelt ein Sturm. »Ach, ich weiß auch nicht, was ich bin ...«

Katja sieht mich mit diesem intensiven Blick an, den sie immer drauf hat, wenn sie ihrem Gegenüber nicht glaubt.

»Okay, vielleicht war ich ein bisschen in ihn verliebt. Aber das ist jetzt vorbei. Ich schreibe jetzt noch genau diesen bescheuerten Artikel fertig und dann hau ich ab.«

»Du willst zurück nach Freiburg?«

Ich schüttele den Kopf. »Nee, aber ich will keinen Tag länger als nötig für die *Holiday Dream* arbeiten. Lieber schreibe ich gar nicht, als unter der Leitung von Benjamin Wagner zu arbeiten. Da kann ich auch gleich wieder zurück nach Freiburg und für Johann arbeiten.«

»Findest du nicht, du solltest dich erst einmal mit Benni aussprechen, bevor du voreilige Schlüsse ziehst?«

»Auf keinen Fall!« Ich presse die Lippen aufeinander. »Das Thema ist durch! Ich lass mich nicht länger verarschen.«

»Mhm.« Katja nimmt einen Schluck Kaffee. Wirklich überzeugt sieht sie nicht aus. Es klingelt an der Haustür. Katja sieht auf ihre Armbanduhr.

»Das muss Sergej sein. Ist zwar noch ein bisschen früh. Wir hatten eigentlich gesagt, dass er mich erst später abholt. Wir wollten bei schönem Wetter nach Timmendorf fahren und dort einen Kaffee trinken. Hast du Lust mitzukommen?«

»Geht nicht«, erkläre ich. »Ich muss den Artikel bis morgen fertig haben. Außerdem ist mir nicht nach Menschen. Aber danke für dein Angebot.«

Katja zuckt mit den Schultern. »Du kannst es dir ja noch überlegen. Wir fahren frühestens in einer halben Stunde.« Katja steht auf und geht zur Tür.

Gedankenverloren trinke ich meinen Kaffee, als im Hintergrund Stimmengewirr zu vernehmen ist. Also nach Sergej klingt das gar nicht. Ich lausche angestrengt.

Das ist doch nicht ...

Das kann doch nicht …

Aufgeregtes Tuscheln. In diesem Moment geht die Küchentür auf und vor mir stehen …

»Mama! Papa! Wie kommt ihr denn hierher?« Ich bin völlig baff, als ich meine Eltern sehe.

Meine Mutter lässt ihren Arm sinken und strahlt mich an. »Mit dem Auto. Wir sind heute Morgen um sechs gemütlich aufgestanden. Ich habe Papa und mir ein paar Schnittchen und eine Thermoskanne Kaffee gemacht, während Papa das Auto noch einmal auf seine Funktionstüchtigkeit überprüft hat. Und dann sind wir losgefahren. Ist ja eine wunderschöne Fahrt hier hoch in den Norden. Unsere erste Pause haben wir in Kassel-Ost gemacht. Weißt du, da gibt es einen netten kleinen Rasthof. Da haben wir in Ruhe gefrühstückt.« Sie sieht sich in der Küche um. »Wirklich schön hast du es hier. Danach sind wir ohne weitere größere Pausen durchgefahren. Na ja, abgesehen davon, dass dein Vater noch zweimal anhalten musste, um auszutreten. Ich habe schon zu deinem Vater gesagt, dass er unbedingt zum Urologen muss. Normal ist das nun wirklich nicht, wenn man als Mann häufiger auf Klo muss als seine Frau.« Sie wirft einen bösen Blick in Klaus-Peters Richtung.

Ich weiß zwar nicht, wie viele Gehirnzellen vorgestern durch Alkohol vernichtet worden sind, aber anscheinend sind es diejenigen gewesen, die normalerweise für schnelle Reaktionsfähigkeit zuständig sind. Deshalb schweige ich und starre meine Mutter und meinen Vater einfach nur an. Katja, der alte Feigling versteckt sich im Türrahmen. Ich kann sie atmen hören. Wahrscheinlich hält sie sich vor Lachen den Mund zu. Also, von ihr ist keine Hilfe zu erwarten. Meine Mutter geht einen Schritt auf mich zu.

»Kindchen, wie geht es dir? Du siehst so blass aus.« Meine Mutter tätschelt meine Wange, so wie früher, wenn ich krank war.

»Es geht mir gut, Mama. Wirklich!« Ich schiebe mich an ihr vorbei. »Hallo, Papa. Schön dich zu sehen«, begrüße ich meinen Vater, der sich hinter Hannelores Rücken versteckt. Konfliktsituationen waren noch nie seine Stärke. Das überlässt er lieber meiner Mutter.

Meine Mutter lässt ihre Tasche krachend auf den Tresen fallen. »Und wann willst du deinem Vater und mir endlich ein Tässchen Kaffee anbieten? Schließlich haben wir extra den Umweg nach Hamburg gemacht, um dich zu besuchen.« Sie stemmt die Arme in die Hüfte und funkelt mich angriffslustig an.

»Was meinst du mit ›Umweg‹?«, verwirrt sehe ich sie an.

»Dein Vater und ich sind auf dem Weg nach Sylt.« Meine Mutter lacht kurz auf.

»Ihr wart doch noch nie auf Sylt!«, antworte ich baff.

»Eben drum. Wir sind schließlich in der glücklichen Lage, Urlaub zu machen, wann immer wir es wollen.« Sie wirft mir einen vorwurfsvollen Blick zu.

»Mama, du tust gerade so, als wäre ich erst gestern mit der Schule fertig geworden«, protestiere ich.

»Wir dachten, du würdest dich freuen, uns zu sehen«, antwortet sie schmollend.

»Der Besuch ist wohl eher eine Kontrolle«, brumme ich. Mein Vater betrachtet unglücklich seine Fußspitzen, als gäbe es nichts Wichtigeres auf der ganzen Welt. »War nicht so gemeint. Ich freue mich, dass ihr hier seid«, sage ich versöhnlich.

Ein Strahlen geht über das Gesicht meines Vaters.

»Hallo, meine Große. Deine Mutter hat völlig recht, du siehst blass aus.« Mein Vater nimmt mich in den Arm. Es entsteht eine kleine Pause, in der sich meine Eltern kurz ansehen und dann wieder wegschauen.

»Ich soll dich schön von Frau Hugendübel grüßen. Sie lässt dir ausrichten, dass sie sich freuen würde, wenn du bei einem deiner nächsten Besuche mal vorbeischaust«, wechselt sie das Thema und tut so, als wäre alles in Ordnung. Sie räuspert sich. »Ihre Tochter hat eine neue Stelle bei einem Tierarzt angenommen.«

»Aha«, sage ich beklommen, »das ist ja interessant.«

Ich fasse es nicht. Meine Eltern sind tatsächlich hierhergekommen, um mich zu kontrollieren. Ich hatte eigentlich gedacht, dass das irgendwann aufhört. Aber anscheinend bleibe ich in ihren Augen immer ein Kind, auf das man ständig aufpassen muss.

»Du hast aber eine Laune«, brummt meine Mutter.

»Wir ...« Mein Vater fährt sich über die Glatze. »Wir haben das Gefühl ... dass du dabei bist ... einen großen Fehler zu machen.« Er bricht wieder ab und reibt sich so hektisch über die Kopfhaut, als wolle er sie auf Hochglanz polieren.

Na endlich ist es raus! Wehret den Anfängen! »Papa! Ich bin doch kein kleines Kind mehr!«, protestiere ich.

Meine Mutter nimmt meine Hand. »Was dein Vater sagen will ...« Sie wirft Klaus-Peter einen bösen Blick zu, der ihn sofort zur Salzsäule erstarren lässt. »Du hast dich da in etwas verrannt.«

»So?«, bringe ich heraus.

Meine Mutter nickt eifrig. »Dein Vater und ich ... wir lieben dich sehr.« Sie gibt meinem Vater einen Wink mit dem Kopf, den ich noch allzu gut von früher kenne. Das macht sie immer, wenn sie von ihm Unterstützung erwartet.

»Julia, wir wollten dir sagen ... wir ... ich bin sehr stolz auf dich und wir lieben dich.«

Oh Gott, ich muss gleich weinen. Das hat Papa noch nie zu mir gesagt.

»Und wir ... haben uns überlegt ...«, er räuspert sich, »Dass es unsere Pflicht ist, dir zu helfen ... deshalb haben wir beide ...«

Er macht eine Pause und holt tief Luft. Ich dagegen halte die Luft an in Erwartung, was gleich kommen wird. Wenn er allerdings noch lange wartet, ersticke ich hier und jetzt vor ihren Augen.

»Was deine Mutter und ich dir sagen wollen ...«, fängt er erneut an. »Wie du schon weißt, hat deine Mutter mit Johann gesprochen.« Oje, das wird ja mit jedem Satz schlimmer! Ich werfe einen hilfesuchenden Blick zu Katja, die mir aufmunternd zuzwinkert, was in ihrer Sprache heißt: Halte-durch-alles-wird-gut!

Mein Vater bricht wieder ab und wischt sich ein paar Schweißperlen von der Stirn. »Es ist nämlich so ... dass wir möchten, dass du glücklich bist.«

»Klaus-Peter, jetzt sag deiner Tochter endlich, dass unten im Wagen Johann auf sie wartet«, schimpft meine Mutter.

»Waaas?« Ich ringe nach Luft.

»Na siehst du«, sagt meine Mutter stolz und reibt sich die Hände. »Ich wusste, dass du dich freuen würdest.«

14. Julias Facebook-Staus: Zwei sind einer zu viel!

Als Johann auf mich zukommt, toben in mir die Gefühle. Mein Herz hämmert in meiner Brust. Er sieht gut aus, wenn auch ein bisschen blass um die aristokratische Nase. Dies ist der Mann, von dem ich bis vor Kurzem dachte, dass ich mein Leben mit ihm verbringen würde. Dies ist der Mann, der mich auf Händen tragen sollte. Dies ist der Mann, der mich mit Titten-Annette betrogen hat.

Während der Schreck abklingt, drohen die alten Gefühle wieder die Oberhand zu gewinnen und meine Beine in Pudding zu verwandeln. Sofort denke ich an den *Tatort*, Abendessen vor dem Fernseher, Wärmekissen und Bio-Schokoriegel. Aber das lasse ich nicht zu. Ich bin jetzt eine andere Julia als die, die er betrogen hat. Ich bin stark und stolz.

»Es tut mir leid, aber ich würde gerne alleine mit Julia sprechen«, sagt Johann zu Katja und meinen Eltern. »Wenn es euch nichts ausmacht …«

»Falls du mich brauchst, ein Zeichen genügt, und ich ziehe den Kerl höchstpersönlich an den Eiern nach draußen«, murmelt Katja, bevor sie den Raum verlässt. Meine Mutter ruft mir tonlos noch ein »Toi! Toi! Toi!« zu, während mein Vater sie aus dem Raum zerrt.

Minutenlang sieht Johann mich einfach nur an.

»Du siehst klasse aus. So schlank und erholt. Hast du was mit deinen Haaren gemacht?« Er lächelt gequält.

»Bist du gekommen, um mich nach meinen Haaren zu fragen?«, blaffe ich ihn an. Innerlich freue ich mich allerdings ein wenig, dass er meine Veränderung bemerkt hat. Johann gehört nämlich zu der Sorte Mann, die normalerweise nicht merkt, wenn man beim Friseur war, außer man würde mit einem Irokesenschnitt nach Hause kommen.

»Julia …«, fängt er erneut an. Das Lächeln ist jetzt aus seinem Gesicht verschwunden.

»… Was zwischen uns … es ist einfach passiert … ich habe das eigentlich nicht gewollt … aber Annette … es tut mir leid!« Langsam drehe ich den Kopf, mustere ihn, richte den Blick wieder nach vorne und hole tief Luft. Er sieht mich mit zerknirschter Miene an.

Ich knabbere nervös an meiner Unterlippe und kämpfe mit dem plötzlichen Verlangen nach einer Zigarette. Was erwartet der Mann denn von mir? Dass ich ihm in Tränen aufgelöst in die Arme falle? Einfach alles vergesse und so tue, als wäre die Sache mit Annette niemals passiert? Geht das überhaupt?

Johanns rechtes Auge zuckt ganz leicht. Ein sicheres Zeichen von Nervosität. Ich bin fast gewillt, Mitleid mit ihm zu haben – aber eben nur fast. Ich schweige weiter.

Johann scheint mein Schweigen als eine Art emotionaler Überwältigung zu deuten, jedenfalls zieht er mich zu sich heran. »Julia, du brauchst nichts zu sagen. Ich weiß, was du fühlst, denn mir geht es genauso.«

Das ist ja sehr interessant! Ich weiß ja noch nicht mal, was ich fühle. Woher also weiß Johann, was ich fühle?

»Die Nachbarn fragen auch schon, wo du steckst. Ich habe ihnen gesagt, dass du zur Kur bist«, fährt Johann fort. Ich glaube, er erwartet jetzt von mir, dass ich ihm um den Hals falle und vor Glück seufze, weil er die Situation mit den Nachbarn so bravourös gelöst hat.

»Super!« Ich breche ab und schüttele den Kopf über so viel Ignoranz. Das ist typisch Johann. Vor lauter Sorge um seinen guten Ruf erzählt er lieber eine Lüge.

Johann ignoriert meine zugegebenermaßen recht knappe Antwort einfach. »Ach ja, ich soll dich von meinen Eltern herzlich grüßen.« Das kann nur gelogen sein. Johanns Eltern konnten mich noch nie besonders leiden. Seine Mutter hat mir mehr als einmal zu verstehen gegeben, dass ihr Johann mit mir eine Verbindung unter seinem Niveau eingeht. In ihrer Nähe komme ich mir immer ein bisschen wie Aschenputtel bei ihrer bösen Schwiegermutter vor.

»Danke«, brumme ich.

»Julia, wir müssen reden.«

Ich muss nicht.

»Wir müssen über diese Sache mit mir und Annette reden.«

Hatte Johann eigentlich schon immer diesen nervigen Tonfall? Er betont die einzelnen Wörter so komisch.

»Julia!«

»Ja, Johann.« Ich öffne die Augen und setze mich gerade hin. »Was gibt es da noch zu besprechen?«

»Diese Sache mit …«

»… Annette«, helfe ich ihm auf die Sprünge.

»Die hatte nichts zu bedeuten. Das mit Annette war eigentlich nur ein Ausrutscher.« Seine Stimme klingt gepresst. »Ich weiß jetzt, dass ich einen Fehler gemacht habe, aber musst du mir gleich die Pistole auf die Brust setzen?«

Ich drehe mich langsam zu ihm hin, sage: »Johann«, und atme tief durch. Dabei frage ich mich, ob Annette eigentlich weiß, dass Johann hier ist. »Willst du mir etwa sagen, dass ich eigentlich schuld an der ganzen Sache bin?«

Er zupft konzentriert, und ohne den Blick zu heben, einen imaginären Fussel von seinem Pullunder. »Nein, das wäre zu viel gesagt. Aber besonders verständnisvoll hast du dich nicht verhalten.« Männer tun immer so, als wäre Treue für sie ein Akt der Selbstbeherrschung. Und wenn es dann mit der Selbstbeherrschung mal nicht so klappt, erwarten sie von uns Frauen Verständnis, was ich wiederum nicht verstehen kann.

»Ach ja. Dann bitte ich dich um Entschuldigung. Ich hoffe, du kannst mir verzeihen, dass ich mich, als ich dich mit Titten-Annette auf unserem Sofa erwischt habe, nicht so diplomatisch verhalten habe, wie du es dir gewünscht hättest.«

»Warum bist du denn so gereizt? Ich meine ja nur …« Er winkt ab. »Ach ist ja egal. Hauptsache ist doch, ich bin hier.«

»Ach ja?« Ich verstehe immer noch nicht, was für ein Spiel hier gespielt wird. »Was willst du eigentlich von mir?«

Unsicher sieht er mich an. »Aber liegt das nicht auf der Hand?«

»Nicht für mich.«

»Ich möchte, dass du zu mir zurückkommst.«

Vor ein paar Wochen hätte ich alles gegeben, um diesen Satz aus Johanns Mund zu hören. Jetzt bin ich mir nicht mehr so sicher, ob ich das überhaupt will.

Johann kniet sich vor mich hin. »Julia, ich kann nicht mehr schlafen, nicht mehr klar denken. Ich kann nicht mehr essen, seit du mich Hals über Kopf verlassen hast, ohne mir eine Chance zu geben. Du hast allen Grund, auf mich sauer zu sein.« Er macht eine Pause. »Trotzdem bin hier, um dich um eine zweite Chance zu bitten.« So wie er es sagt, klingt es ein bisschen auswendig gelernt. »Ich liebe dich.« Er nimmt meine Hand und klammert sich wie ein Ertrinkender daran. Seine Augen liegen auf mir. »Du bist die Frau meines Lebens. Die Frau, mit der ich Kinder haben möchte. Ich weiß, dass wir ein wunderschönes Leben haben werden, wenn du dir jetzt einen Ruck gibst und uns eine zweite Chance gibst.« Bilde ich es mir ein oder zittert Johanns Unterlippe? Ich spüre, wie ich schwach werde.

»Du trägst ja immer noch meinen Ring«, ruft er erstaunt, als ich ihm die Hand reiche. Tatsächlich wird mir erst jetzt bewusst, dass ich immer noch Johanns Verlobungsring trage. Ein Psychologe würde es wahrscheinlich als Zeichen meines Unterbewusstseins werten, dass ich Johann noch immer liebe.

Die Wahrheit ist, ich konnte mich nicht von dem Ring trennen. Schließlich ist es der schönste Ring, den ich jemals besessen habe, und der Diamant glitzert so herrlich, wenn man ihn ins Licht hält. Ich habe es einfach nicht übers Herz gebracht, ihn auszuziehen.

»Es ist viel passiert seit du mich mit … äh betrogen hast«, erkläre ich unsicher.

Johann senkt schuldig seinen Blick.

»Ich weiß nicht, ob ich alles einfach so vergessen und so tun kann, als sei nichts passiert.« Ich hole tief Luft. »Ich lebe jetzt hier. Ich habe einen neuen Job, der mir Spaß macht. Ich habe Freunde gefunden. Verstehst du? Ich kann doch nicht schon wieder alles über den Haufen werfen und so mir nichts, dir nichts mit dir zurück nach Freiburg kommen.« Ich streiche mir eine Strähne aus dem Gesicht.

»Das hier ist jetzt mein Leben.« Hier stehe ich verschlafen und un-geschminkt vor dem Mann, den ich noch vor wenigen Wochen für mein Schicksal gehalten habe. Meine Beine stecken in einer ausgebeul-ten Jogginghose und meine Gedanken sind bei Benni. Ich bin selbst ein bisschen überrascht über die Wendung, die mein Leben genommen hat. Ich komme mir fast ein wenig fremd vor.

»Ehrlich gesagt hätte ich nicht gedacht, dass du es in Hamburg län-ger als zwei Wochen aushältst.« Er sieht mich an, wie er sonst nur den Vorstand des Gartenvereins ansieht. »Aber deine Mutter hat ge-sagt …«

»Hab ich es mir doch gedacht!« Ich werfe ihm einen vernichtenden Blick zu. »Du bist hier, weil Hannelore dich davon überzeugt hat.«

»Nein.« Johann schüttelt den Kopf. »Ich bin hier, weil ich dich lie-be.« Die Antwort klingt fast ein bisschen trotzig. »Deine Mutter hat nichts damit zu tun.«

»Und warum kommst du dann erst jetzt und nicht schon früher?« So langsam gewinne ich wieder Oberhand über meine Gefühle.

»Weil ich mir erst einmal über einiges klar werden musste.« Er lässt meine Hand los.

»Ob du Annette willst oder mich?« Ich höre mich schon an wie eine Zicke.

Johann schüttelt entschieden den Kopf. »Lass endlich Annette aus dem Spiel! Hier geht es nur um dich und mich.«

»Und Annette«, beharre ich.

Johann seufzt. Er nimmt erneut meine Hand, so als wolle er mich festhalten. »Annette tut die Sache genauso leid wie mir.«

»Ach, wirklich?!« Jetzt bin ich ernsthaft von den Socken.

Johann nickt.

»Das letzte Mal, als ich sie zwischen deinen Schenkeln liegend ge-sehen habe, sah sie aber gar nicht so aus, als würde es ihr leid tun. Im Gegenteil.« Das hat gesessen.

Johann lässt meine Hand fallen und sieht mich mit zusammen-gekniffenen Augen an. »Das war doch jetzt wirklich nicht nötig, oder?«

»Doch, war es!«, bestehe ich auf meinem Standpunkt. »Du kannst nicht so mir nichts dir nichts in mein neues Leben hereinspazieren und hoffen, dass ich dir einfach so verzeihe.«

»Wenn du mich wirklich liebst, würdest du mir eine zweite Chance geben«, kontert Johann. »Meinst du, ich habe den weiten Weg von Freiburg hierher gemacht, weil du mir egal bist?« Er holt tief Luft. »Außerdem sind wir immer noch offiziell miteinander verlobt.«

»Wenn du mich lieben würdest, hättest du mich gar nicht erst betrogen. Und deine Verlobung kannst du dir sonst wo hinstecken.« Ich zerre an dem Ring, um ihn Johann in einer theatralischen Geste vor die Füße zu werfen. Aber das Mistding sitzt fest an meinem Finger und lässt sich nicht einen Millimeter von seinem Platz bewegen. Alles, was passiert, ist, dass mein Finger anschwillt.

Johann räuspert sich. Es klingt belustigt, was mich noch wütender macht.

»Julia, du neigst wie immer dazu zu dramatisieren. Ich kann nicht mehr machen, als mich zu entschuldigen und dir zu versprechen, dass dergleichen nie wieder passieren wird.« Johann verschränkt die Arme vor der Brust und sieht mich an. Jetzt ist er wieder ganz der alte Johann. Selbstbewusst und völlig von sich überzeugt. »Solange du die Verlobung nicht offiziell auflöst, bist du für mich immer noch meine zukünftige Braut.«

Wir schweigen beide.

Ich denke an Benni. An den Kuss und wie viel er mir bedeutet hat. Johann hat in gewisser Weise recht. Ich habe unsere Verlobung nie offiziell gelöst. Ich bin einfach davon ausgegangen, dass es so ist. Auf der anderen Seite, was ist schon eine Verlobung … ein Versprechen. Mehr nicht.

Mit einem Mal bin ich furchtbar müde, und mein Zorn ist verraucht. Die eigentümliche Mischung aus Vertrautheit und Fremdheit macht es mir schwer, mich irgendwie sinnvoll zu verhalten. Ich beschließe, das Gesagte auf sich beruhen zu lassen.

»Hör zu«, fange ich schließlich an, »ich habe zwei schreckliche Tage hinter mir. Vielleicht bin ich ein bisschen ungerecht zu dir, aber ich kann nicht einfach vergessen, was zwischen uns vorgefallen ist. Ich brauche Zeit.«

Johann nickt. Er wirkt fast ein bisschen erleichtert, als er mich ansieht. »Ich bin noch bis morgen in Hamburg. Ich habe zwei Plätze auf der Abendmaschine nach Frankfurt gebucht. Ruf mich an. Aber vergiss nicht, egal wie du dich entscheidest … ich liebe dich.« Er beugt sich zu mir herunter und gibt mir einen Kuss. Ich lasse es geschehen. Alles daran fühlt sich vertraut an. Kein Prickeln, keine Schmetterlinge im Bauch, kein Pulsrasen. Ich atme ruhig weiter, als sich seine Lippen von den meinen lösen. Seine Augen ruhen forschend auf mir. Ich lächle ihn an. Dann geht er.

»Und?« Meine Mutter sieht mich erwartungsvoll an.

»Wie, und?« Ich schnappe mir ein Glas und schenke mir von dem Mineralwasser ein, das vor meinen Eltern auf dem Tisch steht.

»Habt ihr euch gestritten?«

»Wer?«

»Jetzt stell dich doch nicht so blöd an, Julia. Du und Johann natürlich.«

»Nein. Wieso?«

Meine Mutter verschränkt die Arme vor der Brust und sieht mich an.

»Weil du überhaupt nichts sagst.«

Genervt lasse ich mein Glas sinken. »Mama, nur weil ich nichts sage, heißt das nicht, dass Johann und ich uns gestritten haben. Wir haben uns ausgesprochen.«

»Du hast ja vielleicht eine Laune.« Meine Mutter stupst meinen Vater an. »Willst du mit uns darüber reden?«

»Nein.« Ich ziehe mir einen Stuhl an den Tisch. »Will ich nicht. Wir haben uns nicht gestritten, okay? Aber ihr könnt nicht erwarten, dass ihr Johann, ohne es mir zu sagen, nach Hamburg schleift und dann hoffen, dass alles wieder gut wird.«

»Das sehen dein Vater und ich aber anders.« Meine Mutter spitzt die Lippen.

Resigniert sehe ich meine Eltern an. Mein Vater macht einen gequälten Gesichtsausdruck und verschanzt sich hinter meiner Mutter. Katja sitzt nur stumm da und beobachtet fasziniert, was sich in ihrer Küche abspielt. Als Jüngstes von vier Geschwistern sind ihr solche Szenen völlig fremd. Ihre Eltern haben die Erziehung den älteren Geschwistern überlassen und sich selten darum gekümmert, was mit ihr los war. Ich glaube, das ist einer der Gründe, warum Katja so durchsetzungsstark geworden ist.

»Und was wird nun aus dir und Johann?«, fragt meine Mutter vorsichtig.

»Ich habe mir bis morgen Bedenkzeit erbeten«, erkläre ich ihr.

»Na, das ist doch schon mal ein Anfang«, flötet meine Mutter, »dann ist das Kind ja noch nicht in den Brunnen gefallen.« Sie zwinkert Papa unauffällig zu.

Ich nicke.

»Dann können dein Vater und ich ja einigermaßen beruhigt nach Sylt fahren.« Der plötzliche Themenwechsel zeigt mir, dass meine Mutter glaubt, alles läuft nach ihrer Vorstellung.

»Und wann kommt ihr wieder?«, frage ich etwas erstaunt über diesen spontanen Kurzurlaub. Normalerweise machen meine Eltern nämlich nie Urlaube, ohne ein Jahr im Voraus gebucht zu haben.

Meine Mutter kichert hysterisch. »Gebucht haben wir eine Woche, aber ...«, sie kichert erneut, »... wenn es uns gut gefällt, bleiben wir vielleicht auch länger. Nicht wahr, Kläuschen?«

Säusel.

Mein Vater sieht meine Mutter mit einem etwas dümmlichen Grinsen an, was er normalerweise nur macht, wenn er einen versauten Witz erzählt.

»Wir haben da eine schnuckelige Pension am Rande von Westerland aufgetan. Die haben da so ein Sonderangebot für Paare. Mit Wellness und so. Paarmassage, Candlelight Dinner und Frühstück zu zweit im Bett.«

»Genug! Das reicht an Information«, rufe ich mit erhobenen Händen, bevor ich ein Bild in meinem Kopf habe, das ich nicht mehr loswerde. Die Vorstellung von meinen Eltern als Liebespärchen ist mir absolut zuwider. Ich möchte lieber glauben, meine Zeugung hat durch eine Flugbesamung stattgefunden.

Meine Mutter zieht einen Schmollmund. »Du hast aber wirklich eine Laune heute.« Mein Vater tätschelt ihr beruhigend die Hand.

Ich ignoriere ihre letzte Bemerkung. »Das hört sich gut an. Da wünsche ich dir und Papa auf jeden Fall ganz viel … äh Spaß. Hoffentlich habt ihr gutes Wetter.«

»Im Wetterbericht haben sie ein Hoch vorhergesagt.« Mein Vater steht auf und sieht mich an. »Das Gleiche hoffe ich auch für dich.«

Katja betrachtet mich nachdenklich, während ich die Flasche Rotwein entkorke.

»Du siehst aber ziemlich unglücklich aus für jemanden, deren Verlobter gerade auf Knien vor ihr herumgerobbt ist.«

Ich halte den Korkenzieher fest und sehe hoch. »Unglücklich? Ich habe das Gefühl, über mich bricht gerade die ganze Welt zusammen. Im Moment ist mir alles zu viel.«

Katja mustert mich weiter.

»Hast du dir inzwischen Gedanken gemacht, was aus dir und Johann werden soll? Oder mit Benni?«

»Mit Benni? Meine Güte, was soll schon mit ihm passieren?«

Sie hält mir ihr Glas hin, ich drehe weiter. »Nicht mit ihm. Mit euch.«

Mit einem Schwung ziehe ich den Korken. »Ich weiß nicht. Eigentlich gibt es ja offiziell kein ›euch‹. Außerdem hat er sich nicht mehr bei mir gemeldet. Und jetzt, wo Johann da ist …« Ich schenke mir den Rotwein ins Glas und nehme einen Schluck. »Irgendwie hat das wieder alles verändert.«

»Das verstehe ich nicht. Ich meine, entweder du liebst Johann oder du liebst Benni.«

»Genau genommen kenne ich Benni doch gar nicht«, antworte ich bitter. »Ich dachte, ich würde ihn kennen. Aber nach gestern Abend bin ich mir da nicht mehr so sicher. Johann hingegen kenne ich. Ich weiß genau, worauf ich mich da einlasse.«

»Auf einen Typen, der mit der erstbesten Maus aus dem Büro ins Bett hüpft. Also, wenn du mich fragst ist das keine echte Alternative.« Katja nimmt den Korken vom Tisch und riecht daran. »Jetzt mal im Ernst. Du willst doch nicht wieder zurück nach Freiburg, oder?« Bevor ich antworten kann, hakt sie nach. »So richtig glücklich warst du da doch noch nie.«

Ich schenke sehr langsam Wein ein, um Zeit zu gewinnen. Katja beobachtet jede meiner Bewegungen.

»Du musst nicht antworten, wenn du nicht willst.« Ihrem Gesicht sehe ich an, dass sie sich wirklich Gedanken darüber macht.

Ich mag nicht, dass sie sich Gedanken macht. Ebenso wenig wie ich will, dass sich meine Eltern Gedanken über mich machen. Und außerdem will ich nicht, dass ich mir Gedanken machen muss. Weil es in letzter Konsequenz bedeutet, dass ich eine Entscheidung fällen muss.

»Ich weiß es nicht. Ehrlich. Ich bin völlig durcheinander. An Johann ist mir alles so vertraut. Das ist, als ob du in einen ausgelatschten Schuh trittst, auch wenn er nicht mehr ganz so schön aussieht, ist er bequem und du fühlst dich wohl, wenn du darin gehst. Bei Benni drückt der Schuh von allen Seiten, und ich habe das Gefühl, er passt nicht, obwohl ich ihn total toll finde. Aber ich habe Angst vor einem Fehlkauf.« Ich verkorke die Flasche und nehme mein Glas in die Hand.

»Du willst Benni kaufen?«

»Nein, das war doch nur sinnbildlich gemeint, wie mit dem Schuh. Ich weiß nicht, ob Benni und ich zusammenpassen. Genaugenommen weiß ich noch nicht einmal, ob Benni mich wirklich will.« Ich hebe mein Glas. »Prost.«

Abwartend hält Katja das Glas hoch. Sie trinkt nicht mit, sondern sagt: »Mit der Liebe ist es wie mit dem Wetter. Sobald man aufgehört hat, auf ihn zu hoffen, kommt der Sommer. Und sobald du es wieder aushalten kannst, ohne ihn zu sein, steht dein Exfreund wieder vor der Tür. Also, auf die Liebe und den Sommer. Prost!«

Ich wälze mich auf die Seite und sehe auf den Wecker: 0.45 Uhr. Und ich bin immer noch hellwach. Auf dem Bauch liegend habe ich sofort die Bilder der letzten Tage wieder vor Augen. Bennis plötzliches Auftauchen, seine warmen Augen, mit denen er mich ansieht, während wir uns geliebt haben, sein übereiltes Verschwinden, das unerwartete Auftauchen meiner Eltern. Mein Vater, wie er seine Liebeserklärung an mich stammelt. Und Johann, der vor mir kniet und mich anfleht zu ihm zurückzukommen. In meinem Kopf geht alles durcheinander. Ich werfe mich von einer Seite zur anderen. Schließlich mache ich das Licht an. Mein Herz klopft unregelmäßig. Es hat überhaupt keinen Zweck noch länger im Bett liegen zu bleiben und auf den wohlverdienten Schlaf zu hoffen. Ich stehe auf, schleiche mich auf Zehenspitzen, um Katja nicht zu wecken, ins Wohnzimmer. Dort wartet mein Laptop zugeklappt auf dem Tisch auf mich. Ich schenke mir den Rest vom Rotwein ein und fange an, meinen Artikel über Chris fertig zu schreiben.

Ich bin extra früh ins Büro gefahren, in der Hoffnung niemanden anzutreffen. Vor allem aber, um einer Begegnung mit Benni aus dem Weg zu gehen. Ich will einfach nur meinen Artikel über Chris abgeben und dann verschwinden. Nachdem ich den Artikel fertig geschrieben hatte, habe ich den Rest der Nacht damit zugebracht, abwechselnd auf meinen Verlobungsring und mein Handy zu starren. Ich hoffe ja immer noch, Benni würde sich bei mir melden und die ganze Sache aufklären. Aber keine SMS, kein Anruf. Ich weiß nicht, wie viel Zeit ich in meinem Leben schon darauf verschwendet habe, auf die Antwort eines Mannes zu warten. Benni jedenfalls bleibt stumm.

Der Wachmann am Empfang sieht mir ungläubig hinterher, als ich mich an ihm vorbei schleiche. Wahrscheinlich weil er mich noch nie um diese Uhrzeit gesehen hat.

Ich nehme den Lift. Alleine. Auf dem Weg in mein Büro genehmige ich mir einen Automatenkaffee. Schmeckt scheußlich, aber weckt die Lebensgeister in mir. Zuhause habe ich keinen getrunken, ich wollte Katja nicht wecken. Es ist fast unheimlich in der Cafeteria. Keine Menschenseele, wo sich sonst die halbe Redaktion versammelt, um sich eine kurze Auszeit zu gönnen. Mit einem Becher Kaffee bewaffnet, den Artikel unter den Arm geklemmt, schleiche ich den Flur entlang. Ich komme mir vor wie ein Einbrecher, als ich an Emmas leerem Schreibtisch vorbei in mein Büro husche. Die gute Emma.

Gerädert von der langen Nacht, lasse ich mich in meinen Stuhl fallen. Ich lege meine Beine auf den Schreibtisch und genieße den Ausblick aus meinem Büro, während ich meinen Kaffee trinke. Mit jedem Schluck breitet sich ein angenehm warmes Gefühl in meinem Bauch aus. Wie soll es nur weitergehen? Ich liebe meine Arbeit bei *Holiday Dream*. Aber Benni hat mit einem einzigen Interview alles kaputt gemacht.

Mit einem Ruck geht die Tür auf. Ich schrecke hoch, dabei stoße ich mit der Wade gegen die Tischplatte und falle fast vom Stuhl.

»Was machst du denn um diese Uhrzeit im Büro?« Emma runzelt die Stirn.

»Das Gleiche könnte ich dich fragen.« Ich reibe mir die schmerzende Wade.

Emma zuckt mit den Achseln. Sie sieht leicht verschlafen aus. Eine Falte zieht sich quer über ihre Wange. »Ich bin gerne so früh im Büro. Um diese Uhrzeit ist es noch schön ruhig, und ich kann mich in Ruhe um die Post kümmern. Du siehst grauenvoll aus. Ist was passiert?«

Ich unterdrücke ein Gähnen. »Ich habe die ganze Nacht an meinem Artikel für die Sonderausgabe der *Holiday Dream* gearbeitet.« Die Sache mit Benni behalte ich lieber für mich. Ich würde Emma zwar durchaus als eine Freundin bezeichnen, aber sie hat einen Hang dazu, den täglichen Klatsch und Tratsch aus dem Büro in alle Abteilungen zu verbreiten.

»Du hast den Artikel fertig?« Ehrliche Begeisterung schwingt in Emmas Stimme mit.

Ich nicke. »Darf ich mal lesen?« Ich reiche ihr die Blätter vom Schreibtisch.

Emmas Augen überfliegen die Zeilen. Mein Herz klopft mir bis zu den Ohrläppchen, während ich sie dabei beobachte. Emma ist die Erste, die meinen Artikel liest. Noch nicht einmal Katja hat einen Blick darauf geworfen. Ich halte unwillkürlich die Luft an. Warum sieht sie so ernst aus? Oh Gott, sie findet meinen Artikel schrecklich! Ich bin ein totaler Versager. Im Leben, in der Liebe und jetzt auch noch als Redakteurin. In Gedanken sehe ich mich schon beim Arbeitsamt in der Schlange stehen.

Plötzlich huscht ein Lächeln über Emmas Gesicht. Und noch eines. Könnte ihr der Artikel vielleicht doch gefallen?! Ich halte immer noch die Luft an. Mein Puls hat sich auf Maximalfrequenz hochgeschraubt. Noch zwei Schläge mehr pro Minute und ich werde ohnmächtig.

Nachdem Emma fertig ist, macht sie eine Pause und sieht bedeutungsvoll in die Ferne.

»Wenn du mir nicht gleich sagst, wie du ihn findest …«, platze ich los, »… dann ersticke ich vor deinen Augen.«

»Der Artikel ist absolut super! Du bist ein Genie, Julia! Dein Schreibstil ist flüssig, deine Bemerkungen amüsant. Ich denke, die Hirsekorn wird begeistert sein.«

»Ehrlich?« Ich schnappe nach Luft.

»Julia, der Artikel ist klasse. Man hat die Bilder deutlich vor Augen, und ich musste ein paar Mal schmunzeln. Dieser Chris muss ja ein ganz schräger Vogel sein. Ich bin mir sicher, mit den Bildern von Benni dazu, schaffst du es auf die Titelseite.« Emma reicht mir die Blätter zurück. »Apropos Hirsekorn, hast du schon das Neueste gehört?« Ihre Augen leuchten.

»Du meinst den Wechsel zur Geschäftsleitung?«, antworte ich bitter.

»Ja, ist das nicht toll?« Emma klatscht vor Begeisterung in die Hände. »Benjamin Wagner wird unser neuer Chef.«

»Ja, toll«, brumme ich lustlos.

»Welche Laus ist dir denn über die Leber gelaufen?«, unterbricht Emma ihren kleinen Freudentanz. »Wir kriegen den schärfsten Chef des gesamten Verlagswesens, und du ziehst ein Gesicht wie 100 Jahre Regenwetter. Du findest Benni doch auch gut.«

»So siehst du mich also. Gut zu wissen!« Benni steht im Türrahmen und zwinkert Emma zu. Es ist das erste Mal, dass ich Emma rot werden sehe.

»Kannst du nicht anklopfen? Oder gehört das zu deinen Angewohnheiten, wie das Anlügen seiner Angestellten?«, fauche ich ihn an.

Emma sieht mich entsetzt an. Benni räuspert sich.

»Emma, wenn du uns kurz entschuldigen würdest. Ich würde gerne mit Julia unter vier Augen sprechen.« Emma schickt sich an zu gehen.

»Halt!« Ich strecke die Hand in die Luft. »Was du mir zu sagen hast, kannst du ruhig vor Emma sagen. Ich habe im Gegensatz zu dir nichts zu verbergen.« Meine Stimme klingt hysterisch.

»Julia, bitte …«, Benni runzelt die Stirn, »was soll das ganze Theater …?«

»Das Gleiche könnte ich dich fragen. Erst gehst du mit mir ins Bett, und dann haust du ab, und ich erfahre durchs Fernsehen, dass du mein neuer Chef bist.« Ich koche innerlich vor Wut.

»Tja Leute, ich geh dann mal.« Emma hat einen hochroten Kopf. »Das scheint mir dann doch ein eher privates Gespräch zu sein.«

Benni nickt ihr dankbar zu. Ich bemerke die Fältchen um seine Augen, die sich scheinbar über Nacht gebildet haben. Bevor Emma aus dem Raum verschwindet, wirft sie mir noch ein lautloses »Wow!« zu.

»War das wirklich nötig, vor Emma eine solche Szene zu machen?« Bennis Augen halten mich gefangen.

»Ja, war es!« Nein, war es nicht. Aber um das zuzugeben, bin ich zu stolz. Außerdem machen wir Frauen gerne mal eine Szene. Ich finde, das gehört zu einem richtigen Streit dazu. Männer tun immer so cool und überheblich. Die einzige Möglichkeit, einen Mann aus der Fassung zu bringen und ihm die Wahrheit zu entlocken ist, ihm eine hollywoodreife Szene abzuliefern. Das bringt selbst den coolsten Kerl aus der Fassung, weil das gegen sein rationales Denken geht.

Ich starre krampfhaft auf meine Füße, denn bei Bennis Anblick bekomme ich weiche Knie, und meine Hormone übernehmen ganz schnell wieder das Kommando.

»Julia, ich weiß, ich habe dich verletzt.« Bennis Schuhe kommen in mein Sichtfeld am Boden. »Aber du musst mir glauben, ich habe selber nichts von der Sache gewusst.« Seine Schuhspitzen berühren fast die meinen. »Julia, hörst du mir überhaupt zu?«

Ich löse meinen Blick von den Schuhspitzen und sehe Benni direkt ins Gesicht.

»Hör auf, mich für dumm zu verkaufen. Du willst mir doch nicht im Ernst weismachen, deine Mutter hat dir nichts davon gesagt, dass sie dich und deine Schwester zum Verlagsleiter ernennt. Schließlich hat sie euch mit zu dieser Pressekonferenz genommen und das nicht ohne Grund.« Ich atme demonstrativ laut aus.

»Du musst mir glauben, dass ich von der ganzen Sache keine Ahnung hatte. Welchen Grund könnte ich haben, dich anzulügen?«

»Muss ich?! Ehrlich gesagt, ich glaube dir kein Wort. Du hast mich von der ersten Minute an belogen und mich im Glauben gelassen, dass du Fotograf bist und für die Hirsekorn … entschuldige: deine Mutter … arbeitest. Die kleine Tatsache, dass du ihr Sohn bist, hast du dabei leider unterschlagen. Ich hatte zwischenzeitlich sogar den Verdacht, dass du eine Affäre mit der Frau hast. Aber ist ja auch klar, schließlich bin ich ja auch nur ein kleines dummes Blondchen, das du zufällig im Zug getroffen hast.« Ich funkele ihn wütend an.

»Wie kommst du denn auf den Quatsch? Ich habe dich nicht belogen. Niemals. Keiner in der Firma weiß beziehungsweise wusste, dass Elisabeth Hirsekorn meine Mutter ist. Aus gutem Grund, denn sonst hätte mich jeder wie den Sohn der Chefin behandelt, und ich hätte keine Chance gehabt, mich zu beweisen, ohne den Namen meiner Mutter im Rücken. Verstehst du? Ich wollte auf eigenen Beinen stehen. Deshalb auch das Atelier. Von der Übernahme des Verlages wussten weder ich noch Arianne etwas. Meine Mutter hatte uns gebeten, das Wochenende unbedingt frei zu halten, da sie uns etwas Wichtiges mitzuteilen hat. Meine Mutter liebt Überraschungen. Und wie kommst du nur auf eine so absurde Idee, wie dass ich mit meiner Mutter eine Affäre haben könnte?« Er macht eine Pause und fährt sich mit seinen schlanken Fingern durch die Haare. Dabei sieht er zum Anbeißen süß aus.

»Da wusste ich ja nicht, dass sie deine Mutter ist«, verteidige ich mich.

Schweigen. Bennis dunkle Augen ruhen auf mir.

Er räuspert sich leise. »Julia, als ich dich im Zug getroffen habe, war ich völlig fasziniert von dir«, sagt er mit sanfter Stimme.

Fasziniert! Benjamin Wagner war von mir fasziniert. Von mir! Mein Magen schlägt kleine Purzelbäume. Meine Augen bleiben auf seinen wunderschönen weichen Lippen haften, während er weiterspricht.

»Ich habe jede Minute unserer ersten Begegnung genossen. Du warst so herrlich betrunken und so süß dabei. Als du mir deine kleinen Geheimnisse gebeichtet hast, hätte ich dich am liebsten in die Arme genommen und geküsst. Noch nie hat eine Frau solche Gefühle in mir geweckt, und ich habe gehofft, dass ich dich wiedersehen würde. Aber als wir im Hamburger Hauptbahnhof angekommen sind, warst du plötzlich verschwunden, und ich kam mir mit meinen zwei Kaffee in der Hand ziemlich blöd vor.« Benni sieht mich einen Moment schweigend an. »Umso mehr habe ich mich gefreut, dich bei der *Holiday Dream* wiederzusehen. Dass ich mich in dich verlieben würde, war nicht geplant, ebenso wenig der Abend bei dir zuhause.«

Ich habe die Worte zwar gehört, aber mein Verstand braucht einen Moment, bis ich das Gesagte verarbeitet habe. Ich halte die Luft an. Benjamin Wagner hat mir gerade gesagt, dass er in mich verliebt ist. Ich kann es nicht fassen. Mein Herz schlägt vor Freude schneller. Eine verräterische Röte steigt mir ins Gesicht. Benni ist in mich verliebt … Johann ade! Am liebsten würde ich Benni um den Hals fallen, aber so schnell will ich mich nicht geschlagen geben. Schließlich soll er nicht denken, ich wäre leicht zu haben. Also bleibe ich brav stehen und warte, was als Nächstes passiert.

Benni legt seine Hand unter mein Kinn und hebt meinen Kopf leicht an, sodass ich ihm direkt in die Augen sehe. Wunderbare braune Augen! Meine Knie sind sofort puddingweich und Hunderte von Schmetterlingen heben gleichzeitig in meinem Bauch ab. Vor mir steht der attraktivste Mann meines Lebens und macht mir eine Liebeserklärung. Ich bin so gerührt, dass mir die Tränen in die Augen schießen.

»Und du bist kein dummes Blondchen«, fährt Benni fort und mein Herz macht bei jedem Wort einen kleinen Hüpfer.

»Du hast wirklich Talent, und ich wäre froh, dich als Mitarbeiterin in meinem Team zu haben.«

Die Schmetterlinge in meinem Bauch legen eine abrupte Bruchlandung hin. BITTE, habe ich mich gerade verhört oder hat Benni ernsthaft gesagt, dass er mich als Mitarbeiterin behalten will? Was soll das heißen … in seinem Team? Wo bleibt seine Liebeserklärung? Wo der Antrag? Wo bleibt die Entschuldigung? Wo bleibt: »Julia, du bist die Frau meines Lebens! Ich will mit dir leben. Ich will Kinder von dir.« Stattdessen redet Benni von Teamarbeit? Irgendwas läuft hier gerade schrecklich schief!

»Die Zusammenarbeit mit dir hat mir viel Spaß gemacht …«

Ich fasse es nicht! Meint er jetzt die Zusammenarbeit im Bett oder die im Büro? Fängt beides mit »B« an.

»… und ich würde gerne noch viele Projekte mit dir zusammen machen.«

Von welchen Projekten faselt Benni da? Kinder? Artikel?

»Weißt du, die Aufgabe als Verlagsleiter, das ist alles noch ziemlich neu für mich und nimmt mich im Moment völlig in Anspruch. Meetings, die Umstrukturierung, rechtliche Klärungen und das ganze Zeug. Deshalb werde ich wenig Zeit haben, um mich um dich zu kümmern. Aber ich habe gehofft, du kannst mich verstehen, dass das mit uns im Moment für mich ziemlich viel ist …«

Mir ist schwindlig. In meinem Kopf dreht sich alles. Der Boden unter meinen Füßen scheint zu wanken.

»Ich fliege heute Abend mit Johann zurück nach Freiburg«, unterbreche ich Benni mitten im Satz.

Benni sieht mich mit riesengroßen Augen an. »Wie bitte?«

»Ich fliege heute Abend mit meinem Verlobten zurück nach Freiburg«, wiederhole ich betont ruhig. »Du brauchst dir also um deine kostbare Zeit keine Gedanken machen.«

»Aber …« Benni stockt. »Du bist verlobt?« Seine Augen sind noch dunkler als sonst.

»Ich habe dir doch von Johann erzählt. *Hartmann & Sohn.* Schon vergessen?« Ich höre mich trotzig an, aber das ist mir egal. Zum zweiten Mal in 48 Stunden fühle ich mich vor den Kopf gestoßen.

Mit todernsten Augen sieht Benni mich an. »Und unser Artikel?« Damit hat er mir den Dolchstoß versetzt.

»Um den brauchst du dir keine Sorgen zu machen. Hier …« Ich nehme die Blätter vom Schreibtisch und reiche sie Benni. Meine Hände zittern. Ich verstecke sie schnell hinter meinem Rücken, bevor er es merkt. »Ich habe die ganze Nacht daran gearbeitet. Eigentlich wollte ich den Artikel Miriam persönlich geben, aber da du ja nun hier der Chef bist … hier.« Schweigend nimmt Benni die Blätter entgegen. »Falls du noch Fragen dazu haben solltest, ich hinterlasse bei Emma meine E-Mail-Adresse.«

Mein Handy klingelt.

»Wenn du mich bitte entschuldigen würdest …« Ich greife nach dem Telefon, »… mein Verlobter ist am anderen Ende.«

Benni nickt mit versteinerter Miene. Dann geht er – aus meinem Leben.

15. Julia's Facebook-Status: Freiburg, ich komme!

H allo?«

»Hallo, Kleines. Deine Mutter und ich wollten dir nur mitteilen, dass wir heil auf Sylt angekommen sind.« Mein Vater klingt fröhlich.

»Nun frag sie schon«, höre ich meine Mutter aus dem Hintergrund drängeln.

»Äh, ich soll dich von Mama fragen, was nun mit dir und Johann ist.«

»Hör mal Papa, ich kann jetzt nicht ... es tut mir leid ... ich muss weg«, sage ich schwach. »Wir telefonieren morgen, ja?« Dann lege ich auf.

Kein Gespräch mehr annehmen. Tasche nehmen. Abhauen.

Als ich mit zittrigen Fingern den Reißverschluss meiner Aktentasche zuziehe, kommt Emma in mein Büro.

»Julia, ich wusste ja gar nicht, dass du und ...«

»Ich kann nicht«, sage ich wie betäubt. »Ich kann mit niemandem reden. Ich muss ... ich muss ...«

Ich schnappe mir meine Jacke, renne aus dem Büro und den Gang entlang bis zum Fahrstuhl. Überall stehen Leute herum und diskutieren über das gestrige Fernsehinterview und den damit verbundenen Chefwechsel. Einige winken mir zu, als ich an ihnen vorbeieile.

»Julia!« Als ich auf den Fahrstuhl zugehe, ergreift mich jemand am Arm. Ich drehe mich um. Es ist Miriam.

»Gut, dass ich Sie treffe. Ich wollte gerade zu Ihnen kommen und Sie wegen des Artikels fragen, den Sie und Benjamin, äh Herr Wagner, zusammen verfasst haben.« Sie stockt und sieht mich dabei an. »Aber Julia, Sie weinen ja?«

Ich weiche zurück. Tatsächlich laufen mir die Tränen in Sturzbächen die Wangen herunter. Entsetzt winde ich mich aus ihrem Arm und poltere zum sich öffnenden Fahrstuhl.

»Hey, Julia«, begrüßt mich Thomas beim Aussteigen. Ich ignoriere ihn einfach. Die Aufzugtür schließt sich nach mir. Gott sei Dank bin ich allein. Unten angekommen, sprinte ich zum Eingang wie bei einer Verfolgungsjagd. Meine Schritte mit den Pumps klappern auf dem Marmorboden. Als ich die schwere Glastür aufstoße, schlendert gerade ein junger Mann herein und starrt mir unverhohlen auf meine Brüste.

»Was glotzt du so? Idiot!«, fauche ich ihn an. Der Mann zuckt zusammen. Schließlich bekomme ich die schwere Tür auf und renne hinaus, die Straße entlang, ohne mich nach rechts oder links umzusehen. Irgendwann bleibe ich erschöpft stehen, sinke auf eine Parkbank und vergrabe das Gesicht zwischen den Händen. Einige Leute glotzen mich an, aber das ist mir egal. Ich bin so gedemütigt und am Ende, da spielen die paar Leute auch keine Rolle mehr.

Ich fühle mich wie ein Vollidiot. Natürlich hat er sich nicht ernsthaft für mich interessiert. Männer wie Benni interessieren sich nicht für kleine angestellte Journalistinnen. Männer wie Benni denken in anderen Sphären. Da muss schon ein bekanntes Model oder eine Society Lady her. Was hat er nochmal gesagt? »Du warst so herrlich betrunken und so süß dabei.« Na toll, ich muss mich also immer betrinken, damit er mich süß findet. Und der Sex? Kein Wort von ihm dazu. Ich hatte noch nie mit einem Mann derart tollen Sex. War das alles nur gespielt?

»Machen Sie sich nichts draus, Süße!«, reißt mich die kratzige Stimme einer älteren Dame aus meinen Gedanken, die sich soeben neben mir auf die Parkbank fallen lässt. »Der Kerl ist es nicht wert, dass Sie sich Ihr hübsches Gesicht mit Wimperntusche verschmieren.« Sie reicht mir ein Stofftaschentuch. »Hier.«

»Danke.« Ich nehme das Tuch und schnäuze einmal kräftig hinein. »Jetzt kann ich es Ihnen nicht mehr zurückgeben«, bedauere ich.

»Ach, das macht doch nichts, Kindchen.« Sie tätschelt mir tröstend die Schulter. »Ich habe zuhause einen ganzen Schrank voll damit.« Ihre Augen blicken gütig auf mich herab. »In meiner Generation legt man noch Wert auf solche Dinge, wie echte Taschentücher und die wahre Liebe.«

»Woher wussten Sie, dass es ein Mann ist?«

»Warum sonst weinen wir Frauen vor Kummer? Es ist immer wegen eines Mannes, der uns verlassen oder betrogen hat. Was ist es in Ihrem Fall?«

»Betrogen und verlassen«, stoße ich hervor und kämpfe erneut gegen die Tränen.

Die Frau lächelt mich tröstend an. »Nehmen Sie es sich nicht so zu Herzen, Kindchen. Kein Mann der Welt ist es wert, dass Sie so wegen ihm weinen. Am besten Sie fahren nach Hause und machen sich einen schönen Tee. Das beruhigt. Haben Sie eine Freundin?«

Ich nicke und schnäuze mich erneut. Die alte Frau verzieht ein wenig das Gesicht.

»Dann fahren Sie doch zu Ihrer Freundin und erzählen ihr von Ihrem Kummer. Es geht nichts über ein Gespräch unter Frauen.«

Ich stehe auf und bedanke mich.

»Und denken Sie daran: Kopf hoch, auch wenn der Hals noch so dreckig ist.«

»Und dann ist er einfach gegangen?« Soweit ich es aus meiner Position erkennen kann, sieht Katja mich fassungslos an.

»Ja. Ohne sich noch einmal umzudrehen!«, bestätige ich ihre Frage.

»Und du hast ihn nicht aufgehalten?«

»Nein.« Zu mehr komme ich nicht, da mir warmes Wasser über das ganze Gesicht in den Mund läuft.

»Hey, Harald, könntest du bitte aufpassen, sonst ertrinke ich.« Ich blinzle die Wassertropfen aus meinem Auge weg.

»Ups. Das passiert mir normalerweise nicht, aber unter diesen Umständen. Die Sache bringt mich selbst völlig aus der Fassung«, entschuldigt sich Harald und tupft mir hektisch mit einem Handtuch über das Gesicht.

»Das wäre ja mal ne Schlagzeile: Frau ertränkt sich vor Liebeskummer beim Friseur.« Katja kichert.

Harald wirft ihr einen bösen Blick zu. »Man kann Kummer auch etwas Positives abgewinnen. Kummer erweckt die Kreativität in einem Menschen. Ich glaube, nichts Weltbewegendes wurde jemals von einer Frau geschaffen, die zufrieden und glücklich in einem kleinen Reihenhaus inmitten einer spießigen Siedlung lebte. Zu etwas wirklich Großem gehört eine Portion Leid. Deshalb mach bitte nichts Unüberlegtes, Liebelein.«

»Manchmal überraschst du mich wirklich«, prostet Katja Harald zu.

Wir sitzen zu dritt in Haralds Friseursalon. Heute ist Ruhetag. Keine Kunden, keine Angestellten. Nur Harald, Katja und ich. Sergej hängt irgendwo in einem Meeting fest und konnte deshalb nicht kommen. Mein Kopf hängt auch, jedoch über dem Waschbecken. Während mir der Meister persönlich, in der rechten Hand ein Glas Prosecco haltend, mit der linken die Haare wäscht.

»Und du bist dir ganz sicher?« Der Zweifel in Katjas Stimme ist nicht zu überhören.

»Hey, auf welcher Seite stehst du eigentlich? Natürlich bin ich mir sicher!« Ein Wassertropfen läuft mir kitzelnd über das Kinn. »Ich bin verletzt. Wütend. Und gedemütigt.« Und ich bin durcheinander, füge ich still hinzu. Ich bin so durch den Wind, dass ich das Gefühl habe, mein Kopf platzt.

»Aber deswegen zurück zu Johann zu gehen?« Katja wiegt den Kopf hin und her. »Ich weiß nicht, ob das so eine gute Idee ist.«

»Warum?«

»Na ja, du neigst schließlich des Öfteren dazu, vorschnelle Entscheidungen zu treffen«, erklärt sie mit ihrer Deeskalationsstimme. »Die du vielleicht hinterher bereust.«

»Aber ich dachte, sie hätte Schluss mit diesem Johann gemacht«, näselt Harald.

»Hab ich ja auch«, entrüste ich mich. »Aber ich werde doch mal meine Meinung ändern dürfen. Ich bin schließlich eine Frau.«

Katja verdreht die Augen. Harald schürzt die Lippen.

»Jedenfalls habe ich Johann angerufen und ihm gesagt, er soll den Platz neben sich im Flugzeug für mich frei halten. Deswegen sind wir schließlich hier. Schon vergessen? Wir feiern meinen Abschied von

Hamburg.« Ich hebe mein Glas. Eigentlich ist mir gar nicht nach feiern zumute. Mein Bauch fühlt sich seltsam hohl an.

»Ach Göttle«, jammert Harald und unterbricht seine Haarwaschung. Seine kleinen Schweinsäuglein sehen wässrig von oben auf mich herab. »Ich weiß genau, wie sie sich fühlt. Als Roberto mich verlassen hat, war ich auch wochenlang nicht zu gebrauchen. Und vor lauter Kummer habe ich zehn Kilo zugenommen. Ich habe mich wie der einsamste Mensch auf der ganzen Welt gefühlt.« Eine Träne glitzert in seinen Augen.

»Harald«, ermahnt ihn Katja, »das ist nicht sehr hilfreich. Wir sollten Julia mit positiven Gedanken aufbauen und nicht die schwarzen Schwingen rausholen.«

»Ach du meine Güte, sorry!« Harald wedelt mit der Hand in der Luft. »Manchmal übermannt mich der Schmerz noch. Entschuldigt bitte.« Er greift energisch in meine Haare und fängt an, sie mit seinen haarigen Pranken zu malträtieren. Zumindest wird mir jetzt klar, warum Robin normalerweise die Haarwäsche übernimmt. »Roberto war der Mann, mit dem ich ein Leben lang zusammenbleiben wollte, auch wenn ich einen klitzekleinen Seitensprung nie ausgeschlossen hätte. Ich meine, was bedeutet schon der Körper, solange er mir seelisch treu bleibt?« Harald seufzt erneut und seine Brust bebt. »Ach, dieser Body. Wir haben mal den Wolfgang Joop am Flughafen getroffen und der hat meinem Roberto sofort einen Job als Model angeboten. Übrigens auch ein schöner Mann, dieser Joop. Aber Roberto hat abgelehnt, weil er ja mich hätte. Ach Göttle, war das schön.« Verzückt nippt Harald an seinem Prosecco, dabei spreizt er den kleinen Finger so weit weg, dass man daran problemlos ein Handtuch hängen könnte.

»Weißt du Schätzelein, ihr Johann scheint ihr wenigstens seelisch treu geblieben zu sein. Warum sonst wäre er zu ihr zurückgekommen?«

»So habe ich es noch nie gesehen«, gebe ich zu. Macht es einen Unterschied, ob seelisch oder körperlich? Konnte es sein, dass Johann genauso denkt wie Harald und mich wirklich liebt? Ich schaue so unauffällig wie möglich zu Harald rüber und verwerfe sofort den Gedanken, Johann könnte auch nur ansatzweise so denken wie er. Harald

243

und Johann haben so viel gemein wie der Weihnachtsmann mit dem Osterhasen.

»Wie sagte meine Mutter schon immer: Gott hab sie selig.« Harald bekreuzigt sich und tropft dabei sein gesamtes Seidenhemd voll. Sofort breiten sich riesige Flecken darauf aus. »Der Geist ist willig, aber das Fleisch ist schwach.«

»Aber warum hast du Roberto dann nicht verziehen, wenn du das alles so locker mit dem Betrug siehst?«, frage ich mich.

»Weil Roberto mir erklärt hat, dass dieser nichtsnutzige Zwerg von einem Polizisten seine große Liebe sei.« Ich schaue zu Harald hoch. Seiner Stimme nach fängt er gleich wieder an zu weinen. »Gegen die Liebe bin selbst ich machtlos.«

»Das hat Johann definitiv nicht von Annette gesagt«, stelle ich zufrieden fest.

»Das ist ein gutes Zeichen«, bekräftigt mich Harald und schlingt mir gekonnt ein großes Handtuch um meinen Kopf.

»Trotzdem halte ich deine Entscheidung für übereilt«, mischt sich Katja ein. »Und das mit der seelischen Treue ist doch wohl totaler Quatsch. Also wenn Sergej mich betrügen würde, dann wäre es vorbei. Ich halte es mit den Männern wie mit Kaffee. Sie müssen frisch und heiß sein. Wer trinkt schon gerne aufgewärmten Kaffee. Sergej ist im Übrigen auch meiner Ansicht. Er findet, du solltest noch eine Nacht darüber schlafen.«

Ach, der gute Sergej. Ein bisschen bedaure ich es schon, dass er nicht hier sein kann.

»Und dann treffe ich die gleiche Entscheidung, nur damit ich dann das Ticket nach Frankfurt selber zahlen muss?!«

»Also, wenn es daran liegt …«

Ich schüttele den Kopf und das Handtuch fällt auf den Boden. »Entschuldige.« Ich hebe das Handtuch vom Boden auf und reiche es Harald. »Nein, natürlich nicht. Aber ich habe Angst, dass ich, wenn ich noch länger hier bleibe, es mir doch anders überlege, und das will ich nicht. Ich will endlich meine Ruhe und wissen, wohin ich gehöre. Und Johann gibt mir genau dieses Gefühl.«

Katja seufzt. »Und dass er dich mit Titten-Annette betrogen hat, ist auf einmal völlig egal?« Harald schnieft.

»Nee, natürlich nicht. Aber ich finde jeder hat eine zweite Chance im Leben verdient.«

»Und du? Hast du nicht auch eine zweite Chance verdient, nach allem, was du die letzten Wochen durchgemacht hast?«

»Das ist meine zweite Chance. Katja, ich bin jetzt 29 Jahre alt. Meine biologische Uhr fängt an zu ticken. Wenn ich nicht langsam anfange, eine Familie zu gründen, sitze ich am Ende alleine da. Ohne Mann, ohne Kinder und in meinem Fall auch noch ohne eine nennenswerte Karriere hingelegt zu haben. Was bin ich schon?«

»Schätzelein, das hört sich ja grauenvoll an, so wie sie es sagt.« Er wedelt hektisch mit der Hand vor seinem Gesicht, während er gleichzeitig mit den Tränen kämpft. »Mach mal Platz.« Ich springe gerade noch rechtzeitig auf. Haralds massiger Körper quetscht sich auf meinen Sitz. »Das ist einfach zu viel für meine Nerven«, japst Harald. Ich schnappe mir die *Vogue* und fächele ihm Luft zu.

»Hast du Asthma?«, frage ich besorgt.

»Schnappatmung«, röchelt Harald. Ich beiße mir auf die Lippe, um nicht laut loszuprusten.

»Trink noch ein Schlückchen.« Katja nimmt die Flasche *Holunderküsschen* und füllt Haralds Glas auf. »Das erweitert die Blutgefäße und beruhigt die Nerven.«

Ohne zu zögern, leert Harald das komplette Glas. Katja kichert leise.

»Ah, da geht es mir doch gleich wieder besser«, verkündet Harald mit hochroten Wangen und glänzenden Augen schon wenige Minuten später. »Auf einem Bein kann man nicht stehen.« Er hält Katja sein Glas unter die Nase.

»Hallo?!« Ich deute auf meine Haare, die sich wie nasse Schlangen auf meinem Kopf ringeln. »Ich störe dich nur ungern, aber könntest du vorher noch meine Haare fertig frisieren. Schließlich will ich nicht wie ein nasser Pudel aussehen, wenn ich Johann nachher unter die Augen trete.«

Mit einem für seine Körperfülle erstaunlich schnellen Satz steht Harald wieder vor mir und deutet mir an, mich zu setzen. Dabei mustert er mich und meine Haare mitleidig.

»Schätzelein, das mit ihren Haaren schaffe ich selbst im volltrunkenen Zustand. Ich bin schließlich Künstler.« Spricht und macht sich ans Werk. »Das mit ihrem Johann muss sie schon selber hinkriegen.«

15. Julias Facebook-Status: Freiburg?!

Und du bist dir ganz sicher?« Katja sieht mich bekümmert an. Wir stehen vor dem Flughafengebäude. Mein Koffer steht neben mir auf dem Boden. Viel ist es nicht, was ich mit nach Freiburg nehme. Außer den paar Klamotten, die Katja und ich zusammen für mich gekauft haben. Katja raucht eine Notfallzigarette. Sie bläst den weißen Qualm in die Luft, dabei formt sie mit ihren Lippen ein »O«, sodass lauter kleine Kringel emporsteigen.

»Warum musst du schon wieder damit anfangen?«

Jetzt ist Katja gekränkt. Und es tut mir auf der Stelle leid. Ich bin mir jetzt, wo ich vor dem Flughafengebäude stehe, gar nicht mehr sicher. Man könnte sagen, dass das bisschen Selbstsicherheit, das ich hatte, völlig verflogen ist. Ich frage mich ständig, was Benni wohl gerade macht. Kein gutes Zeichen, ich weiß. Aber ich kann nicht anders, als an ihn zu denken.

»Katja entschuldige, aber ich muss mich kurz sammeln. Gib mir eine von deinen ekeligen Zigaretten ab.«

Ich nehme ein paar kräftige Züge. Sofort wird mir auf angenehme Weise schwindlig. Was geschieht hier eigentlich?

So langsam komme ich mir vor, wie in einer dieser miesen deutschen Schnulzen, die immer zur besten Sendezeit laufen, die aber eigentlich keiner sehen will, weil alles daran schlecht ist. Die Schauspieler, die Story, das Setting … einfach alles. Und jetzt spiele ich selbst in einem so miesen Stück mit. Nur dass es diesmal kein Film ist, sondern mein Leben. Da stehen zwei Frauen am Hamburger Flughafen. Die eine sieht aus wie Gwyneth Paltrow, die andere wie deren Sekretärin. Gwyneth alias Katja, trägt einen locker fallenden Hosenanzug mit hellblauer Bluse, dazu eine dunkle Sonnenbrille von Ray Ban. Die Sekretärin, also ich, trägt eine schwarze Hose, die von ihren weiblichen Rundungen ablenken soll, dazu trägt sie ein schlichtes, eng anliegendes T-Shirt, weil sie hofft, ihre Brüste würden dadurch größer wirken. Sicherheitshalber trägt sie darunter einen ihrer geliebten Push-up-BHs. Ihre Schuhe sind vorne ein bisschen zu eng, da sie sie zu klein gekauft hat. Das tut sie immer, da sie findet, dass ihr Füße sonst zu groß wirken, und deshalb erträgt sie die Unannehmlichkeit lieber. Wer schön sein will muss eben leiden!

Mein Schwindel verstärkt sich und ich überlege mir, welche Schauspielerin meine Rolle spielen könnte. Renée Zellweger aus *Bridget Jones* würde meiner Person da wohl am nächsten kommen. Ich mochte den Streifen im Übrigen überhaupt nicht. Während Katja sich damals neben mir königlich amüsiert hat, habe ich geradezu seelische Qualen erlitten. Ich dachte die ganze Zeit nur daran, wie ähnlich wir uns beide sind. Mal ehrlich! Bridget Jones sieht aus wie ich, lacht wie ich und verhält sich fast immer so, wie ich es an ihrer Stelle tun würde. Das ist bedenklich und nicht witzig. Ich will nicht, dass die Menschen über mich lachen und schon gar nicht Männer.

Ich drücke die Zigarette auf dem Drahtgeflecht aus, das über den Aschenbecher gespannt ist. »Komm, bringen wir es hinter uns. Immerhin ist das hier eine Verbesserung, wenn man bedenkt, dass ich mit dem Nachtzug in Hamburg angekommen bin. Jetzt fliege ich immerhin nach Hause.« Ich verziehe mein Gesicht zu einem Lachen, aber es gelingt mir nicht wirklich, denn bei dem Wort »Nachtzug« muss ich sofort wieder an Benni denken.

Katja nickt und nimmt mich wortlos in den Arm. »Du wirst mir fehlen, Pumbi«, schluchzt sie.

»Du mir auch. Bitte richte Sergej meine Grüße aus, ja? Und sag ihm, er kann seine Leute von der Mafia wieder von Benni abziehen. Ich habe mich entschieden.«

Wir lachen unter Tränen.

Ich bin schrecklich nervös, als ich die Flughafenhalle betrete. Mein Puls rast und meine Hände sind feucht. Ich weiß nicht, was mich mehr beunruhigt: Der Gedanke an Johann oder der an den bevorstehenden Flug.

»Entschuldigung …« Ein Mann in einem augenscheinlich teuren Anzug drängelt sich durch die Drehtür an mir vorbei. »Andere Leute haben es eilig.«

Ich lasse meinen Blick über die Menschenmenge schweifen. Die Schlangen vor den Economy-Schaltern sind meterlang. Selbst an den Automaten drängeln sich die Reisenden. Wo steckt nur Johann?

Normalerweise ist Johann überpünktlich. Er hasst es, wenn Menschen zu spät sind, was zwischen uns beiden häufig ein Streitpunkt war. Denn ich halte es immer mit der akademischen Viertelstunde. Außerdem finde ich, als Frau wirkt man interessanter, wenn man den Mann etwas warten lässt. Das erhöht die Spannung. Im Moment finde ich die Spannung allerdings unerträglich. Ich will jetzt sofort mit Johann in den Flieger steigen, sonst befürchte ich, ich könnte es mir doch noch in letzter Sekunde anders überlegen.

Wie geht es Benni wohl in diesem Moment? Ob er unglücklich ist? Hoffentlich …

Ach, verdammt! Ich wollte doch nicht mehr an ihn denken, aber bei dieser Warterei überschlagen sich meine Gedanken einfach, und ich kann nichts dagegen tun.

Ob er versuchen wird mich zu finden?

Aber wie?

Und vor allem: Warum? Wahrscheinlich ist doch eher, dass er froh ist, mich los zu sein. Schließlich habe ich ihm ja den Artikel da gelassen. Also gibt es für ihn keinen Grund mehr, mir auch nur eine Träne nachzuweinen.

Oder vielleicht ist er sogar erleichtert, mich auf so einfache Weise losgeworden zu sein. Jetzt, wo unsere Affäre dank meines Auftritts vor Emma bald in der ganzen Abteilung bekannt sein dürfte. Mist, wenn ich so weitermache, bin ich, bis Johann endlich kommt, ein emotionales Wrack.

Das ist die Krux mit uns Frauen. Wenn wir mit jemandem ins Bett gehen, öffnen wir nicht nur unsere Schenkel, sondern meistens auch unsere Seele. »Emotionale Bindung« nennen die Psychologen das. Ich nenne es naiv und blöd. Jedes Mal wenn ich mir vorgenommen habe, mit einem Mann nur Spaß zu haben, endete es damit, dass er seinen Spaß hatte und ich am Ende heulend in der Ecke saß. Ich war zu keinem Zeitpunkt in meinem Leben einer dieser Vamps, die mit einem Mann, den sie gerade erst kennengelernt haben, ins Bett gehen, Reizwäsche tragen, ihm beim Sex Obszönitäten ins Ohr stöhnen und hinterher lasziv eine Zigarette rauchen, um ihn anschließend mit den Worten: »Mach's gut, Kleiner!« aus ihrem Schlafzimmer und gleichzeitig aus ihrem Leben zu entlassen. Ich bin das nette Mädchen von nebenan, das trotz einiger Rückschläge im Leben immer noch an die große Liebe glaubt. One-Night-Stands sind nicht fester Bestandteil meines Lebens.

Jemand tippt mir von hinten auf die Schulter, und ich höre mich kurz aufschreien. Ich war schon immer sehr schreckhaft, aber in den letzten Tagen bin ich geradezu paranoid geworden.

»Julia. Endlich.« Johann sieht mich vorwurfsvoll an. »Wo hast du denn die ganze Zeit gesteckt? Ich hatte doch gesagt, dass wir uns Punkt acht am Check-in treffen.«

»Äh, 'Tschuldigung.« Augenblicklich fühle ich mich schlecht. »Ich dachte, du freust dich, dass ich hier bin.«

»Tue ich ja auch«, beteuert Johann und tätschelt mir unbeholfen die Schulter. War Johann schon immer so herablassend?

»Aber doch nicht am Economy-Schalter?!« Er zieht die buschigen Augenbrauen nach oben. »Du weißt doch, dass ich prinzipiell nur Business Class reise.«

Nein, wusste ich nicht. Ich bin immer noch ein wenig überrascht, mit welcher Selbstverständlichkeit Johann mich begrüßt hat. So, als wäre er sich seiner Sache von Anfang an ganz sicher gewesen.

»Woher wusstest du, dass ich kommen würde?«

»Aber Schnuppelchen, ich kenne dich eben.« Klingt fast ein bisschen mitleidig in meinen Ohren. »Schön, dass du hier bist.« Johann zieht mich zu sich heran und gibt mir einen Kuss.

Meine Zehenspitzen kribbeln. Warum habe ich mir die Schuhe nur eine Nummer zu klein gekauft? Der Kuss fühlt sich wie ein typischer Johann-Kuss an. Perfekte Zungentechnik, ohne viel Spucke und ohne viel Gefühl. Wenn ich da an Bennis weiche Lippen denke ... Ach, genug davon. Ich habe mich für Johann entschieden. Ob Benni auch an mich denkt ... an meinen Kuss?

»Ich habe uns schon eingecheckt. Weißt du, das geht heute ganz elektronisch«, erklärt er mir weltmännisch. »Wir müssen nur noch deinen Koffer abgeben.« Selbstsicher führt er mich zu dem Check-in-Schalter, wo uns eine mürrisch aussehende Dame erwartet. Ich dachte, die Lufthansa würde so viel Wert auf die Auswahl ihrer Mitarbeiter legen. Also diese Angestellte des Unternehmens ist denen auf jeden Fall durchgerutscht. Dabei ist sie noch nicht einmal hübsch!

Johann lässt meine Hand los, als wir uns dem Schalter nähern.

»Ticket!«, fordert uns die Dame auf, ohne uns eines Blickes zu würdigen.

»Ich habe bereits online eingecheckt«, antwortet Johann. Ganz Mann von Welt. »Hier, meine Senatorkarte.«

Die Dame hebt den Kopf und riskiert einen kurzen Blick auf die Karte. Anscheinend erfüllt Johann ihre Kriterien der Kundenzuwendung, denn sie sieht ihn mit einem Lächeln an – was sie allerdings auch nicht sympathischer macht. Fette Qualle!

»Herr Hartmann, wie kann ich Ihnen weiterhelfen?« Die Frau ist auf einmal die Liebenswürdigkeit in Person. Mich hingegen würdigt sie keines Blickes.

Na super! Bin ich etwa Luft?

»Ich würde gerne das Gepäck meiner … äh von Frau Löhmer aufgeben.«

Hallo! Das hört sich ja geradezu an, als wäre ich seine Sekretärin. Das scheint die Dame von der Lufthansa auch zu denken, denn sie wirft mir einen bedauernden Blick zu. Wahrscheinlich glaubt sie jetzt, ich hätte eine Affäre mit meinem Chef und begleite ihn heimlich auf einer seiner sogenannten »Dienstreisen«, die eigentlich nur dazu dienen, damit wir beide Sex miteinander haben können.

»Ich bin seine Verlobte«, stelle ich die Situation richtig und streiche mir ganz *Grande Dame* eine Strähne aus dem Gesicht.

Die Frau sieht zu Johann, der nichts weiter tut außer auf seine Senatorkarte zu starren. Kein Kopfnicken, kein Wort der Bestätigung. Mich beschleicht das Gefühl, dass hier gerade etwas schrecklich schief läuft.

»Wenn Sie bitte den Koffer aufs Band stellen würden«, fordert die Check-in-Dame uns auf. Johann zuckt noch nicht einmal. Ich gebe Johann einen sanften Stups, worauf er mit mürrischer Miene meinen Koffer auf das Band neben dem Schalter wuchtet.

»Meine Güte, Schnuppelchen, was hast du denn da alles drin? Man könnte meinen, du hast Wackersteine eingepackt.« Er sieht mich vorwurfsvoll an. Ich wünschte, er würde mich nicht ständig bei meinem Kosenamen nennen.

»Kein Problem, Herr Hartmann. Als Senator haben Sie 40 Kilogramm Gepäck gut«, lächelt ihn die Angestellte gütig an und entblößt dabei ein paar schlecht gepflegte Zähne. »Hier, Ihr Ticket.« Es ist zwar mein Flugschein, aber sie reicht ihn trotzdem Johann, der ihn wie selbstverständlich entgegennimmt. Ist das mein zukünftiges Leben? Immer die zweite Geige an der Seite meines tollen Verlobten spielen? Nicht, dass ich immer im Vordergrund stehen möchte. Aber die letzten Wochen in Hamburg waren schon sehr aufregend. Ich habe das erste Mal in meinem Leben meine eignen Entscheidungen getroffen.

Gleich beginnt mein altes Leben wieder. So wie es war. In ruhigen Bahnen, mit Johann an meiner Seite und meinem geregelten Tagesablauf. Keine *Holunderküsschen*-Orgien mehr mit Harald und Katja. Stattdessen ein gepflegtes Glas Rotwein und Sauerbraten. Sogar meine Flugangst ist wieder da. Alltag, ich komme!

Ich lege mein Ticket auf den rot blinkenden Kasten, um die Schranke zu öffnen. Ein lauter Pfeifton lässt mich und die restlichen Mitreisenden in der Schlange hinter mir zusammenzucken. Grauenvoll. Ich halte mir vor Schreck erst einmal die Ohren zu. Hektisch ziehe ich meine Bordkarte mit dem Barcode erneut über das hektisch blinkende Lesegerät. Wieder ertönt das laute Pfeifen, und es würde mich nicht wundern, wenn gleich zwei Polizisten hinter der Gateschranke hervorspringen und mich festnehmen würden. Ich und elektronische Geräte, das ist eine Never Ending Story. Irgendwie gehen von meiner Person Schwingungen aus, die jedes elektronische Gerät zum Erliegen bringen. Ich habe schon mehrere Computer und Handys mit einem

Handgriff erledigt. Die Krönung war, als ich als Praktikantin einmal die gesamte IT-Abteilung mit einem Knopfdruck lahmgelegt habe. Anschließend wurde ich in den Außendienst versetzt. Meine Vermutung ist ja mittlerweile, dass es sich mit Geräten wie mit Tieren verhält. Ein Hund zum Beispiel wird dir nur dann gehorchen, wenn du selbst davon überzeugt bist, dass er dir gehorchen wird. Verspürt ein Hund auch nur den Anflug von Unsicherheit in deiner Stimme, hast du schon verloren. Einer der Gründe, warum ich mir nie einen Hund angeschafft habe. Auf mich würde nicht einmal ein Hamster hören.

»Geht das jetzt mal schneller?«, werden erste Stimmen hinter mir laut, als der Ticketleser weiterhin hektisch piept. »Ich will schließlich noch vor Weihnachten zuhause sein!« Was für ein typischer Männerspruch. Glaubt der Kerl ernsthaft, es ginge schneller, wenn er eine saublöde Bemerkung macht? Nein! Mein Stresspegel ist jedenfalls noch mal um einiges gestiegen. Hektisch und mit roten Flecken im Gesicht lege ich mein Ticket erneut auf das Lesegerät. Bilde ich es mir nur ein, oder wird der Pfeifton noch lauter? Ich trete schuldbewusst einen Schritt nach hinten und stoße mit dem Typen zusammen, der mir schon die ganze Zeit in den Nacken haucht.

»Frauen«, murrt er und schüttelt abfällig den Kopf. Die Dame von der Fluggesellschaft lächelt nicht mehr, sondern drückt erfolglos auf irgendwelchen Knöpfen herum.

»Vielleicht sollten Sie einfach mal mit dem Fuß dagegentreten, das hilft manchmal«, schlage ich vor.

Die Blicke, die mir die Frau daraufhin zuwirft, sind tödlich. Wäre ich nicht so eine willensstarke Frau, würde ich jetzt röchelnd, mich im Todeskampf windend, auf dem Boden liegen. Johann steht mit versteinerter Miene hinter der Schranke.

Kein Wort. Kein Zeichen. Nichts.

Endlich werde ich erlöst und das Piepsen hört auf. Lautes Aufatmen der Passagiere. Mal ehrlich, dieses Gerät kann nur von einem Mann entwickelt worden sein. Praktisch, funktionell und mit einem absolut unnötig lauten Alarmton. Es würde doch völlig ausreichen, wenn beim Auflegen eines falschen Tickets eine leise Melodie spielen würde. Etwas, das die wartenden Gäste in der Schlange fröhlich stimmen würde, anstatt sie zu verärgern. Wenn ich das Gerät konstruiert hätte, würde es »It's getting hot in here« spielen. Da bekomme ich sofort gute Laune.

Ein weiterer uniformierter Herr tritt auf mich zu. Er fasst mich am Arm und zieht mich sanft zur Seite, während sich der Strom an Geschäftsleuten an mir vorbei durch die Schranke drängelt.

»Darf ich Sie kurz bitten, zu mir zu kommen.«

Ich sehe mich irritiert um. Mich beschleicht langsam der Verdacht, hierbei könnte es sich um eine Aufzeichnung der *Versteckten Kamera* handeln, und gleich springt Guido Cantz hinter dem Schalter hervor. Ich suche hilfesuchend nach Johann in der Menge. Nanu? Johann ist verschwunden.

»Geben Sie mir mal Ihre Bordkarte. Wäre doch gelacht, wenn wir Sie nicht an Bord kriegen«, brummt der Angestellte.

Haha! Das hört sich an, als wäre ich ein Schwertransport, den es in den Frachtraum zu befördern gilt. Na, danke auch. Der Mann in Uniform runzelt die Stirn, als ich ihm meine Bordkarte gebe.

»Aber das ist ja gar kein elektronisches Ticket.« Ach so! »Das kann ja nicht funktionieren.« Er wendet sich an den Computer vor sich und fängt an, mit flinken Fingern auf die Tastatur einzuhämmern. »Das hätte Ihnen die Dame am Check-in eigentlich sagen müssen.« Er reißt einen Teil des Tickets ab.

»Voilá. Einen schönen Flug, Frau Löhmer.« Er reicht mir den Ticketabschnitt mit einem Lächeln. »Tut mir leid, dass Sie warten mussten.«

Ich passiere endlich die verhasste Schranke. Auch auf dem Weg zum Flugzeug keine Spur von Johann. Wie vom Erdboden verschluckt. Einfach verschwunden.

Ich bin verletzt. Und ich bin enttäuscht.

So habe ich mir mein neues Leben nicht vorgestellt. Das soll der Neubeginn unserer Freundschaft, nein, unserer Beziehung sein? Mein Magen zieht sich zu einer Faust zusammen.

Er verhält sich gerade so, als ob wir nicht zusammen reisen würden. Ich spüre eine Wut im Bauch, wie schon lange nicht mehr. Was fällt

Johann eigentlich ein, mich hier einfach stehen zu lassen wie ein ungeliebtes Kind? Eben am Check-in-Schalter hat er sich schon so komisch benommen. Welche Motivation könnte dahinterstecken, schließlich war er es, der mich um Rückkehr gebeten hat? Und mit einem Mal trifft mich die Erkenntnis wie eine Ohrfeige: Ich bin ihm peinlich.

Ich gehe erhobenen Hauptes den Gang entlang bis zu meinem Sitzplatz, wo Johann bereits sitzt. Das Gesicht hinter einer *Süddeutschen* versteckt. Ich räuspere mich, bleibe aber stehen.

Keine Reaktion.

Ich huste gekünstelt.

Endlich lässt Johann seine Zeitung sinken und sieht mich mit unbeweglicher Miene an.

»Schnuppelchen, da bist du ja endlich«, begrüßt er mich schließlich und liest dann weiter.

Und ich … ich stehe wie ein Depp im Gang.

»Johann!« Mein Ton ist schärfer als ich wollte. Alle anderen Fluggäste sehen zu mir hoch. Alle, außer Johann.

»Johann«, wiederhole ich, diesmal lauter.

»Was ist denn schon wieder? Setz dich lieber hin und lass mich meine Zeitung lesen. Wir haben noch den ganzen Flug, um uns zu unterhalten. Komm sei lieb.« Er tätschelt mit der Hand auf den freien Sitz neben sich.

Fehlt nur noch, dass er »PLATZ!« sagt. Ich bin doch kein Hündchen.

»Dann will ich dich mal nicht länger stören, *Liebes.*« Ich spucke lautstark auf meinen Ringfinger. Ein paar Tropfen meiner Spucke landen auf Johanns Zeitung. Die Frau am Gang verzieht das Gesicht, und ich ziehe mir mit einiger Anstrengung den Verlobungsring vom Finger. Anschließend wische ich das nasse Schmuckstück an meinem Ärmel ab.

»Hier.«

»Wie? Was? Warum?« Johann sieht mich vollkommen verdattert an. Im Flugzeug ist es mucksmäuschen still.

Ich versuche Johann so schonend wie möglich beizubringen, dass ich nicht mit ihm nach Frankfurt fliegen werde.

»Der Ring ist wirklich wunderschön«, fange ich an, »aber ich kann ihn unmöglich behalten.«

»Wieso das denn nicht? Ist er zu eng?« Er betrachtet besorgt meinen leicht angeschwollenen und geröteten Ringfinger. »Du fandest ihn doch so schön, hast du mir selbst gesagt.«

Die Sitznachbarin schüttelt den Kopf. Ein anderer Gast stöhnt mitleidig.

»Ja, schon. Er ist ja auch wunderschön, aber ...« Ich hole tief Luft, »nicht für mich. Die Situation ... meine Situation hat sich ...« Ich atme hörbar aus.

»Könntest du jetzt bitte mal Klartext reden und dich zu mir setzen, anstatt die ganzen Leute hier mit deinem Gerede zu belästigen?« Seine Stimme klingt gepresst. Johann hasst Situationen wie diese.

»Ist schon okay.« Der Mann am Gang lächelt mir auffordernd zu.

»Lassen Sie sich durch uns nicht stören«, ermuntert mich eine Frau drei Reihen hinter Johann weiterzumachen. Mehrere Leute nicken zustimmend.

»Nur zu«, fordert mich Johanns Sitznachbarin auf, was ihr einen hasserfüllten Blick von Johann einbringt.

Johann richtet sich auf und sieht mich mit halb strengem, halb entsetztem Blick an. Dabei pult er an seinem Zeigefinger herum, was er immer tut, wenn er nervös oder extrem angespannt ist.

»Na ja, weißt du. Ich habe noch einmal über alles nachgedacht und ich ... äh, ja, weißt du, ich bin mir nicht mehr ganz sicher ...«

»Schätzchen, nun mach endlich und komm zur Sache«, prolet der Typ mit Ed-Hardy-Baseball-Mütze dazwischen.

»Schsch«, zischt irgendwer außerhalb meines Sichtfelds und bringt so den Zwischenrufer zur Räson.

Vielleicht habe ich mich etwas kompliziert ausgedrückt. Johann schweigt. Ich lasse meine Worte in meinem Kopf Revue passieren. Gerade als ich alles noch einmal zusammenfassen will, werde ich von der Stewardess unterbrochen.

»Entschuldigung, gibt es ein Problem?«, fragt sie überaus freundlich mit dem typischen Stewardessen-Lächeln auf dem Gesicht.

»Nein, danke«, antworte ich höflich. »Ich habe nur gerade gemerkt, dass ich dabei bin, einen Riesenfehler zu begehen.« Ich sehe Johann tief in die Augen. »Es tut mir leid, aber ich kann nicht mit dir zurück nach Freiburg kommen.« Johann zuckt zusammen, als hätte ich ihm eine Ohrfeige verpasst. Ich reiche ihm den Ring. Seine Hand zittert. Ich hingegen bin das erste Mal, seit Johann wieder in meinem Leben aufgetaucht ist, völlig ruhig.

»Das ist doch absolut lächerlich.« Johann ist aus seinem Sitz aufgesprungen und funkelt mich böse an. »Hör auf mit dem Theater und setz dich hin! Du weißt ja nicht, was du da sagst.« Die Flugbegleiterin schnappt hörbar nach Luft.

»Würden Sie dem Kapitän bitte mitteilen, dass ich aussteigen möchte«, sage ich an die Flugbegleiterin gewandt. Jemand klatscht.

»Bravo!« Ein Typ ist aus seinem Sitz aufgesprungen und filmt mich mit seinem Handy. Ich lächele.

Einige Passagiere klatschen noch immer, als ich der Flugbegleiterin durch den Gang nach vorne folge.

»Katja, wo steckst du gerade?«

»Pumbi, bist du das? Was ist passiert? Hat euer Flieger Verspätung? Ist Johann nicht gekommen?«

»Ich habe mit Johann Schluss gemacht«, erkläre ich fröhlich. »Und wollte dich fragen, ob ich mein altes Zimmer wiederhaben kann.«

»Gott sei Dank!«, schreit Katja ins Telefon. Mein Ohr fängt prompt an zu klingeln. »Bleib, wo du bist. Sergej und ich sind schon unterwegs.«

Mir schießen die Tränen in die Augen vor Glück. »Flughafen Hamburg Ankunftsebene«, schniefe ich.

»Wir sind in fünf Minuten bei dir. Und rühr dich nicht von der Stelle«, kreischt Katja. »Sergej, gib Gas! Meine beste Freundin wartet auf mich.«

16. Julias Facebook-Status: Ist wieder Single

W as willst du jetzt machen?« Katjas Augen stechen unter der weißen Schicht auf ihrem Gesicht unnatürlich blau hervor.

»Keine Ahnung. Mir einen neuen Job suchen und mein Leben noch
einmal von vorne beginnen. Ohne Männer. Nur ich.«

»Das sind die besten Voraussetzungen, um einen Mann kennenzulernen«, antwortete Katja fröhlich und gießt sich einen Ingwertee ein.
»Aber das war eigentlich nicht, was ich meinte. Ich wollte eigentlich
wissen, was du mit der Einladung machst?«

Ich halte ihr wortlos meinen Becher vor die Nase. Stumm füllt sie
ihn auf. Es ist bereits meine dritte Tasse. Wenn ich mich bewege, fühlt
es sich in meinem Magen wie bei Seegang an.

»Harald, du auch noch ein Tässchen?« Katja hält die Kanne hoch
in Haralds Richtung.

Der winkt ab. Harald liegt auf Katjas Sofa. Seine Füße stecken in
übergroßen, grauen Hausschuhen, auf deren Spitze der Eselskopf aus
dem Animationsfilm *Shrek* sitzt. Wenn Harald mit den Zehen wackelt,
wackeln automatisch die Eselsohren mit. Katja und ich haben ihm die
Schuhe nach unserem letzten gemeinsamen Video-Abend geschenkt,
bei dem Harald darauf bestanden hat, *Shrek an*zusehen. Und wir feststellen mussten, dass zwischen dem Esel und Harald gewisse Parallelen
zu finden sind. Harald trägt die Hausschuhe seitdem mit viel Würde.
Heute ist Mädelsabend. Sergej ist nicht eingeladen. Schließlich ist er
ein echter Mann – was man von Harald nicht behaupten kann. Harald hat sogar die meisten weiblichen Attribute von uns dreien. Von
Harald stammen auch die Anti-Falten-Masken auf unserem Gesicht.
Er hat sie aus seinem Laden mitgebracht, wo er seit Neuestem auch
eine Kosmetiklinie verkauft. Alles völlig natürlich, ohne Mineralöle,
Konservierungsstoffe oder Parfum. Laut Hersteller vollbringen die
Masken wahre Wunder, und man soll hinterher um mindestens zehn
Jahre jünger aussehen.

»Liebelein, das Zeug kann man auch löffeln, so gesund ist das«, meint Harald, als wir uns gegenseitig den weißen Brei ins Gesicht schmieren.

»Dann können wir doch gleich Quark, Honig und etwas Olivenöl nehmen. Altes Hausrezept von meiner Oma Trude. Die hatte bis zu ihrem Tod eine Haut wie ein Babypopo.«

»Sie will doch wohl nicht meine hochwertigen Masken mit dem Brei vergleichen, den sich ihre Oma zurechtgemischt hat. Hier ist zum Beispiel Hyaluronsäure drin«, belehrt mich Harald. »Das puffert ihre kleinen Fältchen um die Augen richtiggehend auf. Nachher siehst du nichts mehr davon.«

»Hyaluronsäure! Voll Natur also.« Ich kratze mich am Kinn. »Sag mal, juckt das bei euch auch so?«

»Nee, wieso?« Katja sieht neugierig zu mir, während sie sich eine *California Roll* mit den Stäbchen angelt und in ihrem Quarkgesicht verschwinden lässt.

»Bei mir prickelt es so komisch auf der Haut«, maule ich und wische mir angewidert die weißen Reste an meinem Finger in der Serviette ab. »Urg. Das Zeug hat so eine schleimige Konsistenz.«

»Das ist nicht schleimig, das ist eine geschmeidige Konsistenz, Liebelein«, verbessert mich Harald und zieht die fein gezupfte Augenbraue nach oben. »Die Wirkstoffe dringen gerade in ihre unteren Hautschichten ein. Wenn sie morgen zu ihrer Premiere geht, wird sich jede Frau fragen, wie sie es anstellt, noch so jung auszusehen. Da wird sie mir noch dankbar sein.«

»Du tust ja gerade so, als ob ich steinalt aussehe«, murre ich. »Außerdem gehe ich da nicht hin.«

»Sie macht Witze, oder?« Harald reißt die Augen unnatürlich weit auf, was ihn wie ein Zombie aussehen lässt, der in den Quarktopf gefallen ist.

Ich schüttele den Kopf. Ein paar weiße Kleckse fallen auf den Boden.

»Aber das ist doch albern«, meldet sich Katja zu Wort und reicht mir ein Tuch. »Das ist der Mega-Event des Jahres. Alles, was im Verlagswesen Rang und Namen hat, wird anwesend sein. Und du willst nicht hin. Das nenne ich bescheuert.«

»Nenn es wie du willst, aber ich bleibe dabei.« Ich bewege meine Stirnmuskeln in der Hoffnung, dass dadurch das Jucken weniger wird.

»Papperlapapp!« Harald wedelt mit der Hand. In den kleinen Härchen auf seinen Fingerrücken hängen kleine weiße Cremereste wie Schimmel. »Das ist sie mir schuldig, schon alleine wegen ihrer Haare. Endlich hat sie die Gelegenheit, meine Frisur der Öffentlichkeit zu präsentieren, und will sich drücken. Auf keinen Fall!« Er verschränkt entschlossen die Arme vor der Brust und zieht einen Schmollmund.

Ich seufze. Das Telefon klingelt. Mit spitzen Fingern hangele ich nach dem Hörer. Es ist Chris.

»Wann treffen wir uns morgen?«

»Jetzt fängst du auch noch damit an«, murre ich.

»Wieso?«

»Weil ich eigentlich nicht vorhabe hinzugehen.«

»Das ist ein ...?«

Im Hintergrund läuft irgendein Gejaule auf Arabisch. So laut, dass ich Chris kaum verstehe.

»Was?«

»Ich sagte, das ist wohl ein Scherz?«

Wenn ich so eine Musik den ganzen Tag hören müsste, würde ich wahnsinnig werden.

»Nein, kein Scherz. Ich hab einfach keine Lust.«

»Das kannst du mir nicht antun. Du weißt wie ich ...«

Der Sänger im Hintergrund schmettert Töne, zu denen ich noch nicht einmal unter Folter fähig wäre.

»... solche Events hasse. Und ich gehe auch hin. Du hast mir schließlich die ganze Sache eingebrockt.«

Jaul, jaul! Das Jucken in meinem Gesicht hat sich zusammen mit der Musik ins Unerträgliche gesteigert.

»Okay, okay. Ich komme.« Hauptsache, ich muss das Gejaule nicht länger ertragen.

»Cool. Bis morgen.«

»Bis morgen«, antworte ich matt und lege auf.

»Liebelein, ich komme mit«, verkündet Harald im Ton der Endgültigkeit.

»Auch okay, wenn du mir nur hilfst dieses Zeug von meinem Gesicht herunterzubekommen. Ich halte das Gejucke nämlich keine Sekunde länger aus.«

Ich stürze zum Waschbecken. Das Zeug klebt wie Pech auf meinem Gesicht. Ich rubbele wie ein Weltmeister. Die schleimige Flüssigkeit läuft mir in die Augen. Ich blinzle hektisch, sehe alles nur noch durch einen milchigen Schleier.

»Oh Gott, ich werde blind!«, höre ich mich schreien. Das Zeug brennt wie Hölle. Tränen schießen mir in die Augen. Irgendwas scheppert, als ich dagegen stoße und es krachend zu Boden geht.

»Julia, mach die Augen auf«, höre ich Katjas Stimme.

»Ich kann nicht«, jammere ich.

»Ach Göttle, wie sieht sie denn aus?!« Haralds Stimme klingt panisch. »Da sind die Augen ja noch das kleinste Problem.«

»Was ist? Was ist mit meinem Gesicht?« Panik befällt mich. Mein Atem geht stoßweise. »Katja, Harald! Redet mit mir!« Ich ziehe mich am Waschbecken hoch und versuche im Spiegel einen Blick auf mein Gesicht zu erhaschen.

»Mensch, Harald!«, zischt Katja.

»Ich wollte ja nur ... ich hab doch nur ...«

»Alles okay, Süße. Was Harald meinte, ist, dass dein Gesicht ein bisschen rot ist.«

Schweigen.

»Was meinst du mit ›rot‹?«

»Nun ja, rot eben. Ich glaube, du hast die Maske nicht so gut vertragen.«

»Scheiße!«

»Kannst du wieder was erkennen?«

Ich öffne vorsichtig die Augen und mache sie sofort wieder zu. Es brennt, als ob mir jemand Chili ins Auge gerieben hätte.

»Krankenhaus. Wir müssen sofort ins Krankenhaus mit ihr«, panikt Harald. »Oh Gott, ich glaube, ich kriege gleich keine Luft mehr. Das ist zu viel für meine Nerven.«

Mein Blutdruck dürfte mittlerweile auch die gesunden Werte überschritten haben. In Gedanken sehe ich mich schon mit schwarzer Brille und einem Stock durch die Straßen von Hamburg tapsen.

»Lies doch mal den Beipackzettel. Vielleicht steht da was Interessantes drin«, schlägt Katja vor. Lautes Rascheln. Haralds pfeifender Atem.

»Alles okay, Pumbi?« Die besorgte Stimme von Katja.

»Meine Haut juckt und ist tomatenrot. Meine Augen brennen wie verrückt, und ich werde wahrscheinlich blind. Aber sonst ist alles okay.« Ich lasse die Arme hängen. »Wenigstens brauche ich jetzt nicht mehr zu dem dämlichen Empfang.«

»Ich glaube, ich kriege keine Luft mehr«, keucht Harald.

»Reiß dich zusammen«, faucht ihn Katja an. »Am besten wir spülen noch mal Julias Gesicht ab.« Ich höre, wie sie den Wasserhahn anstellt. »Harald, schon was gefunden?«

Lautes Stöhnen, gefolgt von einem dumpfen Schlag.

»Oh mein Gott, Harald!« Katja lässt meinen Arm los und stürzt davon.

»Was ist los? Katja, was ist passiert?« Ich öffne vorsichtig meine Augen. Durch einen weißen Schleier sehe ich, wie Katja sich über etwas großes Schwarzes am Boden beugt.

Harald! Er liegt wie ein Käfer auf dem Rücken, alle Viere von sich gestreckt.

»Scheiße!«, flucht Katja. »Julia, ich brauche Hilfe. Der Typ ist schwer wie ein Elefant.« Gut, dass Harald ohnmächtig ist. Das würde er ihr nie verzeihen.

»Moment.« Ich drehe den Hahn auf und spritze mir eine Ladung Wasser ins Gesicht. Anschließend lege ich meinen Kopf unter den Hahn, sodass mir das Wasser direkt in die Augen läuft. Ah, das tut gut! Ich blinzele erneut und … oh Wunder! Ich kann sehen – wenn auch noch verschwommen, aber immerhin. Noch etwas unbeholfen und mit Wackelbeinen eile ich Katja zu Hilfe.

»Nimm seine Beine hoch!«, weise ich sie an. Fast unmittelbar ist ein leises Stöhnen zu vernehmen. Ohne lange zu überlegen, verpasse ich Harald eine saftige Ohrfeige. Maskenfetzen fliegen durch die Luft. Ein Zucken geht durch seinen Körper. Harald schlägt die Augen auf und sieht mir geradewegs ins Gesicht.

»Ahh!«, schreit Harald und macht die Augen wieder zu. »Wo bin ich? Wer ist die Frau mit dem roten Gesicht?«

»Das ist die Frau, die dich wieder ins Leben zurückgeholt hat«, knurre ich. Die Tränen laufen mir die Wangen herunter. Jemand kichert! Ich drehe mich zu Katja.

»Leute, ich kann nicht mehr«, stößt sie hervor und fängt an zu lachen. »Wenn uns … haha … wenn uns hier … haha. wenn uns hier jemand sieht, hält er uns für total bescheuert.« Sie hält sich den Bauch vor Lachen. Ich kann nicht anders und stimme in ihr Gelächter ein. Auch Harald erholt sich erstaunlich schnell und bricht ebenfalls in wieherndes Gelächter aus. Wir fallen übereinander auf den Boden und wälzen uns vor Lachen.

»Und was ist jetzt mit meinem Gesicht?«, frage ich. Sofort fängt Harald wieder an zu wiehern.

»Das ist echt nicht witzig. Wenn ich morgen mit dir auf die Präsentation soll, überleg dir lieber, wie die Rötung weggeht.«

Das Telefon klingelt. Es ist meine Mutter. Mist, ausgerechnet jetzt! »Hallo, meine Süße. Dein Vater und ich wollten mal hören, wie es dir geht. So eine Trennung ist ja nicht gerade leicht. Dein Vater und ich respektieren deine Entscheidung, obwohl ich immer noch glaube, du hättest es wenigstens noch einmal versuchen sollen.« Der Vorwurf in ihrer Stimme ist nicht zu überhören. »Bei uns ist im Übrigen alles super! Der Urlaub war die reinste Erholung. Dein Vater hat bestimmt drei Kilo zugenommen. Aber ich finde, es steht ihm ausgesprochen gut. Dein Vater ist eben ein stattlicher Mann. Ach, und die Pension war einfach schnuckelig. Fachwerk mit kleinen blauen Fensterläden, eingerahmt in Hagebutte …« Holt diese Frau eigentlich mal Luft? »… und die Besitzer waren absolut reizend. Ich glaube, die haben deinen

Vater und mich richtig ins Herz geschlossen. Jedenfalls wollen wir uns unbedingt wiedertreffen. Dein Vater und ich überlegen sogar, den gesamten September bei Hanna und Kalli zu verbringen. Aber, du sagst ja gar nichts!«

»Wie denn? Du redest die ganze Zeit ohne Punkt und Komma«, seufze ich.

»Ja, aber nur weil du nichts sagst«, verteidigt sich meine Mutter. »Nun erzähl doch mal.«

»Bis auf meine Allergie geht es mir gut.«

»Welche Allergie?« Pause. »Kläuschen, die Julia hat eine schwere Allergie.« Ich halte den Hörer weg vom Ohr, um einen Trommelfellriss zu verhindern. Katja kichert leise. Harald lauscht völlig fasziniert.

»Mama, ich habe keine schwere Allergie. Ich habe mir eine Maske aufs Gesicht gemacht, und jetzt ist es feuerrot.«

»Warum machst du auch so einen Quatsch? Du weißt doch, dass du solche Sachen nicht verträgst. Du hast schon als Baby immer ein wundes Popöchen gehabt, wenn ich eine Creme benutzt habe.« Lautes Rascheln am Hörer. »Alles okay, Kläuschen, die Julia hat nur wieder mit irgendwelchen Kosmetika herumexperimentiert.« Sie schnaubt leise. Ein sicheres Zeichen, dass gleich ein weiterer Redeschwall folgen wird. »Und, hat sich dieser Benni noch mal bei dir gemeldet?«

»Nein, aber ich habe eine Einladung zur Präsentation der Jubiläumsausgabe bekommen.«

»Ach Mäuschen, das sind doch zur Abwechslung mal gute Nachrichten. Kläuschen, die Julia ist auf einen Presseball eingeladen«, jubiliert meine Mutter lautstark durch den Hörer. »Das muss ich gleich Frau Hagedorn erzählen. Na, die wird aber Augen machen!« Katja wirft sich kichernd auf das Sofa, während Harald aus dem Staunen nicht mehr herauskommt.

»Mama, du sollst nicht so übertreiben. Ich habe nichts von einem Presseball erzählt. Es handelt sich um eine ganz kleine Präsentation mit ein paar Vertretern der Presse. Nichts Großes!«

»Also, wer liest jede Woche die *Gala* und die *Bunte*? Genau: Ich! Ich weiß genau, wie solche Präsentationen aussehen. Das ist eine ganz große Sache. Also mach dich bloß hübsch. Hast du denn was Ordentliches zum Anziehen? Und mit deinen Haaren musst du unbedingt was machen. So wie du sonst herumläufst, kannst du unmöglich da hin!«

»Danke Mama! Jetzt fühle ich mich gleich besser.«

»Du hast ja wieder eine Laune. Da will man dir helfen und was ist der Dank …?« Meine Mutter schnaubt erneut aus. »Ist Katja in der Nähe? Gib sie mir mal.« Katja winkt hektisch ab.

»Warte, sie sitzt neben mir auf dem Sofa.« Ich reiche Katja, die mir den Vogel zeigt, den Hörer. Ich strecke die Zunge raus.

»Hallo, Frau Löhmer.«

»Katja, du bist doch die Vernünftigere von euch beiden. Bitte pass auf, dass Julia nicht eines ihrer schrecklichen Kleider trägt, sondern etwas Ordentliches. Versprichst du mir das?« Katja kann nur mit Mühe ein Lachen unterdrücken.

»Selbstverständlich, Frau Löhmer. Ich werde persönlich die Kleider für den morgigen Abend aussuchen. Sie können sich auf mich verlassen.« Die falsche Schlange!

»Gott sei Dank! Dann bin ich beruhigt«, trällert meine Mutter durchs Telefon. »Na, dann will ich euch nicht länger stören.«

»Soll ich Ihnen Julia noch einmal geben?«

»Nee, nee. Der Klaus und ich, wir müssen jetzt los. Wir haben uns zum Bridge verabredet. Macht es gut.« Klick! Sie hat aufgelegt.

»Uff!« Harald verzieht das Gesicht zu einer Grimasse. »Sie kann von Glück reden, dass sie so normal geworden ist. Diese Frau ist ja explosiv wie ein Vulkan! Und diese Stimme …!« Harald schüttelt den Kopf. »Eine breit getretene Kindertrompete klingt schön dagegen!«

»Dein Gesicht sieht schon besser aus«, stellt Katja fest.

»Wirklich?«

Ich haste zum Spiegel. Anstelle eines intensiven Rottons finden sich in meinem Gesicht jetzt lauter rote Flecken.

»Ich sehe aus wie eine Tüpfelhyäne«, stöhne ich. »Mit roten Augen. Was ist daran besser?«

»Jetzt sieht man wenigstens, dass es eine Allergie ist und kein Sonnenbrand«, entgegnet Katja.

»Na super!« Ich lasse mich auf das Sofa neben Katja fallen. »Dann habe ich ja noch einmal Glück gehabt. Hauptsache, Benni sieht mich nicht so.«

»Ach, der ist viel zu beschäftigt. Da mach dir mal keine Sorgen«, tröstet mich Katja fröhlich. »Außerdem ist ja Harald bei dir, um dich zu schützen.«

Mit einem Mal bin ich froh, dass ich auf meine Mutter gehört habe und Katja meine Klamotte für heute Abend ausgesucht hat. Ich habe ja nicht geahnt, dass eine Presse-Präsentation eine so feierliche Angelegenheit ist. Dank Harald haben sogar meine Haare einen glamourösen Touch bekommen. Die meisten Anwesenden sind schick gekleidet. Als ich meinen Blick über die Menge schweifen lasse, entdecke ich eine Menge Anzugträger unter den Gästen. Lediglich die Mitglieder der Presse, gut an ihren Fotoapparaten zu erkennen, die sie unaufhörlich im Einsatz haben, sind leger gekleidet. Die meisten Frauen tragen wie ich ein »Kleines Schwarzes«.

Harald war sofort in seinem Element und hat sich mit den Worten: »Ich hol uns mal ein kleines Sektchen!«, von mir verabschiedet und ward seitdem nicht mehr gesehen. Die meisten Stehtische im Raum sind besetzt. Überall unterhalten sich kleine Grüppchen angeregt. Ich halte Ausschau nach irgendwelchen bekannten Gesichtern, kann aber niemanden entdecken. Lediglich die hochgewachsene Gestalt von Elisabeth Hirsekorn blitzt gelegentlich in der Menge auf. So langsam komme ich mir wie ein Mauerblümchen vor.

»Julia?«

»Was?«, sage ich abwesend. Und dann setzt mein Herzschlag aus.

Keine drei Meter vor mir steht Benni. Er trägt einen teuren Anzug und hält ein Glas in der Hand. Das ist so gar nicht der Benni, wie ich ihn in Erinnerung habe. So elegant, so unnahbar. Nur seine Augen sehen immer noch so wunderbar aus.

Scheiße! Ich habe eine zentimeterdicke Make-up-Schicht auf meinem Gesicht. Meine roten Augen verberge ich hinter Katjas teurer Designer-Sonnenbrille. Gar nicht reagieren, sage ich mir schnell. Cool bleiben.

»Schön, dich zu sehen. Ich hatte gehofft, dass du kommst.« Seine Stimme klingt warm und vertraut.

Ich spüre, wie ich weiche Knie bekomme. »Ach so.«

Benni nickt. »Ich hatte gehofft, dass wir miteinander reden können.« Er lächelt gequält.

Soll er ruhig zappeln. Schließlich hat er mich einfach abserviert.

»Ich bin nicht alleine da«, sage ich in einem höflichen, leicht mitleidigen Ton.

»Echt?«

»Ja. Echt.« Ich zucke mit den Schultern.

»Wer ist es? Kenne ich ihn? Ist es …« Er lässt seinen Blick über die Menge schweifen. »… Bist du mit deinem Verlobten hier?«

Ich habe keine Lust, Benni zu sagen, dass ich nicht mehr mit Johann verlobt bin. Was spielt es noch für eine Rolle? Zwischen uns ist es aus und vorbei. Auch wenn ich der Versuchung, ihn zu berühren, kaum widerstehen kann.

»Äh … mit dem da.« Zu meiner Erleichterung ist Harald aus der Menge wieder aufgetaucht. Er spitzt gerade genüsslich die Lippen und nimmt einen Schluck aus seinem Sektglas. »Weißt du, Harald hat einen der angesagtesten Friseursalons in ganz Hamburg.«

Bennis Gesicht verzieht sich zu einem ungläubigen Lächeln. »Also, ich hätte nicht gedacht, dass du und …« Er sieht erneut zu Harald. »… dass er …«

»Ich geh dann wohl besser wieder zu ihm.« Leider wendet sich Harald genau in diesem Moment einem adretten jungen Mann zu.

»Sieht aus, als ob dein Begleiter anderweitige Interessen hat.« Tatsächlich prosteten sich Harald und der Jüngling gerade zu. Dabei zieht Harald seinen Bauch derart ein, dass ich befürchte, er könnte jeden Moment ohnmächtig werden.

Mist!

Benni steht immer noch neben mir und guckt. Ich starre wütend zu Harald rüber, aber der hat keine Augen für mich. Meine Wangen verfärben sich dunkelrot vor Scham. Gott sei Dank trage ich Make-up! Benni feixt sich bestimmt einen.

»Julia …« Er kommt einen Schritt auf mich zu.

Mein Herz beginnt schneller zu schlagen.

»Ich habe über alles nachgedacht. Über uns, über das, was du gesagt hast, über unsere Situation. Einfach über alles.« Er sieht mich mit ernster Miene an. »Äh, willst du nicht die Sonnenbrille abnehmen?«

»Nein, die Brille gehört zu meinem Outfit.« Bennis Augenbrauen schnellen nach oben.

Ich bin ein bisschen überrascht und auch ein bisschen ängstlich vor dem, was jetzt kommt.

»Na dann …! Ich möchte dir jedenfalls sagen …«

»Ein bisschen spät, findest du nicht?«

Benni runzelt die Stirn. »Hoffentlich nicht zu spät?« Ich zucke gleichgültig mit den Schultern. Jetzt nur nicht schwach werden! »Ich finde, ich bin dir eine Erklärung schuldig.« Er nimmt meinen Arm. Von den Stellen, wo sich unsere Haut berührt, rieseln wohlige Gänsehautschauer über meinen Arm.

»Du bist mir überhaupt nichts schuldig.« Ich hebe stolz mein Kinn.

Benni seufzt. »Julia, ich möchte mich nicht mit dir streiten. Ich würde dir gerne erklären, was damals los war.«

Ich entwinde ihm den Arm. »Es ist alles gesagt worden, was gesagt werden musste.«

»Nein, ist es nicht. Irgendwie ist damals alles schief gelaufen.« Benni rauft sich die Haare. »Ich möchte, dass du mir zuhörst. Bitte!«

»Aber vielleicht möchte ich nicht zuhören«, entgegne ich schnippisch. Wie hat Harald immer gesagt: »Du musst dich interessant machen! Sei eine Diva!« Ich spiele divenmäßig an meiner Halskette.

Benni zieht die Augenbraue nach oben. »Julia, bitte. Mach es mir doch nicht so schwer.« Wir stehen uns gegenüber wie Cowboys bei einem Duell. Natürlich will ich hören, was mir Benni zu sagen hat. Außerdem hat Benni zweimal »Bitte« gesagt.

»In Ordnung. Schieß los, aber mach schnell. Ich habe schließlich nicht den ganzen Abend Zeit.« Zugegeben, das war ein bisschen weit aus dem Fenster gelehnt, schließlich ist Benni heute die Hauptperson. Aber das spielt im Moment keine Rolle. Jedenfalls nicht für mich.

Benni führt mich schweigend an ein ruhiges Plätzchen etwas abseits des Trubels. Während wir gehen, schlägt mir das Herz bis in die Ohrläppchen. Mein ganzer Körper prickelt und mein Magen macht wieder mal einen Purzelbaum nach dem anderen. Ich habe Angst.

»Okay.« Benni wendet sich mir zu. »Also dann.« Er atmet tief ein und nimmt meine Hand. Dabei sieht er mir fest in die Augen, und ich fühle, wie ich schwach werde und mein künstlich aufgebauter Stolz zu bröckeln beginnt. Diese Augen! Ich beginne, mich darin zu verlieren.

»Damit du mich besser verstehst, fange ich am besten ganz von vorne an.« Er sieht mich fragend an. Ich nicke in stillem Einverständnis. »Mein Vater starb kurz nach Ariannes Geburt bei einem Autounfall. Er hinterließ meiner Mutter einen alten Mercedes und ein marodes kleines Verlagshaus, das er kurz zuvor erworben hatte, ohne meiner Mutter davon zu berichten. Du kannst dir vorstellen, dass meine Mutter zunächst ganz schön geschockt war. Ihr gesamtes Vermögen steckt in einem Verlagshaus, von dessen Existenz und Leitung sie bis zu diesem Moment keine Ahnung hatte.« Benni macht eine kurze Pause.

In meinem Kopf dreht sich alles.

»Aber meine Mutter ist eine Kämpfernatur. Sie war fest entschlossen, alles alleine zu schaffen. Also hat sie mich und Arianne in ein Internat in ihrer Nähe gesteckt und sich dann kopfüber in die Arbeit gestürzt.«

»Das wusste ich nicht. Ich dachte, du wärst bei deiner Mutter groß geworden. Ich habe Bilder gesehen … von euch.« Ich starre ihn verwirrt an.

»Niemand in der Öffentlichkeit wusste von uns, nur einige wenige Verwandte kannten den Plan meiner Mutter. Schließlich hatte meine Mutter, um uns zu schützen, wieder ihren Mädchennamen ›Hirsekorn‹ angenommen. Während wir den Namen unseres Vaters, nämlich ›Wagner‹, behielten.« Benni starrt einige Sekunden lang auf den Boden.

Ich denke an meine Eltern. Wie behütet ich groß geworden bin! Stets geliebt und umsorgt. Wie schrecklich muss sich der kleine Benni gefühlt haben, erst den Vater verloren zu haben, um dann von der geliebten Mutter ins Internat abgeschoben zu werden?! Ich nehme mir vor, noch heute Abend meine Eltern anzurufen.

»Es hat mir nichts ausgemacht«, sagt Benni, als könne er meine Gedanken lesen. »Schließlich waren Arianne und ich ja noch zusammen. Meine Mutter ist einer der großartigsten Menschen, die ich kenne. Sie hat jede freie Minute mit uns verbracht, auch wenn es viel zu wenig war.« Benni seufzt. »Aber Kindererziehung gehört nicht zu ihren Stärken, ebenso wenig wie das Einbeziehen ihrer Mitmenschen in ihre Pläne.« Er lächelt ein bisschen. »Jedenfalls wurde mir als junger Mann relativ schnell klar, dass ich nicht sofort im Verlag anfangen, sondern auf eigenen Füßen stehen wollte. Arianne ging es genauso. Also habe ich, gegen den Willen meiner Mutter, eine Fotografenausbildung begonnen, und Arianne hat angefangen, als international gefragtes Model zu arbeiten. Wir haben uns in dieser Zeit viel mit Mutter gestritten.«

Während er spricht, fallen mir die Zeitungsartikel über Elisabeth Hirsekorn wieder ein. Eine eiskalte Geschäftsfrau, kein Wort über ihre Familie oder Kinder.

»Weißt du, sie hat nur versucht uns zu schützen und dabei nicht gemerkt, wie wir langsam erwachsen wurden.«

Ich sehe ihn an und kann den Schmerz in seinen Augen sehen.

»Als ich schließlich meine ersten Aufträge und Erfolge als Fotograf hatte, hat meine Mutter schließlich eingesehen, dass ich glücklich bin mit dem, was ich tue, und mir das Studio angeboten. Ich habe blauäugig zugesagt, entgegen Ariannes Warnungen. Weißt du, meine Schwester hatte schon immer ein gutes Gespür für die Pläne unserer Mutter. Zu dir meinte sie übrigens, du wärst genau die richtige Frau für mich …« Er sieht mir tief in die Augen, und mein Herz fängt an zu stolpern.

Wir schweigen eine Weile. Ich versuche alle Puzzlesteinchen im Kopf zusammenzusetzen. Langsam fügt sich alles zu einem Bild.

»Und dann kamst du und bist durch mein Leben getrampelt. Du hast mich einfach umgehauen mit deiner Art.«

Ich spüre, wie ich rot werde.

»Als du dann im Zug so plötzlich verschwunden bist, ohne einen Namen, eine Adresse oder Telefonnummer zu hinterlassen, dachte ich, ich sehe dich nicht wieder. Und dann tauchst du plötzlich bei der *Holiday Dream* auf, und ich war so froh, dich wiedergefunden zu haben.«

»Aber warum hast du mir all das nicht schon viel früher erzählt? Schließlich hattest du mehr als eine Gelegenheit dazu.«

»Aus dem gleichen Grund, weshalb du mir verschwiegen hast, dass du verlobt bist.«

Touche! »Das war total bescheuert von mir, aber ehrlich ... ich war mir dessen selbst nicht mehr bewusst«, verteidige ich mich und verdrehe reuig die Augen.

»Du hast mein Leben völlig auf den Kopf gestellt. Ich weiß, du glaubst mir nicht. Aber du bist letztendlich der Grund, warum meine Mutter sich zu diesem Schritt entschlossen hat. Sie war sehr von dir beeindruckt, als du ihr in unserem Meeting deinen Vorschlag unterbreitet hast. Die Idee, das Konzept der *Holiday Dream* einer Verjüngungskur zu unterziehen, hat sie veranlasst, über einen Generationenwechsel nachzudenken. Leider hat sie es versäumt, mich und Arianne von ihren Plänen rechtzeitig zu informieren.« Er seufzt. »Für mich kam diese Neuigkeit genauso überraschend wie für dich. Ich wusste, dass es dich verletzt. Ich wusste, dass du das Gefühl hattest, ich schließe dich aus meinem Leben aus. Aber ... es ist einfach so, dass ich die ganze Sache selbst erst einmal verdauen musste.«

»Aber ... warum hast du nicht ... weshalb wolltest du mich nicht mehr sehen?«

»Wer hat denn gesagt, dass ich dich nicht wiedersehen wollte? Natürlich wollte ich dich wiedersehen. Ich war nur so durcheinander. Ich brauchte einfach ein bisschen Zeit, mir über alles klar zu werden. Und als du mir erzählt hast, dass du verlobt seist und zu Johann zurückkehrst, ist mir mein Herz in die Hose gerutscht. Ich wusste nicht, was ich tun sollte. Du warst verletzt und unerreichbar für mich geworden.« Er sieht mir in die Augen.

»Äh … und …«, sage ich und sehe weg. »Deswegen bist du einfach …«

»Ich wollte nicht wie ein schlechter Verlierer in deinen Augen dastehen, indem ich dich bitte, bei mir zu bleiben.«

»Aber ich …«, stottere ich und streiche mir eine Haarsträhne glatt. »Ich habe mich von Johann …«

»Hier bist du.« Bennis Schwester steht plötzlich bei uns und legt Benni die Hand auf die Schulter. Sie ist groß, viel größer, als ich sie in Erinnerung habe. Ihre Haut ist makellos, ihr Gesicht ist klassisch schön. Der gleiche warme Braunton der Augen, der fein geschwungene Mund. Wie konnte ich nur so blind sein und die Ähnlichkeit zwischen den beiden nicht erkennen?! Die Frau auf den Fotos in Bennis Atelier – das war auch sie. Ich schäme mich über meine Eifersucht von damals.

»Alle warten schon auf dich.« Sie zieht überrascht eine Augenbraue nach oben, als sie mich entdeckt. »Hallo! Sie müssen Julia sein. Endlich lernen wir uns kennen. Benni hat schon so viel von Ihnen erzählt.« Sie zwinkert mir zu. »Ich bin übrigens …«

»Arianne, Bennis Schwester. Ich weiß.« Ich reiche ihr die Hand. »Die Ähnlichkeit ist wirklich nicht zu übersehen.« Außer man ist so ein Idiot, wie ich es bin, füge ich im Stillen hinzu.

Sie lächelt. »Wir müssen uns unbedingt mal unterhalten. Benjamin hat mir *alles* von Ihrer Zugfahrt erzählt.« Dabei betont sie das Wort alles und kichert. Und mir wird plötzlich heiß und kalt. Hat er seiner Schwester womöglich meine kleinen Geheimnisse verraten? Ich suche Bennis Augen. Er hat den Kopf leicht gesenkt und betrachtet seine Schuhspitzen interessiert.

Schock! Ich könnte vor Scham im Boden versinken, wenn ich daran denke, was Benni ihr alles erzählt haben könnte.

»Benjamin, du solltest wirklich kommen. Mutter und Laura warten schon auf dich. Ich weiß auch nicht, aber Laura ist völlig aufgeregt wegen deiner Ankündigung«, drängt Arianne.

Laura? Etwa die Laura aus dem Atelier? Ist sie mit Benni hier? Warum Ankündigung?

»Aber Julia und ich sind gerade in einem … äh … wichtigen Gespräch.«

»Keine Zeit, mein Lieber.« Sie zieht ihren Bruder am Arm. »Bitte entschuldigen Sie uns«, an mich gewandt und zu Benni, »Du willst doch Laura und Mutter nicht verärgern?«

Benni seufzt und nickt seiner Schwester zu.

»Die Pflicht ruft«, versucht er witzig zu sein. Mir ist allerdings jeglicher Lacher im Halse stecken geblieben und mein anfängliches Hochgefühl ebenfalls. »Du bleibst doch noch?«

Ich zucke gleichgültig mit den Achseln. »Mal sehen.«

Benni beugt sich zu mir. »Bitte bleib!«

Ich schlucke.

Bevor er seiner Schwester folgt, dreht er sich noch einmal zu mir um. Seine Augen halten mich fest, dann schlendert eine Gruppe junger Frauen an mir vorbei und versperrt mir die Sicht. Als sie vorbei sind, ist Benni im Getümmel mit seiner Schwester verschwunden. In meinem Inneren herrscht totales Chaos. Was hat es mit Lauras Anwesenheit auf sich? Ich habe sofort ihr Bild vor Augen. Schlank, schön und geheimnisvoll. Wie sie schwärmerisch von Benni erzählt hat. Mein Herz plumpst eine Etage tiefer.

Könnte es sein, dass Laura und Benni …?

Was spielt der Kerl für ein Spiel mit mir?

War es das, was er mir sagen wollte?

Der Boden unter meinen Füßen schwankt. Ich kann es kaum noch abwarten, bis diese blöde Veranstaltung endlich zu Ende ist und ich zusammen mit Harald verschwinden kann.

»Schätzelein, wo hat sie eigentlich die ganze Zeit gesteckt?« Harald steht mit leicht gerötetem Gesicht vor mir und wedelt hektisch mit der rechten Hand, an der sein Herrenhandtäschchen hängt und in der er gleichzeitig auch noch einen Fächer hält. In der anderen Hand balanciert er ein kleines Tablett mit zwei Gläsern Sekt darauf. Für einen Moment bin ich beeindruckt von Haralds Multitasking-Fähigkeiten. Eine Eigenschaft, die sonst eher uns Frauen vorbehalten ist.

»Hier!«, murmele ich.

»Liebelein? Ich habe uns zwei Gläser Sekt mitgebracht, weil ich nicht wusste …« Er mustert mich. »Geht es ihr gut? Sie sieht aus, als hätte sie gerade ein Gespenst gesehen.«

»Benni war mit seiner Schwester hier«, entgegne ich wie betäubt.

»Aber Liebelein, es ist seine Party und sein Verlag. Was hat sie erwartet?« Harald reicht mir wortlos ein Glas.

»Ja, schon klar, aber …« Ich nehme einen Schluck.

»Was?« Harald wedelt hektisch mit seinem Fächer vor meiner Nase.

»Das verstehst du nicht!« Ich starre auf den beigefarbenen Büroteppich. »Benni hat sich bei mir entschuldigt und mir alles erklärt. Und dann wollte er mir noch etwas sagen. Etwas Wichtiges und genau in dem Moment hat uns seine Schwester unterbrochen.« Ich schlucke hart.

»Und wo ist er jetzt?« Harald dreht sich suchend um. Der Luftzug seines Fächers bläst mir wie eine steife Brise ins Gesicht.

»Harald, bitte.« Ich schiebe seinen Fächer von mir weg.

»Momentchen.« Er nimmt einen Schluck Sekt. »Entschuldige bitte, aber diese ganze Aufregung ist nichts für mich. Ich habe Hitzewallungen wie eine Frau in ihren Wechseljahren.«

»Vielleicht hast du ja deine Wechseljahre. Ich habe mal gelesen, dass Männer die auch haben können.«

»Aber doch nicht in meinem Alter«, protestiert Harald. »Ich bin schließlich ein Mann in seinen besten Jahren. Wo ist denn jetzt ihr Märchenprinz?«

»Seine Schwester hat Benni mit zu ihrer Mutter und Laura gezerrt, bevor ich ihm sagen konnte, dass ich nicht mehr mit Johann verlobt bin.«

»Liebelein, sie weiß doch, dass ich nicht so gut mit Namen bin. Wer ist bitte Laura?«

»Laura ist Bennis persönliche Assistentin.« Der Name hinterlässt einen bitteren Nachgeschmack.

Haralds Augenbrauen schnellen nach oben. »Persönlich, persönlich?!« Ich glotze ihn blauäugig an.

»Ist sie sicher?«

Nein, bin ich nicht. Nun, wenn es so ist … bleibe ich einfach cool, als wäre es die natürlichste Sache auf der Welt. Genau genommen ist es das ja auch. Wie viele Männer haben eine Affäre mit ihren Sekretärinnen, ihren Mitarbeiterinnen oder Assistentinnen? Es dürfte ein paar Tausend davon auf der Welt geben. Allerdings habe ich mit meinen Vermutungen in letzter Zeit ganz schön daneben gelegen. Vielleicht wäre es besser, ich würde mir ausnahmsweise, entgegen meiner sonstigen Gewohnheit, keine Gedanken machen?

Als ich den Mund aufmachen will, um Harald zu antworten, tippt mir jemand von hinten auf die Schulter. Zeitgleich sehe ich, wie Haralds Kinnlade nach unten klappt. Irritiert drehe ich mich um. Hinter mir steht Chris und grinst mich breit an.

Oh Gott, wie peinlich! Er trägt sein übliches Leinenoutfit und, soweit ich es beurteilen kann, keine Unterhose!

»Chris …«, begrüße ich ihn, »ich dachte schon, du lässt mich sitzen. Schließlich bin ich nur deinetwegen hier.«

»Ich habe in diesem ganzen Chaos keinen Parkplatz gefunden und war schon drauf und dran wieder nach Hause zu fahren.« Er lässt seinen Blick über meinen Körper gleiten. »Süße, du siehst klasse aus.«

»Danke«, entgegne ich schwach. »Ich fühle mich aber überhaupt nicht, wie ich aussehe.«

»Wo ist unser scharfer Verleger?«

»Irgendwo bei seiner Mutter.«

»Nicht an deiner Seite?«, sagt Chris verwundert. »Das letzte Mal, als ich euch zusammen gesehen habe, konnte er doch kaum seine Augen von dir lassen. Äh, sag mal, warum trägst du eigentlich eine Sonnenbrille?«

»Lange Geschichte«, murmele ich. Harald pikst mir mit dem Finger zwischen die Rippen. Ich drehe mich zu ihm.

»Chris, darf ich dir vorstellen? Das ist Harald Vögler. Ein guter Freund von mir und der beste Friseur in ganz Hamburg. Harald, das ist Chris, der Wüstenmaler, von dem ich dir erzählt habe.«

»Harald reicht völlig.« Er reicht Chris die beringte Hand. Dabei bleibt sein Blick auf Chris Leinenhose hängen. »Trägt man das so in der Wüste?«

»Eigentlich schon. Bei der Hitze sorgt das dünne Leinen für eine angenehme Kühlung«, antwortet Chris.

Harald schürzt die Lippen. »Liebelein, wir sollten unbedingt darüber nachdenken, ob wir nicht unseren nächsten Urlaub nach Marokko machen. Die Aussichten, die sich Mann da bieten, sind geradezu göttlich!« Sein Blick hängt immer noch an der Stelle, wo sich Chris' Gemächt nur allzu deutlich durch den dünnen Stoff abzeichnet.

Ich gebe Harald einen Stoß in die Seite. Er schwankt so, dass sein Sekt überschwappt.

»Hoppala.« Harald sieht beleidigt zu mir.

Chris' Blick wandert irritiert zwischen mir und Harald hin und her.

»Und, was ist jetzt mit euch beiden?« Chris lässt nicht locker.

»Tja, ist ne lange Geschichte …«

»Ich bin ganz Ohr.« Chris lehnt lässig gegen einen der kleinen Stehtische, die überall aufgestellt worden sind.

Harald verdreht gekünstelt die Augen. »Nun sag ihm schon, dass ihr fantastischen Sex hattet, er sie anschließend angelogen hat, sie ihn auch mit ihrer Verlobung, und er jetzt mit seiner Assistentin zusammen ist.« Harald fächelt sich Luft zu, und ich bin kurz vor der Ohnmacht.

»Aha!« Chris hat die Gummis eingehängt. Sein Lächeln reicht bis zu den Ohrläppchen. »Moptodel, du warst schon immer ein Chaosweib.«

»Warum behauptet nur jeder, ich wäre chaotisch?«, stöhne ich.

»Weil du es bist«, entgegnen beide zugleich.

Ich stöhne laut auf.

»Ich bin so gespannt auf die Präsentation. Meinst du, unser Artikel hat es auf die erste Seite geschafft? «

»Es tut mir leid Chris, aber ich habe keine Ahnung, ob der Artikel überhaupt erscheint«, brumme ich entmutigt.

»Spinnst du? Klar erscheint der Artikel. DU hast mit dem Boss geschlafen.« Chris verschränkt zuversichtlich die Arme vor der Brust. »Wenn das kein Argument ist, was dann?«

»Meine Damen und Herren«, schallt die Stimme von Elisabeth Hirsekorn durch den Raum und unterbricht unsere kleine Unterhaltung, bevor ich näher auf die Gründe eingehen kann. »Wenn ich Sie kurz um Ruhe bitten dürfte.«

»Oh, es geht los«, kreischt Harald. »Los, kommt!« Er stürmt nach vorne. Mit klopfendem Herzen folge ich ihm.

Das Podium ist nicht besonders groß. Elisabeth Hirsekorn steht eingerahmt im Kreis ihrer Kinder in der Mitte. Vor ihr ist ein Mikrofon aufgebaut, im Hintergrund eine Leinwand gespannt. Alle haben freudige Gesichter. Alle – mit Ausnahme von mir. Ich bin nur nervös. Verständlich!

Ich betrachte Benni, wie er auf dem Podium steht, aufrecht, die Arme hinter dem Rücken verschränkt und mit ernstem Gesicht.

»Ich freue mich sehr, dass Sie meiner Einladung gefolgt sind, um der heutigen Präsentation der Jubiläumsausgabe der *Holiday Dream* im neuen Format beizuwohnen. Viele Gesichter kenne ich bereits seit vielen Jahren, einige hier Anwesende sind neu im Kreis. Ich freue mich, dass Sie da sind. Danke auch den Herrschaften der Presse, die heute ebenfalls zahlreich erschienen sind. Ich begrüße Sie ganz herzlich und hoffe, Sie berichten nur Gutes über uns.« Gelächter ertönt.

Elisabeth Hirsekorn macht eine Pause, um sich mit Beifall feiern zu lassen. Zwischendurch flammen die Blitzlichter der Kameras auf.

»Der 8. Mai ist ein historischer Tag für uns. Am 8. Mai 1991 erschien die erste Ausgabe der *Holiday Dream*. Heute, am 8. Mai 2011 – also genau 20 Jahre später – dürfen wir Ihnen nun unsere Jubiläumsausgabe präsentieren. Damals wie heute setzen wir auf eine innovative Berichterstattung. Deshalb freut es mich umso mehr, Ihnen heute Abend nun das neue Format der *Holiday Dream* unter der Leitung meiner Kinder Benjamin und Arianne Wagner vorstellen zu können.« Mir klopft das Herz bis zum Hals, als Benni unter tosendem Beifall vor das Mikrofon tritt. Wieder Blitzlichtgewitter. Nervöses Räuspern.

»Guten Abend meine Damen und Herren, Mitglieder der Presse«, begrüßt Benni die Anwesenden. Er wirkt sicher und ruhig. Nur die kleine pulsierende Ader über seinem linken Auge verrät, dass auch er nervös ist. »Noch nie hat eine Ausgabe der *Holiday Dream* für so viel

Wirbel gesorgt. Ich kann mit Stolz behaupten, dass ich diese Ausgabe für eine der besten, wenn nicht sogar für die beste der letzten Jahre halte.« Er lächelt. Meine Güte, er lächelt in meine Richtung. Mein Herz macht einen Hüpfer. Ich glaube, er hat mir zugezwinkert.

»Das liegt zum einen an dem neuen Format und zum anderen an seinen Machern. Den Redakteuren von *Holiday Dream*, die mit viel Herzblut und Motivation an dieser Ausgabe gearbeitet haben. Ganz besonders danken möchte ich jedoch einer Frau. Denn ohne sie wäre diese Ausgabe nicht das, was sie ist …«

Benni sieht kurz zu seiner Mutter und Laura. Ich halte den Atem an. Jetzt kommt es! Wahrscheinlich dankt er jetzt seiner Mutter oder Laura?

»Julia Zoe Löhmer!«

Was?

Hilfeeee!

Die Worte treffen mich wie ein Donnerschlag. Ich bin völlig verwirrt. Mein Magen, der ohnehin ein Eigenleben führt, beschließt gerade einen Salto rückwärts zu machen. Ich schlucke, um mich nicht an Ort und Stelle zu übergeben. Meine Beine drohen, unter mir nachzugeben.

»Liebelein, das ist ihr großer Auftritt.« Harald schließt mich in seine haarigen Arme.

»Als meine Mutter in ihrer Pressekonferenz erzählte, ich hätte diese Idee der Umgestaltung gehabt, geschah das aus mütterlichem Eifer. Ich möchte jedoch klarstellen, dass die Idee ursprünglich von Frau Löhmer stammt, die wir nur allzu gerne aufgenommen haben. Julia! Darf ich dich bitten?« Er nickt lächelnd in meine Richtung. Alle Blicke sind auf mich gerichtet. Blitzlichter leuchten auf, blenden mich.

Harald gibt mir einen Stups. »Liebelein, nun geh schon. Rücken gerade und schön lächeln.« Er schiebt mich nach vorne. Langsam gehe ich nach vorne, begleitet von Haralds Stimme. »Ihre Haare sehen toll aus!«

Die Menschen treten zur Seite und lächeln mich an. Beifallrufe.

Als ich vor dem Podium stehe, kommt es mir viel höher und gewaltiger vor. Ich bleibe stehen. Schlucke. Benni tritt einen Schritt nach vorne. Lächelnd reicht er mir seine Hand. Wie benommen ergreife ich Bennis Hand, der mich nach oben, zu sich auf das Podium zieht.

»Ich bin unendlich froh, dass du hier geblieben bist. Sonst hättest du womöglich deinen großen Moment verpasst«, flüstert er mir ins Ohr. »Es ist mir egal, ob du verlobt bist. Ich möchte nur, dass du eine Sache weißt: Ich liebe dich!«

»Aber du …« Ich kann mich nicht mehr bremsen. ». und Laura?«

Er sieht mich verblüfft an. »Hast du gedacht, dass ich mit Laura?«

»Ich wusste ja nicht, was ich denken soll.«

Benni fängt an zu lachen. Verschämt sehe ich mich um. »Julia, ich habe Laura mein Atelier übergeben. Laura ist mit ihrer Freundin hier.« Er deutet mit dem Kopf zu Laura rüber, die dicht neben einer jungen Frau steht, die ihre Hand hält.

In meinem Kopf dreht sich alles. Ich starre ihn an. »Ich dachte nur, weil du doch mit Johann verlobt bist …«

»Aber das wollte ich dir doch vorhin sagen. Ich bin nicht mehr mit Johann zusammen.«

Und dann, ohne Vorwarnung, küsst mich Benni vor allen Leuten.

Den Rest des Abends erlebe ich wie im Kino – nur dass es dieses Mal mein Film ist, der da läuft.

Mein Auftritt mit Benni hat sämtliche Reporter dazu veranlasst, ihre Kameras zu zücken. Hier stehe ich im Blitzlichtgewitter, mein Gesicht zu einem dümmlich seligen Lächeln verzogen, in den Armen meines Prinzen. Ich habe die Sonnenbrille mittlerweile abgenommen, nachdem mir Benni mehrfach versichert hat, dass ich keine roten Augen mehr habe. Wie in Trance nehme ich alles um mich herum wahr. Elisabeth Hirsekorn begrüßt mich lächelnd. »Willkommen in der Familie.« Ich verschlucke mich fast bei dem Satz. Elisabeth Hirsekorns Familie?! Oh mein Gott!

Sie tritt einen Schritt zur Seite und übergibt Arianne das Mikrofon. Mit ihren langen schlanken Beinen und den blonden Haaren sieht sie aus wie die zu Fleisch gewordene Versuchung. Ich komme mir neben ihr wie ein Schlumpfweibchen vor.

»Nachdem nun der inoffizielle Teil der Veranstaltung vorbei ist ...«, sie lächelt in meine Richtung und einige der Gäste lachen, »... möchte ich Sie jetzt nicht länger auf die Folter spannen und zum eigentlichen Grund Ihres Kommens übergehen. Der Präsentation der Jubiläumsausgabe der *Holiday Dream*.« Die Gäste applaudieren gespannt. Benni hat ein unverschämtes Grinsen auf dem Gesicht. »Aber zuvor möchte ich noch jemand ganz Besonderes zu mir auf das Podium bitten.« Sie macht eine Pause. Ich halte die Luft an. »Ein Künstler, wie man ihn nur selten trifft.« Sie lässt ihren Blick über das Publikum schweifen. Ein hohes Quieken lässt die Zuschauer zusammenzucken. Harald hat ein puterrotes Gesicht und wedelt hektisch mit seinem Fächer.

»Liebelein, ich bin hier«, schrillt seine Stimme zu mir. Ich bin ernsthaft verwirrt.

Was hat Harald mit Afrika und der *Holiday Dream* zu tun? Arianne hebt ebenfalls die Augenbraue. Ich schaue zu Benni, der nur mit den Schultern zuckt. Oh weia! Wenn hier mal nicht ein Irrtum vorliegt. Ich will Harald ein Zeichen geben, aber der ist bereits dabei das Podium zu erklimmen. Auf der Bühne herrscht Verwirrung. Keuchend vor Aufregung stürmt Harald zum Mikrofon und schiebt die offensichtlich irritierte Arianne zur Seite.

»Mein Name ist Harald Vögler.« Die ersten Lacher sind aus dem Publikum zu hören. »Ich bin Besitzer von *Box Haare* und persönlicher Stylist von Julia Zoe Löhmer.« Harald lächelt huldvoll in Richtung der Fotografen. Ich verspüre einen körperlichen Schmerz, den ich immer dann habe, wenn ich mich für andere Menschen fremdschäme. »An dieser Stelle möchte ich meiner Mutter Luise Rosemarie Vögler danken, dass sie immer an mich geglaubt und mich bereits im zarten Alter von sechs Jahren in meinem Wunsch, ein Künstler zu werden, unterstützt hat. Indem sie mich ihre Haare machen ließ.« Die Leute brüllen vor Lachen. Harald hält kurz irritiert inne und macht ein Katzenpopo-Mündchen. Die Kameras klicken. »Umso mehr freut es mich, dass ich heute hier bei Ihnen sein darf.« Harald macht eine gezierte Verbeugung, sodass jeder im Saal seine schwarzen Brusthaare sehen kann, die sich wie kleine Schlangen aus seinem Hemd ringeln.

Ich werfe Benni einen verzweifelten Blick zu. Arianne gibt sich redlich Mühe, ein entspanntes Gesicht zu machen, ist jedoch sprachlos. Elisabeth Hirsekorn sieht aus, als wäre sie gerade einem Außerirdischen begegnet. Ich muss etwas tun, wenn die Präsentation nicht zu einer einzigen Lachnummer werden soll. Also reiße ich mich aus Bennis Armen los und schnappe mir das Mikrofon.

»Danke, Harald«, fange ich an und versuche Zeit zu gewinnen. Ich habe keine Ahnung, was ich als Nächstes sagen soll. Ich hole tief Luft und suche Bennis Augen. »Sie alle fragen sich bestimmt, was ein Hamburger Starfriseur mit der *Holiday Dream* zu tun hat? Nun, vordergründig nicht viel. Aber es sind Menschen wie Harald Vögler, die uns die Geschichten zu ihrer Stadt liefern und über die wir Ihnen, unseren Lesern, berichten wollen. Die *Holiday Dream* ist eine Reisezeitschrift, die sich am Puls der Zeit orientiert und Ihnen brandaktuelle Tipps zu Ihrem Reiseziel gibt. Wo Sie in Hamburg zum Friseur müssen, meine Damen, wissen Sie ja jetzt. Wenn Sie Lust auf noch mehr solcher heißen Tipps haben, dann empfehle ich Ihnen, in Zukunft die *Holiday Dream* zu lesen.« Jemand klatscht. Es ist Benni. Nach und nach stimmen die anderen Gäste mit ein. Erleichtert reiche ich das Mikrofon weiter an Arianne. Harald, der nicht weiß, wie ihm geschieht, geht wieder mal zur Schnappatmung über. Ich lege ihm beschwichtigend die Hand auf die Schulter. Noch eine Katastrophe à la Harald wäre eine zu viel. Das Piepen lässt nach.

»Äh, danke für diese spontane und hilfreiche Überleitung zu einem weiteren Gast heute Abend, der ebenfalls maßgeblich an der Jubiläumsausgabe beteiligt ist«, fährt Arianne fort. »Herr Lüchow, darf ich Sie zu uns nach vorne bitten?« Gleichzeitig erscheint hinter uns das Titelbild auf der Leinwand. Benni legt mir von hinten seinen Arm um die Taille. »Das ist dein großer Augenblick.« Er gibt mir einen Kuss. Langsam drehe ich mich um. Überlebensgroß lacht mich Chris von der Titelseite an, wie er, über sein Bild gebeugt, den roten Sand mit einem Schwung auf dem Bild verteilt. Darunter steht: Der Wüstenmaler und Julia Zoe Löhmer.

Und jetzt komme ich nicht mehr dagegen an, mir steigen die Tränen in die Augen und nur der Gedanke an meine verschmierte Wimperntusche, und dass ich auf den Fotos wie ein Pandabär aussehen werde, bewahrt mich davor, in Tränen auszubrechen.

Der Abend war, gegen alle meine Befürchtungen, ein voller Erfolg. Dank Bennis Liebeserklärung und Haralds spektakulärer Dankesrede war die *Holiday Dream* sofort in aller Munde. Jede Tageszeitung war am nächsten Tag voll mit Bildern von der Präsentation. In der *Bildzeitung* haben sie sogar meine Frisur gelobt, das muss man sich mal vorstellen! Thema Frisur: Nachdem Harald kurz nach der Präsentation bei *Kerner* zum Talk eingeladen war, kann er sich vor Aufträgen nicht mehr retten. Ständig lauern Fotografen vor seinem Friseursalon in der Hoffnung, einen bekannten Promi beim Strähnchen-Färben zu erwischen. Sein *Holunderküsschen*-Prosecco findet reißenden Absatz unter den Promis, und Harald kommt mit der Herstellung kaum noch hinterher. Tim Mälzer hat Harald sogar ein Angebot gemacht, um ihm das Rezept zur Herstellung von *Holunderküsschen* zu entlocken, aber Harald hat dankend abgelehnt.

Katja und Sergej sind noch immer ein Paar und wenn es so mit den beiden weitergeht, würde es mich nicht wundern, wenn ich mir bald eine neue Bleibe suchen muss.

Und Benni und ich?

Im Moment liegen wir nebeneinander im Bett. Benni schläft. Ich trinke den letzten Schluck *Holunderküsschen*-Prosecco aus meinem Glas und habe meinen Laptop auf den Knien und studiere Hochzeitsseiten. Man weiß ja nie! Ach ja, und meine Wünsche ans Universum habe ich weggeschmissen. Mein Leben ist viel schöner, so wie es ist.

Facebook-Status: Julia ist in einer Beziehung

DANKSAGUNGEN

Immer wieder meinen wunderbaren Kindern Lisa und Maximilian! Ohne euch, eure Ideen, Unterstützung, Verständnis und Liebe hätte ich das nie geschafft. Ich liebe euch!

Danke an Janett, die als Erste mein Manuskript gelesen und mich ermutigt hat weiterzumachen. You are my hero!

An meine Freundin Katja, die einen herrlichen Weinkeller, viele gute Ratschläge und immer das richtige Globuli für mich hat. Poggimaus, wann trinken wir den nächsten Bellini zusammen?

Mein spezieller Dank geht an Stefanie, die mir die erste Schreibmaschine geschenkt und somit den Grundstein für diesen Roman gelegt hat. Ich habe es geschafft!!!

Mein besonderer Dank geht an Peter, dem wahren Meister von *Box Haare*, der es immer wieder schafft, meine Haare zu einer Frisur zu bändigen. Hilfe, ich brauche dringend einen Termin!

Ein dickes Dankeschön geht an meine Lektorin Alexandra Inquart vom MVG Verlag, die Julias Suche nach der wahren Liebe den letzten Schliff gab und mich herzlich als Neuautorin aufgenommen hat.

Ebenso ein herzliches Dankeschön geht an Oliver Kuhn vom riva Verlag, der mich und mein Buch auf völlig unkonventionelle Weise gefunden hat und meinen Traum, ein Buch zu veröffentlichen, Wirklichkeit werden ließ.

Danke auch an Frau Sander, die sympathischste Programmleiterin, die ich kenne und die mich mit ihren netten E-Mails immer wieder zum Schmunzeln bringt.

Meinem Agenten Gerd Rumler danke ich für seine unermüdliche Hilfe und Unterstützung. Gerd du bist klasse!

Vielen Dank Virginia und Doris vom »PrivatReadersBookClub« für eure Unterstützung und das erste Interview meines Lebens.

Herzlichen Dank an Vanessa »NieohneBuch«. Du bist die erste Bloggerin gewesen, die sich an mein Buch herangewagt und mir somit eine Chance als unbekannte Autorin gegeben hat.

Mein weiterer Dank geht an die Testleserinnen von Lovelybooks: Blondchen90, Tru1307, Elke22, Tinkers, Zitrosch, Steffi153, Anendien und Leela. Mädels, ihr seid klasse!!! Danke für eure Motivation und begeisterte Rückmeldung, während unserer Leserunde und meines Zwangsaufenthalts mit Gipsbein auf dem Sofa. (Gott sei Dank, bin ich das scheußliche Ding am Fuß wieder los.)

Und natürlich möchte ich ganz besonders euch danken, meinen Lesern. Was wäre ein Autor ohne seine Leser?! Ihr seid meine Antriebsfeder, und ich freue mich täglich über die zahlreichen E-Mails. So weiß ich wenigstens, für wen und warum ich mir die Nächte um die Ohren schlage. Ich verspreche, auch in Zukunft fleißig zu sein und eure Anregungen in mein nächstes Buch mit einfließen zu lassen. Danke, ihr seid die tollsten Leserinnen, die ein Autor sich wünschen kann!!!

Eine Sache liegt mir ganz besonders am Herzen, und ich werde nicht müde werden, immer wieder darauf hinzuweisen. Brustkrebs ist eine Krankheit, die jede von uns treffen kann. Deshalb finde ich es toll, dass es Ärzte gibt, die es sich zur Aufgabe gemacht haben, betroffenen Frauen zu helfen und das Leben der Betroffenen wieder lebenswert zu machen.

www. stiftung-mammazenrum-hamburg.de

Für alle, die mehr über mich erfahren wollen:
www.martinagercke.wordpress.com

So werden Sie die perfekte Partnerin

240 Seiten
Preis: 16,99 € (D) | 17,50 € (A)
ISBN: 978-3-86882-255-7

Steve Harvey
FRAG EINEN MANN
Wenn du Männer dauerhaft an
dich binden willst

Wie ticken Männer wirklich? Was motiviert sie? Und wie
kriegt man sie dazu, sich fest zu binden und zu heiraten?
Beziehungsexperte und Stand-up-Comedian Steve Harvey
gibt Antworten auf diese Fragen.
Auf humorvolle Weise stattet er Frauen mit dem nötigen
Wissen aus, damit sie genau das bekommen, was sie sich
von ihren Männern wünschen: mehr Hilfe im Haushalt, mehr
Geld auf dem gemeinsamen Konto oder besseren Sex. In
seinem Buch gibt er sowohl Ratschläge für alle Singles, die
sich ins Dating-Getümmel stürzen möchten, als auch für
Frauen in Beziehungen, die das gemeinsame Zusammen-
leben harmonischer gestalten wollen.

mvgverlag

Ihre Geschichte jenseits vom roten Teppich

192 Seiten
Preis: 17,99 € (D) | 18,50 € (A)
ISBN: 978-3-86882-268-7

Natascha Ochsenknecht

AUGEN ZU UND DURCH

Die Geschichte meiner Familie
jenseits des roten Teppichs

Natascha Ochsenknecht erzählt offen und ungeschminkt ihre Geschichte und die ihrer Familie, die noch viel mehr zu bieten hat als außergewöhnliche Vornamen und Auftritte auf dem roten Teppich. Sie berichtet entwaffnend offen von ihrem Leben in der Glamourwelt und Phasen tiefer Depression, von der großen Liebe, großer Enttäuschung und einer Wunschfamilie, die gemeinsam unglaubliche Krisen meistert und am Ende dennoch zerbricht. Aber sie erzählt auch davon, wie sich ein Leben an der Seite eines bekannten Schauspielers anfühlt, wie man sich nach einer schmerzhaften Trennung neu orientiert und wie man ein neues Leben beginnt, wenn alle dabei zusehen.